U0579843

诺贝尔文学奖作家文集·吉卜林卷

主编／张　谦

老虎！
老虎！

[英]吉卜林／著

文美惠／译

TIGER!
TIGER!

漓江出版社
·桂林·

图书在版编目（CIP）数据

老虎！老虎！/（英）吉卜林著；文美惠译.
桂林：漓江出版社，2025. 1. --（诺贝尔文学奖作家文
集）. -- ISBN 978-7-5801-0094-8

Ⅰ. I561.84
中国国家版本馆 CIP 数据核字第 20242P5T52 号

LAOHU! LAOHU!

老虎！老虎！

[英]吉卜林　著

文美惠　译

出版人：梁志
责任编辑：黄彦
书籍设计：石绍康
责任监印：张璐

出版发行：漓江出版社有限公司
[广西桂林市南环路 22 号　邮编：541002]
发行电话：010-85891290　0773-2582200
邮购热线：0773-2582200
网址：www.lijiangbooks.com
微信公众号：lijiangpress
印制：北京中科印刷有限公司
[北京市通州区宋庄工业区 1 号楼 101 号　邮编：101118]
开本：880mm×1230mm　1/32
印张：14.125　字数：288 千字
版次：2025 年 1 月第 1 版
印次：2025 年 1 月第 1 次印刷
书号：ISBN 978-7-5801-0094-8
定价：69.80 元

"诺贝尔"与漓江血脉相连

——"诺贝尔文学奖作家文集"序

张　谦

"诺贝尔文学奖作家文集"从 2015 年 10 月问世，迄今已囊括 30 位诺奖作家作品，出版平装本 4 种、精装本 43 种，在制及储备选题 30 余种，成了读书界一个愈加引发关注的存在，被读者区别于漓江[①]之前的"老诺""红诺"，亲切地称为"黑诺"[②]。所以，确实到了一个梳陈、小结我社"诺贝尔文学奖作家文集"出版情况，向大家汇报的时间点。

"诺贝尔"是漓江的基因和脉动，是时光深处的牧歌，是漓江人为之集结的号角。中间我们有过十来年的停顿和涣散，"诺贝尔"不知道去哪儿了，历史的演进回环往复，背阴面的不可理喻，本身就是存在的冰冷逻辑。2012 年我回到社里，开始几年做不了什么事，

---

① 无特殊说明，此文中均指漓江出版社。

② "老诺""红诺""黑诺"，不同阶段漓江版"诺贝尔"系列丛书。"老诺""红诺"均指"获诺贝尔文学奖作家丛书"。"老诺"（精、平装）的装帧设计者是翁文希，奠定了读者心中最早的漓江版"诺贝尔"品牌形象；"红诺"（精、平装）是上海装帧设计家陶雪华的设计，启用烫金元素，与微呈橘红色的封面相映生辉，彰显气派；"黑诺"（主推精装）指"诺贝尔文学奖作家文集"，是我社主力美编、装帧设计家石绍康的设计，内敛雅致，独具匠心，以黑色为主体衬色，烘托出作家肖像的大师气场。

当时的社领导提醒说："不要搞什么套书，一本一本地做！"所以2015年4月最早出来的加缪《鼠疫》平装本，上面没打丛书名。也是2015年4月，我被接纳为社班子成员，担任副总编辑。2015年10月，第一本落有"诺贝尔文学奖作家文集"（以下简称"作家文集"或"文集"）丛书名的图书诞生了，它是加缪《西绪福斯神话——论荒诞》（平装本）。当年年底，刘迪才社长到任，带着上级管理部门"把漓江做大做强"的精神，旗帜鲜明抓主业，抓核心板块和漓江传统优势外国文学品牌。"作家文集"在2016年接续做了两本"加缪卷"平装本《局外人》和《第一人》以后，开足马力做精装。记得问世的第一个精装本，是美国作家辛克莱·路易斯的《大街》，拿到样书的那一刻，直觉告诉我：路子对了。

然而并不是找对了路子就没有繁难，是的，时代变了，市场变了。在对诺贝尔文学奖新晋得主的追捧几成赌局的当下，文学出版即便携资本入场也不够了，成了资本加运气的博弈。此时回过头来再看上个世纪八十年代的漓江，那出版江湖中的一抹清流，乘着改革开放的春风，在中国图书市场所开创的"诺贝尔"蓝海，抓住了稍纵即逝的"窗口期"，成就了不可复制的"漓江现象"[①]。

"书荒"时代进场，带领漓江同仁做"获诺贝尔文学奖作家丛书"的刘硕良前辈，"使得建社不久又偏居一隅的漓江出版社，以有计划和成规模地推出外国文学优秀作品，很快成为全国外国文学方面的出版重镇。这是一段值得人们津津乐道的出版佳话，也是一个

---

① 见李频《改革开放出版史中的"漓江现象"》，我社即将出版的《围观记》序一。

值得大书一笔的出版传奇"①。改革开放伊始，解放思想，实事求是，读者重新经历了思想启蒙，无异于继十九世纪末严复翻译《天演论》以后国人再次"睁眼看世界"，"我们没有失去记忆，我们去寻找生命的湖"②。漓江当时提供给读书界的诺贝尔文学奖读物，重在一人一卷的快捷出场，速成阵容，从小对史、地感兴趣的刘硕良，围绕题中之义，于无形中给读者提供了第一印象的新鲜概念和地图式导览。从1983年年中开始推出诺奖丛书头四种——《爱的荒漠》《蒂博一家》《特雷庇姑娘》和《饥饿的石头》③，到二十世纪末，总共出了八十余种。"让中国读者了解到世界上除了巴尔扎克、托尔斯泰、高尔基，还有很多优秀的作家，诺奖作家就是其中很重要的一个组成部分。"④

那是一个百废待兴，连常识都需要重新建构的时代。彼时，压力来自外部，更多以阻力形式呈现。"漓江的开拓并非一帆风顺，诺贝尔丛书的上马就遭到一些大义凛然却并不甚明了真相或为偏见所左右的人士的非议"⑤，但形势比人强，改革开放的大潮激浊扬清，建设的主流压倒了破坏，给各行各业满怀豪情的建设者提供了施展才华的空间。漓江因此而实现了勇立潮头满足读者的需要（而且读

① 见白烨《"围观"与"回望"的意义》，我社即将出版的《围观记》序二。
② 见北岛诗作《走吧》。
③ 其中《爱的荒漠》和稍后出版的《我弥留之际》《玉米人》一起，荣获新闻出版署主办的首届全国优秀外国文学图书奖一等奖。
④ 见《一个闪亮的名字联系一个时代的文学记忆——刘硕良:把诺贝尔介绍给中国》，《新京报》记者张弘采写，2005年4月5日《新京报·追寻80年代》。
⑤ 见刘硕良《改革开放带来的突破和飞跃——漓江出版社诞生前后》，《广西文史》2008年第4期。

者面很广，工农兵学商①），并与未来将要实现影响力的成长中的各界精英达成了精神源头的水乳交融和灵魂共振——很多后来成名成家人士，皆谈及上世纪八十年代受过漓江版外国文学图书滋养，有的几度搬家，甚至远涉重洋，至今书架上仍小心珍藏着漓江的老版书。

就这样，我们前有光荣的家史，前辈的激励，后有加入世贸组织后对于头部资源的白热化市场竞夺，有业界同行在经典名优赛道的竞相追逐，想要在其中脱颖而出，确非易事。当初外在的压力，变成了现在内在自我提升的动力：你敢不敢自己跟自己比，有没有勇气和能力对标漓江光辉岁月，提振传统并发扬光大？种种繁难之下，依然得努力往前走，这也便是人生的挑战和乐趣所在。

今年是做"诺贝尔文学奖作家文集"的第八个年头，也是我正式就任漓江总编辑的第一年。九十高龄的刘硕良老师从年初就开始屡屡打电话给我，让我挂名该文集的主编。我一直坚辞不受。"诺贝尔"差不多是漓江的图腾级存在，我只是站在前人的肩膀上继续仰望星空，尽本分做点添砖加瓦的事情，岂敢妄自掠美。即便是当年主编"获诺贝尔文学奖作家丛书"的刘老师，退休以后也就功成身退，不再在漓江版"诺贝尔"上挂主编名。这几乎是中国当下通行的国情。也就是说，"作家文集"出版八年，眼看渐成气候，却没有任何人挂主编名，只是在翻开每本书的卷首，有一页"出版说明"——

---

① 见《"获诺贝尔文学奖作家丛书"读者反映》，刘硕良著《三栖路上云和月——为新闻出版的一生》，漓江出版社，2012年9月1版1次。

"诺贝尔文学奖作家文集"系我社近年长销经典品种，是对二十世纪八九十年代我社品牌图书、刘硕良主编的"获诺贝尔文学奖作家丛书"的继承与发扬，变之前一人一书阵容为每位作家多卷本。如果说老版"诺贝尔"是启蒙版，那么新版就是深入版，既深入作者的内心，也满足读者的深度需求，看上去是小众趣味，影响的是大众阅读倾向。这就是引领的意义，也是漓江版图书一贯的追求。

　　然而吊诡的是，如果用因退休机制的作用被动不在场的刘老师，来为正在进行时的"作家文集"的无主编状态背书的话，我忽然发现，并不能自圆其说。同时，自己在班子任上八年，如果不依规依制给该文集一个担当和交代，那所有参与这套丛书出版的漓江人，就会变成一个失语的群体，八年来大家的辛苦鏖战，也会失去应有的分量和表达，转瞬消失于历史的虚空当中。于是和刘社长达成共识：丛书是本届班子主持做的，主编由我来挂，即便过些年轮到我也解甲归田，在岗一天就要担当一天，就由我这个亲历者来理一理来龙去脉吧。

　　加缪是一切的开始。无论从作品的分量还是作家的魅力，尤其是在年轻人里的观众缘来考量，作为撬动一套书的支点，加缪都是不二选择。更何况，2015 年我们推出《鼠疫》时，加缪作品刚刚进入公版期没几个年头，真乃天无绝人之路！

我试图通过加缪获得一种视角，这个视角能穿透我所生活的海量信息时代貌似超级强大的无限时空，定位非中心城市的个人存在意义。[①]

　　这里的"个人"，也喻指在时代的洪流中需要敲破坚冰重新出发的漓江。加缪卷我们出了五种，论品种数是文集中比较丰满的——《鼠疫》《西绪福斯神话——论荒诞》《局外人》《第一人》《卡利古拉》，除了前四种既做了平装，也做了精装，后面品种一心一意只做精装——因为相信在优质精品道路上的劲力追求，一定可以加持图书的可收藏性。《鼠疫》《局外人》《第一人》是存在主义文学大师加缪的小说代表作，而 2018 年 10 月推出的《卡利古拉》，则是文集中比较少见的戏剧品种，它和哲学随笔《西绪福斯神话——论荒诞》一起，使加缪卷作为诺奖作家的小文集，实现了文体多样化方面的鲜明追求。这个追求在福克纳卷上继续得到体现，福克纳卷截至目前一样出了五种，除了国内读者熟知的经典——李文俊译《喧哗与骚动》《我弥留之际》，还补充了国内首译《士兵的报酬》《水泽女神之歌——福克纳早期散文、诗歌与插图》和《寓言》。其他品种数达到四五种体量的，还有路易斯卷、纪德卷、斯坦贝克卷、丘吉尔卷、泰戈尔卷、显克维奇卷。两三种的有黛莱达卷、米斯特拉尔卷、聂鲁达卷、吉勒鲁普卷、梅特林克卷、拉格奎斯特卷、蒲宁卷。由于受限于作家本身的创作规模以及我们发掘的速度，目前尚有普吕多

---

① 见沙地黑米（本名张谦）新浪博客读书笔记《在隆冬知道》，2015 年 6 月 5 日。

姆、吉卜林、艾略特、保尔·海泽、塞弗尔特、叶芝、拉格洛夫、皮兰德娄、夸西莫多、蒙塔莱等卷只是单一品种的体量。当然，每位作家小文集的规模（品种数）依然是活性的，现状的陈述并不能规定未来的变化，我们的核心思路，是每位作家做三至五种。

由于漓江推出的诺贝尔文学奖获奖作家都是外国作者，所以出版"作家文集"有一个不可避免的环节，就是要找到合适的译者。唯有如此，才能将诺贝尔文学奖作家作品尽量以"信、达、雅"的方式介绍给国内读者。

在译者的选择上，我们注重新老搭配。托前辈的福，漓江拥有的传统译者资源称得上是国内"顶配"。老一辈翻译家令人肃然起敬，他们往往具有很深厚的文学素养和优雅的个人修养，译文水准很高，经得起岁月的沉淀和时间的考验，我们非常珍视与他们的合作。而年轻一辈的翻译家也有优势，他们的语言和思维都能贴合当下读者的习惯，亦多全球化背景下的旅居、旅行，能较多接收并释放当下外国文学和文化的辐射，在对原著文化背景、思想内涵的传达体现上，能有推陈出新的理解。

"作家文集"最先启动的加缪卷，用的就是漓江译者老班底里的李玉民译本。其他像潘庆舲、姚祖培合译辛克莱·路易斯《巴比特》，李文俊译福克纳《我弥留之际》，黄文捷译黛莱达《邪恶之路》，赵振江译米斯特拉尔《柔情》，王逢振译赛珍珠《大地》，杨武能译保尔·海泽《特雷庇姑娘》，都是"老诺"阵容里的保留节目。在"黑诺"里，漓江与这批王牌译家译作再续前缘。此外，"作家文集"还见证了一代翻译家的成长——胡小跃译普吕多姆《枉然的柔情》，裘小龙译叶芝《第二次来临——叶芝诗选编》，分别是"老诺"里普吕多姆《孤独与沉思》和叶芝《丽达与天鹅》的升级版，当年漓江看好的青年翻译家，已然成为译界翘楚，译本也得到更丰富的增补和更成熟的修订。也有老朋友新加入的译本，比如倪培耕原译泰戈尔《饥饿的石头》是"老诺"阵容里的，到了"黑诺"更名为《泡影》，都是泰戈尔短篇小说选；同时"黑诺"再添倪译泰戈尔长篇小说《纠缠》。福克纳卷除了收入李文俊之前在"老诺"就有的代表译作《我弥留之际》，"黑诺"还增加了李译《喧哗与骚动》《押沙龙，押沙龙！》。青年译者的新作有一熙译福克纳《士兵的报酬》，王国平译福克纳《寓言》，远洋译福克纳《水泽女神之歌——福克纳早期散文、诗歌与插图》，顾奎译辛克莱·路易斯《大街》，等等。

也有一部分老译家，其译作的版权流转到其他出版机构去，与"黑诺"失之交臂，或者年深日久几近失联，或者凋零如秋叶片片——时光总有理由分开我们，才显出在一起的机缘实在是难能可贵。

现在年轻人外语好，除了做文学翻译，还有很多更实惠的选择，所以真正像老一辈翻译家那样，把译事当成毕生的事业追求，在这个领域安于寂寞悉心耕耘的并不多，或者说，漓江还没有迎来与这个群体的高频次、大规模相遇。我们现有的中青年译者队伍，一来人数远不够多，二来除了翻译本身，想法会比老一辈多一点——漓江很惭愧，至今没能把这份文化事业做成生财有道、惠及万方的大产业。好在文学哪怕历来就与眼前利益没太大关系，这个世界热爱文学的人也一直层出不穷。之所以在这里把家底摆一摆，也是为了方便下一步遇上有缘人。

译本体例上，"黑诺"尽量做到向"老诺"学习，"每卷均有译序和授奖词、答词、生平年表、著作目录，力求给读者提供一个能真实地反映诺贝尔文学奖及其每一得主风貌的较好版本"[①]。老漓江的优秀传统要保持，有章可循是一种福分。

一个素朴有力的团队，会带来别样高效的支撑感。我们的青年编辑队伍正在老编辑的带领下茁壮成长，他们是漓江的秘密花园，正在蓄能无限，漓江的未来，有他们书写，靠他们传扬。

在这里，必须致敬一下给漓江"老诺"担任过策划编辑和责任编辑的主力核心团队，他们是当年的译文室成员：宋安群、吴裕康、莫雅平、金龙格、沈东子、汪正球。

1995 年，沈东子策划过一套泰戈尔"大师文集"6 卷本，除了后续加入"黑诺"的倪培耕几种译作，亮点是直接去信季羡林先生，取得了授权，收入季译《炉火情》一种。丛书虽然没打"诺贝尔"标签，却开启了做诺奖作家小文集的思路。

1998 年，漓江出了三套诺奖作家小文集。时任总编辑宋安群策划了《赛珍珠作品选集》，向美国哈罗德·奥柏联合会购买了版权，出版了五部小说、一部传记和一本文论。本人担任过其中《东风·西风》和《赛珍珠传》两种图书的责任编辑，还为赛珍珠母亲的故事写过责编手札——

---

① 见刘硕良《新时期有数的宏伟工程——"获诺贝尔文学奖作家丛书"序》。

美好的人和事，因为人们的珍爱而获得自己的历史，在这个意义上说，历史，就是人们对于美的牵挂和担心。时乖命蹇，说变就变，我们珍爱的事物能够留存多久？一旦大限到来，让碎片有了碎片的安息，人心也就有了人心的解脱吗？①

吴裕康策划了君特·格拉斯"但泽三部曲"（《铁皮鼓》《猫与鼠》《狗年月》），经德国 Steidl 出版社授权出版。有意思的事情就此发生了：我社在 1998 年 1 月至 1999 年 4 月出完这三种书，1999 年 9 月 30 日，瑞典文学院将诺贝尔文学奖颁给了君特·格拉斯。所谓猜题和押宝都很准的名编辑、大编辑，漓江早年就有现实榜样。

汪正球策划的"川端康成作品"，洋洋大观出了十卷。

以上四种诺奖作家文集，都没打"诺贝尔"标签，装帧设计也各有套路，却都绕不开内在承袭的同一种思路。所以说，在漓江做"诺贝尔"，是有传统的，可追溯的，漓江人血脉里的遗传密码，在不同时期阐发着基因的显隐性。

从 2023 年算起，诺奖作家未进入公版期的尚有 60 多人，这是一片资本角逐的热土，对这个领域作家作品的竞夺，不是漓江的强项。众人还没睡醒的时候，漓江前辈就已经外出狩猎了；现在的漓江人，专注于在家种田——我们无富可炫，有技在身，到手的都不是战利品，而是作品本身，值得像农人看待种子那样，悉心培育，精耕细作，用时间打磨，为每一部好作品寻找好译者、好编辑、好制

---

① 见《我们珍爱的事物能够留存多久》，作者米子（本名张谦），《读书》1998 年第 10 期。

作，直至它找到那个两情相悦的读者。

犹如观潮，漓江现在挤不进前排，索性站远一步，不追刚刚出炉的"当红炸子鸡"——新科获奖者。同时代的读者本来很想读到同时代优秀外国作家的作品，但这有个前提，就是译本要好。而"当红炸子鸡"的临时译本，前有市场期待，后有合同追魂，难得沉下心来从容打磨，多半是急就章似的翻译，反正搭配的也是快餐面似的阅读，说白了就是一场对诺奖新科得主生吞活剥的消费——真正的赢家，既不是作者、译者和读者，也不是编辑，而是商业。当然，在这个领域深耕多年，早有准备的同行是个例外。漓江与所有认真的同行惺惺相惜。

公版书是退潮后海滩上的贝壳，经历过海浪的洗礼、时间的检验，哪些受人欢迎，比较容易感知，可以从容选择。而同时代的作家作品，一时被潮头卷得高高，抛得远远，过了当红的这个时间节点，就被读者抛诸脑后，这样的例子不胜枚举。事实证明，由于作品本身或是翻译的质量问题，有的新科获奖作家作品，确实不如早年诺奖作家作品那么富有感染力。

说到这里，很有必要广为派发一下英雄帖：如果有诺奖作家、优质译者、原著出版社，以及权威版权代理机构听到漓江的声音，认可我们的理念，那么，您好，欢迎加入我们共同的事业！

"作家文集"精装本批量问世以后，我们分别在 2018 年和 2019年年初的北京图书订货会上，以"执子之手——漓江与'诺贝尔'的不了情"和"'诺贝尔'与漓江血脉相连"两个专题向公众亮相，后者还荣膺该届订货会评出的"优秀文化活动奖"。2018 年 9 月，百道网特为这套书，对我本人进行了专访报道①。

成立于 1980 年的漓江出版社，在改革开放的春风里应运而生。建社不久就做"诺贝尔"，诺贝尔文学奖系列丛书，记录着一代又一代漓江人在向我国读者推介世界文学宝藏方面前赴后继、坚忍不拔的努力。"诺贝尔"和漓江人的职场生涯、美好年华紧密生长在一起，是漓江集体记忆中不可分割的一部分；漓江边的中国小城桂林，因为文学，因为诺贝尔，和斯堪的纳维亚半岛上的北欧古国瑞典就此牵连在一起——世间缘分，多么热烈美好，也足够千奇万妙。

金秋十月，在给此文收官之际，传来了法国作家安妮·埃尔诺获奖的消息。看来诺贝尔文学奖依旧不改我行我素之风——有多少百炼成钢的陪跑，就有多少新莺出谷的未料。谨以此文向充满无限可能的未来致意！漓江胸怀天下，初心不改，要以海纳百川的宽阔胸襟努力借鉴、吸收并呈现人类一切优秀文明成果。

2022 年 10 月 5 日　桂林

2024 年 9 月 23 日　修订

---

① 《曾经强悍的"诺贝尔旋风"影响过莫言、余华等，新一代出版人如何再创阅读高潮？》，百道网，2018 年 9 月 10 日。

［英］约瑟夫·罗德亚德·吉卜林
（Joseph Rudyard Kipling, 1865—1936）

吉卜林画像

吉卜林（左一）与家人

作家·作品

吉卜林喜欢的是逼真和洗练，在他的作品里从来看不到华而不实的空论和洋洋洒洒的冗长描写。他善于准确无误地找到透辟的警句和独具特色的形容词。人们有时把他比作哈特，有时比作彼埃尔·洛蒂，有时又比作狄更斯；但是他永远是与众不同的，他的创造力似乎是无穷无尽的。

——1907 年诺贝尔文学奖授奖词

我相信他比我见过的任何人都要博学多识。

——［美］马克·吐温

遣词用句的巨大才能，惊人的好奇心和用他的心灵及全部感官进行观察的力量，表演家的假面具，除此之外，还有能够传递来自外界信息的预见力的奇妙禀赋……这些就使吉卜林成为一个我们不可能完全理解且完全不可能轻视的作家。

——［英］T.S. 艾略特

他以他的勤奋劳动博得了广大读者的热爱，他的新作常常成为人们谈论的题目，他的诗句常常被人们引用和吟诵，而他为儿童写作的故事更博得了无数青少年和儿童的喜爱。

——文美惠

目　录

想象新颖、风格雄浑的叙事大师
——评吉卜林的短篇小说[*]

文美惠

    罗德亚德·吉卜林是现代英国文学史上享有盛名的重要作家。我们常常听到他的名字，但是由于他的作品翻译介绍过来的还不多，因此这位大作家对中国读者来说还是相当陌生的。

    十九世纪末叶，英国文坛宿将先后离开了人世，人们纷纷感叹英国文学正在走下坡路，并且考虑，有谁能接替萨克雷、狄更斯和乔治·艾略特的位置？正在这时，二十四岁的吉卜林从印度回到了英国，用他充满浪漫情调的东方题材作品，以他独有的雄浑、粗犷的男子汉气概，闯进了弥漫着"世纪末"颓废情调的伦敦沙龙和俱乐部。他的诗歌和小说，使厌倦了维多利亚时期老一套作品的读者为之耳目一新。不到一年时间，吉卜林便在伦敦文坛崭露头角。他被人们称为"狄更斯的继承人"，被誉为"英国的巴尔扎克"。吉卜林一生共创作了八部诗集，四部长篇小说，二十一部短篇小说集和

---

[*] 本文首次发表于漓江出版社 1988 年版《老虎！老虎！》。

历史故事集，以及大量散文、杂感、随笔、游记、回忆录等。他以他的勤奋劳动博得了广大读者的热爱，他的新作常常成为人们谈论的题目，他的诗句常常被人们引用和吟诵，而他为儿童写作的故事更博得了无数青少年和儿童的喜爱。美国著名作家马克·吐温曾经热情洋溢地赞美吉卜林的作品说："我了解吉卜林的书……它们对于我从来不会变得苍白，它们保持着缤纷的色彩，它们永远是新鲜的。"

在吉卜林的创作中最为杰出的是他的短篇小说。他擅长用雄浑粗犷的白描手法向读者展示遥远而神秘的东方世界：不仅呈现出充满浪漫异国情调的城镇乡村、森林原野，而且揭示了存在于这块美丽的土地上的令人震惊的严酷现实——奴役、战争、屠杀、灾荒、饥馑、宗教迷信、落后习俗……吉卜林还用他充满魅力的笔调，描写出了生活在这片土地上的形形色色的人物，从英国殖民社会的白人军官，到被人称作"汤米"的下级士兵和终日辛劳的英国小职员；从天真的印度姑娘、到处流浪的土著水手，到城市里的骗子、占星家和神庙里的祭司。他笔下的那些"小人物"的欢乐和悲哀、追求和幻灭写得那么真实动人，以至于在读者心中留下了难以磨灭的印象。

1907年，吉卜林由于其"观察的能力、新颖的想象、雄浑的思想和杰出的叙事才能"而获得当年颁发的诺贝尔文学奖。

罗德亚德·吉卜林于1865年生于印度孟买。他父亲洛克伍德出生在英国约克郡的一位牧师家里，起初在英国中部一家建筑公司担任雕塑设计师，1865年赴印度孟买担任孟买艺术学校教师，后来在拉合尔任艺术学校校长和博物馆馆长。

吉卜林长到六岁，被父母送回英国受教育，寄养在一位退休的海军军官家里。吉卜林受到这家主妇的虐待，在心灵上留下深刻的伤痕，他曾把这段生活经历写进短篇小说《咩咩黑羊》里。吉卜林十二岁时进入德文郡的联合服务学院学习。这是一所培养贫寒的海外军人子弟的中学。他在这里受到严格的纪律训练，也遭到高年级学生的欺侮。后来他和两个同学结下了亲密的友谊，一块儿淘气，捉弄老师和低年级学生。这段生活成为他日后创作的学生生活题材的小说集《斯托凯公司》的素材。

吉卜林很早就爱好文学，写了一些诗歌。1881年，他的母亲把他写的诗歌收集起来，在拉合尔为他自费出版诗集《学童的抒情诗》，一共印了五十册。吉卜林的中学校长普赖斯是他父母的老友，发现吉卜林有文学才能，便委托他编辑校刊。吉卜林在校刊上发表了一些诗歌。

1882年9月，吉卜林中学毕业，离开英国，回到印度。父亲无力供他上大学深造，便给他在拉合尔找了份工作，担任拉合尔市《军民报》助理编辑。编辑工作是辛劳而且繁忙的，但是吉卜林通过采访和编辑工作，大大锻炼了自己的观察和写作能力，积累了丰富的生活经验。他经常到印度各地进行采访，接触到社会各阶层人物。他尤其熟悉和同情下层劳动人民和驻印度的英国士兵。

1884年9月，吉卜林在《军民报》上发表了他的第一个短篇《百愁门》，从此他不断发表诗歌和短篇小说。1886年，他把在《军民报》上刊载的诗歌汇集起来，出版了诗集《机关打油诗》。1887年，他来到阿拉哈巴德，担任《先锋报》的编辑，并负责为这家报纸出版两种周刊。

1888 年，吉卜林的第一部短篇小说集《山里的故事》出版，受到赞扬。同年，他的六个短篇小说集《三个士兵》《盖茨皮一家的故事》《黑与白》《在喜马拉雅杉树下》《人力车怪影》《小威利·温基》以"印度铁路丛书"小册子的形式出版。这些作品流传甚广，后来在英国再版，给作者带来了声誉。

1889 年，吉卜林辞去职务，告别父母，用卖稿收入做了一次长途旅行，经过仰光、新加坡、香港、横滨、旧金山、纽约，到达英国的利物浦。他一踏上英国土地，便发现自己在这里颇有点名气，已经是个引人注目的文坛新秀了。他的作品受到伦敦各大文学杂志的赞扬，就连曾经认为他的小说《野兽的烙印》给人"留下了极不愉快的印象"的著名评论家安德鲁·兰也改变了看法，为他的作品写序，并把这位年轻的作家引进伦敦著名文人荟萃的萨维尔俱乐部。一年后，吉卜林便被正式接纳进了这个俱乐部。

1890 年，吉卜林出版了他的第一部长篇小说《消失的光芒》。1891 年，他的著名短篇小说集《生命的阻力》同时在纽约和伦敦两地出版。著名女作家奥利芬特夫人盛赞这部小说集的"坦率、大胆"，并且认为吉卜林"在短篇小说方面是无与伦比的"。

1892 年，吉卜林和美国女子卡罗琳·贝利斯蒂尔结婚，婚后定居于美国佛蒙特。在婚后幸福宁静的生活里，吉卜林创作了大量重要作品，如诗集《营房歌谣》（1892）、短篇小说集《许多发明》（1893）、冒险小说《大宝石》（1893，与妻兄沃尔科特·贝利斯蒂尔合写）和以丛林动物为主人公的著名作品《丛林之书》（1894）、

《丛林之书续篇》（1895）等。

1896年，吉卜林和内弟发生争吵，闹上了法庭，宁静的生活被破坏了。后来，吉卜林带着一家离开美国，回到英国，在托尔奎住下。同年，他的诗集《七海》出版。1897年是英国维多利亚女王登基六十周年，在一片欢庆声中，吉卜林在《泰晤士报》发表了《礼拜终场赞美诗》，告诫人们不要被胜利冲昏头脑，忘记了自己应尽的职责；要记取失败的教训，努力维护帝国的荣誉。这首诗表现了吉卜林维护大英帝国利益的立场。

在这时期，吉卜林写出了讲述一个娇生惯养的男孩子坠海遇救，在渔船上受到锻炼的小说《勇敢的船长》（1897），还有回忆中学生活的短篇小说集《斯托凯公司》（1899），随笔集《从海到海》（1899），以及短篇小说集《日常的工作》（1898）。在《日常的工作》里，吉卜林开始显示了他对机器和技术的特殊兴趣。这些小说集中不但有以工程师为主人公的作品，还出现了以机车和轮船为主人公的作品。亨利·詹姆斯在一封给朋友的信（1897年12月25日）里对此表示了失望和不满："在他（按：指吉卜林）的早期，我曾认为他或许能发展成为英国的巴尔扎克；然而，他逐步地由单纯的题材降低到了更为单纯的题材——从印度的盎格鲁人到印度土著，从印度土著到'汤米'们，从'汤米'们到哺乳动物，从哺乳动物到鱼类，又从鱼类到了机器和螺丝钉，于是我也就放弃了这种期望。"①

---

① 转引自诺曼·佩奇编：《吉卜林指南》，麦克米伦出版公司，伦敦，1984年版，第49页。

1899 年 1 月，吉卜林作为知名作家再次赴纽约访问。吉卜林和大女儿不幸在美国患病，他的病情急骤恶化，引起了世界各地的关注，各大报纸每天在头版报道他的病情。3 月，吉卜林转危为安，但他的女儿约瑟芬却不治身亡。当年 6 月，吉卜林回到英国，接受了加拿大麦吉尔大学的荣誉博士学位，但是当英王派人向他提出封他为爵士的建议时，他却婉言谢绝。

1899 年，英布战争①爆发。吉卜林积极支持政府的扩张政策，亲自到南非视察，为军报《朋友报》撰稿，进行募捐和慰劳伤员的活动。这使他在读者中的声誉大大下降。1902 年，他退居到苏塞克斯郡乡间，不再进行公开的政治活动，但仍持保守的政治立场。

1901 年，吉卜林的著名长篇小说《基姆》出版，这是他最后一部以印度为题材的作品。在这部作品里，吉卜林又回到了他童年时期所熟悉的印度，小说以爱尔兰孤儿基姆在印度漫游，并且参加英国军队的间谍活动为中心。这部小说被批评家们公认为是吉卜林最出色的长篇小说，然而有的评论家认为小说里描写的间谍的秘密活动并不成功，破坏了"流浪汉小说"的主线。这段时期，吉卜林还创作了令人难忘的优秀童话《供儿童阅读的平常故事》（1902），G.K. 切斯特顿认为："它们不像是在现代的炉旁讲给孩子们听的童话，而像是在世界的清晨讲给成人听的童话。"此外，吉卜林还创作了两部短篇小说集：《交通与发明》（1904）、《作用与反作用》

---

① 英布战争，也叫布尔战争或南非战争，是英国对南非布尔人的战争。布尔人战败，于 1902 年媾和，英国吞并德兰士瓦和奥兰治。

（1909），一部诗集《五国》（1903），以及两部历史故事集《普克山的帕克》（1906）、《奖赏和仙女》（1910），等等。

1907年，吉卜林获得了诺贝尔文学奖。他是获得这种荣誉的第一位英国作家。荣誉接踵而至。同年，他还获得了英国达勒姆大学、牛津大学和剑桥大学的荣誉博士学位。

1914年，第一次世界大战爆发。吉卜林积极参加了战时宣传活动。他主动把儿子送进爱尔兰卫队。1915年8月，他的儿子随部队赴法国前线作战，后不幸负伤失踪，从此杳无下落，这给了吉卜林极大的打击。

由于丧子之痛和疾病缠身，吉卜林晚年的作品有不少涉及战争创伤、病态心理和疯狂、死亡的内容。这一时期的作品有短篇小说集《各种各样的人》（1917）、《借方和贷方》（1926）、《限期和展期》（1932）等。他还为了纪念死去的儿子，写了《大战中的爱尔兰卫队》（1923）。吉卜林在晚年写了一部回忆录《关于我自己》，这部书是在他死后出版的。

1935年12月30日，吉卜林这位德高望重的作家在家里安静地度过了自己的七十诞辰。出乎他的意料，他收到了世界各地的大量贺电和贺信，其中包括英国国王的亲笔贺信，也包括许多普通人写来向他表示景仰之情的信件。

1936年1月，吉卜林在去探望女儿女婿时突然发病，医治无效，于1月18日清晨去世。他的骨灰被隆重地安葬在威斯敏斯特教堂(西敏寺)的诗人角，在狄更斯、哈代这两位伟大作家的墓地旁边。

在吉卜林的作品里，最吸引人的是他早期创作的以印度生活为题材的短篇小说。

比吉卜林年长的英国作家史蒂文生和哈葛德都曾以描写充满异国情调的海外冒险故事见长。哈葛德笔下非洲所罗门王的宝藏，史蒂文生笔下海盗埋在小岛上的珍宝都曾经吸引过无数向往冒险生活的读者。吉卜林笔下那些描写印度生活的作品，一方面用神奇浪漫的色彩揭示了东方古国印度的新鲜而陌生的生活习俗、当地风光，另一方面，又用严峻的现实主义的批判笔调，揭示了印度殖民地人民的苦难。这与哈葛德和史蒂文生以冒险为主的风格是有相当大的区别的。

在吉卜林笔下，古老的印度并不仅是征服者王冠上一颗最灿烂的宝石。这片富饶美丽，具有悠久文明历史的古老土地，已经由于经年不息的战火和征服者贪婪的掠夺而变得满目疮痍、多灾多难，成了一个贫穷落后，饱受酷热干旱之苦，到处是瘟疫和饥馑的地方。

在吉卜林用简洁的新闻报道笔法写下的短篇《小托布拉》里，孤儿托布拉把相依为命的瞎妹妹推进井里淹死，因为他们讨不到吃的。"死总比挨饿好"，小托布拉这句话表现了饥饿的印度人民深刻的悲哀和绝望。在城市贫民窟里，同样的绝望情绪笼罩着无路可走的穷人。在《在苏德胡的公寓里》，一个自称是"占星家"的骗子，利用现代文明的工具——电报——去诈取急于知道远方儿子消息的老人的钱财。在这座公寓里，人们已经陷入愚昧和麻木不仁的状态，虽说他们知道老人受骗，却无人出来揭穿骗局。吉卜林十分准确地表现出了这个殖民城市下层社会的人们所处的精神困境。

吉卜林是一个善于讲故事的作家，他讲述的印度故事新奇浪漫，闻所未闻，充满了爱情、复仇、凶杀和死亡。《死心眼儿的水手头目帕姆别》，讲的是受到醉汉侮辱的水手头目，为何放弃了工作和妻儿，锲而不舍地漫游世界，追踪曾经侮辱他的火夫。多年以后，他们终于在异国重逢了。早已忘却往事的火夫像见到久别重逢的老朋友那样拥抱身患重病的水手帕姆别，帕姆别却把刀深深插进了他的胸膛。"这下我可以死了。"帕姆别完成了复仇的"壮举"以后就心甘情愿地被送上了绞架。一个野蛮人的原始的复仇行为就这样以文明社会用法律手段对他进行惩罚作为结束。

　　在《越过火焰》里，讲的是一对公然无视世俗法规约束的男女的恋爱故事。经常挨丈夫打骂的少妇阿西拉投入了旁遮普土著步兵团的士兵苏凯特·辛格的怀抱。然而她的丈夫很了解用什么方法能使妻子就范，他请求巫师对这个不听话的女人施以法术，使她"像春天里一棵剥了皮的树那样枯萎下去"。阿西拉相信了这种诅咒，她觉得自己正在枯萎下去。最后这对情人双双自焚于阿西拉丈夫这个烧炭人的柴堆上，作为对迫害他们的人的抗议。

　　《伊姆雷的归来》的故事结构有点像侦探小说。驻印度的英国文职人员伊姆雷失踪了。警官斯垂克兰住进了他留下的房子。警官总是感到这幢房子里有个飘忽不定的鬼影在出没，决心调查这件怪事。最后，他在屋顶和天花板之间的顶棚里发现了伊姆雷的尸体。杀死伊姆雷的是他的印度仆人。仆人四岁的儿子患热病死了，他认为儿子的死是因为主人用"毒眼"看了他。因此，他就把主人杀了。事情败露后，这个仆人宁愿让自己被毒蛇咬死，免得上法庭，因为

"我要是死在绞架上，就辱没了家声"。

在吉卜林小说里最阴森恐怖的一篇恐怕要算《野兽的烙印》了。它通过一件神秘的报复事件反映了印度人民对白人殖民者的仇恨。一名喝醉的白人殖民者侮辱了印度猴王神庙里的神像，他因而受到神庙里祭司的惩罚，性格变得像一头凶猛的野兽。他像野兽一样狼吞虎咽地吞吃生肉，在地上爬行，在黑暗中，他眼里射出磷光，发出凄厉的狼嚎。这个故事是以吉卜林所特有的简洁的白描手法表现的，于阴森中带有令人信服的真实感。故事的结局虽然是这个殖民者在朋友的帮助下解除了被麻风祭司施行的魔法，恢复了理智，然而，故事强烈感人之处在于它表达了印度人民强烈的民族自尊感和他们不甘受辱的决心。同时，作者笔下那个粗野愚昧的殖民者形象写得也十分传神。因而，读者不由自主地感到，他变成野兽是很自然的，他的变化只不过暴露出了他身上原来就具有的兽性的本质。

吉卜林生长在印度，对印度怀着特殊的感情，同时，他也十分熟悉印度生活里种种落后迷信和野蛮的现象。他通过笔下种种使人感到可笑、可怜、可悲的愚昧无知、迷信落后的现象，同时揭示出来的是印度人民身上种种可贵的精神品质：那对为迷信所苦的青年男女，没有向施行"法术"的巫师和残暴的丈夫屈服，而是为了爱情从容赴死。在那个为了报复一次小小的侮辱而抛弃生活中的一切其他追求的水手身上，在那个为孩子的死悲伤因而杀死主人的印度仆人身上，也都闪耀着个人尊严的光芒。为了维护个人尊严，他们不惜一切代价，因为他们除此以外，确实可说是别无所有了。他们的悲剧发人深思，使读者不禁要问，是什么造成了他们的愚昧、迷信、落后？是什么使他们陷进了悲惨的命运而自己毫无清醒的认识？因此，吉卜林对印度生活的描写就不能不使人考虑到，造成印度人民苦难的根源，是和殖民制度有密切关系的。

从葡、英、法殖民者开始侵入印度，到印度沦为英国殖民地，共有两百多年的历史。在这段漫长的岁月里，印度人民从来没有停止过反对殖民者的斗争，直到印度获得独立，建立印度共和国为止。1857年，也就是吉卜林出生前八年，印度爆发了一场举世闻名的大起义。这次起义虽然被残酷地镇压下去，却使英国殖民者胆战心惊。在吉卜林的青年时代，印度人民对那次大起义记忆犹新，在吉卜林的作品里也不止一次地提到这次起义和那以后的血腥大屠杀。

吉卜林在政治上持保守立场，他是支持政府的殖民政策的。但是他认为，为了缓和民族矛盾，更好地治理当地人民，殖民地的官员应当是一些"实干家"，他们应该不辞劳苦，体恤民情，能够主动接近当地人民，了解他们的习俗、思想和愿望，并且根据这些实际情况来制订自己工作的方针。他的作品中时常出现这样一些"爱民如子""体察下情"的贤明的下层白人官员的形象，同时对于从伦敦来的一些指手画脚、夸夸其谈，毫不了解印度情况的自由派政客也做了不少讽刺的描写。

尽管吉卜林有这样一些"良好"的愿望，在他的作品里却仍然透露出，在白人殖民者和当地人民中间显然存在着一条鸿沟，他们的关系，根本说不上"融洽无间"。白人老爷们往往有一种心惊肉跳的不祥感，他们像是坐在一座火山顶上，不知什么时候就会被愤怒的火山岩浆吞没。前面提到的《野兽的烙印》里，受到侮辱的印度人民借助超自然的力量，使亵渎神像的白人堕落成了野兽就是一个例证。在另一篇小说《莫鲁比·居科斯骑马奇遇记》里，白人和当地人民之间的鸿沟是通过一位白人工程师的噩梦似的"奇遇"表现出来的。这位工程师偶然陷进了印度北部的一座"死人村"（这篇小说原来的名字就是《死人村》）。这里禁闭着一些被送上火葬架以后又活过来的"活死人"。他们被看作是不祥之物，从此失去了自由，被送到"死人村"，苟延残喘，过着野兽不如的生活，直到他们真正死去为止。这篇小说不仅使读者看到印度生活里迷信落后的丑恶现象——"死人村"的存在，而且用"死人村"里白人和土著的相互关系发生的惊人变化，引起了读者的思考。工程师在"死人村"里遇见一个老相识，他是一名印度电报员，对白人一向卑躬屈膝，唯唯诺诺。但是当他发现这位白人老爷已经陷进绝境时，他就不再是那样毕恭毕敬的了。他和同伴公开嘲笑工程师的狼狈相，抢走他身边的财物，分吃了他的马匹。失去了身份和尊严的工程师面对这种"无法无天"的举动，只能惊恐、愤慨而又无可奈何，不得不低声下气地请求电报员教给他在"死人村"里谋求生存的手段。这篇小说反映了印度的白人统治者对不久以前的印度起义的恐怖回忆，揭示了统治者内心的惶惶不安。

吉卜林的著名小说《国王迷》则直接表现了印度人民对于殖民主义野心家的反抗和惩罚。两个英国冒险家深入印度山区，冒充"天神"愚弄部落人民。其中一个被拥戴为国王，部落人民向他献上了赤金制成的王冠。这个骗子得意忘形，就想在土著姑娘中找一个"王后"，这下却暴露了他的"凡人"面貌。愤怒的部落人民用残酷的手段惩罚了这两个骗子，砍下其中那个"国王"的头，由他的同伙把这干枯的头颅和那顶金冠带回白人社会，作为野心家悲惨下场的见证。这篇小说被公认为是吉卜林的杰作，被称为"小说里最大胆的作品"。

吉卜林的作品里除了描写印度人民的题材，有相当部分描写了在印度的英国殖民者的生活。印度的白人上流社会是吉卜林讽刺的对象，在这个自成一体的小小特权社会里，有殖民地高级官员、殖民军队里的军官，以及他们的妻子。他们生活空虚无聊，用调情说爱、赌博酗酒来打发光阴。对于印度人民的疾苦，他们既不关心也不想了解。吉卜林用喜剧手法写了几篇反映他们的爱情婚姻生活的作品。《爱神的箭》描写一个丑陋的白人"专员"看上了一位擅长射箭的美貌姑娘，为了向她求婚，特地为她安排了一场射箭比赛。但是姑娘挫败了他的计划，故意箭箭射空，最后和自己的意中人——一个不名一文的穷龙骑兵双双私奔。"专员"准备的奖品——贵重的钻石手镯却被一个塌鼻子姑娘赢去了。《约尔小姐的马夫》描写的是穷警官斯垂克兰化装成马夫，向心爱的姑娘求爱，终于冲破势利父母的阻力，缔结了良缘的喜剧性故事。这两篇小说都幽默风趣，洋溢着青春的浪漫气息，和吉卜林其他作品中神秘阴森的气氛完全不同。

但是在揭露驻印白人上流社会的丑恶现实时，吉卜林惯用的幽暗诡异手法却起到了出色的烘托作用。《年华虚掷》写一个年轻军官来到印度，在腐化堕落的生活环境里感到幻灭而自杀。吉卜林没有平铺直叙地写他自杀的过程，而把故事重点放在军官的朋友如何发现他的尸体以及如何对他父母隐瞒他的死因上，使读者更强烈地感受到青年军官是在怎样一种绝望的情绪下走向死亡的。在《老相好》里，受丈夫冷遇的妻子盼着再见自己旧日心上人一面，迎来的却是坐在马车里情人的尸体。他因疾病折磨，受不了奔波之苦，已经死于途中。小说里和不幸的妻子那深沉的旧日爱情相对衬的，是马车夫无动于衷地把死者缚在马车座位上继续赶路的细节，通过它透露了社会对这对不幸的情人的冷酷态度。

吉卜林描写得最出色的人物是在印度殖民地为英帝国服务的小职员和士兵。吉卜林对于那些终日辛劳、报酬菲薄的白人小职员寄予了极深切的同情。他笔下的职员大多是些不足三十岁的年轻人，他们远离故乡，阔别父母和年轻的妻子，来到印度，被派遣到偏僻荒凉的地方从事艰苦的工作。劳累、孤独、酷热和恶性流行病常常使他们身心衰竭、精神崩溃，过早地被夺去了年轻的生命。吉卜林在描写他们的悲惨命运时，往往用浓重的阴郁色彩展现他们身心交瘁的痛苦情景。《通道尽头》就是其中的名篇。小说描写在偏僻的铁路工地上的一名工程师，负担了过重的工作，为了照顾别人，自己得不到休息。最后，他因为劳累过度而产生幻觉，感到在通道尽头有鬼影追逐，终于体力不支，惊骇而死。吉卜林不仅擅长表现驻印度小职员的苦恼，还着意描写了他们在艰苦生活中"相濡以沫"的友爱精神。这使他的作品阴郁的背景上添加了一抹明亮的温暖色调。在《银行骗局》里，一家银行的分行经理为了安慰病危的会计，向他隐瞒了他已被上级解雇的真相，编了许多善意的谎话，使会计在临终前得到了一些安慰。其实这个会计恰好是个偏狭自大的讨人厌的家伙，又是最瞧不起这位经理的人。吉卜林写的这些小人物的故事充满真挚的情感，使我们想起美国作家布勒特·哈特笔下那些心地善良而富于自我牺牲精神的淘金工人、赌徒和流浪汉。

吉卜林笔下的小职员，虽说属于大英帝国统治机器的一个组成部分，然而在白人社会里他们仍处于卑微的位置，他们中大多数是为生活所迫，远渡重洋来寻找谋生机会的贫苦人家子弟。因为他们经历过艰苦生活的煎熬，尝过贫困挨饿的滋味，这就使他们和印度人民之间容易产生同情和理解。吉卜林的一篇动人的小说《没有教会豁免权的情侣》讲述的就是这样一个白人小职员荷尔顿与贫苦的印度姑娘阿米娜之间凄恻哀婉的爱情故事。小说的题目表达了作者对这对情人不幸的爱情的同情态度。在印度的英国殖民者社会里，男女之间公开的调情说爱，以及殖民地官员玩弄当地少女的行径，都是司空见惯的，唯独白人和印度居民之间真正的爱情是得不到社会承认的。荷尔顿和少女阿米娜享受着偷来的幸福，他们是没有"教会豁免权"的，即中世纪教会授予僧侣的不受世俗法庭审判的权利，因此他们的爱情就不可能得到白人社会的允许，注定要遭到不幸。最后，他们的儿子夭折了，阿米娜也染上了传染病死去。在一场下了两天的大雨以后，荷尔顿回到了他曾经度过一段幸福时光的房子里，只见那所房子已是空空荡荡。"院子里的草足有三英寸高……仿佛这座房屋没有人居住不是刚刚三天，而是整整三十年了。"吉卜林讲述这个故事时一反他过去粗犷豪放的文风，把故事写得温柔细腻，凄恻动人。尽管吉卜林在自己的作品中不时流露出比较浓厚的民族优越感，但在这篇小说里他却真挚地歌颂了不同民族的一对男女之间纯洁的爱情，同时也表现了他对小人物的无限同情。

除了殖民地小职员，吉卜林还成功地塑造出了一些栩栩如生的普通英国士兵的形象。英国士兵在白人社会里，地位比小职员还要低下，他们来自英国最贫苦低贱的阶层，往往因为无路可走才投入军队。他们被人称为"粗野放荡的大兵"，名声很不好听，当家长的都不愿让自己的子弟去当兵，认为当兵"跟受绞刑只差那么一步"。

　　远渡重洋来到印度的士兵，往往陷进更为恶劣的环境。他们不得不忍受炎暑和酷寒的折磨，恶劣的居住条件及遍地流行的疾病夺去他们许多兄弟的生命。他们还得受军队苛刻的纪律约束和军官的打骂凌辱，承担辛苦的劳役，稍有怠慢就受到处罚，或是被关禁闭，或是被罚全副武装在骄阳下进行惩罚性的军事操练。

　　另一方面，驻印度的英国士兵是大英帝国用来维持殖民统治的镇压工具，因此士兵们对当地土著的态度往往是带有敌意和粗暴野蛮的。他们对于当地人民，往往又摆出强悍的姿态，平时干些偷鸡摸狗的勾当，在战斗中则进行残杀和镇压，彼此吹嘘自己的"武功"和"战绩"。

　　对于英国士兵的处境和他们这种带有两面性质的思想感情，吉卜林是非常了解的。他的最大成就是在作品里塑造出了三个情同手足的普通士兵的典型形象，描写了他们的许多带有喜剧性的滑稽的"冒险"故事。这三个士兵就是爱尔兰籍的老兵穆尔凡尼、约克郡的矿工李洛埃和来自伦敦的小个子奥塞里斯。吉卜林通过他们的"历险"成功地表达了普通士兵的苦闷、欢乐、希望和悲哀，写出了士兵们粗野而乐观幽默的性格、他们之间的深厚友谊，以及他们克服困难的机智本领和坚毅气概。在《三个士兵》里，吉卜林描写这三个淘气的士兵如何设下圈套，捉弄了狂妄自大的视察大员。在《犯疯病的大兵奥塞里斯》里，吉卜林描写了士兵的苦闷：奥塞里斯突然陷入极端的烦恼痛苦之中，想开小差回家去过普通人的生活。而在《在格林诺山上》，约克郡来的李洛埃在伏击印度起义士兵时回忆起了他昔日爱过的姑娘。吉卜林在印度当记者的时期经常和士兵交朋友，他对士兵有着特殊的了解和尊重。他在小说里常常写出他们的恶作剧和粗暴残忍的行为，但更重要的是，他同时还揭示了士兵精神生活和内心世界中纯真善良的一面，写出他们的憧憬，为他们呼吁人的待遇和享受幸福的权利。在李洛埃的生活中，曾有个姑娘点燃了他心中高尚的爱情之火，促使他立志向上，做个善良正直的好人。虽说姑娘已经死去，但李洛埃身上善良之心未泯。他和同伴被派去伏击一个印度起义士兵，当枪声响起，起义士兵应声倒地时，李洛埃心里闪过一个念头："也许他也有个心上人。"然而，李洛埃却受人驱使，不得不和这个同样有着自己的憧憬和希望的印度士兵两相对峙和残杀。读者读到这里，不禁为这些受人驱使的普通士兵惋惜。他从投入军队之日起，就已失去了自己的尊严，成了一个"汤米"，"一个该死的、只值八安那的、偷鸡摸狗的汤米，只有一个号码，没有了规规矩矩的姓名"。吉卜林通过三个情同手足的士兵的故事，创造出了普通英国士兵的形象，使读者第一次了解了他们的内心世界。他们不再是一个"号码"，而成了活生生的人。吉卜林在这方面的功绩是不可磨灭的。因此，英国评论家安德鲁·兰在1891年曾写文章赞扬吉卜林写士兵形象的成功："在吉卜林先生发现的新的人物中，最受欢迎的无疑是他所创造的驻印度的英国士兵。……在吉卜林先生以前，没有任何人想到过要把这一切告诉我们。"

吉卜林粗犷雄浑的风格和他那简洁幽默的笔调，在描写士兵的小说里是表现得最为出色的。当然，在小说里吉卜林也在一定程度上暴露了他维护殖民统治的立场，对残暴的镇压行动有毫不掩饰的露骨描写，流露出对强悍者的欣赏态度。这正是妨碍他更深入地描写印度人民的反抗的原因。

吉卜林生活的年代，是英帝国从兴盛走向衰落的时期，到吉卜林创作的晚期，帝国的没落已成定局，吉卜林怀着政治上的失落感，开始热衷于到英国的历史中去寻求精神上的安慰。《祖宅》是吉卜林晚期的名篇，它通过一对美国夫妇在英国乡村的一所老宅里找到自己的"根"，从而得到内心的安宁和满足的故事，表达了吉卜林精神的追求，同时也体现了他对英国封建宗法社会的理想化。吉卜林晚期的另一些作品描写的是精神创伤和死亡的题材。《战壕里的圣母》描写了一个阴郁的爱情和死亡的故事。它是通过一个精神陷入崩溃的士兵的口讲述出来的。在《别墅疑云》里，失足坠窗而死的妹妹得不到姐姐们的谅解，认为她是蓄意自杀，因此在她们住过的屋子里出现了两股若隐若现的乖戾之气：一股是姐姐的怒气，一股是妹妹的怨气，它们使得后来住在这幢屋子里的人感到窒闷不安。在这两篇小说里，吉卜林认为只有人与人之间达到相互谅解，才能医治创伤，达到心灵的平静。那个受到刺激的士兵只有在讲出了他的经历，得到了共济会医生的理解，才恢复了理智和平静，而那层笼罩在三姐妹住过的别墅里的阴云，只有在妹妹死亡的原因真相大白，得到姐姐的谅解后，才完全消散，使以后住进这幢别墅的人感到心情舒畅，皆大欢喜。吉卜林晚期的作品更多地侧重于微妙的心理分析和气氛的渲染，然而他前期擅长的简洁手法，在这里更发展成为高度完美而紧密的艺术结构形式。

《丛林之书》和《丛林之书续篇》是吉卜林最引人入胜的作品。它把读者带进了一个富于幻想的神奇丛林王国，使他们结识了许多令人难忘的可爱的动物形象。我们选了其中四篇：《莫格里的兄弟们》《老虎！老虎！》《国王的象叉》和《白海豹》。我们选的另一篇《在丛林里》，虽说发表在《许多发明》这部小说集里，实际上是《丛林之书》中狼孩莫格里故事的结束篇，因此也一并收入。

在《莫格里的兄弟们》里，故事主人公是在森林中被母狼喂养大的印度樵夫的儿子莫格里。他长成了一个勇武而又聪慧的少年。他的朋友有慈祥的狼妈妈、忠诚的狼兄弟以及足智多谋的黑豹巴希拉、憨厚的老熊巴卢、善良的老狼阿克拉。他们在莫格里周围形成了一个温暖的集体，教给莫格里丛林动物必须遵守的"丛林法律"，教给他生活的智慧和谋生的本领。莫格里也运用自己的勇气和智慧帮助这些养育过他的动物。他从附近的村子里取来了"红花"——火，制服了狼群的叛乱者和煽动叛乱的老虎谢尔汗。在《老虎！老虎！》里，莫格里离开狼群，回到人类社会，被一位失去儿子的村妇收养。但老虎谢尔汗跟踪而来，要加害于他，莫格里机智地利用村里的牛群设下埋伏，谢尔汗陷入牛群包围，被牛蹄践踏而死。但是莫格里自己也被村里祭司说成是巫师、魔鬼，村民向他扔石子，把他赶了出去。在《国王的象叉》里，莫格里又回到森林的同伴们中间。蟒蛇带他去探访森林深处一座古代城市的废墟，他们发现了一处由一条白眼镜蛇看守的地下洞窟，里面装满了历代帝王的珍宝。莫格里出于好奇，带出一根嵌有宝石的象叉。这根价值连城的象叉在森林里出现后，引起人们的争夺和互相残杀。莫格里目睹了这根象叉引起的屠杀后，毅然把象叉送回了地下洞窟。最后，在《在丛林里》里，莫格里终于离开兽群，回到人群中间，成了一名看林人。他运用自己在丛林中学到的本领，帮助林务官吉斯博恩视察森林，和破坏森林的现象做斗争。在另一篇小说《白海豹》里，吉卜林离开了莫格里的故事，描写一头与众不同的白海豹。为了帮助同类免遭人类的残杀，他历经千辛万苦，终于找到了一处人迹不到的平静的海湾，并且带领同伴迁居到那片乐土上。

吉卜林这些有趣的动物故事，不仅把儿童引进了一个新奇的想象中的天地，而且通过莫格里和动物们的冒险活动，教会他们生活的哲理：要团结友爱，互相帮助，形成一个温暖的集体。同时，每一个人都应该充分发挥自己的智慧和勇气，不屈不挠地克服困难，和邪恶势力做斗争。

吉卜林为了阐述他心目中理想的社会秩序，在《丛林之书》里创造了一套动物们必须遵守的"丛林法律"。这套"丛林法律"常常被人和吉卜林的维护英帝国统治的保守立场联系到一起，归结为"弱肉强食"的原则；被认为是吉卜林用来宣传恃强凌弱的思想，为帝国主义掠夺政策进行辩护的理论。

如果对《丛林之书》的内容做一些具体分析，就可以看出这种推论是没有足够根据的。让我们看看吉卜林在故事里对"丛林法律"所做的一些规定。首先，"丛林法律"要求动物有"无声无息的脚步，明察秋毫的锐利目光，识别风向的耳朵和尖锐的白牙"，以便维持自己的生存，不但可以避开危险，还能进行厮杀和捕猎食物。其次，"丛林法律"不只规定了动物必须维持自己的生存，还规定动物必须保护母兽和小兽的生存，为繁衍后代做出贡献。在《莫格里的兄弟们》里，每个月圆之夜都要举行狼群大会，让狼群成员认识新生的狼崽，并规定他们"不能用任何借口杀死一头狼崽"，否则"只要抓到凶手，就立即把他处死"。狼群正是用这条法律制止了恃强凌弱的行为。除此之外，"丛林法律"还有一些有利于动物生存的特殊规定，比如，在《丛林之书》里，写到了禁止动物吃人的法律，因为这会招来人的报复，森林里每一个子民都得遭殃。为了避免干旱威胁丛林里动物的生命，"丛林法律"规定，只要河水下降到露出河中央的大石头时，丛林里这个唯一的水源就成了禁猎区。不管是凶猛的老虎，还是狡猾的豺狼，都不得在饮水的地方捕杀麋鹿和山羊。这说明，"丛林法律"的核心是要求动物们遵守一定的秩序，以达到全体兽类能够生存和繁衍后代的目的。在《老虎！老虎！》里，老虎谢尔汗正是因为违背了"不许吃人"的"丛林法律"，成了"害群之马"，因此莫格里消灭他的行动得到了兽类同伴的支持和赞同。

吉卜林描写动物世界的"丛林法律"，是有他的用意的。他是要表达这样一种思想：在人类社会里，和动物世界一样，人和人的个人利益是相互制约、相互依存的，因而为了人类的生存和繁荣，人人都要遵守一定的社会秩序。"丛林法律"实际上是吉卜林贡献出来的一条治世良方。但是，吉卜林的这套理论带有浓厚的说教性质，游离于动物形象之外，反而削弱了作品的艺术感染力。《丛林之书》

里最吸引读者的，不是关于"丛林法律"的说教，而是动物之间温暖的友谊和他们克服困难的毅力，以及他们和凶残的老虎谢尔汗等邪恶势力做斗争的坚决精神。《丛林之书》里莫格里、卡阿、巴希拉等动人的形象和他们身上的美好的品质曾经鼓舞和感染了许许多多年轻读者。意大利共产党创始人葛兰西对这部童话曾给予高度的赞扬。他在身陷法西斯监狱的时候，从狱中写信给他的妻子，建议他们的小儿子德里奥读一读这部作品。葛兰西告诉妻子说："这些故事中荡漾着一种奋发的精神和意志力……我以为这是需要让德里奥和任何一个孩子领会的，如果我们希望这些孩子富有坚强的性格和昂扬奋发的活力的话。"葛兰西的话十分中肯地指出了《丛林之书》思想价值所在。我们评价它时也应该首先肯定它在这方面的成就。

吉卜林作为艺术家的才能是多方面的。他的许多描写印度生活的短篇小说，有的是纪实性的，它们如实地反映了殖民地生活里粗俗、残暴、悲惨，甚至是骇人听闻的事件，有时，它们又充满诗意，富于象征和寓意，尤其是他的后期小说，更注意表现混乱世界中对和谐与平衡的追求。他善于用诙谐风趣的手法表现生活中的幽默，他的三个士兵进行了许多喜剧性的冒险。然而有时，在他的小说里也出现了严肃的沉思和深沉的悲剧情调，引起读者的思索。

吉卜林的作品以简练著称，充满阳刚之气。在他的小说里找不到大段的冗长描写，他善于用对话来表现人物性格。他的故事有时几乎全部是对话，甚至全部是戏剧性独白。吉卜林的对话非常富有表达力，往往寥寥数语就使人物性格特征、思想感情和心理状态流露无遗。当他笔下那三个著名的普通士兵开始说话时，读者不用看小说里标明说话者是谁，就能从那独特的方言和表达方式辨认出说话的是哪一个。

吉卜林的故事常常是由一个经常出现的讲故事人叙述，这位叙述者常常就是作者本人。他并不是事件的参与者，然而他是一个富于同情的旁观者，往往在他讲述自己目击的事件时，用自己的想法加以补充，使得人物的行动具有更为醒目和突出的含义。同时，叙述者的经常出现，使吉卜林的故事，例如三个士兵的冒险，有了一定的连续性，形成一个整体。

吉卜林的长期记者生涯使他具有极其敏锐的观察力，同时又让他的描写精确无误。他在回忆录里提到，当他写新闻报道的时候，俱乐部的朋友们全是他的批评家，"他们要求的是准确性和趣味性，但是首先是准确性"。吉卜林终生保持了"准确"的习惯，对他要写的事物，他通常要进行大量的考察，直到他清楚地了解写作对象的一切细节为止。吉卜林从不回避生活里粗野残暴的现象，不怕别人骂他粗鄙和狂妄。他对自己笔下的人物怀着真挚的深情，他往往是用心灵来感受他们的欢乐和悲伤的。

因此，T. S. 艾略特对吉卜林的这段评价，是十分中肯的：

"遣词用句的巨大才能，惊人的好奇心和用他的心灵及全部感官进行观察的力量，表演家的假面具，除此之外，还有能够传递来自外界信息的预见力的奇妙禀赋……这些就使吉卜林成为一个我们不可能完全理解且完全不可能轻视的作家。"[1]

---

① T. S. 艾略特编：《吉卜林诗歌精选》，费伯与费伯有限公司，伦敦，1957 年版，第 22 页。

老虎！老虎！

莫格里的兄弟们

蝙蝠曼恩释放了黑夜，

　于是鸢鹰契尔把它带了回来——

牛群都被关进了牛棚和茅屋，

　因为我们要恣意放纵直到黎明。

这是耀武扬威的时刻，

　尖牙利爪巨钳一齐进攻。

哦，听那呼唤声——祝大家狩猎成功，

　遵守丛林法律的全体生物！

　　　　　　　　　　　——《丛林夜歌》

　　这是西奥尼山里一个非常暖和的夜晚，狼爸爸睡了一天，醒来已经七点钟了。他搔了搔痒，打了个呵欠，把爪子一只接一只舒展开来，好赶掉爪子尖上的睡意。狼妈妈还躺在那儿，她那灰色的大鼻子埋在她的四只滚来滚去叽叽尖叫的狼崽子身上。月亮的光辉倾泻进了他们一家居住的山洞。"噢呜！"狼爸爸说，"又该去打猎了。"他正要纵身跳下山去，一个长着蓬松的大尾巴的小个子身影遮住了洞口，用乞怜的声音说道："祝您走好运，狼大王，愿您的高贵的孩子们走好运，长一副好且白的牙齿，好让他们一辈子也不会忘记这世界上还有挨饿的。"

他是那只豹——专门舔吃残羹剩饭的塔巴克。印度的狼都看不起塔巴克，因为他到处耍奸计，搬弄是非，在村里垃圾堆上找破布和烂皮子吃。但是他们也怕他。因为塔巴克比起丛林里任何一个生物来，都更容易犯疯病，他一犯病，就忘了他过去曾经那么害怕别人，他会在森林里横冲直撞，遇见谁就咬谁。就连老虎遇上小个子塔巴克犯疯病的时候，也连忙逃开躲起来。因为野兽们觉得最丢脸的事儿，就是犯疯病。我们管这种病叫"狂犬病"，可是动物们管它叫"狄沃尼"，也就是"疯病"，遇上了便赶紧逃开。

"好吧，进来瞧吧，"狼爸爸板着脸说，"可是这儿什么吃的也没有。"

"在一头狼看来，的确是没有什么可吃的。"塔巴克说，"但是对于像我这么一个微不足道的家伙，一根干骨头就是一顿盛宴了。我们这伙豺民，还有什么好挑剔的？"他一溜烟钻进洞的深处，在那里找到一块上面带点肉的公鹿骨头，便坐下来美滋滋地啃起了残骨。

"多谢这顿美餐，"他舔着嘴唇说，"您家的高贵孩子们长得多漂亮呀，他们的眼睛多大呀！而且，这么年轻，就出落得这么英俊！说真的，说真的，我早该知道，大王家的孩子，打小时候起就像男子汉。"

其实，塔巴克完全明白，当面恭维别人的孩子是最犯忌讳的事。他看见狼爸爸和狼妈妈一副不自在的样儿，心里可得意啦。

塔巴克一动不动地坐在那里，为他干的坏事而高兴，接着他又不怀好意说：

"大头领谢尔汗把狩猎场挪了个地方。从下个月起，他就要在这附近的山里打猎了。这是他告诉我的。"

谢尔汗就是住在二十英里外韦根加河畔的那只老虎。

"他没有那个权利！"狼爸爸气呼呼地开了口，"按照丛林的法律，他不预先通知是绝没有权利改换场地的。他会惊动方圆十英里之内的所有猎物的。可是我……我最近一个人还得猎取双份的吃食呢。"

"他的母亲管他叫'瘸腿'，不是没有缘故的。"狼妈妈从容不迫地说道，"他打生下来就瘸了一条腿。所以他一向都只猎杀耕牛。现在韦根加河一带村子里的老百姓都被他惹得冒火了。他又到这儿来惹我们这里的村民冒火。他倒好，等他走得远远的，他们准会到丛林里来搜捕他，还会点火烧着茅草，害得我们和我们的孩子无处藏身，只好离开这儿。哼，我们真得感谢谢尔汗！"

"要我向他转达你们的感激吗？"塔巴克说道。

"滚出去！"狼爸爸怒喝道，"滚去和你的主子一块打猎吧！这一晚你干的坏事已经够多了。"

"我这就走，"塔巴克不慌不忙地说，"你们可以听见，谢尔汗这会儿正在下面林子里走动。其实我用不着给你们捎信来。"

狼爸爸侧耳细听，他听见下面通往一条小河的河谷里有只气冲冲的老虎在发出单调粗鲁的哼哼声。这只老虎什么也没有逮着，而且，哪怕全丛林都知道这一点，他也不在乎。

"傻瓜！"狼爸爸说，"刚开始干活就那么吵吵嚷嚷的！难道他以为我们这儿的公鹿都像他那些养得肥肥的韦根加小公牛一样蠢吗？"

"嘘！他今晚捕猎的不是小公牛，也不是公鹿，"狼妈妈说，"他捕猎的是人。"哼哼声变成了低沉震颤的呜呜声，仿佛来自四面八方。这种吼声常常会把露宿的樵夫和吉卜赛人吓得晕头转向，有时候会使他们自己跑进老虎嘴里。

"人！"狼爸爸龇着满口大白牙说，"嘿！难道池塘里的甲壳虫和青蛙还不够他吃的，他非要吃人不可？——而且还要在我们这块地盘上？"

丛林法律的每条规定都是有一定原因的，丛林法律禁止任何一头野兽吃人，除非他是在教他的孩子如何捕杀猎物，即使那样，他也必须在自己这个兽群或是部落的捕猎场地以外的地方去捕猎。这条规定的真实原因在于：杀了人就意味着迟早会招来骑着大象，带着枪支的白人，和几百个手持铜锣、火箭和火把的棕褐色皮肤的人。那时住在丛林里的兽类全部得遭殃。而兽类自己对这条规定是这样解释的：因为人是生物中最软弱和最缺乏自卫能力的，所以去碰他是不公正的。他们还说——说得一点也不假——吃人的野兽的毛皮会长癞痢，他们的牙齿会脱落。

呜呜声愈来愈响，后来变成了老虎扑食时一声洪亮的吼叫："噢呜！"

接着是谢尔汗发出的一声哀号，一声很缺乏虎气的哀号。"他没有抓住，"狼妈妈说道，"怎么搞的？"

狼爸爸跑出去几步远，听见谢尔汗在矮树丛里跌来撞去，嘴里怒气冲冲地嘟囔个不停。

"这傻瓜竟然蠢得跳到一个樵夫的篝火堆上，把脚烫伤了。"狼爸爸哼了一声说，"塔巴克跟他在一起。"

"有什么东西上山来了，"狼妈妈的一只耳朵抽搐了一下，说道，"准备好。"

树丛的枝条簌簌响了起来，狼爸爸蹲下身子，准备往上跳。接着，你要是注意瞧他的话，你就可以看见世界上最了不起的事——狼在向空中一跃时，半路上收住了脚。原来他还没有看清他要扑的目标就跳了起来，接着，他又设法止住自己。其结果是，他跳到四五尺高的空中，几乎又落在他原来起跳的地方。

"人！"他猛地说道，"是人的小娃娃，瞧呀！"

一个刚学会走路的小娃娃，全身赤裸、棕色皮肤，握住一根低矮的枝条，正站在他面前。还从来没有一个这么娇嫩而露出笑靥的小生命，在这样夜晚的时候来到狼窝。他抬头望着狼爸爸的脸笑了。

"那是人的小娃娃吗？"狼妈妈问道，"我还从来没有见过呢。把他叼过来吧。"

狼是习惯于用嘴叼他自己的小狼崽子的。如果需要的话，他可以嘴里叼一只蛋而不会把它咬碎。因此，狼爸爸尽管咬住小娃娃的背部，当他把娃娃放在狼崽中间的时候，他的牙连一点皮都没有咬破。

"多小呀！多光溜溜呀！啊，多大胆呀！"狼妈妈柔声说道，小娃娃正往狼崽中间挤过去，好靠近暖和的狼皮。"哎！他跟他们一块儿吃起来了。原来这就是人的娃娃。谁听说过一头狼的小崽子们中间会有个小娃娃呢？"

"我们有时听说过这样的事，可要说是发生在我们的狼群里，或是在我这一辈子里，那倒从没有听说过。"狼爸爸说道，"他身上没有一根毛，我用脚一碰就能把他踢死，可是你瞧，他抬头望着，一点也不怕。"

洞口的月光被挡住了，因为谢尔汗的方方的大脑袋和宽肩膀塞进了洞口。塔巴克跟在他身后尖声尖气地叫嚷道："我的老爷，我的老爷，他是打这儿进去的。"

"多承谢尔汗赏脸光临，"狼爸爸说，可是他的眼睛里充满了怒气，"谢尔汗想要什么吗？"

"我要我的猎物。有一个人娃娃冲这儿来了，"谢尔汗说，"他的爹妈都跑掉了。把他给我吧。"

正像狼爸爸说的那样，刚才谢尔汗跳到了一个樵夫的篝火堆上，把脚烧伤了，痛得他怒不可遏。但是狼爸爸知道洞口很窄，老虎进不来。就在这会儿，谢尔汗的肩膀和前爪也都挤得没法动弹，一个人要是想在一只木桶里打架，就会尝到这种滋味。

"狼是自由的动物，"狼爸爸说道，"他们只听狼群头领的命令，不听随便哪个身上带条纹的、专宰杀牲口的家伙的话。这个人娃娃是我们的——要是我们愿意杀他，我们自己会杀的。"

"什么你们愿意不愿意！那是什么话？凭我杀死的公牛起誓，难道真要我把鼻子伸进你们的狗窝来找回应该属于我的东西吗？听着，这是我谢尔汗在说话！"

老虎的咆哮声像雷鸣一般，震动了整个山洞。狼妈妈抛下了崽子们跳上前来，她的眼睛在黑暗里像两个绿莹莹的月亮，直冲着谢尔汗闪闪发亮的眼睛。

"这是我，是拉克夏（魔鬼）在回答。这个人娃娃是我的，瘸鬼——他是我的！谁也不许杀死他。我要让他活下来，跟狼群一起奔跑，跟狼群一起猎食。瞧着吧，你这个猎取赤裸裸的小娃娃的家伙，你这个吃青蛙的家伙，杀鱼的家伙，总有一天，他会来捕猎你的！你现在马上给我滚开，否则凭我杀掉的大公鹿起誓（我可不吃挨饿的牲口），我可要让你比你出世时瘸得更厉害地滚回你妈那儿去，你这丛林里挨火烧的野兽！滚开！"

狼爸爸惊异地呆呆望着。他几乎已经忘记了过去的时光，那时他和五头狼决斗之后才得到了狼妈妈。她那时在狼群里被称作"魔鬼"，那可完全不是随便的恭维话。谢尔汗也许能和狼爸爸对着干，然而他可没法对付狼妈妈。他很明白，在这儿狼妈妈占据了有利的地形，而且一旦打起来，就定要和他拼个你死我活。于是他低声呴哮着，退出了洞口。到了洞外，他大声嚷嚷道：

"每条狗都会在自己院子里汪汪叫，我们等着瞧狼群对于收养人娃娃怎么说吧。这个娃娃是我的，总有一天他会落进我的牙缝里来的，哼，蓬松尾巴的贼！"

狼妈妈气喘吁吁地躺倒在崽子们中间。狼爸爸认真地对她说：

"谢尔汗说的倒是实话。小娃娃一定得带去让狼群看看。你还是打算收留他吗，妈妈？"

"收留他！"她气喘吁吁地说，"他是在黑夜里光着身子、饿着肚子、孤零零一个人来的，可是他一点也不害怕！瞧，他已经把我的一个小崽子挤到一边去了。那个瘸腿的屠夫会杀了他，然后逃到韦根加，而村里的人就会来报仇，把我们的窝都搜遍的！收留他？我当然收留他！好好躺着，不要动，小青蛙。噢，你这个莫格里——我要叫你青蛙莫格里。现在谢尔汗捕猎你，将来有一天会是你捕猎谢尔汗。"

"可是我们的狼群会怎么说呢？"狼爸爸问道。

丛林的法律十分明确地规定，任何一头狼结婚的时候，可以退出他从属的狼群；但是一旦他的崽子长大到能够站立起来的时候，他就必须把他们带到狼群大会上去，让别的狼认识他们。这样的大会一般是在每个月月亮圆的那一天举行。经过检阅之后，崽子们就可以自由自在地到处奔跑。在崽子们第一次杀死一头公鹿以前，狼群里的成年狼决不能用任何借口杀死一头狼崽。只要抓到凶手，就立即把他处死。你只要略加思索，就会明白必须这么做的道理。

狼爸爸等到他的狼崽子们稍稍能跑点路的时候，就在举行狼群大会的晚上，带上他们，以及莫格里，还有狼妈妈，一同来到会议岩。那是一个盖满了大大小小的石块和巨岩的小山头，在那里连一百头狼也藏得下。独身大灰狼阿克拉，不论是力气还是智谋，都算得上是全狼群的首领。这会儿他正直挺挺地躺在他的岩石上。在他下面蹲着四十多头有大有小、毛皮不同的狼，有能单独杀死一只公鹿的、长着獾色毛皮的老狼，还有自以为也能杀死公鹿的三岁年轻黑狼。孤狼率领他们已有一年了。他在年轻时期曾经两次掉进捕狼的陷阱，还有一次他被人狠揍了一顿，被当作死狼扔在一边；所以他很了解人们的风俗习惯。在会议岩上大家都很少吭声。狼崽们在他们父母围着坐的圈子中间互相打闹，滚来滚去。时常有一头老狼静悄悄地走到一头狼崽跟前，仔细地打量打量他，然后轻手轻脚走回自己的座位。有时有个狼妈妈把她的崽子往前推到月光下面，免得他被漏掉了。阿克拉在他那块岩石上喊道："大家都知道咱们的法律——大家都知道咱们的法律。好好瞧瞧吧，狼群诸君！"那些焦急的妈妈也急忙跟着叫嚷："仔细瞧瞧啊——仔细瞧瞧，狼群诸君！"

最后，时候到了，狼妈妈颈脖上的鬃毛直竖了起来，狼爸爸把"青蛙莫格里"——他和狼妈妈是这样叫他的——推到圈子中间。莫格里坐在那里，一边笑着，一边玩着几颗在月光下闪烁发亮的鹅卵石。

阿克拉一直没有把头从爪子上抬起来，他只是不停地喊着那句单调的话："好好瞧瞧吧！"岩石后面响起了一声瓮声瓮气的咆哮，那是谢尔汗在叫嚷："那崽子是我的。把他还给我。自由的兽民要一个人娃娃干什么？"阿克拉连耳朵也没有抖动一下，只是说："好好瞧瞧吧，狼群诸君！自由的兽民只听自由的兽民的命令，别的什么命令都不听。好好瞧瞧吧！"

响起了一片低沉的嗥叫声，一头四岁的年轻狼用谢尔汗提出过的问题责问阿克拉："自由的兽民要一个人娃娃干什么？"丛林的法律规定：如果狼群对于某个崽子被接纳的权利发生了争议，那么，除了他的爸爸妈妈，至少得有狼群的其他两个成员为他说话，他才能被接纳入狼群。

"谁来替这个娃娃说话？"阿克拉说，"自由的兽民里有谁出来说话？"没有人回答。狼妈妈做好了战斗的准备，她知道，如果事情发展到非得搏斗一场的话，这将是她这辈子最后一次战斗。

这时，唯一被允许参加狼群大会的异类动物巴卢用后脚直立起来，咕哝着。他是只老是打瞌睡的褐熊，专门教小狼崽们丛林法律。老巴卢可以随意自由来去，因为他只吃坚果、植物块根和蜂蜜。

"人娃娃——人娃娃？"他说道，"我来替人娃娃说话。人娃娃不会伤害谁。我笨嘴拙舌，不会说话，但是我说的是实话。让他跟狼群一起奔跑好了，让他跟其他狼崽子一块参加狼群。我自己来教他。"

一条黑影跳进圈子里，这是黑豹巴希拉，他浑身的皮毛是黑的，可是在亮光下面就显出波纹绸一般的豹斑。大伙都认识巴希拉，谁都不愿意招惹他；因为他像塔巴克一样狡猾，像野水牛一样凶猛，像受伤的大象那样不顾死活。可是他的嗓音却像树上滴下的野蜂蜜那么甜润，他的皮毛比绒毛还要柔软。

"噢，阿克拉，还有诸位自由的兽民，"他愉快地柔声说道，"我没有权利参加你们的大会，但是丛林的法律规定，如果对于处理一个新的崽子有了疑问，而又还不到把他杀死的地步，那么这个崽子的性命是可以用一笔价钱买下来的。法律并没有规定谁有权买，谁无权买。我的话对吗？"

"好哇！好哇！"那些经常饿肚子的年轻狼喊道，"让巴希拉说吧。这崽子是可以赎买的。这是法律。"

"我知道我在这儿没有发言权，所以我请求你们准许我说说。"

"说吧。"二十条嗓子一齐喊了起来。

"杀死一个赤裸裸的娃娃是可耻的。何况他长大了也许会给你们捕猎更多的猎物。巴卢已经为他说了话。现在，除了巴卢的话，我准备再加上一头公牛，一头刚刚杀死的肥肥的大公牛，就在离这儿不到半英里的地方，只要你们按法律规定接受这个人娃娃。怎么样，这事难办吗？"

几十条嗓子乱哄哄地嚷嚷道："有什么关系？他会被冬天的雨淋死，他会被太阳烤焦的。一只光身子的青蛙能给我们带来什么损害呢？让他跟狼群一起奔跑吧。公牛在哪里，巴希拉？我们接纳他吧。"接着响起了阿克拉低沉的喊声："好好瞧瞧吧——好好瞧瞧，狼群诸君！"

莫格里还在一心一意地玩鹅卵石，他一点也没留意到一只接着一只的狼跑过来仔细端详他。后来，他们全都下山去找那头死公牛去了，只剩下阿克拉、巴希拉、巴卢和莫格里自己这家的狼。谢尔汗仍然在黑夜里不停地咆哮。他十分恼怒，因为没有把莫格里交给他。

"哼，就让你吼个痛快吧，"巴希拉在胡子掩盖下低声说道，"总有一天，这个赤裸的家伙会让你换一个调门嚎叫的，否则就算我对人的事情一窍不通。"

"这件事办得不错，"阿克拉说道，"人和他们的崽子是很聪明的。到时候他很可能成为我们的帮手。"

"不错，到急需的时候，他真能成个帮手。因为谁都不能永远当狼群的头领。"巴希拉说。

阿克拉没有回答。他在想，每个兽群的领袖都有年老体衰的时候，他会愈来愈衰弱，直到最后被狼群杀死，于是会出现一个新的头领。然后，又轮到这新的头领被杀死。

"带他回去吧，"他对狼爸爸说，"把他训练成一个合格的自由兽民。"

　　于是莫格里就这样凭着一头公牛的代价和巴卢的话被接纳进了西奥尼的狼群。

　　　　　　　　　★　　★　　★　　★　　★

　　现在我要请你跳过整整十年或者十一年的时间，自己去猜想一下这些年里莫格里在狼群中度过的美好生活。因为要是把这段生活都写出来，那得写好几本书。他是和狼崽们一块成长起来的，当然，在他还是孩子时，他们就已经是成年的狼了。狼爸爸教给他各种本领，让他熟悉丛林里一切事物的含义，直到草儿的每一声响动，夜间的每一股温暖的风，头顶上猫头鹰的每一声啼叫，在树上暂时栖息片刻的蝙蝠脚爪的抓搔声，一条小鱼在池塘里跳跃发出的溅水声，他都能明明白白地分辨清楚，就像商人对他办公室里的事务一样熟悉。他在不学习本领的时候，就待在阳光下睡觉，吃饭，吃完又睡。当他觉得身上脏了或者热了的时候，他就跳进森林里的池塘去游泳。他想吃蜂蜜的时候（巴卢告诉他，蜂蜜和坚果跟生肉一样美味可口），他就爬上树去取。他是从巴希拉那里学会怎么取蜜的。巴希拉会躺在一根树枝上，叫道："来吧，小兄弟。"起初，莫格里像只懒熊一样死死搂住树枝不放，但是到后来，他已经能在树枝间攀缘跳跃，像灰人猿一样大胆。狼群开大会的时候，他也参加。他发现如果他死死地盯着某一头狼看，那头狼就会被迫低垂眼睛，所以他常常紧盯着他们，借以取乐。有时候他又帮他的朋友们从他们脚掌心里拔出长长的刺，因为扎在狼的毛皮里的刺和尖石头碴使他们非常痛苦。黑夜里他就下山走进耕地，非常好奇地看着小屋里的村民们。但是他不信任人，因为有次巴希拉指给他看一只在丛林里隐蔽得非常巧妙的装着活门的方匣子，他差点儿走了进去，巴希拉说，那是陷阱。他最喜欢和巴希拉一块进入幽暗温暖的丛林深处，懒洋洋地睡上一整天，晚上看巴希拉怎么捕猎。巴希拉饿了的时候，见猎物便杀，莫格里也和他一样，但只有一种猎物他们是不杀的，莫格里刚刚懂事的时候，巴希拉就告诉他，永远不要去碰牛。因为他是用一头公牛为代价加入狼群的。"整个丛林都是你的，"巴希拉说，"只要你有气力，爱杀什么都可以，不过看在那头赎买过你的公牛分上，你绝对不能杀死或吃掉任何一头牛，不管是小牛还是老牛。这是丛林的法律。"莫格里也就诚心实意地服从了。

于是莫格里像别的男孩一样壮实地长大了，他不知道他正在学很多东西。他活在世上，除了吃的东西，不用为别的事操心。

狼妈妈有一两回曾经对他说，一定要提防谢尔汗这家伙，还对他说，有一天他一定得杀死谢尔汗；但是，尽管一只年轻的狼会时时刻刻记住这个忠告，莫格里却把它忘了，因为他毕竟只是个小男孩。——不过，要是他会说任何一种人的语言的话，他会把自己叫作狼的。

他在丛林里常常遇见谢尔汗。因为随着阿克拉愈来愈年老体衰，瘸腿老虎就和狼群里那些年轻的狼交上了好朋友，他们跟在他后面，吃他剩下的食物。如果阿克拉敢于严格地执行他的职权的话，他是绝不会允许他们这么做的。而且，谢尔汗还吹捧他们，说他感到奇怪，为什么这么出色的年轻猎手会心甘情愿让一头垂死的狼和一个人娃娃来领导他们。谢尔汗还说："我听说你们在大会上都不敢正眼看他。"年轻的狼听了都气得皮毛竖立、咆哮起来。

巴希拉的消息十分灵通，这件事他也知道一些，有一两回他十分明确地告诉莫格里说，总有一天谢尔汗会杀死他的。莫格里听了总是笑笑，回答说："我有狼群，有你；还有巴卢，虽说他懒得很，但也会为我助一臂之力的。我有什么可以害怕的呢？"

在一个非常暖和的日子里，巴希拉有了一个新的想法，是从他听到的一件事想起的。也许是豪猪伊基告诉他的。当他和莫格里来到丛林深处，莫格里头枕巴希拉漂亮的黑豹皮躺在那里的时候，他对莫格里："小兄弟，我对你说谢尔汗是你的敌人，说过多少次了？"

"你说过的次数跟那棵棕榈树上的硬果一样多。"莫格里回答道，他当然是不会数数目的。"什么事啊？我困了，巴希拉。谢尔汗不就是尾巴长，爱吹牛，跟孔雀莫奥一个样吗？"

"可现在不是睡大觉的时候。这事儿巴卢知道，我知道，狼群知道，就连那傻得要命的鹿也知道。塔巴克也告诉过你了。"

"哈哈！"莫格里说，"前不久塔巴克来找我，他毫无礼貌地说我是个赤身露体的人娃娃，不配去挖花生；可是我一把拎起塔巴克的尾巴朝棕榈树上甩了两下，好教训他放规矩点。"

"你干了蠢事。塔巴克虽说是个捣鬼的家伙，但是他能告诉你一些和你有很大关系的事。把眼睛睁大些吧，小兄弟。谢尔汗是不敢在森林里杀死你的。但是要记住，阿克拉已经太老了，他没法杀死公鹿的日子很快就要到来了。那时他就当不成头领了。在你第一次被带到大会上的时候那些端详过你的狼也都老了。而那帮年轻的狼听了谢尔汗的话，都认为狼群里是没有人娃娃的地位的。再过不久，你就该长大成人了。"

"长大成人又怎么啦，难道长大了就不该和他的兄弟们一块奔跑吗？"莫格里说，"我生在丛林。我一向遵守丛林的法律。我们狼群里不管哪只狼，我都帮他拔出过爪子上的刺。他们当然都是我的兄弟啦！"

巴希拉伸直了身体，眯上了眼睛。"小兄弟，"他说，"摸摸我的下巴颏。"

莫格里伸出他强壮的棕色的手，在巴希拉光滑的下巴底下，在遮住几大片肌肉的厚厚毛皮那里，有一小块光秃秃的地方。

"丛林里谁也不知道我巴希拉身上有这个记号——戴过颈圈的记号；小兄弟，我是在人群中间出生的，我的母亲也死在人群中间，死在奥德普尔王宫的笼子里。就是为了这个缘故，当你还是一个赤身露体的小崽子的时候，我在大会上为你付出了那笔价钱。是的，我也是在人群中间出生的。我那时从来没有见过森林。他们把我关在铁栏杆后面，用一只铁盘子喂我。直到有天晚上，我觉得我是黑豹巴希拉，不是什么人的玩物。我用爪子一下子砸开了那把没用的锁，就离开了那儿。正因为我懂得人的那一套，所以我在森林中比谢尔汗更加可怕。你说是不是？"

"是的，"莫格里说，"森林里谁都怕你。只有莫格里不怕。"

"咳，你呀，你是人的小娃娃，"黑豹温柔地说，"就像我终归回到森林来一样，如果你在大会上没有被杀死，你最后也一定会回到人那儿去，回到你的兄弟们那儿去的。"

"可是为什么，为什么他们想杀死我？"莫格里问道。

"望着我。"巴希拉说。莫格里死死地盯住了他的眼睛。只过了半分钟，大黑豹就把头掉开了。

"原因就在这里，"他挪动着踩在树叶上的爪子说，"就连我也没法用眼正面瞧你，我还是在人们中间出生，而且我还是爱你的呢，小兄弟，别的动物恨你，因为他们的眼睛不敢正面瞧着你的眼睛，因为你聪明，因为你替他们挑出脚上的刺，因为你是人。"

"我以前一点也不懂得这些事情。"莫格里紧锁起两道浓黑的眉毛，愠怒地说。

"什么是丛林的法律？先动手再出声儿。他们就是因为你大大咧咧，才看出你是个人。你可得聪明点啊。我心里有数，如果下一次阿克拉没有逮住猎物——现在每一次打猎他都要费更大的劲才能逮住一头公鹿了——狼群就会起来反对他和反对你了。他们就会在会议岩那儿召开丛林大会，那时……那时……有了！"巴希拉跳起来说道，"你快下山到山谷里人住的小屋里，取一点他们种在那儿的红花来，那样，到时候你就会有一个比我、比巴卢、比狼群里爱你的那些伙伴都更有力量的朋友了。去取来红花吧！"

巴希拉所说的红花，指的是火。不过丛林里的动物都不知道它的名字叫火。所有的动物都怕火怕得要命，他们创造了上百种方式来描绘它。

"红花？"莫格里说，"那不是傍晚时候在他们的小屋外面开的花吗？我去取一点回来。"

"这才像人娃娃说的话,"巴希拉骄傲地说,"它是种在小盆盆里的。快去拿一盆来,放在你身边,好在需要的时候用它。"

"好!"莫格里说,"我这就去。不过,你有把握吗?呵,我的巴希拉。"他伸出胳膊抱住巴希拉漂亮的脖子,深深地盯着他的眼睛。"你敢肯定这一切全都是谢尔汗挑动起来的吗?"

"凭着使我得到自由的那把砸开的锁起誓,我敢肯定是他干的,小兄弟。"

"好吧,凭着赎买我的那头公牛发誓,我一定要为这个跟谢尔汗算总账。或者还要多算一点呢。"莫格里说。于是他蹦蹦跳跳地跑开了。

"这才是人呢,完完全全是个大人了。"巴希拉自言自语地说,又躺了下来。"哼,谢尔汗呀,从来没有哪次打猎,比你在十年前捕猎青蛙那回更不吉利了!"

莫格里已经远远地穿过了森林。他飞快地奔跑着,他的心情是急切的。傍晚的薄雾升起时,他已来到了狼穴。他喘了口气,向山谷下面望去。狼崽们都出去了。可是狼妈妈待在山洞顶里面,一听喘气声就知道她的青蛙在为什么事儿发愁。

"怎么啦,儿子?"

"是谢尔汗胡扯了些蠢话,"他回头喊道,"我今晚要到耕地那儿去打猎。"于是他穿过灌木丛,跳到下面山谷底的一条河边。他在那里停住了脚步,因为他听见狼群狩猎的喊叫声,听见一头被追赶的大公鹿的吼叫和他陷入困境后的喘息。然后就是一群年轻狼发出的不怀好意的刻薄嚎叫声:"阿克拉!阿克拉!让孤狼来显显威风,给狼群的头领让开道！跳吧，阿克拉！"

孤狼准是跳了，但却没有逮住猎物，因为莫格里听见他的牙齿咬了一个空，然后是大公鹿用前蹄把他蹬翻在地时他发出的一声疼痛的叫唤。

他不再听下去了，只顾向前赶路。当他跑到村民居住的耕地那儿时，背后的叫喊声渐渐听不清了。

"巴希拉说对了，"他在一间小屋窗外堆的饲草上舒舒服服地躺下，喘了口气说，"明天，对于阿克拉和我都是个重要的日子。"

然后他把脸紧紧贴近窗子，瞅着炉子里的火。他看见农夫的妻子夜里起来往火里添上一块块黑黑的东西；到了早晨，降着白茫茫的大雾，寒气逼人，他又看见那个男人的孩子拿起一个里面抹了泥的柳条罐儿，往里面添上烧得通红的木炭，把它塞在自己身上披的毯子下面，就出去照顾牛栏里的母牛去了。

"原来是这么简单！"莫格里说，"如果一个小崽子都能捣鼓这东西，那又有什么可怕的呢。"于是他迈开大步转过屋角，冲着男孩子走过去，从他手里夺过罐儿。当男孩儿吓得大哭起来的时候，他已经消失在雾中。

"他们长得倒挺像我。"莫格里一面像刚才他看见女人做的样子那样吹着火，一面说，"要是我不喂点东西给它吃，这玩意儿就会死的。"于是他扔了些树枝和干树皮在这火红的东西上面。他在半山腰上遇见了巴希拉，清晨的露珠像月牙石似的在他的皮毛上闪闪发光。

"阿克拉没有抓住猎物，"黑豹说，"他们本想昨晚就杀死他的，可是他们想连你一块杀死。刚才他们还在山上找你呢。"

"我到耕地那里去了。我已经准备好了。瞧！"莫格里举起了装火的罐子。

"好！我见过人们把一根干树枝扔进那玩意儿里去，一会儿，干树枝的一头就会开出红花来。你不怕吗？"

"我不怕，干吗要怕？噢，我记起来了——不知道这是不是一场梦——我记得我变成狼以前，就常常躺在红花旁边，那儿又暖和又舒服。"

那天莫格里一整天都坐在狼穴里照料他的火罐儿，放进一根根干树枝，看它们烧起来是什么样儿。他找到了一根使他满意的树枝，于是到了晚上，当塔巴克来到狼洞，相当无礼地通知他去会议岩开大会的时候，他放声大笑，吓得塔巴克赶紧逃开。接着，莫格里仍然不住地大笑着来到大会上。

孤狼阿克拉躺在他那块岩石旁边，表示狼群首领的位置正空着。谢尔汗和那些追随他、吃他的残羹剩饭的狼大摇大摆地走来走去，一副得意的神气。巴希拉紧挨莫格里躺着，那只火罐夹在莫格里的两膝间。狼群到齐以后，谢尔汗开始发言——在阿克拉正当壮年的时候，他是从来不敢这么做的。

"他没有权利，"巴希拉悄声说道，"你来说吧。他是个狗崽子。他会吓坏了的。"

莫格里跳了起来。"自由的兽民们，"他喊道，"难道是谢尔汗在率领狼群吗？我们选头领和一只老虎有什么关系？"

"由于头领的位置空着，同时我又被请来发言……"谢尔汗开口说道。

"是谁请你来的？"莫格里说，"难道我们都是豺狗，非得讨好你这只宰杀耕牛的屠夫不可吗？谁当狼群的头领，只有狼群才能决定。"

这时响起了一片叫嚷声。"住嘴，你这人崽儿！""让他发言，他一向是遵守我们的法律的。"最后，几头年长的狼吼道："让'死狼'说话吧。"当狼群的头领没能杀死他的猎物时，以后尽管他还活着，也被叫作"死狼"，而通常这只狼也是活不久的。

阿克拉疲乏地抬起了他衰老的头：

"自由的兽民们，还有你们，谢尔汗的豺狗们，我带领你们去打猎，又带领你们回来，已经有许多季节了，在我当头领的时候，从来没有一只狼落进陷阱或者受伤残废。这回我没有逮住猎物。你们明白这是谁设的圈套。你们明白，是你们故意把我引到一头精力旺盛的公鹿那儿，好让我出丑。干得真聪明哇。这会儿你们有权利在会议岩上杀死我。那么，我要问，由谁来结束我这条孤狼的生命呢？丛林的法律规定我有权利让你们一个一个地上来和我打。"

一片长久的沉默。没有哪一只狼愿意独自去和阿克拉做决死的战斗。于是谢尔汗咆哮起来："呸！我们干吗理这个老掉了牙的傻瓜？他反正是要死的。倒是那个人崽子活得太久了。自由的兽民，他本来就是我嘴里的肉。把他给我吧，我对这种既是人又是狼的荒唐事儿早就烦透了。他在丛林里惹麻烦已经十个季节了。把人崽子给我，要不我就不走了，我要老是在这里打猎，一根骨头都不给你们留下。他是一个人，是个人崽子，我恨他，恨到了骨头缝里！"

接着，狼群里一半以上的狼都嚷了起来："一个人！一个人！人跟我们有什么关系？让他回他自个儿的地方去。"

"好让他招来所有村里的人反对我们吗？"谢尔汗咆哮道，"不，把他给我。他是个人，我们谁都不敢正眼盯着他瞧。"

阿克拉再次抬起头来说道："他跟我们一块儿吃食，一块儿睡觉。他替我们把猎物赶过来。他并没有违反丛林的法律。"

"还有当初狼群接受他的时候，我为他付出过一头公牛。一头公牛倒值不了什么，但是巴希拉的荣誉可不是件小事，说不定他要为了荣誉斗一场的。"巴希拉用他最温柔的嗓音说道。

"为了十年前付出的一头公牛！"狼群咆哮道，"我们才不管十年前的牛骨头呢！"

"那么十年前的誓言呢？"巴希拉说道，他掀起嘴唇，露出了白牙，"怪不得你们叫'自由的兽民'呢！"

"人崽子是不能和丛林的兽民一起生活的。"谢尔汗嚎叫道，"把他给我！"

"他虽说和我们血统不同，却也是我们的兄弟，"阿克拉又说了起来，"你们却想在这儿杀掉他！说实在的，我的确活得太长了。你们中间，有的成了吃牲口的狼；我听说还有一些狼，在谢尔汗的教唆下，黑夜里到村民家门口去叼走小孩子。所以我知道你们是胆小鬼，我是在对胆小鬼说话。我肯定是要死的。我的命值不了什么，不然的话，我就会代替人崽儿献出生命。可是为了狼群的荣誉——这件小事，你们因为没了首领，好像已经把它忘掉了——我答应你们，如果你们放这个人崽儿回到他自己的地方去，那么，等我的死期到来的时候，我保证连牙都不对你们龇一下。我不和你们斗，让你们把我咬死，那样，狼群里至少有三头狼可以免于一死。我只能做到这一点，别的就无能为力了。可是你们如果照我说的办，我就能使你们不至于为杀害一个没有过错的兄弟而丢脸——这个兄弟是按照丛林法律，有人替他说话，并且付了代价赎买进狼群来的。"

"他是一个人—— 一个人—— 一个人！"狼群咆哮道。大多数的狼开始聚集在谢尔汗周围，他开始晃动起尾巴来。

"现在要看你的了，"巴希拉对莫格里说道，"我们除了打，没什么别的办法了。"

莫格里直挺挺地站在那里，双手捧着火罐。接着他伸直了胳臂，面对大会上的兽民打了个大呵欠；其实他心里充满了愤怒和忧伤，因为那些狼真狡猾，他们从没对他说过他们是多么仇恨他。"你们听着！"他喊道，"你们不用再咋咋呼呼闹个没完没了。今天晚上你们翻来覆去说我是一个人（其实，你们不说的话，我倒真愿意和你们在一起，一辈子做一只狼），我觉得你们说得很对。所以从今以后，我再也不把你们叫作我的兄弟了，我要像人应该做的那样，叫你们狗。你们想干什么，你们不想干什么，可就由不得你们了。这事全由我决定。为了让你们把事情看得更清楚些，我，作为人，带来了你们这些狗害怕的一小罐红花。"

他把火罐扔到地上，几块烧红的炭块把一簇干苔藓点着了，一下子烧了起来。全场的狼在跳动的火焰面前，都惊慌地向后退缩。

莫格里把他那根枯树枝插进火里，直到枝条点燃了，噼噼啪啪地烧了起来。他举起树枝在头顶上摇晃，周围的狼全吓得战战兢兢。

"你现在是征服者了，"巴希拉压低了嗓门说道，"救救阿克拉的命吧。他一向是你的朋友。"

一辈子从来没有向谁求过饶的坚强的老狼阿克拉，也乞怜地向莫格里看了一眼。赤身裸体的莫格里站在那里，一头黑黑的长发披在肩后，映照在熊熊燃烧的树枝的火光下。许多黑黑的影子，随着火光跳动、颤抖。

　　"好！"莫格里不慌不忙地环视着四周说，"我看出你们的确是狗。我要离开你们，到我的自己人那里去——如果他们是我的自己人的话。丛林再也容不下我了，我必须忘记你们的谈话和友谊；但是我比你们更仁慈。既然我除了血统，算得上是你们的兄弟，那么，我答应你们，当我回到人群里，成了一个人以后，我绝不会像你们出卖我那样，把你们出卖给人们。"他用脚踢了一下火，火星迸了出来。"我们人绝不会和狼群交战，可是在我离开以前，还有一笔账要清算。"他大步走到正在糊里糊涂地对着火焰眨巴眼睛的谢尔汗身边，抓起他下巴上的一簇虎须。巴希拉紧跟在莫格里后面，以防不测。"站起来，狗！"莫格里喝道，"当人在说话的时候，你必须站起来，不然我就把你这身皮毛烧掉！"

　　谢尔汗的两只耳朵平平地贴在脑袋上，眼睛也闭上了，因为熊熊燃烧的树枝离他太近了。

　　"这个专门吃牛的屠夫说，因为我小时候他没有杀死我，他就要在大会上杀我。那么，瞧吧，吃我一记，再吃我一记，我们人打狗就是这样打的。你敢动一根胡子，瘌鬼，我就把红花塞进你喉咙里去。"他抄起树枝抽打谢尔汗的脑袋，老虎被恐怖折磨得呜呜地哀叫。

　　"呸，燎掉了毛的丛林野猫——滚开！可是要记住，下一次，当我作为人来到会议岩的时候，我的头上一定披着谢尔汗的皮。至于其他的事嘛，阿克拉可以随便到哪里去自由地生活。不准你们杀他，因为我不允许。我也不愿看见你们再坐在这儿，伸着舌头，好像你们是什么了不起的家伙，而不是我想撵走的一群狗，瞧，就这样撵！滚吧！"树枝顶端的火焰燃烧得十分旺，莫格里拿着树枝绕着圈儿左右挥舞，火星点燃了狼的毛皮，他们嚎叫着逃跑了。最后，只剩下阿克拉、巴希拉，还有站在莫格里一边的十来只狼。接着，莫格里的心里似乎有什么地方痛了起来，他还从没有这么痛苦过，他哽噎了一下，便抽泣起来，泪珠儿滚下了他的面颊。

"这是什么？这是什么？"他问道，"我不愿意离开丛林，我也不知道这是怎么回事。我要死了吗，巴希拉？"

"不会的，小兄弟。这只不过是人常流的眼泪罢了。"巴希拉说，"现在我看出你的确是个大人，不再是个人娃娃了。从今以后，丛林的确再也容不下你了。让眼泪往下淌吧，莫格里，这只不过是泪水。"于是莫格里坐了下来，放声痛哭，好像心都要碎了似的。他打生下来还从来没有哭过呢。

"好吧，"他说，"我要到人那里去了。但是首先我得跟妈妈告别。"于是他来到狼妈妈和狼爸爸住的洞穴，趴在她身上痛哭了一场，四个小狼崽儿也一块悲悲切切地哭嚎起来。

"你们不会忘掉我吧？"莫格里问道。

"只要能嗅到你的足迹，我们是绝不会忘掉你的。"狼崽们说，"你做了人以后，可要常常到山脚底下来啊，我们可以在那里和你谈天，我们还会在夜里到庄稼地里去找你一块玩。"

"快点来吧，"狼爸爸说，"噢，聪明的小青蛙，快点再来，我和你妈都已经上了年纪了。"

"快点来吧，"狼妈妈说，"我的光着身子的小儿子；听我说吧，人娃娃，我疼爱你比疼我的狼崽们更狠些呢。"

"我一定会来的。"莫格里说，"下次我来的时候，一定要把谢尔汗的皮铺在会议岩上。别忘了我！告诉丛林的伙伴们永远别忘了我！"

天即将破晓。莫格里独自走下山坡，去会见那些叫作人的神秘动物。

老虎！老虎！

打猎顺利吗，大胆的猎手？

　　兄弟，我守候猎物，既寒冷又长久。

你捕捉的猎物在哪里？

　　兄弟，他仍然潜伏在丛林里。

你引以为傲的威风又在哪儿？

　　兄弟，它已从我的腰胯和肚腹间消逝。

你这么匆忙要到哪儿去？

　　兄弟，我回我的窝去——去死在那里！

　　我们现在要回头接着上一个故事讲下去。莫格里和狼群在会议岩斗了一场之后，离开了狼穴，下山来到村民居住的耕地里。但是他没有在这里停留，因为这儿离丛林太近了，而他很明白，他在大会上至少已经结下了一个死敌。于是他匆匆地赶着路，沿着顺山谷而下的崎岖不平的大路，迈着平稳的步子赶了将近二十英里地，直到来到一块不熟悉的地方。山谷变得开阔了，形成一片广袤的平原，上面零星散布着块块岩石，还有一条条沟涧穿流其中。平原尽头有一座小小的村庄。平原的另一头是茂密的丛林，黑压压一片，一直伸展到牧场旁，边缘十分清晰，好像有人用一把锄头砍掉了森林。平原上，到处都是黄牛群和水牛群在吃草。放牛的小孩们看见了莫格里，顿时喊叫起来，拔脚逃走。那些经常徘徊在每个印度村庄周围的黄毛野狗也汪汪地吠叫起来。莫格里向前走去，因为他觉得饿了。当他来到村庄大门时，看见傍晚用来挡住大门的一棵大荆棘丛，这时已挪到一旁。

"哼！"他说，因为他夜间出门寻找食物时，曾经不止一次碰见过这样的障碍物，"看来这儿的人也怕丛林里的兽族。"他在大门边坐下了。等到有个男人走过来的时候，他便站了起来，张大嘴巴，往嘴里指指，表示他想吃东西。那个男人先是盯着他看，然后跑回村里唯一的那条街上，大声叫着祭司。祭司是个高高的胖子，穿着白衣服，额头上涂着红黄色的记号。祭司来到大门前，还有大约一百个人，也跟着他跑来了。他们目不转睛地瞅着，交谈着，喊着，用手指着莫格里。

"这些人类真没有礼貌，"莫格里自言自语地说，"只有灰猿才会像他们这样。"于是他把又黑又长的头发甩到脑后，皱起眉毛看着人群。

"你们害怕什么呀？"祭司说，"瞧瞧他胳臂上和腿上的疤。那是狼咬的。他只不过是个从丛林里逃出来的狼孩子罢了。"

当然，狼崽们一块玩的时候，往往不注意，啃莫格里啃得重了点，所以他的胳臂上和腿上全都是浅色的伤疤。可是他根本不把这叫作咬。他非常清楚真正被咬是什么味道。

"哎哟！哎哟！"两三个妇人同声叫了起来，"被狼咬得那个样儿，可怜的孩子！他是个漂亮的男孩子。他的眼睛像红红的火焰。我敢起誓，米苏阿，他和你那个被老虎叼走的儿子可真有些相像呢。"

"让我瞧瞧。"一个女人说道。她的手腕和脚踝上都戴着许多沉甸甸的铜镯子。她用手掌挡住眼睛，透过指缝仔细望着莫格里。"确实有些相像。他要瘦一点，可是他的相貌长得和我的孩子一个样。"

祭司是个聪明人。他知道米苏阿是当地最富有的村民的妻子。于是他仰起头朝天空望了片刻，接着一本正经地说："被丛林夺去的，丛林又归还了。把这个男孩带回家去吧，我的姐妹，别忘了向祭司表示敬意啊，因为他能看透人的命运。"

"我以赎买我的那头公牛起誓，"莫格里自言自语道，"这一切可真像是又一次被狼群接纳入伙的仪式啊！好吧，既然我是人，我就必须变成人。"

妇人招手叫莫格里跟她到她的小屋里去，人群也就散开了。小屋里有一张刷了红漆的床架，一只陶土制成的收藏粮食的大柜子，上面有许多奇特的凸出的花纹。六只铜锅。一尊印度神像安放在一个小小的壁龛里。墙上挂着一面真正的镜子，就是农村集市上卖的那种镜子。

她给他喝了一大杯牛奶，还给了他几块面包，然后伸手抚摸着他的脑袋，凝视他的眼睛；因为她认为他也许真是她的儿子，老虎把他拖到森林里，现在他又回来了。于是她说："纳索，噢，纳索！"但是莫格里看样子没听过这个名字。"你不记得我给你穿上新鞋子的那天了吗？”她碰了碰他的脚，这只脚坚硬得像鹿角。“不，”她悲伤地说，“这双脚从来没有穿过鞋子。可是你非常像我的纳索，你就当我的儿子吧。”

莫格里心里很不踏实，因为他从来没有在屋顶下面待过。但是他看了看茅草屋顶，发现他如果想逃走，随时可以把茅草屋顶撕开，而且窗上也没有窗栓。“如果听不懂人说的话，”他终于对自己说，“做人又有什么用处呢？现在我什么都不懂，像个哑巴，就跟人来到森林里和我们待在一起时那样。我应该学会他们说的话。”

当他在狼群里的时候，他学过森林里大公鹿的挑战声，也学过小野猪的哼哼声，那都不是为了闹着玩儿的。因此，只要米苏阿说出一个字，莫格里就马上学着说，说得一点也不走样。不到天黑，他已经学会了小屋里许多东西的名称。

到了上床睡觉的时候，困难又来了。因为莫格里不肯睡在那么像捕豹的陷阱的小屋里，当他们关上房门的时候，他就从窗子跳了出去。“随他去吧，”米苏阿的丈夫说，“你要记住，直到现在，他还从来没有在床上睡过觉。如果他真是被打发来代替我们的儿子的，他就一定不会逃走。”

于是莫格里伸直了身躯，躺在耕地边上一片长得高高的洁净草地上。但是还没有等他闭上眼睛，一只柔软的灰鼻子就开始拱他的下巴颏。

“嗬！”灰兄弟说（他是狼妈妈的崽子们中间最年长的一个），“跟踪你跑了二十英里路，得到的是这样的报答，实在太不值得了。你身上尽是篝火气味和牛群的气味，完全像个人了。醒醒吧，小兄弟，我带来了消息。"

"丛林里一切平安吗？"莫格里拥抱了他，说道。

"一切都好，除了那些被红花烫伤的狼。喂，听着。谢尔汗到很远的地方去打猎了，要等到他的皮毛重新长出以后再回来，他的皮毛烧焦得很厉害。他发誓说，他回来以后一定要把你的骨头埋葬在韦根加。"

"那可不一定。我也做了一个小小的保证。不过，有消息总是件好事。我今晚累了，那些新鲜玩意儿弄得我累极了，灰兄弟。可是，你一定要经常给我带来消息啊。"

"你不会忘记你是一头狼吧？那些人不会使你忘记吧？"灰兄弟焦急地说。

"永远不会。我永远记得我爱你，爱我们山洞里的全家；可是我也永远会记得，我是被赶出狼群的。"

"你要记住，另外一群也可能把你赶出去的。人总归是人，小兄弟，他们说起话来，就像池塘里的青蛙说话那样哇里哇啦。下次下山，我就在牧场边上的竹林里等你。"

从那个夜晚开始，莫格里有三个月几乎从没走出过村庄大门。他正忙着学习人们的生活习惯和生活方式。首先，他得往身上缠一块布，这使他非常不舒服；其次，他得学会钱的事，可是他一点也搞不懂；他还得学耕种，而他看不出耕种有什么用。村里的小娃娃们常惹得他火冒三丈。幸亏丛林的法律教会了他按捺住火气，因为在丛林里，维持生命和寻找食物全凭着保持冷静；但是他们取笑他不会做游戏或者不会放风筝，或者取笑他某个字发错了音的时候，仅仅是因为他知道杀死赤身裸体的小崽子是不公正的，才使他没有伸手抓起他们，把他们撕成两半。

他一点也不知道自己的力气有多大。在丛林里，他知道自己比兽类弱，但是在村子里，大家都说他力气大得像头公牛。

莫格里也毫不知道种姓在人和人之间造成的差别。有次卖陶器小贩的驴子滑了一跤，摔进了土坑，莫格里攥住驴子的尾巴，把它拉了出来，还帮助小贩码好陶罐，好让他运到卡里瓦拉市场上去卖。这件事使人们大为震惊，因为卖陶器小贩是个贱民，至于驴子，就更加卑贱了。可是祭司责怪莫格里时，莫格里却威胁说要把他也放到驴背上去。于是祭司告诉米苏阿的丈夫，最好打发莫格里去干活，越快越好；村子里的头人告诉莫格里，第二天他就得赶着水牛出去放牧。莫格里高兴极了；当天晚上，由于他已经被指派做村里的雇工，他便去参加村里的晚会。每天晚上，人们都围成一圈，坐在一棵巨大的无花果树底下，围着一块石头砌的台子。这儿是村里的俱乐部。头人、守夜人、剃头师傅（他知道村里所有的小道消息），以及拥有一支陶尔牌老式步枪的村里猎人老布尔迪阿，都来到这儿集会和吸烟。一群猴子坐在枝头高处叽叽喳喳说个没完，石台下面的洞里住着一条眼镜蛇，人们每天晚上向他奉上一小盘牛奶，因为他是神蛇；老人们围坐在树下，谈着话，抽着巨大的水烟袋，直到深夜。他们尽讲一些关于神啦、人啦以及鬼啦的美妙动听的故事，布尔迪阿还常常讲一些更加惊人的丛林兽类的生活方式的故事，听得那些坐在圈子外的小孩的眼睛都差点鼓出脑袋了。故事大部分是关于动物的，因为丛林一直就在他们门外。鹿和野猪常来吞吃他们的庄稼，有时在薄暮中，老虎公然在村子大门外不远的地方拖走个把男人。

莫格里对他们谈的东西自然是了解一些的，他只好遮住脸孔，不让他们看见他在笑。于是，当布尔迪阿把陶尔步枪放在膝盖上，兴冲冲地讲着一个又一个神奇的故事时，莫格里的双肩就抖动个不停。

这会儿布尔迪阿正在解释，那只拖走米苏阿儿子的老虎，是一只鬼虎。有个几年前去世的狠毒的老放债人的鬼魂就附在这只老虎身上。"我说的是实话，"他说道，"因为有一回暴动，烧掉了普朗·达斯的账本，他本人也挨了揍，从此他走路总是一瘸一拐，我刚才说的那只老虎，他也是个瘸子，因为他留下的脚掌痕迹总是一边深一边浅。"

"对，对，这肯定是实话。"那些白胡子老头一齐点头说。

"所有那些故事难道全都是瞎编出来的吗？"莫格里开口说，"那只老虎一瘸一拐，因为他生下来就是瘸腿，这是谁都知道的呀。说什么放债人的魂附到一只从来比豺还胆小的野兽身上，完全是傻话。"

布尔迪阿吃了一惊，有好一会儿说不出话来。头人睁大了眼睛。

"嗬！这是那个丛林的小杂种，是吗？"布尔迪阿说道，"你既然这么聪明，为什么不剥下他的皮送到卡里瓦拉去，政府正悬赏一百卢比要他的命呢。要不然，听长辈说话最好别乱插嘴。"

莫格里站起来打算走开。"我躺在这儿听了一晚上，"他回头喊道，"布尔迪阿说了那么多关于丛林的话，除了一两句，其余的没有一个字是真的，可是丛林就在他家门口呀。既然是这样，我怎么能相信他讲的那些据说是他亲眼见过的鬼呀、神呀、妖怪呀等的故事呢？"

"这孩子确实应该去放牛了。"头人说。布尔迪阿被莫格里的大胆无礼气得呼哧呼哧地喘着粗气。

大多数印度村子的习惯是在大清早派几个孩子赶着黄牛群和水牛群出去放牧，晚上再把它们赶回来；那些牛群能把一个白人踩成肉泥，却老老实实地让一些还够不着他们鼻子的孩子打骂和欺负。这些孩子只要和牛群待在一块儿，就非常安全。连老虎也不敢袭击一大群牛。可是孩子们如果跑开去采摘花儿，或者捕捉蜥蜴，他们有时就会被老虎叼走。莫格里骑在牛群头领大公牛拉玛的背上，穿过村庄的大街；那些蓝灰色的水牛，长着向后弯曲的长角和凶猛的眼睛，一头头从他们的牛棚里走出来，跟在他后面。莫格里非常明确地向一同放牧的孩子表示：他是头领。他用一根磨得光溜溜的长竹竿敲打着水牛，又告诉一个叫卡米阿的小男孩，叫他们自己去放牧牛群，他要赶着水牛往前走，并且叫他们要多加小心，别离开牛群乱跑。

印度人的牧场到处是岩石、矮树丛、杂草和一条条小溪流，牛群一到这儿就分散开去，消失不见了。水牛一般总待在池塘和泥沼里，他们常常一连几个小时躺在温暖的烂泥里打滚、晒太阳。莫格里把水牛赶到平原边上，韦根加河流出丛林的地方；接着他从拉玛的脖子上跳下来，一溜烟跑到一丛竹子那儿，找到了灰兄弟。

"喂！"灰兄弟说，"我在这里等你好多天了。你怎么干起了放牛的活儿？"

"这是命令，"莫格里说，"我暂时是村里的放牛娃。谢尔汗有什么消息吗？"

"他已经回到这个地区来了，他在这里等了你很久。眼下他走了，因为猎物太少。但是他一心要杀死你。"

"很好，"莫格里说，"他不在的时候，你或者四个兄弟里的一个就坐在岩石上，好让我一出村就能够看见你们。他回来以后，你们就在平原正中间那棵达克树①下的小溪边等我。我们不用自己走进谢尔汗的嘴里去。"

然后莫格里挑选了一块阴凉的地方，躺下睡着了，水牛在他四周吃着草。在印度，放牛是天下最逍遥自在的活儿之一。牛群走动着，嚼着草，躺下，然后又爬起来向前走动，他们甚至不哞哞地叫。他们只哼哼，水牛们更是很少说什么，只是一头挨一头走进烂泥塘去。他们一点点钻进污泥里，最后只剩下他们的鼻孔和呆呆瞪着的青瓷色眼睛露在水面上，他们就像一根根圆木头那样躺在那里。酷热的太阳，晒得石头跳起了舞，放牛的孩子听见一只鸢（永远只是一只）在头顶上高得几乎望不见的地方发出呼啸声，他们知道，如果他们死了，或者是一头母牛死了，那只鸢就会扑下来。而在遥远的地方，另一只鸢会看见他下降，于是就跟着飞下来，接着又是一只，又是一只，几乎在他们断气以前，不知从哪里就会出现二十只饿鸢。接着，孩子们睡了，醒来，又睡了。他们用干枯的草叶编了些小篮子，把蚂蚱放进去；或是捉两只螳螂，让他们打架；要不他们就用丛林的红色坚果和黑色坚果编成一串项链；或是观察一

----

① 印度东部的一种树，它的花可做黄色染料。

只趴在岩石上晒太阳的蜥蜴，或是一条在水坑旁边抓青蛙的蛇。然后他们唱起了漫长的歌曲，结尾的地方都带着当地人奇特的颤音。这样的白天仿佛比大多数人整个一生还要长，他们或许用泥捏一座城堡，还捏些泥人、泥马和泥水牛，他们在泥人手里插上芦苇，他们自己装作国王，泥人是他们的军队，或者他们假装是受人礼拜的神。傍晚到来了，孩子们呼唤着，水牛迟钝地爬出黏糊糊的污泥，发出一声又一声像枪声一样响亮的声音，然后他们一个挨着一个穿过灰暗的平原，回到村子里闪亮的灯火那里。

莫格里每天都领着水牛到他们的泥塘里去，每天他都能看见一英里半以外平原上灰兄弟的脊背（于是他知道谢尔汗还没有回来），每天他都躺在草地上倾听四周的声音，梦想着过去在丛林里度过的时光。在那些漫长而寂静的早晨，哪怕谢尔汗在韦根加河边的丛林里伸出瘸腿迈错了一步，莫格里也会听见的。

终于有一天，在约好的地方他没有看见灰兄弟，他笑了，领着水牛来到了达克树旁的小溪边。达克树上开满了金红色的花朵。灰兄弟就坐在那里，背上的毛全竖了起来。

"他躲了一个月，好叫你放松警惕。昨天夜里他和塔巴克一块翻过了山，正紧紧追踪着你呢。"灰狼喘着气说道。

莫格里皱起了眉头。"我倒不怕谢尔汗，但是塔巴克是很狡猾的。"

"不用怕，"灰兄弟稍稍舔了舔嘴唇说道，"黎明时我遇见了塔巴克，现在他正在对鸢鹰们卖弄他的聪明呢，但是，在我折断他的脊梁骨以前，他把一切都告诉了我。谢尔汗的打算是今天傍晚在村庄大门口等着你——专门等着你，不是等别人。他现在正躺在韦根加的那条干涸的大河谷里。"

"他吃过食了吗？他是不是空着肚子出来打猎的？"莫格里说。这问题的答案对他是生死攸关的。

"他在天刚亮时杀了猎物——一头猪——他也饮过水了。记住，谢尔汗是从来不肯节食的，哪怕是为了报仇。"

"噢，蠢货，蠢货！简直像个不懂事的崽子！他又吃又喝，还以为我会等到他睡过觉再动手呢！喂，他躺在哪儿？假如我们有十个，就可以在他躺的地方干掉他。这些水牛不嗅到他的气味是不会冲上去的，而我又不会说他们的话。我们是不是能转到他的脚印的背后，好让他们嗅出来？"

"他跳进韦根加河，游下去好长一段路，来消灭自己的踪迹。"灰兄弟说。

"这一定是塔巴克教他的，我知道。他自己是绝不会想出这个办法的。"莫格里把手指放进嘴里思索着。"韦根加河的大河谷。它通向离这儿不到半英里的平原。我可以带着牛群，绕道丛林，一直把他们带到河谷的出口，然后横扫过去——不过他会从另一头溜掉的。我们必须堵住那边的出口。灰兄弟，你能帮我把牛分成两群吗？"

"我可能不行——不过我带来了一个聪明的帮手。"灰兄弟走开了，跳进一个洞里。接着洞里伸出一个灰色的大脑袋，那是莫格里十分熟悉的，炎热的空气里响起了丛林里最凄凉的叫声——一头在正午时分猎食的狼的吼叫。

"阿克拉！阿克拉！"莫格里拍起巴掌说道，"我早该知道，你是不会忘记我的。我们手头有要紧的工作呢。把牛群分成两半，阿克拉。让母牛和小牛待在一起，公牛和耕地的水牛在一起。"

两只狼跳开了四对舞的花样，在牛群里穿进穿出，牛群呼哧呼哧地喷着鼻息，昂起脑袋，分成了两堆。母水牛站在一堆，把她们的小牛围在中间，她们瞪起眼睛，前蹄敲着地面，只要哪只狼稍稍停下，她们就会冲上前去把他踩死。在另一群里，成年公牛和年轻公牛喷着鼻息、跺着蹄子。不过，他们虽说看起来更吓人，实际上却并不那么凶恶，因为他们不需要保护小牛。就连六个男人也没法这样利索地把牛群分开。

"还有什么指示？"阿克拉喘着气说，"他们又要跑到一块去了。"

莫格里跨到拉玛背上。"把公牛赶到左边去，阿克拉。灰兄弟，等我们走了以后，你把母牛集中到一堆，把她们赶进河谷里面去。"

"赶多远？"灰兄弟问道，他一面喘着气，一面又咬又扑。

"赶到河岸高得谢尔汗跳不上去的地方。"莫格里喊道，"让她们留在那里，直到我们下来。"阿克拉吼着，公牛一阵风似的奔了开去，灰兄弟拦住了母牛。母牛向灰兄弟冲去，灰兄弟稍稍跑在她们的前面，带着她们向河谷底跑去。而阿克拉这时已把公牛赶到左边很远的地方了。

"干得好！再冲一下他们就开始跑了。小心，现在要小心了，阿克拉。你再扑一下，他们就会向前冲过去了。喔唷！这可比驱赶黑公鹿要来劲得多。你没想到这些家伙会跑得这么快吧？"莫格里叫道。

"我年轻的时候也……也捕猎过这些家伙。"阿克拉在尘埃中气喘吁吁地说道，"要我把他们赶进丛林里去吗？"

"哎，赶吧！快点赶他们吧！拉玛已经狂怒起来了。唉，要是我能告诉他，今天我需要他帮什么忙，那该有多好！"

这回公牛被赶向右边，他们横冲直撞，闯进了高高的灌木丛。在半英里外带着牛群观望着的其他放牛孩子拼命跑回村里，喊叫说水牛全都发了狂，说他们都跑掉了。

其实莫格里的计划是相当简单的。他只不过想在山上绕一个大圆圈，绕到河谷出口的地方，然后带着公牛下山，把谢尔汗夹在公牛和母牛群中间，然后捉住他；因为他知道，谢尔汗在吃过食，饮过大量水以后，是没有力气战斗的，并且也爬不上河谷的两岸。他现在用自己的声音安慰着水牛。阿克拉已经退到牛群的后面，只是有时哼哼一两声，催着殿后的水牛快点走。他们绕了个很大很大的圆圈。因为他们不愿离河谷太近，引起谢尔汗的警觉。最后，莫格里终于把弄糊涂了的牛群带到了河谷出口，来到一块急转直下、斜插入河谷的草地上。站在那块高坡上，可以越过树梢俯瞰下面的平原；但是莫格里却只注视河谷的两岸。他非常满意地看见，两岸非常陡峭，几乎是直上直下，岸边长满了藤蔓和爬山虎，一只想逃出去的老虎，在这里是找不到立足点的。

"让他们歇口气，阿克拉，"他抬起一只手说，"他们还没有嗅到他的气味呢。让他们歇口气。我得告诉谢尔汗是谁来了。我们已经使他落进了陷阱。"

他用双手围住嘴巴，冲着下面的河谷高喊——这简直像冲着一条隧洞叫喊一样——回声从一块岩石弹到另一块岩石。

过了很久，传来了一头刚刚醒来的、吃得饱饱的老虎慢吞吞的带着倦意的咆哮声。

"是谁在叫？"谢尔汗说。这时，一只华丽的孔雀惊叫着从河谷里振翅飞了出来。

"是我，莫格里。偷牛贼，现在是你到会议岩去的时候了！下去！快赶他们下去，阿克拉！下去，拉玛，下去！"

牛群在斜坡边上停顿了片刻，但是阿克拉放开喉咙发出了狩猎的吼叫，牛群便一个接一个像轮船穿过激流似的飞奔下去，沙子和石头在他们周围高高地溅起。一旦奔跑起来，就不可能停住。他们还没有进入峡谷的河床，拉玛就嗅出了谢尔汗的气味，吼叫起来。

"哈！哈！"莫格里骑在他背上说，"这下你可明白了！"只见乌黑的牛角、喷着白沫的牛鼻子、鼓起的眼睛，像洪流一般冲下河谷，如同山洪暴发时，大圆石头滚下山去一样；体弱的水牛都被挤到河谷两边，他们冲进了爬山虎藤里。他们知道眼下要干什么——水牛群要疯狂地冲锋了，任何老虎都挡不住他们。谢尔汗听见他们雷鸣般的蹄声，便爬起身来，笨重地走下河谷，左瞧右瞧，想找一条路逃出去。可是河谷两边的高坡是笔直的，他只好向前走去，肚里沉甸甸地装满了食物和饮水，这会儿叫他干什么别的都可以，就是不想战斗。牛群践踏着他刚才离开的泥沼，他们不停地吼叫着，直到狭窄的河沟里充满了回响。莫格里听见河谷底下传来了回答的吼声，看见谢尔汗转过身来（老虎知道，到了紧急关头，面向着公牛比向着带了小牛的母牛总要好一点），接着拉玛被绊了一下，打了个趔趄，踩着什么软软的东西过去了。那些公牛都跟在他身后，他们迎头冲进了另一群牛当中，那些不那么强壮的水牛挨了这一下冲撞，都被掀得四蹄离了地。这次冲刺使两群牛都拥进了平原，他们用角抵，用蹄子践踏，喷着鼻息。莫格里看准了时机，从拉玛脖子上出溜下来，拿起他的棍子左右挥舞。

"快些，阿克拉！把他们分开。叫他们散开，不然他们彼此会斗起来的。把他们赶开，阿克拉。嗨，拉玛！嗨！嗨！嗨！我的孩子们，现在慢些，慢些！一切都结束了。"

阿克拉和灰兄弟跑来跑去，咬着水牛腿。牛群虽说有一次想回过头冲进河谷，莫格里却设法叫拉玛掉转了头，其余的牛便跟着他到了牛群打滚的池沼。

谢尔汗不需要牛群再去践踏他了。他死了，鸢鹰们已经飞下来啄食他了。

"兄弟们，他死得像只狗。"莫格里说，一面摸着他的刀。他和人生活在一起以后，这把刀老是挂在他脖子上的一把刀鞘里。"不过，反正他根本是不想战斗的，他的毛皮放在会议岩上一定很漂亮，我们得赶快动手干起来。"

一个在人们中间教养大的孩子，做梦也不会想独自去剥掉一条十英尺长的老虎皮，但是莫格里比谁都了解一头动物的皮是怎样长上的，也知道怎样把它剥下来。然而这件活儿确实很费力气，莫格里用刀又砍又撕，累得嘴里直哼哼，干了一个钟头，两只狼在一边懒洋洋地伸出舌头，当他命令他们的时候，他们就上前帮忙拽。

一会儿，一只手搭上了他的肩头，他抬头一看，是那个有支陶尔步枪的布尔迪阿。孩子们告诉村里人，水牛全惊跑了，布尔迪阿怒冲冲地跑出来，一心要教训莫格里一番，因为他没有照顾好牛群。狼一看有人来了，便立刻溜开了。

"这是什么蠢主意？"布尔迪阿生气地说，"你以为你能剥下老虎的皮！水牛是在哪里踩死他的？哦，这还是那只跛脚虎哩，他的头上还悬了一百卢比的赏金。好啦，好啦，把牛群吓跑的事，我们就不跟你计较了，等我把虎皮拿到卡里瓦拉去，也许还会把赏金分给你一卢比。"他在围腰布里摸出打火石和火镰，蹲下身子去烧掉谢尔汗的胡须。当地许多猎人总是烧掉老虎的胡须，免得老虎的鬼魂缠上自己。

"哼！"莫格里仿佛是对自己说，同时撕下了老虎前爪的皮，"原来你想把虎皮拿到卡里瓦拉去领赏钱，也许还会给我一个卢比？可是我有我的打算，我要留下虎皮自己用。喂，老头子，把火拿开！"

"你就这样对村里的猎人头领说话吗？你杀死这头老虎，全凭了你的运气和你那群水牛的蠢劲。这只老虎刚刚吃过食，不然到这时他早已跑到二十英里外去了。你连怎么好好剥他的皮都不会，小讨饭娃，好哇，你确实应该教训我不要烧他的胡须，莫格里，这下子我一个安那赏钱也不给你了，还要给你一顿好揍。离开这具尸体！"

"凭赎买我的公牛起誓，"莫格里说，他正在设法剥下老虎的肩胛皮，"难道整个中午我就这么听一只老人猿唠叨个没完吗？喂，阿克拉，这个人老缠着我。"

布尔迪阿正弯腰朝着老虎脑袋，突然发现自己被仰天掀翻在草地上，一头灰狼站在他身边，而莫格里继续剥着皮，仿佛整个印度只有他一个人。

"好——吧，"他低声说道，"你说得完全对，布尔迪阿。你永远也不会给我一安那赏钱。这头跛老虎过去和我有过冲突——很久以前的冲突，而我赢了。"

说句公道话，如果布尔迪阿年轻十岁的话，他在森林里遇见了阿克拉，是会和他比试一下的，但是一头听这孩子命令的狼——而这个孩子又和吃人的老虎在很久以前有私人冲突，这头狼就不是一头普通的野兽了。布尔迪阿认为这是巫术，是最厉害的妖法，他很想知道，他脖子上戴的护身符是不是能够保护他。他躺在那里，一点也不敢动，他随时准备看见莫格里也变成一只老虎。

"王爷！伟大的国王！"他终于嘶哑着嗓子低声说道。

"嗯。"莫格里没有扭过头来，抿着嘴轻声笑了。

"我是个老头子。我不知道你不仅是个放牛孩子。你能让我站起来离开这儿吗？你的仆人会把我撕成碎片吗？"

"去吧，祝你一路平安。只不过下一次再也不要乱插手我的猎物了。放他走吧，阿克拉。"

布尔迪阿一瘸一拐拼命朝村里跑，他不住地回头瞧，害怕莫格里会变成什么可怕的东西。他一到村里，就讲出了一个尽是魔法、妖术和巫术的故事，使得祭司听了脸色变得十分阴沉。

莫格里继续干他的活，但直到将近傍晚，他和狼才把那张巨大的花斑皮从老虎身上剥下来。

"我们现在先把它藏起来，把水牛赶回家。来帮我把他们赶到一块吧，阿克拉。"

牛群在雾蒙蒙的暮色中聚到一块了，当他们走近村子时，莫格里看见了火光，听见海螺呜呜地响，铃儿叮当地摇。村里一半的人似乎都在大门那里等着他。"这是因为我杀死了谢尔汗。"他对自己说。但是一阵雨点似的石子在他耳边呼啸而过，村民们喊道："巫师！狼崽子！丛林魔鬼！滚开！快些滚开，不然祭司会把你变回一头狼。开枪，布尔迪阿，开枪呀！"

那支旧陶尔步枪砰的一声开火了，一头年轻的水牛痛得吼叫起来。

"这也是巫术！"村民叫喊道，"他会叫子弹拐弯。布尔迪阿，那是你的水牛。"

"这是怎么回事呀？"石头越扔越密，莫格里摸不着头脑地说。

"你这些兄弟跟狼群没什么两样，"阿克拉镇定自若地坐下说，"我看，假如子弹能说明什么的话，他们是想把你驱逐出去。"

"狼！狼崽子！滚开！"祭司摇晃着一根神圣的罗勒树枝叫喊道。

"又叫我滚吗？上次叫我滚，因为我是一个人。这次却因为我是只狼。我们走吧，阿克拉。"

一个妇人——她是米苏阿——跑到牛群这边来了，她喊道："啊，我儿，我儿！他们说你是个巫师，能随便把自己变成一头野兽。我不相信，但是你快走吧，不然他们会杀死你的。布尔迪阿说你是个巫师，可是我知道，你替纳索的死报了仇。"

"回来，米苏阿！"人们喊道，"回来，不然我们就要向你扔石头了。"

莫格里恶狠狠地、短促地笑了一声，因为一块石头正好打在他的嘴巴上。"跑回去吧，米苏阿。这是他们黄昏时在大树下面编的一个荒唐的故事。我至少为你儿子的生命报了仇。再会了；快点跑吧，因为我要把牛群赶过去了，比他们的碎砖头块还要跑得快。我不是巫师，米苏阿。再会！"

"好啦，再赶一次，阿克拉，"他叫道，"把牛群赶进去。"水牛也急于回到村里。他们几乎不需要阿克拉的咆哮，就像一阵旋风冲进了大门，把人群冲得七零八散。

"好好数数吧！"莫格里轻蔑地喊道，"也许我偷走了一头牛呢。好好数数吧，因为我再也不会给你们放牛了。再见吧，人的孩子们，你们得感谢米苏阿，因为她，我才没有带着我的狼沿着你们的街道追捕你们。"

他转过身，带着孤狼走开了；当他仰望着星星时，他觉得很幸福。"我不必再在陷阱里睡觉了，阿克拉。我们去取出谢尔汗的皮，离开这里吧。不，我们绝不伤害这个村庄，因为米苏阿待我是那么好。"

当月亮升起在平原上空，使一切变成了乳白色的时候，吓坏了的村民看见了身后跟着两只狼的莫格里，他的头上顶着一包东西，正用狼的平稳小跑姿势赶着路，狼的小跑就像大火一样，把漫长的距离一下子就消灭掉了。于是他们更加使劲地敲起了庙宇的钟，更响地吹起了海螺；米苏阿痛哭着，布尔迪阿把他在丛林里历险的故事添枝加叶讲了又讲，最后竟说，阿克拉用后脚直立起来，像人一样说着话。

莫格里和两只狼来到会议岩的山上，月亮正在下沉，他们先在狼妈妈的山洞停下。

"他们把我从人群里赶了出来，妈妈，"莫格里喊道，"可是我实现了诺言，带来了谢尔汗的皮。"狼妈妈从洞里费力地走了出来，后面跟着狼崽们，她一见虎皮，眼睛便发亮了。

"那天他把脑袋和肩膀塞进这个洞口，想要你的命，小青蛙，我就对他说，捕猎别人的，总归要被人捕猎的。干得好。"

"小兄弟，干得好。"一个低沉的声音从灌木丛里传来，"你离开了丛林，我们都觉得寂寞。"巴希拉跑到莫格里赤裸的双脚下。他们一块爬上会议岩，莫格里把虎皮铺在阿克拉常坐的那块扁平石头上，用四根竹钉把它固定住。阿克拉在上面躺了下来，发出了召集大会的老的召唤声——"瞧啊——仔细瞧瞧，狼群诸君！"正和莫格里初次被带到这里时他的呼叫一模一样。

自从阿克拉被赶下台以后，狼群就没有了首领，他们可以随心所欲地行猎和殴斗。但是他们出于习惯，回答了召唤。他们中间，有些跌进了陷阱，变成了瘸子；有些中了枪弹，走起来一拐一拐；另一些吃了不洁的食物，全身的毛变得癞巴巴的。还有许多头狼下落不明，但是剩下的狼全都来了，他们来到会议岩，看见了谢尔汗的花斑毛皮摊在岩石上，巨大的虎爪连在空荡荡的虎脚上，在空中晃来晃去。就是在这时，莫格里编了一首不押韵的歌，这首歌自然而然地涌上了他的喉头，他便高声把它喊出来。他一面喊，一面在那张嘎嘎响的毛皮上蹦跳，用脚后跟打着拍子，直到他喘不过气来为止。灰兄弟和阿克拉也夹在他的诗节中间吼叫着。

"仔细瞧吧，噢，狼群诸君！我是否遵守了诺言？"莫格里喊完以后说。狼群齐声叫道："是的。"一头毛皮凌乱的狼嗥叫道：

"还是你来领导我们吧，啊，阿克拉。再来领导我们吧，啊，人娃娃，我们厌烦了这种没有法律的生活，我们希望重新成为自由的兽民。"

"不，"巴希拉柔声说道，"不行。等你们吃饱了，那种疯狂劲又会上来的。把你们叫作自由的兽民，不是没有缘故的。你们不是为了自由而战斗过了吗，现在你们得到了自由。好好享受它吧，狼群诸君。"

"人群和狼群都驱逐了我，"莫格里说，"现在我要独自在丛林里打猎了。"

"我们和你一起打猎。"四只小狼说。

于是从那天起，莫格里便离开了那里，和四只小狼在丛林中打猎。但是他并没有孤独一辈子，因为许多年以后，他长大成人，结了婚。

不过，那是一个讲给成年人听的故事了。

国王的象叉

有四样最最贪得无厌的东西，

　　自古以来从没有感到满足，

茄卡那鸟的嘴巴，

　　鸢的胃口，

　　无尾猿的手和人的眼睛。

——丛林谚语

　　这是大蟒蛇卡阿出生以来大约第二百次蜕皮。莫格里从来没有忘记陷进冰冷的兽穴那个夜晚，幸亏卡阿救了他一命——这种事你也许还记得——于是这次便去祝贺他蜕皮。蛇在蜕皮时总是情绪低沉，闷闷不乐，一直要到新的蛇皮变得光亮美观的时候为止。现在卡阿再也不拿莫格里取笑了，而是像丛林里的其他兽族一样，把他奉为丛林的大王，他经常把像自己这么大的身躯的蟒蛇自然而然能打听到的消息都告诉莫格里。卡阿对人们所谓的中部丛林可说是了如指掌——凡是有关地面上跑的、地底下跑的、石头上待着的、地洞里住着的，还有在树上住着的那些生物的事情，他都知道——他不知道的事，满可以全部写在他身上最小的一块鳞片上。

那天下午，莫格里正坐在卡阿蜷成一团的身体中间，抚摸着卡阿刚换下的那身破破烂烂、碎成一片片的旧蛇皮。这块蛇皮还像卡阿蜕掉它的时候那样，纠结在一块，扭得乱七八糟，扔在岩石中间。卡阿非常股勤地把自己的身躯垫在莫格里光裸的宽肩膀后面，所以这个少年简直像靠在一张活躺椅里一样舒服。

"连眼睛上的鳞片也是十全十美的，"莫格里抚弄着旧蛇皮，悄声说道，"看见自己脑袋上的皮躺在自己脚底下，真有点不可思议！"

"是呀，不过我没有脚，"卡阿说，"而且蜕皮既然是我们这族的规矩，我也就不觉得有什么奇怪了。你的皮难道从来没有感到破旧和粗糙的时候吗？"

"要是那样，我就去洗洗，扁脑袋；不过，在热极了的暑天里，我倒真的希望我能一点不觉得疼地把皮脱下来，光溜溜地到处跑。"

"我洗自己，可是同时也脱掉我的皮。你瞧我这身新外衣怎么样？"

莫格里顺着他巨大脊背上的垂直的方格花纹摸下去。"乌龟的背比你更硬，可是没你的鲜艳，"他精明地说，"和我同名的青蛙比你鲜艳，可是没有你坚硬。你的外皮看上去真美——就像百合花蕊边缘上的斑纹。"

"它还缺点水。一张新皮不洗一次澡是不会把全部颜色都显出来的。我们去洗个澡吧。"

"我抱你去吧。"莫格里说。于是他乐呵呵地俯下身子，想把卡阿那巨大的躯体的中间那一段，正好是最粗的那一段身子抱起来。这就好比一个人想抬起一根两英尺长的总水管一样；卡阿纹丝不动地躺在那里，鼓起双颊，暗自觉得有趣。接着，他们每天傍晚都要玩的游戏开始了——一个是充溢着巨大精力的男孩子，另一个是换了一身华丽新皮的蟒蛇，开始互相交手，进行一场摔跤比赛，这是眼力和劲头的较量。当然，只要卡阿使足了劲头，他完全能把哪怕是十二个莫格里压成肉泥；但是他玩得很小心，从来不把劲头使出十分之一来。自从莫格里长大了，能承受得了一点点粗暴待遇时起，卡阿就教会了他这种游戏，这比什么其他办法都更能锤炼他的四肢。有时，莫格里几乎被卡阿绕成一圈圈的滑动的躯体团团围住，直到嗓子眼那里。他使劲想松出一只手臂，好抓住卡阿的喉咙。接着，卡阿突然变软了，松开了，莫格里就会趁着卡阿巨大的蛇尾向后摆动，去找一块石头或者树桩撑住身体的时候，飞快地移动脚步，不让它找到支撑点。这时他们便互相抱着头滚来滚去，相互窥伺着时机，于是这一对像雕塑般健美的对手就变成了一团黄黑色的蛇圈和胡乱挣扎的胳臂和腿，一次又一次地倒下，然后又竖立起来。"嗨！嗨！嗨！"卡阿说道，他伸出脑袋一次次佯装进攻的样子，快得连莫格里那样敏捷的手也无法把它推开，"瞧吧！我碰着你这儿啦，小兄弟！这儿，还有这儿！你的手麻木了吗？这儿又是一下！"

游戏总是用同一种方式结束——蛇脑袋一记笔直有力的打击，把男孩打翻在地。莫格里始终没学会如何对付那一记闪电似的袭击，而卡阿说，他根本用不着想去对付它。

"祝你打猎顺利！"卡阿最后咕噜道。而莫格里像往常一样，一下子被摔到了六码以外的地方，一面喘着气，一面大笑。他抓了满满一手的青草，从地上站起来，跟在卡阿后面，来到这条聪明的蛇最心爱的洗澡的地方——这是一汪围在岩石中间的黑洞洞的深水潭，旁边散布着沉入地里的树桩，给这地方添加了一些情趣。小伙子照丛林的方式，静悄悄地溜进水里，潜水到了对岸；然后同样静悄悄地冒出水面，仰面躺着，两只胳臂交叉在脑袋后面，望着升起在岩石上面的月亮，用脚丫子把月亮映在水里的影子搅碎。卡阿钻石形状的脑袋像一把剃刀划开了湖水，他浮出水面，正好躺在莫格里的肩头上。他们就这样静静地躺着，舒舒服服地浸泡在沁凉的水里。

"真棒呀，"莫格里终于睡意蒙眬地说道，"这会儿，在'人群'里，我记得每到这个时候，他们就把一些坚硬的木头片放进一个泥做的陷阱里，他们仔细地把清新空气都关在门外以后，使用一块臭气扑鼻的布蒙住他们的笨脑袋，鼻子里哼呀哼地唱起邪恶的歌来。丛林里可比他们那里好得多。"

一条匆忙赶路的眼镜蛇从一块岩石背后出溜下来，饮了水后，对他们说了声"打猎顺利"便走开了。

"咝！"卡阿说，他仿佛刚刚想起了什么事，"丛林满足了你的一切愿望，是吗，小兄弟？"

"并不是一切愿望都满足了，"莫格里笑着说道，"否则每个月都得再出生一头新的强壮的谢尔汗，好让我把他杀死。现在，我可以用自己的手杀死他了，不用请水牛们帮忙。另外，我曾经希望在雨季里能够阳光普照，而在夏天最酷热的时候，我希望雨水能盖住阳光；还有，我每次饿着肚子的时候，总是希望我能杀死一头山羊；每次我杀了一头山羊的时候，又总是希望它是一头公鹿；而当我杀了一头公鹿的时候，我又希望它是一头大羚羊。不过，人心不知足，我们全都这样。"

"你没有别的愿望了吗？"大蛇问道。

"我还能有什么更多的愿望呢？我有丛林，还有丛林赐给我的一切恩惠！在日出和日落之间，还有什么地方的东西比这儿更丰富呢？"

"喂，那条眼镜蛇说……"卡阿开口说道。

"哪条眼镜蛇？是刚才那条没说什么就走开的眼镜蛇吗？他正在打猎。"

"我说的是另一条。"

"你和那些有毒的兽族有很多来往吗？我总是让他们走自己的路。他们的门牙里携带着死亡，那可不是件好事——因为他们是那么小。不过，和你说话的那条蛇的头兜是什么样的？"

卡阿在水里慢吞吞地翻了个身，就像在横浪里前进的一艘火轮船一样。"三四个月以前，"他说，"我在'冰冷的兽穴'那儿狩猎，那地方你大概没忘记吧。我捕猎的那家伙尖叫着逃过蓄水池，逃进那所房子——就是我曾经为了救你而砸破它的墙的那所房子——钻进地洞里去了。"

"可是'冰冷的兽穴'里的兽族并不是生活在地洞里的。"莫格里明白卡阿指的是猴子。

"这家伙并不是在'生活'，倒是想要'生活'下去，"卡阿回答说，他的舌头颤动了一下，"他钻进一条很深很长的地洞里。我跟踪上去，捕杀了他以后，我就睡了。我醒来以后就向前走去。"

"在地底下吗？"

"正是。后来我遇见了一条‘白头兜’（白眼镜蛇），他告诉了我一些我不知道的事，还带我看了许多我从来没有见过的东西。"

"是新的猎物吗？你的狩猎成功吗？"莫格里迅速地侧过身来。

"那不是猎物，而且会把我所有的牙齿都咬断的；可是‘白头兜’说，人——他对人类是很了解的——人为了能看一眼这些东西，哪怕舍出命来也肯干的。"

"我们去看一看吧，"莫格里说，"我现在记起了，我曾经也是人。"

"慢些——慢些。那条吃掉了太阳的黄蛇，就是因为匆忙才送了命。我们在地下谈了起来，我提到了你，说你是一个人。‘白头兜’说（他的确和丛林一样老了）：‘我有很久没见到一个人了。叫他来吧，他会看见所有这些东西的。许多人为了这里最小的一件东西也愿意舍掉性命。’"

"那肯定是什么新的猎物。可是那些有毒的兽族遇到猎物时是从来不通知我们的。他们是很不友好的一族。"

"它们不是猎物。它是……它是……我说不出它是什么。"

"我们到那里去吧。我还从没见过一条‘白头兜’，另外我还想看看那些东西。他捕杀它们吗？"

"它们是没有生命的东西。他说，他是那一切东西的看守人。"

"噢！就像一头狼看守着他拖回自己巢穴里去的肉那样。我们走吧。"

莫格里游向岸边，在草地上滚干了身体，他们两个便出发到"冰冷的兽穴"去了。这是一个荒无人迹的城市遗址，你大概听说过它。莫格里那时一点也不怕猴群了，可是猴群却对莫格里怕得要命。不过，他们一族全到丛林去劫掠去了，所以在月光下，"冰冷的兽穴"是空旷寂静的。卡阿带路来到阳台上王妃亭的废墟，他从一堆垃圾上溜了过去，钻进了亭子中心通往地下的那座堵住了一半的楼梯。莫格里先是发出了一声蛇的呼喊："你和我，我们是同胞。"然后手脚并用，跟在后面。他们爬进一个长长的倾斜的通道。通道拐来拐去，拐了好几个弯，最后他们爬到一个地方，那里有一棵离地三十英尺的巨大的树，树根把墙上一块实心的石头顶了出来。他们就从这个窟窿里爬了过去，爬进了一间很大的地下洞窟，洞窟的圆顶也被树根顶破了，因此有几条光线从洞顶射进黑暗中。

"这是个很安全的窝，"莫格里稳稳站起身来说，"可惜太远了，没法天天来。好吧，我们来看的那些东西在哪里？"

"难道我不值得看吗？"洞窟正中有个声音说道。莫格里看见有个白色的东西在移动，一条他所见过的最大的眼镜蛇慢慢地直立起来——这条蛇足有八英尺长，由于长期待在黑暗里，身体的颜色已经褪成了陈旧的象牙般的白色。就连蛇的头兜也褪成了淡黄色。他的眼睛像红宝石一样鲜红。总而言之，这条蛇简直奇妙极了。

"祝你打猎顺利！"莫格里说，他从不忘记对人要有礼貌，就跟他从不忘记带上他的小刀一样。

"关于那座城市有什么消息吗？"白眼镜蛇没有回答他的问候，却这样问道，"就是那座有围墙的巨大的城市，那个拥有一百头象、两千匹马和不计其数的牛羊的城市，那个统率着二十个国王的王中之王的城市。我的耳朵在这里已经变聋了，我很久没听见他的作战的锣声了。"

"我们的头顶上是丛林，"莫格里说，"我只认识象群里的哈西和他的儿子们。巴希拉把一个村庄里所有的马都杀死了，而且，什么是国王呀？"

"我告诉过你了，"卡阿温和地对眼镜蛇说，"四个月以前我就告诉过你，你的城市已经不存在了。"

"那座城市——那座森林中的巨大城市，它所有的城门都由国王的塔楼把守着，它是永不会消灭的。还在我父亲的父亲从蛇卵里孵化出来以前，他们就建立了那座城市，它会一直存在，直到我的儿子们的儿子也变得像我一样白！它是由叶迦苏里的儿子维叶加，维叶加的儿子昌德拉比加，昌德拉比加的儿子萨洛姆狄在巴帕·拉瓦文时代建造起来的。你是属于谁家的牲口？"

"此路不通，"莫格里转过脸对卡阿说道，"我听不懂他说的话。"

"我也听不懂。他太老了。眼镜蛇的父亲呵，这里只有丛林，自古以来它就在这里。"

"那么，他是谁？"白眼镜蛇说道，"那个坐在我面前，毫不害怕，不知道国王是什么，用人的嘴说着我们的话的人是谁？那个佩带小刀，会讲蛇的语言的人是谁？"

"他们叫我莫格里，"回答是这样的，"我来自丛林。狼是我的同胞，这里的卡阿是我的兄弟，眼镜蛇的父亲呵，你是谁？"

"我是国王宝藏的看守官。当我的皮肤还是黑色的时候，库伦王公建造了我头顶上这座石窟，命令我用死亡来教训那些前来盗宝的人。然后他们从上面把珠宝放进石窟里，那时我听见了我们的主人婆罗门的歌声。"

"嗯!"莫格里自言自语,"我在'人群'里的时候,已经跟一个婆罗门打过了交道,我心里有数。邪思也会来到这里。"

"自从我待在这儿以后,上面的石头已经被掀起过五次,每次都是为了放进更多的珍宝,从来没有取出去过。不论在哪儿都没有这样的宝藏,这是属于一百个国王的珍宝。可是在最后一次石盖被掀起以后,已经过去很久很久了,我还以为我的城市把我们忘了呢。"

"城市已经没有了。抬头看看吧,在你头顶上,大树的树根把石头都掀开了。树和人是不会在一块长大的。"卡阿坚持道。

"有两三回,人们找到了这个地方,"白眼镜蛇恶狠狠地说,"他们在黑暗里摸索,可是他们一直没有出声,接着,他们只短短地喊叫了一声。可是你们却带着谎话来到这里,你们两个:人和蛇,你们要使我相信城市已经不存在了,我的看守职责也就结束了。多少年来,人的变化不大。可是我是决不改变的!我要一直等到石盖被掀起,婆罗门教徒们唱着我知道的歌走下地窖,用热牛奶喂我,把我带到明亮的地方去的时候,否则我……我……我,而不是别人,仍然是国王宝藏的看守官!你们说城市已经死亡了,你们说,树根长到了这里?那么,你们弯下腰随便拿吧。天下没有这样的珍宝。那个会说蛇的语言的人,你要是能从你进来的地方活着出去,那么那些小国王就都要听从你的命令了!"

"还是此路不通,"莫格里泰然自若地说道,"难道真有一头豺钻到这么深的地方,咬了这位伟大的'白头兜'一口吗?他肯定是疯了。眼镜蛇的父亲呵,我看不见这儿有什么东西可以拿走。"

"我以太阳和月亮的神明的名字起誓，这孩子犯了疯病，是在找死啊！"眼镜蛇咝声说道，"在叫你合上眼以前，我赐给你一个恩惠。瞧吧，瞧瞧从来没有人看见过的东西！"

"还没有哪个丛林里的生物敢说什么赐给莫格里恩惠的话呢，"男孩子低声说道，"不过，我想，在这片黑暗的地方大概谁都会变样的。好吧，我就看看，如果这会使你高兴的话。"

他眯起双眼朝洞窟四周望去，然后从地上拾起一把闪闪发亮的东西。

"啊哈！"他说道，"这很像在'人群'里他们常常玩的那种东西；不过这是黄色的，他们玩的都是褐色的。"

他扔下了手里那些金币，向前走去，洞窟的地上堆积的金币和银币足有五六英尺深。它们已经挣破了原来包装它们的麻袋而滚落出来，由于年深日久，这些金属就像在退潮时滞留下来的沙砾一样，压得紧紧地堆成一堆。一些镶着珠宝的、有浮雕花样的银制象轿，散落在金币和银币上面，或是从金币里面露出来，就像沉船在沙砾中显露出来一样，它们外面点缀着锤得薄薄的金片，上面还装饰着红宝石和绿松石。这里还有女王使用的肩舆和暖轿，它们的骨架是用银和上釉的珐琅制作的，轿杠的把手是翡翠做的，窗帘的吊环是琥珀做的；这儿还有吊在烛架上的金烛台，穿了孔的绿宝石在烛台支架上晃动；这儿还有已被人遗忘的神明的银制神像，它们有五英尺高，装饰着饰钉，眼睛是用宝石做的；这儿还有嵌金的锁子钢甲，边缘上缀着乌黑的、已经朽坏的细粒珍珠；这里还有顶上饰以一串串深红色红宝石的头盔；这儿还有用龟甲和水牛皮制作的漆盾牌，上面饰以镏金片，边缘上嵌了绿宝石；这儿还有一捆捆柄上镶着钻石的宝剑、匕首和猎刀；这儿还有献祭用的金碗和金勺；还有设在地下从没见过天日的轻便祭坛；这儿还有玉杯和玉镯；这儿还有香炉，梳子，装香水、染指甲水和眼膏的带有浮雕的金瓶；这儿还有数不清的鼻环、臂箍、束发带、指环和腰带；这儿还有七指宽的嵌有四方形钻石和红宝石的皮腰带；还有箍了三层铁圈的木箱，箱子的木头已经朽烂成了粉末，露出里面装的一堆堆的没有琢磨过的星形蓝宝石、蛋白石、猫眼石、红宝石、钻石、祖母绿、石榴石。

　　"白头兜"说得不错。不论多少钱也买不到这些宝藏。这是经过多少个世纪的战乱、抢劫、贸易和税收，经过仔细筛选和淘汰而后挑选出来的宝物。不要说那些宝石，仅仅那些钱币，就是无价之宝；这里的金银净重两三百吨。现在印度的每个土著王公，不论怎么穷，总有一笔家藏的财宝，他们总是不断地往里面增加东西；虽说隔很久会出一个比较开明的王公，他也许会派四五十头水牛载着银子，去换取政府的安定，可是绝大多数王公都保存了他们的宝藏，并且秘而不宣，牢牢保守着自己的秘密。

　　莫格里当然不会懂得这些财宝的含义。其中那些匕首使他稍稍产生了一点兴趣，可是它们不像他自己那把刀有准头，因此他又把它们扔掉了。最后，他在一只象轿前面，找到一样被钱币埋掉一半的东西，它可真正使他着了迷。那是根三英尺长的象叉，或者叫象刺——样子有些像一支小小的带钩的撑船篙子。把手的顶部有一块光彩夺目的圆形红宝石，把手约有八英寸长，密密麻麻嵌满了天然绿松石，握起来非常方便。接下来是一个翡翠环，上面雕着一朵花——红宝石做的花瓣，嵌在冰凉的绿宝石叶片之中。把手的其余部分是一根纯粹的象牙。象叉的顶端是一根尖刺和一只钩子——都是钢的，外面镏金，刻有猎象的图画，这些图画吸引了莫格里，他看出这些图画和他的大象朋友沉默的哈西有些关系。

"白头兜"一直紧紧地跟在他身后。

"为了看看这些，难道不值得舍掉性命吗？"他说道，"你瞧，我难道没有大大地帮你的忙吗？"

"我不懂，"莫格里说，"这些东西又硬又冷，一点也不好吃。不过这个，"他举起了象叉，"我想拿到太阳底下去瞧瞧。你说这些东西全都属于你吗？你能不能把它送给我？我会给你抓些青蛙来吃的。"

"白头兜"恶意地笑了，笑得全身都抖动起来。"我当然肯送给你，"他说道，"这儿的一切我都送给你，只要你离开得了这个地方。"

"可是我现在就要离开。这里又黑暗又冰冷，我想把这个有尖刺的东西拿到丛林里去。"

"看看你的脚下。那儿是什么？"

莫格里拾起一块白白的光滑的东西。

"它是一个人的头骨。"他安然说道，"这儿还有另外两块头骨。"

"他们是许多年前想来拿走宝藏的。我在黑暗里和他们说了话，于是他们就安安静静地躺下了。"

"可是我要这叫作宝藏的东西干什么？你只要让我拿走象叉，我这次狩猎就算没有白来。就是不给我，也不要紧，我的狩猎仍然是成功的。我不爱跟有毒的兽族打架，人家也教过我你们这一族的行话。"

"这儿只有一句行话。它是属于我的!"

卡阿眼睛熠熠发光,挺身上前。"是谁叫我把人带到这儿来的?"他咝声说道。

"当然是我,"老眼镜蛇口齿不清地说道,"我很久没有看见人了,而且这个人还会说我们的语言。"

"可是我们没有说过要杀死他呀。你叫我怎么能回到丛林里去,让别人说是我害死他的?"

"不到时候,我不会说出杀他的话,至于你回不回去,那边墙上有个洞。住嘴吧,你这宰猴子的胖家伙!我只要碰一下你的脖子,丛林里就再也不会见到你了。到这里来的人还从来没有活着出去的。我是国王城市的宝藏看守官!"

"可是,你这个黑洞里的白蛆虫,我告诉你,国王和城市都不存在了!我们的四周全是丛林!"卡阿喊道。

"宝藏还在。不过,我们可以这样办。等一等,岩石里的卡阿,让那男孩跑吧。这儿地方很大,够我们好好玩玩的。生命是宝贵的。来回跑跑,玩一玩吧,孩子!"

莫格里悄悄地伸手摸摸卡阿的头顶。

"这个白家伙直到现在只跟'人群'里的人打过交道。他并不了解我。"他悄声耳语道,"这次狩猎是他自己要求的,就让他试试吧。"莫格里本来是刺尖朝下握着象叉的,他迅速地把它抛了出去,象叉斜着横飞出去,正好落在那条大蛇的头兜后面,把它牢牢钉在地上。一瞬间,卡阿便扑到了那扭曲的躯体上,使它从头到尾都无力动弹。它那红眼睛燃烧着,没有钉住的六英寸花脑袋狂怒地向左右扑打着。

"杀死他！"就在莫格里的手伸出去拔出小刀时，卡阿说道。

"不，"他抽出刀来说，"今后，除了找食物，我再也不杀生了。可是，你瞧瞧吧，卡阿！"他揪住蛇的头兜，用刀锋撬开它的嘴，显出了上颚里那对可怕的毒牙，它埋在牙床里，已经萎缩发黑了。像蛇类通常那样，这条白眼镜蛇已经老得没有毒汁了。

"苏（它已经干涸了）①。"莫格里说道。他挥手叫卡阿让开，拾起象叉，放开了白眼镜蛇。

"国王的宝藏需要一个新的看守了，"他郑重地说道，"苏，你可没有干好自己的工作啊，还是来回跑跑，玩玩吧，苏！"

"我太惭愧了。杀死我吧！"白眼镜蛇咝咝地说。

"杀人的话已经说得太多了。我们现在要走了。我要拿走这个带尖刺的东西，苏，因为我和你交了手，打败了你。"

"好吧，瞧瞧到头来这东西会不会把你杀死。它就是死亡！记住，它就是死亡！这一种东西就足够杀死我的城市里所有的人。从丛林里来的人，你占有它的时间不会长的，从你那儿抢走它的人，占有它的时间也不会长的。他们会为了它杀人，杀啊，杀个没完！我的力量已经干涸了，可是这根象叉会代替我干活的。它就是死亡！它就是死亡！它就是死亡！"

莫格里从那个洞里爬回到地道里，他最后一眼看见的是白眼镜蛇疯狂地用他无毒的毒牙啃着地上那些神像的坚硬的金脸，咝咝地

---

① "苏"的字面意思是"腐烂的树桩"。

说:"它就是死亡！"

他们回到阳光下面，心里很痛快；他们回到自己的丛林以后，莫格里转动象叉，让它在晨曦中闪闪发光，他高兴得就像找到了一丛新的花朵插在头发里一样。

"这比巴希拉的眼睛还亮，"他旋转着红宝石高兴地说，"我要把它拿去给他看看；可是那个苏说什么死亡，那是什么意思？"

"我也说不清。他没有挨你的刀子，我觉得非常可惜。在'冰冷的兽穴'里总是有些邪恶的东西——不管是在地上还是地下。可是我现在觉得饿了，今天早晨你同我一块去打猎好吗？"卡阿说道。

"不，我一定得让巴希拉看看这东西。祝你狩猎顺利！"莫格里手舞足蹈地挥舞着象叉走开了。他不时停下来欣赏它，直到他来到巴希拉经常待的那块丛林里的地方。他看见巴希拉吃过丰盛的猎物以后正在饮水。莫格里把自己的冒险事迹从头到尾告诉了他，巴希拉一面听着，不时嗅嗅那根象叉。当莫格里讲到白眼镜蛇最后的话时，豹子呼噜呼噜地表示赞同。

"那么'白头兜'讲的是实话啰？"莫格里急忙问道。

"我是出生在奥德普尔国王的兽笼里的。我心里明白，我对人还是有点了解的。有好多人单是为了一大块红石头，是会一晚上杀掉三条性命的。"

"但是石头拿在手里多重啊。我那把发亮的小刀要好得多，而且，你瞧！那红石头不能吃。那么他们究竟为什么要杀人呢？"

"莫格里，去睡觉吧。你在人当中生活过，而且……"

"我记得。人们杀生不是为了打猎，是为了无聊，为了取乐。

醒醒吧，巴希拉。这个有尖刺的东西是做什么用的？"

巴希拉的眼睛半睁半闭——他太困了——眼里发出恶意的闪光。

"它是人们造出来，用来扎哈西的儿子们的脑袋，好让它流出血来的。我在奥德普尔大街上，在兽笼前面，就见过这样的事。这玩意儿尝过许多哈西的同胞的血。"

"可是他们为什么要用它扎象的脑袋呢？"

"为了教会他们遵守人的法律。人由于没有尖牙利爪，就造出这类东西来，而且有的东西比这更凶狠。"

"无论我走到什么地方，总是要流血，就连'人群'造出的东西也是这样。"莫格里厌恶地说。他对于沉重的象叉已经有点厌倦了。"我要是知道这些，决不会拿走它。起先，是米苏阿染在皮带上的血，现在又是哈西的血，我再也不用它了。瞧！"

象叉闪着光芒飞了出去，插进三十码外的树丛中间。"我的双手再也不沾死亡的边了，"莫格里在清新潮湿的泥土上擦了擦他的巴掌，说，"那个苏说死亡会跟随我。他老得变白了，他发疯了。"

"不管是白是黑，是死还是活，我可要睡觉了，小兄弟。我实在没法像有些人那样，打猎打了整晚上，接着又嚎叫一个白天。"

巴希拉去了两英里外的一个狩猎用的巢穴。莫格里为图省事，爬上了附近的一棵树，把三四根藤蔓捆在一起，转眼间就已经在一张离地五十英尺的吊床里晃悠了。莫格里虽说对于强烈的日光没什么绝对的反感，但他还是按照他的朋友们的习惯，尽可能不去利用白天。当莫格里在林中那些喜欢喧闹的兽族中间醒来时，已经暮色重重了，他一直在梦着他扔掉的那些好看的鹅卵石。

"我至少得再去看一眼那件东西。"他说。于是他攀着一根藤蔓爬到地面上，但是巴希拉比他更快。莫格里听见他在昏暗的光线里嗅来嗅去。

"那个有尖刺的东西在哪儿？"莫格里喊道。

"有个人拿走了它。这儿是他的足迹。"

"这下我们可以知道苏说的是不是实话了。假如那个有刺的东西意味着死亡，那个人就会死。我们跟上他吧。"

"我们先去捕杀猎物吧，"巴希拉说，"空肚子的人眼力一定不济。反正人走起来很慢，丛林又够潮湿的，哪怕最轻微的痕迹也会留下来。"

他们尽快地捕杀了猎物，不过当他们吃完肉，饮过水，开始认真地跟踪足迹时，已经过去了将近三个小时。丛林的生物都知道，不管你急着去干什么，吃饭却不该匆忙。

"你认为那个有刺的东西会在那人的手里掉过头来把他杀死吗？"莫格里问道，"苏说它就是死亡。"

"我们找到他以后就会明白的，"巴希拉说，他正低着头在赶路，"这足迹是独脚（他的意思是说，只有一个人的足迹），这件东西的重量已经使他的脚后跟深深压进了地里。"

"嗨！这是明摆着的，就跟夏天的闪电一样。"莫格里回答说。于是他们重新跟着两只赤裸的脚留下的迹印迅速地追踪着，他们在月光洒下的斑斑点点的黑影里绕出绕进，不时改变着方向。

"现在他飞快地跑了起来。"莫格里说，"脚趾张得非常开。"他们走过一段潮湿的地面。"为什么他在这里拐了弯？"

"等一会儿！"巴希拉说，他使劲往前一跃，跳得非常远。当你跟踪的痕迹变得不清楚的时候，首先就得朝前迈步，别让你自己乱七八糟的足迹留在地上。巴希拉落地以后，转过身来对莫格里喊道："这儿有另一条足迹，是冲着他来的。这人脚板要小些，脚趾是朝里的。"

莫格里跑上去仔细察看。"这是一个冈德猎手的脚板。"他说，"瞧！他拖着弓在草地上走了过去。这就是为什么第一条足迹这么快地拐了个弯。大脚板在躲小脚板。"

"对，"巴希拉说，"我们最好别弄乱了痕迹，踩到了自己人的脚印上，我们还是每人跟踪一条脚印吧。我是大脚板，小兄弟，你是小脚板，那个冈德人。"

巴希拉跳回到原来的足迹那里，留下莫格里弯身考察森林里野蛮的矮人留下的奇特的狭小足迹。

"好啦，"巴希拉沿着一串脚印一步步地挪动着，"我，大脚板，在这儿拐了弯。现在我躲在一块岩石后头，死死地站住了，连脚也不敢挪动一下。把你的足迹说出来，小兄弟。"

"好，我，小脚板，已经来到岩石边了。"莫格里沿着痕迹跑了过来，"现在我在岩石下面坐了下来，倚在我的右手上，我的弓放在我的脚趾中间。我等了很久，因为我在这里留下了很深的脚印。"

"我也一样，"巴希拉躲在石头后边说，"我等待着，把那个有刺的东西的尖头靠在一块石头上。它滑了一下，因为石头上刮了一道痕迹。说说你的足迹吧，小兄弟。"

"这里有一根、两根小树枝和一根粗树干被折断了。"莫格里压低了嗓子说，"喂，那条足迹我该怎么说呢？噢，现在明白了。我，小脚板，离开了这里，发出声音，踩出脚步声，好让大脚板听见我。"他离开岩石一步一步在树丛中走着。他到了一条小小的瀑布旁边，他的声音从远方传来。"我……走得……远远的，……这儿……哗哗的……流水声……掩盖了我的……声音；我就……在这儿……等着。说说你的足迹吧，巴希拉，大脚板！"

豹子正在四下察看大脚板的足迹是怎样从岩石后边伸展开去的。然后他开口说："我跪着从岩石后边爬了出来，拖着那根带尖刺的东西。我看着四下没有人，就跑开了。我，大脚板，飞快地跑着，足迹很清楚。我们跟着自己追踪的那条足迹去吧。我跑啦！"

巴希拉沿着清晰的足印奔去，莫格里跟着那个冈德族人的足迹。丛林里寂静了片刻。

"你在哪儿，小脚板？"巴希拉喊道。莫格里的声音从右边不到五十码的地方回答了他。

"嗯！"豹子低沉地咳了一声说，"这两人是肩并肩地向前跑哩，他们越来越接近了。"

他们又跑了半英里路，中间一直保持着同样的距离，直到莫格里——他的头不像巴希拉那样低得俯到地上——喊了起来："他们碰头了！祝狩猎顺利——瞧！小脚板在这儿站过，他的膝盖曾经靠在这块岩石上——嗨，大脚板就在那儿呢！"

在他们前面不到十码远，在一堆高低起伏的岩石堆上，躺着一个当地的村民。一支缀着小羽毛的冈德族长箭从他的后背一直刺到前胸。

"你瞧那个苏果真是老糊涂，是疯了吗，小兄弟？这儿至少已经死了一个。”

“我们继续跟下去吧。可是，那个喝过象血的东西，那根红眼睛的尖叉在哪儿？”

“也许是小脚板拿走了它。现在只剩下一个人的足迹了。”

一个个子瘦小，在肩上背着什么东西正在飞快地奔跑的人的足迹，沿着一块长着干草的低矮漫长的岩坡延伸下去。在追踪者锐利的目光下，每一步足迹都清晰得仿佛是用烙铁印下来似的。

他们谁也没有开口，直到足迹把他们引到山涧里一堆篝火的灰烬旁边。

“又是一个！”巴希拉收住了脚步，仿佛变成了石头，僵硬地说道。

一个瘦小干瘪的冈德人的尸体躺在那里，脚伸进火堆的灰烬里。巴希拉疑惑地看看莫格里。

“那是用一根竹棍儿干的，”男孩子看了一眼说，“我在‘人群’里干活的时候，放牧水牛群时也使用过这样的东西，眼镜蛇的父亲——我很抱歉我取笑过他——很了解这个种族，我早该明白这一点。我不是说过吗？人们杀人完全是出于无聊。”

“他们其实是为了那些红色和蓝色的石头而杀人的，”巴希拉回答道，“你要记住，我曾经在奥德普尔国王的兽笼里生活过。”

“一、二、三、四,四条足迹，”莫格里俯身看着灰烬说，“四个穿鞋的人的足迹。他们不像冈德人走得那样快。唉，那个小个子樵夫干了什么对不起他们的事呀？瞧，他们在杀死他以前，五个人都站了起来，在一块儿谈过话。巴希拉，我们回去吧。我觉得胃里很沉重，可是同时它又在上下晃悠，就像挂在树梢头的一只黄鹂窝一样。"

"丢下正在追逐的猎物，这种打猎习惯可不好。还是跟上去吧！"豹子说，"这八只穿鞋的脚走得不远。"

他们整整一个钟头没有说话，跟着那四个穿鞋的人的宽宽的足迹。

这时已经是炎热的大白天了。巴希拉说："我嗅到了烟味。"

"人们总是更喜欢吃饭而不喜欢跑路。"莫格里回答道，这是一片长着低矮的灌木丛的丛林地带。他就在这片灌木丛中一会儿穿出，一会儿又穿进。巴希拉走在略为靠左边的地方，从他喉咙里发出了一种难以形容的声音。

"这儿有一个人，他再也不会吃东西了。"在一丛矮树下，仿佛有堆花花哨哨的衣服乱七八糟地堆在那里，四周有些面粉撒在地上。

"这又是用竹棍儿干的。"莫格里说，"瞧，那白颜色的粉末就是人们的食物。他们从这个人手里夺走了猎物——他本来替他们背着食物——又把他作为猎物送给了鸢鹰契尔。"

"这是第三个了。"巴希拉说。

"我要送些又肥又大的青蛙到眼镜蛇的父亲那里去，把他喂得胖胖的。"莫格里自言自语道，"那件喝象血的东西意味着死亡——可是我还是不懂！"

"跟踪上去吧！"巴希拉说。

他们还没有走出半英里，就听见乌鸦阿科在一棵桲柳顶上高唱着死亡之歌。树荫下躺着三个人。在他们中间，一堆即将熄灭的篝火在冒着烟，火上有个铁盘子，盘子里面有一块没有发酵过的饼，已经烤焦了。那支镶着红宝石和绿松石的象叉就躺在火堆旁边，在阳光下闪闪发光。

"这东西干起活来真快呀，他们都完蛋了。"巴希拉说，"这些人是怎么死的，莫格里？他们身上没有伤痕呀。"

生活在丛林的生物，是凭着经验辨别有毒的植物和果实的，他们跟许多医生知道的一样多。莫格里嗅了一下篝火上升起的烟气，掰开一小块发黑的饼，尝了一口，把它吐了出来。

"'死亡的苹果'，"他呛咳着说道，"刚才那个人一定是把它放进食物里给这几个人吃，这几个人起先杀了那个冈德人，后来又杀了他。"

"打猎的成绩真不错呀！一个猎物紧接着另一个。"巴希拉说道。

丛林里的生物把刺苹果或者"达图拉"称作"死亡的苹果"，它是全印度药效最迅速的毒药。

"现在该怎么办？"豹子说，"我和你是不是也该为了争夺那儿的那支红眼睛杀人凶器而彼此残杀呢？"

"它会说话吗？"莫格里低声说，"我扔掉它是不是冒犯了它？它是没法引诱我们做坏事的，因为我们不想要那些人想要的东西。我们要是把它留在这儿，它一定会继续一个接一个地杀人，就像大风刮下树上的坚果一样。我并不喜欢人，可是我也不愿让他们一晚上就死掉六个。"

"那有什么关系？他们只是人。他们自相残杀，还觉得很满意，"巴希拉说，"那第一个矮小的樵夫很会打猎。"

"可是他们全都是些小崽子；小崽子们想去咬水里的月亮，结果自己就淹死了。这都是我的过错。"莫格里说。他那神气仿佛什么都懂了似的。"我以后再也不把新奇的东西带到丛林来了，哪怕它像花儿一样美。这玩意,"他小心翼翼地掂起象叉说,"得送回眼镜蛇父亲那里去,但是我们首先要睡觉,而且我们不能在这些长眠不醒的人旁边睡觉。还有,我们得把它埋起来,不然它会跑掉,去杀死另外六个人。你给我在那棵树下面挖一个洞。"

"可是小兄弟,"巴希拉往树那里挪动着身子说,"我告诉你,这并不是那个喝血的东西的错。麻烦是出在那些人身上。"

"全都是一回事。"莫格里说,"挖一个深一点的洞。等我睡醒以后再把它挖出来送回去。"

★　★　★　★　★

两夜以后,白眼镜蛇正独自坐在黑暗的地窖里自怨自艾,他的宝物被抢走了,心里感到十分羞愧。突然那个镶着绿松石的象叉呼的一声穿过墙洞被扔了进来,砸在盛满金币的地上。

"眼镜蛇的父亲,"莫格里说(他小心翼翼地待在墙的那一边),"你去找一个年轻力壮的同族,来帮你看守国王的宝藏吧,免得再有人活着离开这里。"

"啊哈!那么它回来了。我说过这东西就是死亡。你怎么还活着呢?"老眼镜蛇喃喃地说,亲热地用身体裹住了叉柄。

"我拿赎买我的那头公牛起誓,我也不知道为什么!那东西一晚上杀了六个人。再也别放它出去了。"

白海豹

啊，不要闹，我的宝宝，我们背后就是黑夜，
　漆黑的海水泛着墨绿的光芒。
滚滚的波涛上面，月亮正低头看着我们在絮
　絮低语般起伏的浪窝里歇息。
一个接一个拍打的浪花，就是你柔软的枕头；
　啊，带鳍的小人儿疲倦了，舒舒服服地蜷
　　着身子睡觉吧！
风暴不会闹醒你，鲨鱼不会追赶你，
　在轻柔起伏的大海怀抱里酣睡吧。

——《海豹摇篮曲》

　　所有这一切都是几年以前发生在一个叫诺瓦斯托西纳的地方
的事情。诺瓦斯托西纳又叫东北岬，在白令海那边遥远的圣保罗岛
上。这个故事是一只名叫利默欣的冬鹪鹩告诉我们的。有次他被风
刮到了一只驶往日本的轮船的帆缆上，我把他救了下来，带回我的

船舱，让他暖和过来，又喂养了他两天，直到他有气力飞回圣保罗岛为止。利默欣是一只非常古怪的小鸟，但是他知道怎样讲真话。

除非有事情要办，否则人们是不会到诺瓦斯托西纳来的，而在那里经常有事情要办的是海豹。夏天里，他们从寒冷的灰蒙蒙的大海来到这里，一下子就是几十万只；因为诺瓦斯托西纳海滩是世界上最适合海豹居住的地方。

西卡奇知道这一点。因此每年一到春天，不管他当时正在什么地方，他总是要像一艘鱼雷艇那样笔直游向诺瓦斯托西纳，并且花费一个月的时间和他的同伴们打架，好夺取一块离海最近的岩石上面的好地盘。西卡奇已经十五岁了，他是一头巨大的灰色海豹，肩胛上的鬃毛又长又密，还有长长的恶狠狠的犬牙。当他用前肢的阔鳍支撑着站直了的时候，离地足有四英尺高，他的体重——假如有人胆敢去称他的体重的话——大约是七百磅。他遍体是伤疤，全是多次恶战留下的痕迹，可是他还是跃跃欲试，随时准备再进行一次新的战斗。他常常故意歪着头，仿佛不敢正眼瞧他的敌手；接着他就会闪电般地发起袭击，他的长牙就会狠狠咬住另一头海豹的脖子，那头海豹也许拼命想逃，但西卡奇是决不会轻易放开他的。

然而西卡奇从来没有追过一头被打败了的海豹，因为那是违犯海滩上的规则的。他只想在海边找块地方做喂养小海豹的窝；但是，由于每年春天总有四万到五万头海豹也到这儿找地方做窝，于是，海滩上便响起一片惊人的尖叫声、咆哮声、怒吼声和撞击声。

你要是站在一个名叫哈钦森山的小山头上，就可以眺望到周围三英里半的地方。这块地方密密麻麻全是正在打架的海豹，而在浅海滩边，只见到处是海豹的头在海水中攒动，他们急着要登上陆地，好参加打架的行列。他们在浪花里打架，在沙滩上打架，也在被磨得光溜溜的做海豹窝的玄武岩上打架；因为他们跟男人们一样愚蠢和倔强。他们的妻子一直要等到五月底或者六月初才到岛上来，因为她们才不愿意被撕成碎片呢。那些还没有成家的两岁、三岁和四岁的年轻海豹，则穿过打架的斗士们的行列，进入离大海一英里半的内陆，他们结伙成帮，在沙丘上嬉戏，把地上长出来的带点绿颜色的草呀，小树呀，全都蹭个精光。人家把他们叫作"霍卢斯契基"——也就是单身汉的意思——仅仅在诺瓦斯托西纳，就有二三十万头这样的海豹。

一个春天，西卡奇刚刚打完第四十五场架，这时，他那毛皮柔软光滑、眼神温柔的妻子玛特卡正好爬出海来，他一口咬住她颈背上的皮，把她提起来放在他占据的地盘里，没好气地说："又来晚了。你究竟到哪儿去了？"

通常西卡奇要在海滩上停留四个月，在这个时间里他是不作兴吃任何东西的，所以他的脾气总是很坏。玛特卡知道自己最好别还嘴。她看看四周，温柔地说："你考虑得多周到呀！找的还是老地方。"

"当然找老地方啰。"西卡奇说，"瞧瞧我！"他身上到处是破口子，有二十处伤口在流着血；一只眼睛几乎都瞎了，两边腰上满是一条条的伤痕。

"唉，你们这些男人哪，你们这些男人哪！"玛特卡用前鳍给自己扇着风，说道，"你们干吗不能通情达理，安安静静地商量一下分配地盘的事呢？瞧你那样儿，好像和逆戟鲸打过仗似的。"

"我从五月中旬开始，除了打架就没有干别的事。今年这块海滩挤得太不像话了。我至少遇见了上百头从卢坎龙海滩来这儿找住处的海豹。那些家伙为什么不待在他们自己的地方？"

"我常常想，我们要是换个地方，不到这块拥挤得要命的地方来，而到水獭岛去，我们会快活得多的。"玛特卡说。

"呸！只有霍卢斯契基才到水獭岛去。我们要是去的话，他们会说我们胆怯了。我们得顾点儿体面呀，亲爱的。"

西卡奇骄傲地把脑袋埋进他肥胖的双肩里，待了几分钟，假装已经睡着了。其实他一直在警惕地注意着，随时准备打架。现在，所有的海豹和他们的伴侣都已经登上了陆地，你在好多英里外的海面上就可以听见他们的喧闹声，这闹声压倒了最猛烈的风暴的呼啸。在这个海滩上，少说也有一百多万头海豹——老海豹、海豹妈妈、小不点儿海豹娃娃，还有霍卢斯契基：他们打架斗殴，混战一场；咩咩地叫着爬来爬去；在一块做游戏——成群结队地爬进海里，又爬出海面；海滩上一眼望去密密麻麻全是海豹躺在那里；他们透过雾气，一小队一小队出发去进行战斗。在诺瓦斯托西纳几乎整天下着雾，但是一旦太阳出来，霎时间一切就显得银光闪闪、五彩缤纷。

玛特卡的婴儿柯蒂克就诞生在这片混乱之中。像所有的小海豹一样，他的头部和肩部显得特别大，他的眼睛也是水汪汪的浅蓝色；但是他的皮毛却有点儿特别，使得他的母亲不禁要非常仔细地瞧着他。

"西卡奇，"她终于说道，"我们的宝宝将来会长成白色的。"

"胡说八道！"西卡奇喷着鼻息说，"世界上根本没有白色的海豹。"

"那我可没有办法，"玛特卡说，"反正从今以后就会有了。"于是她低声唱起了温柔的海豹歌谣，所有的海豹妈妈都是这样对她们的宝宝唱的：

没长够六个星期，你可不要去游泳呀，
　　不然你就会头朝下脚朝上沉到水底；
夏天的风暴和那逆戟鲸，
　　都是海豹娃娃的死对头啊。

都是海豹娃娃的死对头，亲爱的小耗子，
　　最凶最凶的死对头；
但是玩水吧，长得壮壮的吧，
那样你就会万事如意，
　　大海的孩子啊！

那个小家伙一开始当然听不懂这些话。他挨在母亲身边，划动前鳍，爬来爬去，他懂得每当父亲和别的海豹打起架来，吼叫着在滑溜溜的岩石上边滚上滚下的时候，他就爬到旁边去。玛特卡常常到海里去找食物吃，两天才喂一次孩子，但是喂他的时候他总是放开肚皮饱餐一顿，倒也长得很壮实。

他自个儿做的第一件事是朝着内陆爬去，他在那里看见了几万只和自己一样大的小海豹，他们像小狗一样在一块玩耍，在干净的沙子上睡觉，睡醒了再玩。待在海豹窝那边的老海豹们不理睬他们，霍卢斯契基们只在自己那块地盘上玩，于是海豹娃娃们自个儿玩得可痛快啦。

玛特卡从深海捕鱼回来就立刻来到他们的游戏场。她像母羊呼唤小羊羔那样叫唤起来，直到听见柯蒂克的咩咩叫声为止。然后她就笔直向他走过去，用前鳍打开一条路，把小海豹们掀翻在地，左右推开。在游戏场上，老是有几百个海豹妈妈在找自己的孩子，于是娃娃们也老是不得安宁，但是玛特卡是这样告诉柯蒂克的："只要你不躺在泥水里头，把皮毛弄得癞巴巴的，也不把硬沙子揉进划破的伤口里去，只要你不在大风大浪里游泳，这儿就没有什么能够伤害你。"

小海豹就跟小娃娃一个样，他们本来是不会游泳的，但是他们只要还没有学会游泳，心里就老痒痒。柯蒂克头一次下海，就被一个浪头卷进了没顶的深水里，他的大脑袋沉了下去，他的小小的后鳍翘了起来，正像他妈妈在那首歌谣里对他讲的那样。如果不是第二个浪头又把他打了回来，他一定会淹死了。

从那以后，他学会了躺在海滩边的水洼里，让波浪刚好盖住他的身体，他一划动双鳍就漂浮起来。但是他总是小心翼翼地躲开那些会伤害他的大浪头；他花了两个星期才学会用鳍划水，在这两星期里，他不停地在水里跟跟跄跄地沉下去又浮起来，一边呛水，一边哼哼。有时他爬上海滩，在沙堆里打会儿瞌睡，然后又下到海里，直到他终于觉得，他在水里就像到了家啦。

接着，你可以想象得出他和他的伙伴们是多么兴高采烈。他们迎着大浪头扎猛子，或是跨上一个高高的卷浪，跟着这个大浪头涌向海岸顶里头的沙滩上，然后扑通一声，水花四溅地落到地上；要不就学老海豹那样，用尾巴直立起来，搔着自己的脑袋；或是爬到伸出浅海湾的、上头长满杂草的滑溜溜岩石顶上做"我是城堡国王"的游戏。有时他看见水里有一条薄薄的鱼翅，非常像大鲨鱼的鱼翅，正紧贴着海岸漂过来，于是他知道，这是逆戟鲸格兰普斯，他要是抓得着年轻的海豹，就会毫不客气地吃掉他们；于是柯蒂克就会像支箭似的吱溜一下朝海滩逃去，那条鱼翅便会慢吞吞地扭摆开去，仿佛它根本就没打算寻找什么似的。

到了十月，一家一户的和整个部族的海豹开始离开圣保罗岛，迁移到深海区去。这时，再也没有谁为了争夺喂养小海豹的窝而打架了，那些霍卢斯契基也可以任意地到处自由玩耍了。玛特卡对柯蒂克说："打明年起你就是霍卢斯契基了，但是今年你首先得学会捕鱼。"

他们一块儿出发横渡太平洋。玛特卡教柯蒂克怎样仰天躺着睡觉，把他的鳍贴着身子收拢起来，让他的小鼻子露出一点在水面上。什么样儿的摇篮也没有太平洋上摇荡起伏的漫长的波浪那么舒服。柯蒂克觉得他全身的皮肤都痒酥酥的，玛特卡告诉他，他现在正体会着"海水的味道"，那带点刺痛的酸麻感觉，说明坏天气要到来了，他应该快点游，好离开这儿。

"用不了多少时间，"她说，"你就会知道该往哪儿游了，不过我们现在就跟在海豚波帕斯后面吧，他是非常聪明的。"一大群海豚扎进海底，正在飞快地赶着路，小柯蒂克使劲儿跟在他们后面。"你们怎么知道该朝哪儿游呢？"他喘着气问道。这群海豚的头领翻动着白眼，一头扎了下去。"我的尾巴觉得有点刺痛，小伙子，"他说道，"那就是说，一场风暴正跟在我背后。来吧！假如你在'黏糊糊的海水'（他的意思是指赤道）的南边的时候，你的尾巴开始觉得刺痛，那就是说，你的前头有一场风暴，你就必须朝北边去。来吧，这儿的海水我觉得不太对头。"

这就是柯蒂克学会的许多许多件事情里的一件，他时刻都在学。玛特卡教他沿着海底的沙洲追逐鳕鱼和大比目鱼，从海草丛中的洞穴里抠出黑鲅来；还教他怎样绕过海底一百寻深地方的沉船残骸，在鱼群中间像一颗步枪子弹一样掠进这边的舷窗，又从另一边的舷窗游出来。当整个天空到处是闪电的时候，玛特卡教他怎样在浪尖上跳舞，并且有礼貌地向顺风而下的短尾巴信天翁和战舰鹰晃动自己的鳍；还教他怎么样让他的鳍紧贴住身子，把尾巴弯起来，像一只海豚一样跃出水面三四英尺高；她告诉他不要理睬飞鱼，因为他们身上尽是骨头；她教他在海底十寻深的地方全速前进时，怎样一口咬下一只鳕鱼的肩胛肉；还教他决不要停下来看一只小船或是一艘海船，尤其是一只划艇。六个月以后，柯蒂克可以算是完全精通深海捕鱼的本领了，在这段时间里，他的鳍从来没有一次挨过干燥的陆地。

然而有一天，他正半睡半醒地躺在胡安·费尔南德斯岛附近温暖的海水里时，突然觉得全身晕乎乎懒洋洋的，就像人类感觉春天要到了一个样。他记起了七千英里外诺瓦斯托西纳那儿又舒服又结实的海滩，记起了他和同伴们玩过的游戏，记起了海草的气味、海豹的咆哮和扭打。就在那一刻，他就扭转头不停地向北方游去。他一路上遇见了几十个同伴，他们都和他游向同一个地方，他们说道："你好，柯蒂克！今年我们全都是霍卢斯契基了，我们可以在卢坎龙那边的激浪上跳火焰舞了，还可以在嫩草地上玩了。可是，你这身毛皮是从哪儿搞来的呀？"

柯蒂克的毛皮现在差不多成了纯白色的，他对这身毛皮十分自豪，可是只说了句："快游！我想陆地想得骨头都疼了。"于是他们全体回到了他们出生的海滩。他们听见他们的父辈老海豹们正在起伏流动的雾气里战斗。

那天晚上，柯蒂克和一岁的海豹们一块跳起了火焰舞。在夏天的夜晚，从诺瓦斯托西纳直到卢坎龙，大海里充满了熠熠发光的火焰，每一头海豹身后都留下了一道亮痕，像是燃烧着的油，每当他们跳跃的时候就迸发出一道闪亮的火光，波浪碎成了无数片发着磷光的条纹和漩涡。后来他们进入内陆，来到霍卢斯契基的地盘上，他们在青嫩的野麦子地里滚来滚去，互相讲着他们在海里做过些什么。他们讲起太平洋，就像男孩子们讲起他们去采干果的那个树林一样。要是有人能听懂他们的话，他回去一定可以画出一幅从来没有人画过的大洋地图。一群三四岁的霍卢斯契基从哈钦森山上蹦跳下来，喊着："让开道，小家伙们！海水深着呢！海里还有好多东西是你们不知道的呢。等你们绕过了合恩角再说吧。嗨，你，一岁的小家伙，你从哪儿搞来的那件白外衣？"

"我没有搞来，"柯蒂克说，"它是自己长出来的。"他正要把说话的那家伙掀一个跟头，从沙丘后面走出来两个有着黑头发和扁平的红脸盘的人。柯蒂克从来没有见过人，他呛咳起来，低下了头。

那些霍卢斯契基只是慌慌张张地往旁边躲开几码远，然后呆呆地坐在那里瞪着。这两人不是别人，他们乃是岛上捕海豹的猎人首领克里克·布特林和他的儿子帕塔拉蒙。他们是从一个离小海豹窝不到半英里远的小村庄里来的。他们正在考虑把哪些海豹赶到屠场去（因为海豹是被赶着走的，和赶羊一个样），以后便把他们变成海豹皮外套。

"嗬！"帕塔拉蒙说，"瞧，有只白海豹！"

尽管他皮肤上蒙着一层油腻和煤烟，克里克·布特林的脸色还是变得惨白。他是阿留申岛民，阿留申岛的居民都不爱干净。接着他嘴里喃喃地念起了祷词。"别碰他，帕塔拉蒙。打从——打从我出生以来，还从来没有出现过一只白海豹。它也许是老札哈罗夫的鬼魂。他是在去年那场大风暴里失踪的。"

"我不打算到他跟前去，"帕塔拉蒙说，"他是不吉利的。你真的认为他是老札哈罗夫回来了吗？我还欠他几只海鸥蛋呢。"

"别瞧他。"克里克说，"赶那群四岁的海豹吧。工人们今天该剥出二百只海豹的皮，不过季节刚开始，他们还都是新手。剥一百只就够了。快些！"

帕塔拉蒙在一群霍卢斯契基面前敲起了一对海豹的肩胛骨，他们都呆住了，呼哧呼哧地直喘气。后来他往前逼近一些，海豹们便开始移动，于是克里克就领着他们朝内陆走去，他们根本没有想回到他们的同伴那里去。好几十万只海豹眼睁睁看着他们被赶着离开，却不闻不问，只管照样玩下去。柯蒂克是唯一提出问题的海豹，可是他的同伴什么也没法告诉他，他们只知道每年有六个星期或者两个月的时间，人们总是这样来赶走海豹。

"我要跟踪他们。"他说道。他就跟在那群海豹后面爬过去，他的眼睛都差点儿要掉到脑袋外面了。

"那只白海豹跟在我们后面来了，"帕塔拉蒙喊了起来，"这是第一回有头海豹自己独自来到屠宰场。"

"哑！别往后看，"克里克说，"那是札哈罗夫的鬼魂！我一定得把这事告诉神父。"

到屠宰场去有半英里路，但是他们却要花上一个小时才能走到，因为克里克知道，海豹们要是走得太快了，他们就会发热，剥了皮以后他们的毛就会一簇簇地脱落下来。于是，他们慢吞吞地朝前走，经过海狮颈、韦伯斯特邸宅，直到他们来到海滩上的海豹看不见的撒尔特邸宅。柯蒂克气喘吁吁、满怀好奇地跟在后面。他以为他已经到了世界的尽头，可是他背后哺育小海豹的营地的吼叫声仍然那么响亮，就像一列火车隆隆地穿过隧道一样。接着克里克在苔藓上坐了下来，拿出一只沉重的锡镴怀表，等了三十分钟，好让这群海豹凉快下来。柯蒂克都能听见清晨的露珠从他的帽檐上滴下的声音。然后有十到十二个人走了过来，手里都拿着三四英尺长、包着铁皮的木棒。克里克把海豹群里一两只被同伴咬伤或是赶路赶得太热的海豹指给他们看，那些人便抬起他们用海象脖颈皮制成的厚靴子，把这几只海豹踢到一边去，接着克里克说了声"干吧！"，于是那些人举起棍棒朝海豹的头上敲去。

十分钟后，小柯蒂克再也不认识他的朋友们了，因为人们已经把他们的皮从鼻尖一直撕开到后鳍——然后猛地扯了下来，扔到地上，堆成了一堆。

对于柯蒂克，这已经够了。他掉转身就狂奔起来（一头海豹只能狂奔很短的时间），一直奔回海里，他那刚长出来的小胡须恐惧得一根根竖了起来。他跑到海狮颈，巨大的海狮坐在那里的浅海滩边缘上。他抬起双鳍举过头顶，跳进清凉的海水里，在水里摇晃着，痛苦地喘着气。"那儿是什么？"有个海狮粗声粗气地说。因为海狮们一般都待在一起，不跟外人往来。

"斯库奇尼！欧钦·斯库奇尼！（我寂寞呀！我太寂寞了！）"柯蒂克说，"他们把所有的海滩上所有的霍卢斯契基都杀死了！"

海狮扭转头朝着内陆。"胡说八道！"他说，"你的朋友们还在像往常那样大声嚷嚷呢。你一定是看见了老克里克干掉一群海豹了吧。他那么干已经三十年了。"

"太可怕了。"柯蒂克说。一个浪头打了过来，他一面向后退，一面划动双鳍打了个旋子，正好在离一块锯齿形岩石边上只有三英寸远的地方停住了身体。

"干得不错，一岁的小伙子！"海狮说，他很能欣赏高超的游泳技术。"我想，从你的角度看，它的确是可怕的；不过，你们海豹每年总是到这里来，人们当然会知道啦，除非你能找到一个人们从来没到过的岛，否则人们总是要来赶你们的。"

"有这样的岛吗？"柯蒂克开口问道。

"我跟在波尔图（大比目鱼）后面游了二十年，还从来没有找到过这样的岛，不过，你似乎特别喜欢找比你身份高的人说话，你可以到海象小岛去找西威奇谈谈。他也许知道点什么。别那么拔脚就跑呀，你得游六海里才到哩，要是我的话，我就上岸去，先打个盹儿再说，小家伙。"

柯蒂克认为这主意很不错，所以他游回自己的海滩，上岸去睡了半个小时。他睡的时候周身不住地抽动，海豹们睡觉都是这个样的。接着他就直接出发到海象小岛去了。那是一块几乎正好位于诺瓦斯托西纳东北方的低矮多岩的小岛，岛上全是岩石台阶和海鸥窝，只有海象们成群结伙地在那里生活。

他在离老西威奇很近的地方上了岸，老西威奇是一只北太平洋的丑陋的大海象。他长着粗脖根和长长的牙齿，身躯肥胖，长满了疙瘩。他对人毫无礼貌，除了睡着的时候，而这时他正好在睡觉，他的前鳍一半浸在浅浅的海水里，一半露在外边。

"醒醒！"柯蒂克喊道，因为这时海鸥的叫声震耳欲聋。

"咳！嗬！哼！什么事？"西威奇说。他用长牙敲了旁边的海象一下，把那只海象敲醒了，旁边那只海象又敲他旁边的海象一下，如此下去，直到所有的海象都醒了过来，他们向四面八方望来望去，偏偏不望那该望的地方。

"嗨！是我呀。"柯蒂克就像一条白色的小鼻涕虫似的在水里漂上漂下。

"哎，让老天……剥了我的皮吧！"西威奇说。于是他们一齐紧盯着柯蒂克瞧，你可以想象出那种景象，就跟一所俱乐部里那些打瞌睡的老绅士围着一个小男孩瞧那样。柯蒂克可不愿意再听什么剥皮不剥皮的话，他已经瞧够了剥皮的事，所以他喊了起来：

"请问有没有什么人们从来没有到过的地方，可以让海豹去住？"

"你自己去找吧，"西威奇闭上眼睛说道，"快走开。我们这儿正忙着呢。"

柯蒂克像海豚一样一下子腾空跃起，拼命放大嗓门嚷了起来："吃蛤蜊的家伙！吃蛤蜊的家伙！"他知道，虽说西威奇装作是个很吓人的角色，其实他一辈子从来没逮住过一条鱼，他只会用鼻子挖些蛤蜊和海草吃。那些随时都在等待机会欺负人的市长鸥、三趾鸥和海鹦当然马上就响应了这样的叫骂，于是——利默欣是这样告诉我的——几乎在五分钟之内，如果朝海象小岛开一炮，你也会听不见炮声。岛上的居民全都在狂喊乱叫："吃蛤蜊的家伙！斯塔列克（老头儿）！"而西威奇则一面翻动着身体，一面哼哼着，呛咳着。

"这下你肯告诉我了吧？"喊叫得喘不过气来的柯蒂克问道。

"去问海牛吧，"西威奇说，"他要是还活着，一定能告诉你。"

"我怎么知道他是海牛呢？"柯蒂克在转身走开的时候问道。

"他是大海里面唯一比西威奇还丑的家伙，"一只市长鸥在西威奇鼻子底下盘旋着，尖叫道，"丑得多，更没有礼貌！斯塔列克！"

柯蒂克游回了诺瓦斯托西纳，留下海鸥在那里尖叫。他发现，虽说他尽了自己有限的力量给海豹找块安静地方，却没有一个海豹对他表示同情。海豹们告诉他说，人们一向把霍卢斯契基赶走——这样的事儿一点不稀奇——他如果不愿看见这种丑恶的事，他就不该到屠宰场去。但是没有一只海豹亲眼见过屠杀，这就使他没法和他的朋友们得出一致的意见。况且，柯蒂克还是只白色的海豹呢。

"你一定得快点长大，长成和你父亲一样的大海豹，"老西卡奇听了儿子的冒险经历后这样对他说，"到那时，你在海滩上也有一个哺育小海豹的窝，他们就不会来招惹你了。再过五年，你就该独立地战斗了。"就连他的母亲，温柔的玛特卡也说："你永远也没法制止屠杀。到海里去玩吧，柯蒂克。"于是柯蒂克去了，他怀着一颗小小的、十分沉重的心，跳起了火焰舞。

那年秋天，他尽早地离开了海滩，独自出发了，因为他那顽固的脑袋瓜里有了一个主意。他一定要找到海牛，只要海里有这么个家伙的话。他还要找到一个海豹可以居住的、有出色的结实的沙滩的安静海岛，那里是人们找不到的地方。于是他独自去寻找了，他找了又找，从北太平洋找到南太平洋，有时一天一夜游了三百英里。他经历了说不完的冒险，他差点儿被晒鲨、斑点鲨和双髻鲨抓住。他遇见了所有那些在海里游荡的不可靠的恶棍，还有那些身体笨重、彬彬有礼的鱼，还有带着红色斑点的扇贝，它们居留在一个地方，已有几百年了，所以它们对此非常自豪；但是他从来没有遇见海牛，也没有找到一个使他中意的海岛。

如果他找到一处又好又结实的海滩，后面还有斜坡，可以让海豹们在上面戏耍，那么，在远方的天边总是有一艘捕鲸船在冒着黑烟，煮着鲸油，柯蒂克完全懂得它意味着什么。有时他看出海豹曾经来过某个海岛，但后来被捕杀光了。柯蒂克明白，只要人们来过一次，他们以后还会再来的。

他认识了一只短尾巴的老信天翁，信天翁对他说，克圭伦岛是最平安最清静的地方，可是柯蒂克到了那儿，却遇到了一场夹着闪电雷鸣的大冻雨。在那里，他差点儿在黑乎乎的险恶的悬崖上被撞得粉身碎骨。可是当他顶着风暴离开这块地方的时候，他看出这里也曾有过一块哺育小海豹的营地。他去过的所有其他海岛也都是这样。

利默欣列举了一长串海岛的名字，因为他说柯蒂克花了五个季节的时间来寻找，每年只在诺瓦斯托西纳休息四个月，每到这时，那些霍卢斯契基常常取笑他和他幻想中的岛屿。他去过加拉帕戈斯群岛，那是赤道线上一块干燥到极点的地方，他在那儿几乎被烤焦了；他到过乔治亚群岛、南奥克尼群岛、埃默腊尔德岛、小南丁格尔岛、果夫岛、布维岛、克罗泽群岛，甚至到过好望角以南的一个不丁点儿大的小岛。可是不管到哪儿，海里的百姓告诉他的，全是同样的事。从前海豹曾经来到这些岛上，但是人们把他们都杀绝了。甚至当他游了几千英里，游出了太平洋，到了一个名叫科连特斯角的地方（那是他刚从果夫岛回来的时候），他发现有几百头毛皮脏乱的海豹待在一块岩石上头，他们对他说，人们也到过这里。

这话伤透了他的心，他绕过合恩角回到了故乡的海滩。在北上的途中，他在一个长满苍翠树木的小岛上了岸，看见一头奄奄一息的、老极了的老海豹。柯蒂克替他捕鱼，向他倾诉了他的苦恼。柯蒂克说："现在我就要回到诺瓦斯托西纳去了，以后哪怕我和霍卢斯契基一块儿被赶到屠宰场去，我也无动于衷了。"

老海豹说："再试一次吧。我是已经灭绝了的玛撒弗埃拉海豹家族里最后一个。当年人们成十万头地杀死我们，那时海滩上曾经流传过一个故事，说是有一天，一只白海豹会从北方来，他会引着海豹们到一个平安的地方。我老了，看不到那一天了，但是别的海豹还能看到的。再试一次吧。"

于是柯蒂克翘起他的胡须（它漂亮极了），说道："我是自古以来海滩上诞生的唯一的白海豹，而且我是在黑的和白的海豹里唯一想要去寻找新海岛的海豹。"

这想法大大地鼓舞了他；那年夏天他回到诺瓦斯托西纳以后，他的母亲玛特卡恳求他结婚成家，因为他不再是个霍卢斯契基，他已经成了一个成年海豹了，他的肩头长着卷曲的白色鬃毛，他像父亲一样高大魁梧、威风凛凛。"再让我等一个季度吧，"他说，"妈妈，要记住，第七个浪头总是最靠近海滩里面的。"

说也奇怪，另外有一头海豹也认为她可以再等一年才结婚，柯蒂克出发去进行最后一次探索的前夕，就和她在卢坎龙海滩上跳了一整夜火焰舞。

这次他动身向西方去，因为他跟踪上了一大群大比目鱼，而他一天至少需要一百磅鱼才能使他的身体保持良好的状态。他追逐他们，直到他感到困倦了，然后他蜷曲起来，躺在涌向科珀岛的巨浪窝里睡着了。他非常熟悉这里的海岸，因此，当午夜时分他觉得自己轻柔地撞在一块海草丛生的海床上时，他说："哼，今晚的潮水真猛呀。"他在水底下翻了个身，慢慢睁开了眼睛，伸了个懒腰。这时，他突然像只猫一样地跳了起来，因为他看见在海滩的浅水里有些巨大的家伙在探头探脑，并且嚼食着浓密的海草丛边缘上的草。"用麦哲伦的巨浪起誓！"他在胡须的掩盖下悄声说道，"这到底是什么深海里的族类？"

他们不像柯蒂克见过的任何生物，不像海象，也不像海狮、海豹、熊、鲸、鲨、鱼、乌贼或者扇贝。他们有二十到三十英尺长，没有后鳍，却有一条铲子形的尾巴，看来像是用潮湿的皮革削成的。他们的脑袋是你从没见过的那种其蠢无比的样子，他们不吃草的时候，便用尾巴顶端作为支柱，支撑着身体，彼此庄严地躬身行礼，并且像个肥胖的男人挥舞手臂一样，摇晃着他们的前鳍。

"嗨！"柯蒂克说，"打食顺利吧，先生们？"那些硕大的生物鞠躬作答，并像青蛙跟班一样，摆动着他们的前鳍。当他们又开始吞吃起食物来时，柯蒂克看出，他们的上唇是裂成两半的，所以他们可以把上唇扯开一英尺远，在裂口里装进整整一蒲式耳的海草，再把裂口并拢。他们把这些海草统统塞进嘴里，一本正经地嚼啊嚼啊。

"这种吃法可够邋遢的。"柯蒂克说。他们再次鞠起躬来，柯蒂克开始按捺不住火气了。"好吧，"他说，"就算你们的前鳍比别人多出一节来，你们也用不着这么卖弄它呀。我看出你们会优雅地鞠躬，可是我想知道你们的尊姓大名。"裂开的上唇嚅动着，开合着，呆滞的绿眼睛瞪着；可是他们就是不说话。

"好吧！"柯蒂克说，"你们是我所见过的唯一比西威奇还丑的动物——而且你们比他更没有礼貌。"

突然，在一瞬间他想起了当他还是个小小的一岁海豹时，在海象岛上那只市长鸥向他尖叫着说的话。他赶忙又爬回到海水里，因为他知道他终于找到了海牛。

海牛继续在海草丛中撕扯着、吞咽着，柯蒂克用他在漫游途中学来的所有各种语言向他们提出问题：海族们使用的语言种类和人类的几乎一样多。但是海牛总是不回答，因为海牛是不会说话的。海牛的脖子上本该有七块骨头，可是只有六块，因此，据说他们在海底甚至都无法和同伴们交谈；不过，你要知道，他的前鳍上多了一节骨头，因此他们上下挥动前鳍，也可以勉强算是发出一种电报信号。

到天亮时，柯蒂克的鬃毛已气得竖了起来，他的克制力飞到了死螃蟹待着的地方。这时海牛开始缓慢地向北旅行，不时停下来用可笑的鞠躬方式进行商讨。柯蒂克跟在他们后头，他对自己说："像这类白痴似的家伙，如果没有找到某个安全的海岛，他们早就被杀光了；对于海牛有好处的地方，对于海豹也一定是够好的。不过，我真希望他们快点赶路。"

这种旅行对柯蒂克来说实在是太腻烦了。海牛们一天的行程从不超过五十英里，他们到晚上就停下来吃食，而且一直停留在离海岸很近的地方；不论柯蒂克绕着他们转圈子，在他们头顶上游，还是在他们身子底下游，都没法促使他们快半英里路。他们到了北边，每隔几小时便凑在一块鞠着躬商量一次，柯蒂克不耐烦得差点把胡须都咬掉了。后来他发现他们是在追随一股温暖的水流。这才使他增加了对他们的尊敬。

一天晚上，他们沉进了闪闪发光的海水里——像石头一样沉下去，自从柯蒂克认识他们以来，他们第一次迅速地游了起来。柯蒂克跟着他们，他们的速度使他感到惊讶，因为他从来不认为海牛是什么出色的游泳家。他们朝岸边的一座峭壁游去——峭壁的底部深深地埋进水底——他们钻进了峭壁底部离海面二十寻的一个黑沉沉的洞穴。他们游了很久很久，柯蒂克跟着他们，早在钻出那黑暗的隧道以前很久，他就觉得缺乏新鲜空气了。

"我的脑袋！"他浮出另一头的水面，呼哧呼哧大口喘着气说，

"这趟潜游虽说不短，可也真值得。"

海牛们已经散开，正沿着一条条柯蒂克从来没见过的最出色的海滩边缘吃着草。这儿有一望无际的、磨得光溜溜的岩石，伸延到许多英里外，正适合作为海豹的哺育营地。在岩石后面，有一片坚实的沙地嬉游场，倾斜着伸向内陆，这里还有可以让海豹在上面跳舞的大浪头，有让海豹打滚的茂密的野草，还有可以爬上爬下的沙丘；最叫人满意的是，柯蒂克从海水的味道知道，人从来没有到过这里。这一点，真正的海豹是从不会弄错的。

他做的第一件事就是弄清楚这儿是否可以捕到大量的鱼，然后他沿着海滩游过去，数一数在起伏流动的美妙雾气中，那半隐半现的、妙不可言的低洼多沙的小岛到底有多少个。北边出海的地方是一连串的沙洲、浅滩和暗礁，使得任何船只都没法开到离海滩六英里以内；在小岛群和这片陆地之间有一条深水区，一直延伸到那垂直的峭壁脚下，在悬崖下面某个地方便是那条隧道的出口。

"这儿简直跟诺瓦斯托西纳一模一样，不过比它还要好上十倍。"柯蒂克说，"海牛肯定比我想的要聪明得多。哪怕这儿有人，他们也没法从峭壁上下来，而且在这里，海边的沙洲会把一条船撞成碎片。如果说大海里有什么安全的地方，那就是这儿了。"

他开始想念留在家里的海豹，但是，虽说他急于要回到诺瓦斯托西纳，他还是彻底巡视了一番这块新地方，以便回答所有向他提出的问题。

然后他潜进海水里，摸清楚了隧道的出口，便迅速向南游去。除了海牛和海豹，别人做梦也不会想到有这样一块地方，当柯蒂克回头望着悬崖时，他自己也很难相信，他曾经游到过悬崖下面。

虽然他游得并不慢，还是用了六天工夫才赶回家里。当他恰好从海狮颈下面露出水来时，他第一个遇见的就是那个一直在等待着他的海豹，她从他眼里看出，他终于找到了他的岛。

但是当他把他的发现告诉那些霍卢斯契基和他的父亲西卡奇，还有所有其他的海豹的时候，他们全都嘲笑他。一头年龄和他相仿的年轻海豹说："这些话听起来倒不错，柯蒂克，可是你不能像这样从谁也不知道的地方钻出来，就这么命令我们出发。记着，我们曾为我们的哺养营地战斗过，你可从来也没有，你只愿意在海里荡来荡去。"

"可是我没有哺育海豹的窝需要我为它战斗呀，"柯蒂克说，"我只想指给你们看一块你们在那里会很安全的地方。打架有什么用处？"

"哦，假如你想缩回去，我当然没有什么话可说了。"那头年轻的海豹恶意地嘻嘻笑着说。

"假如我打赢了，你同意跟我一块去吗？"柯蒂克问道，他的眼里射出绿幽幽的光来，因为他不得不打一架所以便非常气恼。

"很好，"年轻的海豹毫不在意地说，"假如你打赢了，我一定去。"

他没有时间改变主意了，因为柯蒂克的头已经伸了过来，牙齿埋进了年轻海豹颈项的那块肥肉里。接着他朝后一歪，蹲了下来，把他的对手拽到海滩上，使劲摇晃他，把他打翻在地。接着，柯蒂克对海豹们吼叫道："五个季度来，我为你们费尽了力气。我给你们找到了一个安全的海岛。然而，如果不把你们的脑袋拽得跟你们的傻脖子分了家，你们硬是不相信。我现在就教训你们一顿。你们小心吧!"

利默欣告诉我,他这辈子——利默欣每年都能见到一万头大海豹进行战斗——他这短短的一辈子里,从没见过像柯蒂克那样对海豹哺育营地发起的冲锋。他对着他能找到的个头最大的海豹扑了上去,咬住他的喉咙,弄得对方出不了气,乒里乒哪一气把这头海豹打得直叫饶命,然后他甩开这头海豹,再向下一头海豹进攻。你要知道,柯蒂克从来没有像大海豹那样每年禁食四个月,而他的深海旅行又使得他的身体状况保持得非常良好,而最妙的是,他从来没有打过架。他一生起气来,那卷曲的白色鬃毛就一根根竖了起来,眼睛冒出火焰,大犬牙白生生地发着光,样子确实神气极了。

他的父亲老西卡奇看着他猛冲过来,把那些灰色的老海豹像大比目鱼似的推过来拽过去,把那些年轻的单身汉撞得东歪西倒;于是西卡奇大吼一声,喊道:"他也许是个傻瓜,可是他却是海滩上最出色的斗士。别跟你父亲交手啦,我的儿子!他是站在你这边的!"

柯蒂克吼了一声作为回答。于是老西卡奇便摇摇摆摆地参加到战斗里去了,他的胡须直竖起来,吼声像个火车头,玛特卡和那个要和柯蒂克结婚的海豹退到一边,欣赏着她们的男子汉。这是一场了不起的决斗,父子两个一直揍到没有一只海豹敢抬起头来为止,于是他们父子俩便大声吼叫着,肩并肩地在海滩上神气十足地踱来踱去。

天黑了,北极光刚刚在雾气中闪烁发亮的时候,柯蒂克爬上了一块光秃秃的岩石,低头看着打得七零八落的海豹营地和被咬得皮开肉绽遍体鳞伤的海豹们。"瞧吧,"他说,"我已经教训了你们一顿。"

"哎哟!"老西卡奇吃力地挺起腰来说道,因为他身上也给咬得伤痕斑斑了。"就连逆戟鲸也没法把他们教训得更狠。儿子啊,我真为你骄傲,不止是骄傲,我还要和你一块到你的那个岛上去——要是真的有这么个地方的话。"

"嗨,你们这些海里的肥猪!谁跟我到海牛的隧道里去?回答呀,不然我又要教训你们了。"柯蒂克吼道。

沿着长长的海滩,响起了像潮水拍打海岸般的喃喃声。"我们跟你去,"成千个疲倦的声音说道,"我们愿意跟随白海豹柯蒂克。"

于是柯蒂克把脑袋垂到双肩里,骄傲地闭上了眼睛。他不再是一只白色的海豹了,他从头到尾全身都染成了红色。可是,他却一点也不屑于去看一看或者碰一碰他的伤口。

一星期以后,他和他的那支大军(将近一万头霍卢斯契基和老海豹)便浩浩荡荡地向北方海牛的隧道出发了。柯蒂克率领着他们,而那些留在诺瓦斯托西纳的海豹把他们叫作白痴。但是到了下一年的春天,他们全体在太平洋上的捕鱼场碰头了。柯蒂克的那伙海豹讲了许多关于海牛隧道尽头的新海滩的故事,使得以后每年都有更多的海豹离开了诺瓦斯托西纳。

当然,事情不是一下子就一帆风顺的,因为海豹们总是爱花很长的时间盘算来盘算去。不过年复一年,每年都有更多的海豹离开诺瓦斯托西纳,离开卢坎龙,离开其他的哺育营地,去到那安静的、隐蔽的海滩。每个夏天,柯蒂克都坐在那些海滩上,一年比一年更高大,更肥胖,更壮实。而那些霍卢斯契基都在他四周,在人类从没有到过的海里嬉戏玩耍。

在丛林里

独生子又躺下了，他梦见他做了一个梦。

炉火即将熄灭，随着一声哑响，火光四溅，

　　最后一星灰烬落了下来，

独生子又醒了，他在黑暗中喊道：

"我是女人生的吗？我曾经躺在母亲的胸怀里吗？

因为，我梦见我曾经躺在一张毛茸茸的皮上。

我是女人生的吗？我曾经躺在父亲的手臂上吗？

因为我梦见白花花的长牙齿保护着我的安全。

啊，我是女人生的，我曾经独自玩耍吗？

因为我梦见了一对游伴，他们一口咬穿到我的骨头。

我是不是掰过大麦面包，把它泡在凝乳里？

因为我梦见一只刚刚从畜棚抓来的小山羊。

还有一个小时，还有一个小时月亮才会升起……

可是我能清清楚楚地看见那黑色的房梁，

　　就好像在正午时分一样！

离这儿一里格①远，离这儿一里格远，是

连纳瀑布，一群群大麋鹿在那儿聚集，

我能听见小鹿咩咩叫，它就躲在那母鹿身后！

离这儿一里格远，离这儿一里格远，是

连纳瀑布，庄稼地和山坡在那儿汇合，

可是我能嗅到在小麦丛里低语的温暖潮湿的和风！"

——《独生子》

在印度政府治下运转的公用事业机器里，没有一个部门比森林部更为重要。重新绿化全印度的事业就掌握在它的手里。或者不如说，等到政府有了足够的经费以后，这番事业就全靠它来完成了。森林部的职员们跟那些到处游荡的沙流做斗争，和不断移动的沙丘做斗争：在它们两边拦上篱笆，正面修起堤坝，沙丘上头则根据生态法则，压上粗劣稀疏的杂草和长成了细长条的松树。他们要为喜马拉雅山国家森林里的所有木材负责，也要为那些光秃秃的山坡负责，它们一到雨季就被冲刷成干涸的溪谷和令人痛心的深涧；每个职员都大声疾呼，谴责漠不关心的现象，直到喊得声嘶力竭。他们大量引进外国树种做试验，想哄着桉树在这里生根，盼望它治好运河区的热病。在平原上，他们的职责则是保护森林保护区的环形防火线，使之畅通无阻，以便当旱季到来，牲畜挨饿的时候，可以

---

① 里格，长度名，约合三英里或三海里。

向村民的畜群开放禁伐区，并且容许村民去拾些柴火。他们修剪树梢，伐去树杈，在一条不用烧煤的铁路线上积攒下了堆积如山的燃料供铁路使用；他们仔细地计算着他们种植园的盈利，一直算到小数点后面第五位数；他们是上缅甸巨大的柚木森林、东部丛林的橡胶树和南方五倍子果树的医生和产婆；他们永远由于缺乏资金而手头困窘。既然林务官常常要因公出差到距离大路和正规驻地很远的地方，他就变得聪明世故，而且不仅仅是知道一些森林的歌谣传说而已；他学会了识别人和识别丛林里的政体；他会碰上老虎、熊、豹子、野狗和所有的鹿，不是在经过许多天的搜寻后偶尔有一两次遇见它们，而是在执行公务时一再地看见它们。他把大量时间花费在马鞍上和帐篷里——他是新栽下的树苗的朋友，他和粗野的森林看守人和多毛的猎人为伍——直到树林报答了他的操劳，反过来又在他身上打下了他们的印记，于是他不再唱在南锡①学来的轻佻的法国歌曲，并且和矮树丛里那些沉默的生物一样，也变得沉默起来。

森林部的吉斯博恩在英国驻印度的行政部门里已经工作了四年。他起初对这种生活并不理解，但却喜欢它，因为这种生活要求他经常骑马外出，并且给予了他一些权力。后来他却狂热地仇恨起这种生活来了，他宁可拿出一年的工资来享受一个月印度所能提供的社交生活。等他渡过这一段危机以后，森林又把他吸引回去，他也满足于为森林卖力：把他的防火线加宽和加深；注视着他新开辟的种植园在老树丛中展现出一片雾般的新绿；疏通堵塞的小溪；当森林

---

① 南锡，法国东部的工业城市。

埋进了又高又深的蒺藜草中间，快要死掉的时候，他就来把森林最后的斗争继续进行下去。在一个平静的日子里，那些蒺藜草被烧掉了，在里面做窝的上百头野兽，就在大白天的中午时刻，从苍白的火焰里冲了出去。在这以后，森林慢慢地向前伸展，在烧黑的土地上长起了一排排整齐的树苗，吉斯博恩在一边儿瞧着，不禁觉得心满意足。他住的是一幢平房。它只有两间居室，墙壁是白色的，屋顶是茅草铺的，坐落在大森林尽头，居高临下俯瞰着大森林。他从来不想开辟一块菜园子，因为森林一直侵犯到他的门口，紧挨着房子前面就是一丛竹林，他在游廊上上了马以后，一步就跨进了森林的心脏，门口根本不需要修什么马车道。

他在家里的时候，他的那个肥胖的穆斯林男仆阿布杜尔·加福尔就给他做饭吃。在其余的时间加福尔就和住在平房后面的草屋里的土著仆人闲聊。那里住了两名马夫、一名厨子、一名挑水夫，还有一名清扫夫，这就是吉斯博恩的全体仆人。吉斯博恩自己收拾他的枪支，他没有养狗。狗会惊走猎物。而吉斯博恩最得意的是，他能说出他的王国的臣民们在月亮升起的时候会到什么地方去饮水，黎明前它们会在什么地方吃食，而在炎热的白天里，它们又会在哪里躺下休息。看林人和护林警察住在森林里面很远的小屋里，他们只是在被一棵倒下的树压伤或者被一头野兽咬伤时才到这里来。因此吉斯博恩总是独自一人待着。

到了春天，森林里长出了几片稀稀拉拉的嫩叶，然而到处都是干旱，都在等待着雨水，并没有因为新的一年到来而有所改变。只不过，在寂静的夜晚，黑暗里传来更多的叫唤声和怒吼声；其中有老虎们为争夺霸权进行战斗的骚乱声，有高傲的公鹿呦呦的吼叫声，还有一头老野猪不停地在树干上磨它的獠牙时发出的伐木般的声音。这时吉斯博恩索性收拾起了他很少使用的枪，因为他觉得杀害生灵是犯罪的。到了夏天，在暑气灼人的五月高温里，森林仿佛在雾气里旋转，这时吉斯博恩特别注意监视刚刚升起的一缕黑烟，它表示有个地方发生了森林火灾。接着，雨季呼啸而来，森林一块一块地淹没在温暖的水雾里，巨大的雨点整夜打在阔叶片上，叮叮咚咚，直到天明。这时只听见哗哗的流水声，充满汁液的绿色植物被风吹得噼啪噼啪地响。而闪电在纠结成一团的浓密枝叶后面织出种种花纹，一直要到雨过天晴，阳光重新照耀大地，森林才再一次将自己雾气腾腾的灼热身躯迎向洗刷得一尘不染的天空。然后，接踵而来的暑热和干冷天气又把一切染成了老虎身上的花斑色。吉斯博恩就这样学会了识别他的森林，这使他感到十分幸福。他的工资每月送来，但他很少需要花钱。那些纸币就堆在他放家信和换轮胎工具的抽屉里，越积越多。他要是取出一些来，不是为了到加尔各答植物园去买点什么，就是为了付给某个看林人寡妇一笔钱，而印度政府是决不会为了她丈夫的死批准付给她这笔款子的。

薪金是丰厚的，但有时也必须进行惩罚。凡是需要加以惩罚的，他就给予惩罚。许多天以前的一个晚上，有个上气不接下气的信差前来向他报信，说有个森林警察死在坎叶河边，他的脑袋像个鸡蛋壳似的被打烂了。黎明时吉斯博恩出发去寻找凶手。大家都知道，只有旅游者喜欢打猎，偶尔还有些年轻的兵士。森林部的职员们把打猎当作毫不稀奇的平常事，从没有人把它当回事。吉斯博恩步行到了杀人的地点：被害者的寡妇正在尸体旁边号哭，尸体放在一张床板上，有两三个人正在察看湿地上的脚印。"这是'红家伙'干的，"一个人说，"我知道他总有一天会杀人的，但是他也确实有足够的猎物呀。这肯定是他在故意捣蛋。"

"'红家伙'就埋伏在那些婆罗双树后面的岩石堆里。"吉斯博恩说。他知道大家怀疑的那只老虎。

"现在不在那儿了，先生，现在不在了。他现在一定是在跑来跑去，到处转悠。俗话说，头次杀人总是连杀三个。人的鲜血会使他们发狂。也许我们说话这时，他正在我们背后呢。"

"他也许到附近那间茅屋那里去了，"另一个人说，"那间茅屋离这儿只有四'柯斯'远，瓦拉，这是谁呀？"

吉斯博恩跟大家一块转过脸来。有个人正从干涸的河床上走来，他全身赤裸，只在腰间缠了块布，头上却戴了一束用爬藤的白色旋花的穗状花朵编成的花环。他无声无息地踩着小鹅卵石走来，连习惯了猎人轻柔脚步的吉斯博恩也吃了一惊。

"那只咬死人的老虎，"他没有打招呼就开口说了起来，"已经饮过水了，他现在在小山那边的一块岩石下面睡着了。"他的声音非常悦耳，清脆得像铃声一般，跟当地人说话时稍带哼哼的腔调完全不同，当他仰起脸来面对着阳光时，简直像是一位在森林里迷了路的天使。那个寡妇在尸体边停止了哭泣，瞪大眼睛看着这个陌生人，然后更加起劲地哭了起来。

"要我给先生带路吗？"他直率地问道。

"假如你敢肯定……"吉斯博恩开口说道。

"当然敢肯定！我在一小时以前还见过他呢——那狗家伙。他还不到吃人肉的岁数。在他那邪恶的脑袋里还长着十二颗上好的牙齿。"

那些跪着察看脚印的人悄悄地溜走了，因为他们害怕吉斯博恩要他们一块去。年轻人淡淡地笑了。

"来吧，先生。"他喊道，接着便转过身，带头走在他的同伴前面。

"别那么快。我跟不上，"那个白人说道，"等一下。我从来没有见过你。"

"很有可能是这样的。我最近才到这片森林里来。"

"从哪个村庄来的？"

"我不属于哪个村庄。我是从那边来的。"他摊开手臂，指着北方。

"那么，你是吉卜赛人？"

"不，先生，我是个没有种姓的人，而且，我连父亲也没有。"

"你叫什么名字？"

"莫格里，先生。请问先生叫什么名字？"

"我是这片森林的总监，我的名字叫吉斯博恩。"

"怎么？难道他们要给这儿的树和草都编上号码？"

"对的，不然有些像你这样的吉卜赛流浪汉会把它们放火烧掉的。"

"我！不论给我多大好处，我也不会伤害丛林里的一根草。这儿就是我的家。"

他带着迷人的微笑转脸朝着吉斯博恩，举起一只手表示警告。

"好了，先生，我们得稍稍安静一点前进了。虽说这狗家伙睡得很死，但我们也不用惊醒他。也许最好还是让我一个人往前走，把他从下风方向赶到先生这儿来吧。"

"真主安拉！从什么时候开始，老虎居然像牲口一样被赤身裸体的人赶来赶去？"吉斯博恩被这人的大胆放肆吓坏了，这样说道。

他又一次淡淡地笑了笑。"不同意吗？那么，跟我来吧，就照你自己的方式，用那支英国式的大来复枪打死他吧。"

吉斯博恩紧跟着他的向导的足迹，低着头，弯着腰，拐弯抹角地匍匐前进，总之，他受够了追踪森林中的猎物时的辛苦。最后，当莫格里叫他抬起头来，趴在靠近一汪小小的水塘旁边的一块被阳光烤灼得发蓝的岩石后面窥视的时候，他的脸已经涨得通红，遍身都被汗湿透了。那只老虎伸展开了四肢，正舒舒服服地躺在水塘边，懒洋洋地一次又一次地把一只巨大的虎肘和前掌舔个干净。这只虎已经老了，牙齿发黄，身上毛皮乱糟糟的，可是在四周的环境和阳光衬托下，他仍然显得很威风。

对付吃人的老虎，吉斯博恩一点也不讲什么虚伪的狩猎道德。这家伙是害人虫，必须尽快地杀死他。他歇了一会儿，等到缓过气来，便把来复枪架在岩石上，吹了一声口哨。那只野兽的头慢慢地转了过来，离来复枪不到二十英尺，吉斯博恩不慌不忙地射出他的子弹，一发射进老虎肩胛，另一发打在眼睛下面。在这么近的距离，老虎那粗大的骨骼是挡不住穿透力很强的子弹的。

"好啦，反正这张皮不值得保留下来。"烟雾散开了，那只垂死的野兽正又踢腿又喘气地折腾着。

"这只狗也死得像只狗，"莫格里沉着地说道，"那堆臭肉上确实没什么值得留下的。"

"还有胡须呢。难道你不要胡须吗？"吉斯博恩问道。他很了解，守林人都非常看重这类东西。

"我吗？难道我是个喜欢摆弄老虎嘴巴的下贱猎人？让他躺在那里吧，他的朋友们已经到场了。"

就在吉斯博恩取出空子弹壳并且擦把脸的工夫，一只鸢鹰降了下来，在他们头顶上发出尖厉的呼啸声。

"如果你不是猎人，那么你又从哪里学会关于老虎的事情呢？"他说，"没有一个追踪的人比你干得更出色。"

"我恨所有的老虎，"莫格里简短地说道，"先生，把枪交给我背吧。哈，这是支非常好的枪。现在先生想到什么地方去呢？"

"回我的住宅去。"

"我可以去吗？我还从来没有进过一个白人的屋子看看呢。"

吉斯博恩回到了他的平房。莫格里在他前面无声无息地迈开大步走着，他的棕色皮肤在阳光下闪闪发亮。

他好奇地看着游廊和放在那儿的两把椅子，不放心地摸了摸裂了缝的竹帘子，然后他一面注意着背后，一面走进了屋子。吉斯博恩随手放下一扇竹帘，好挡住阳光。竹帘落下时"吭"的一下发出了响声，竹帘子还没有落在走廊的石板地上，莫格里就迅速地跳开了，只在一瞬间他已经站在屋子外面，胸脯不停地起伏着。

"这是个陷阱吧。"他急促地说。

吉斯博恩笑了。"白人是不对别人设陷阱的。你的确是从丛林里来的。"

"我明白了，"莫格里说，"它没有机关，也没有陷坑。我……我从来没有见过这类东西。"

他踮着脚尖进了屋子，睁大了眼睛端详着两间屋子里的摆设。正在安放午餐餐具的阿布杜尔·加福尔极端厌恶地瞧着他。

"你们吃一顿饭要费这么多事，吃完了又要费那么多事躺下睡觉！"莫格里咧开嘴笑着说，"我们在丛林里就省事得多。啊，真美呀。这里有这么多贵重的东西。先生难道不怕人家来抢劫你吗？我从来没有见过这么多迷人的东西。"他正在注视着一个蒙满了灰尘的贝纳列斯①铜盘，它是放在一个东歪西倒的支架上的。

"只有丛林里来的小偷才会抢劫这儿的东西。"阿布杜尔·加福尔哗啦一声把一个盘子放下，说道。莫格里睁大了眼睛，盯着这个白胡子的穆斯林教徒。

"在我的家乡，要是一头山羊咩咩叫得太响了，我们就割断他的喉咙，"他乐呵呵地反击道，"不过你不用害怕。我要走了。"

他转过身，消失在森林中。吉斯博恩目送着他，乐呵呵地笑了，不久，笑声就变成了一声轻叹。这位林务官除了日常公务，没有多少能引起他兴趣的事物。而这个了解老虎就像人们了解狗那样的丛林之子，本来是可以给他提供一些消遣的。

"他真是个了不起的家伙，"吉斯博恩想道，"他就像古典文学辞典里的插图。我真希望我能让他当个扛枪手。独自打猎真没意思，这家伙可以成为一个最完美的猎手。我真奇怪他到底是什么人。"

当天傍晚，满天星斗，他坐在游廊上抽着烟，心里还在纳闷。一缕轻烟从他的烟斗袅袅升起。当烟雾散开以后，他发现莫格里正

---

① 贝纳列斯，即瓦腊纳西市，在印度东北部。

叉着手臂坐在游廊边上。就是鬼魂也没法比他更悄无声息。吉斯博恩吃了一惊，烟斗落在地上。

"我在森林里没有人可以谈话，"莫格里说，"所以，我就到这里来了。"他拾起了烟斗，递还给吉斯博恩。

"噢，"吉斯博恩说，停了好久，他问道，"森林里有什么新闻？你又发现了一只老虎吗？"

"大羚羊换了牧场，他们每逢新月出来的时候总是这么做的。现在猪群都到坎叶河附近去觅食了，因为他们不肯跟大羚羊在一块吃食，结果猪群里有头母猪被一只藏在上游河边深草丛里的豹子捕杀了。除此以外，我没有什么别的新闻了。"

"你怎么会知道所有这些事的呢？"吉斯博恩向前低下身去，注视着他那星光下闪烁的眼睛说道。

"我怎么会不知道？大羚羊有他的生活习惯，而且就连小娃娃也知道，猪群是不愿意跟大羚羊一块吃食的。"

"可是我偏偏不知道这些。"吉斯博恩说。

"哎！哎！你可是掌管着——草屋里的人对我这么说——掌管着这片森林啊。"他对自己微微一笑。

"随口胡说，编些哄孩子的故事是很容易的。"吉斯博恩被笑声惹恼了，反驳说，"你说什么森林里发生了这样那样的事，反正没有人能反驳你。"

"关于那头被咬死的母猪，明天我就可以带你去看看她的骨头，"莫格里丝毫不动声色地回答道，"至于那些大羚羊，只要先生安安静静地坐在这儿，我可以去赶一头来，先生只要仔细听听声音，就可以听出那头羚羊是从哪个方向赶来的。"

"莫格里，难道丛林把你弄疯了吗？"吉斯博恩说，"谁能赶来一头大羚羊呢？"

"可是——你静静地坐着吧，我去了。"

"天哪，这人简直是个鬼魂！"吉斯博恩说道，因为莫格里已经消失在黑暗中，一点没有弄出声音。群星发出闪烁不定的微光，森林像一层层丝绒一样伸延到远方——它是那么寂静，一丝从树梢掠过的游荡的轻风，听起来就像一个睡得很熟的娃娃的一声叹息。阿布杜尔·加福尔在厨房里正弄得盘子叮当直响。

"别闹了！"吉斯博恩喊道，然后像一个习惯于森林里的寂静的人那样，静下心来倾听。在他孤独的生活中，他为了保持住个人的自尊心，每天总是穿上晚礼服进晚餐。这时，那硬挺的白衬衫前胸随着他有规律的呼吸吱吱嘎嘎地响了起来，他侧了一下身子，响声才止住了。接着，他的烟斗有点堵塞不通，于是，烟草便开始呜呜地响了起来，他把烟斗扔掉了。现在，除了森林里的夜风，一切都哑然寂静下来。

从难以想象的距离外，透过无边无际的黑暗，传来了一声狼嚎的低微回声，回声被拉得长长的。然后又是寂静。仿佛已经寂静了好几个小时。最后，当吉斯博恩的小腿仿佛完全失去了知觉的时候，他听见远处矮树丛中仿佛发出了碰撞的声音。他怀疑自己听错了，但声音又响了起来，接着又响了一次。

"那是在西边，"他喃喃说道，"那儿正在发生什么事情。"声音越来越响——碰撞，再碰撞，横冲直撞——伴随着一头被紧紧追逼的大羚羊沉重的哼哼声。他惊惶恐惧地飞奔着，根本没有注意他跑到什么地方来了。

一条黑影从树干中间冲了出来，转了回去，又哼哼着回过身来，蹄子在光秃的泥地上敲得嘚嘚地响，几乎冲到他的手够得着的地方。那是头公羚羊，遍身被露水打湿了，他隆起的肩头上挂着一根被撕扯下来的藤蔓，屋里射出的灯光照得他的眼睛闪闪发亮。这头羚羊一看见人，便止住了脚步，沿着森林边缘逃开，直到消失在黑暗里。在吉斯博恩被弄糊涂了的头脑里出现的第一个想法是，把森林里巨大的蓝色公羚羊拖出来供人参观——而夜晚本来是应该完全属于他的——让他在夜晚里这样奔跑，实在太不应该了。

当他站在那里瞪眼瞧着的时候，耳边有个娓娓动听的声音说道：

"他是从水源那儿来的，他在那儿率领着一群羚羊。他是从西边来的。先生现在相信了吧？还要不要我把那群羚羊一个个地赶来让你数一数呢？先生是这片森林的父母官呀。"

莫格里重新在游廊上坐了下来，呼吸有点儿急促。吉斯博恩惊奇得张大了嘴，注视着他。"你是怎么干成功的？"他问道。

"先生已经看见了。这头公羚羊是被赶来的——就像赶一头水牛那样。哈！哈！等他回到羚羊群里，他一定会对他们讲一个了不起的故事。"

"对我来说，这可是新的一招。那么你能够跑得像大羚羊一样快啰？"

"先生不是看见了吗？不论什么时候，先生如果想知道猎物的活动情况，我莫格里就在这里。这是一片很好的森林。我打算留下来。"

"那么你就留下吧。不论什么时候，你需要一顿饭的话，我的仆人会给你的。"

"好的。说真的，我很喜欢吃煮熟的食物。"莫格里马上回答道，"谁也不会说，我跟别人不一样，不爱吃煮的和烤的食物。我一定来吃饭。至于我嘛，我答应先生，你晚上可以平安地睡在自己的屋子里，没有一个贼能破门进来，偷走你那些值钱的珍宝。"

莫格里说完就立刻走开了。吉斯博恩抽着烟，坐了很久，他考虑的结果是：他终于找到了他和森林部一直在寻找的理想的看林人和森林警察，那就是莫格里。

"我得想办法让政府雇他做职员。一个能驱赶大羚羊的人要比五十个别的人更加了解森林。他是个奇迹——a lusus naturae[①]——不过，他一定得担任森林警察，只要他能够在一个地方待下去。"吉斯博恩说道。

阿布杜尔·加福尔对莫格里的看法可没有那么好。他在睡觉时对吉斯博恩推心置腹地说，这个陌生人天晓得是从什么地方钻出来的，他很可能是个惯偷。他本人根本不赞成收留赤身裸体的流浪汉，他们连应该怎样对白种人说话都不会。吉斯博恩笑了，叫他回自己屋里去，阿布杜尔·加福尔嘟嘟囔囔地退了下去。那天夜里，他爬起床来，把他十三岁的女儿揍了一顿。没有人知道他为什么要揍女儿，但是吉斯博恩听见了哭声。

在后来的那些天里，莫格里像个影子一样独来独往。他在平房

---

① 拉丁语：天然的畸形物。

旁边住了下来，按他那种未开化的方式安了家，不过，他安家的地方是在森林的边缘上。每当吉斯博恩出来到游廊上呼吸一点儿清凉空气时，往往会看见他的脑袋低低地埋在膝盖上，坐在月光下面，或是躺在一根伸出的树干上，像某些夜间活动的动物一样紧紧贴着树干。莫格里会从树上向他送来一声问候，并且请他放心睡觉，有时还爬下来为他编造出许多神奇的故事，对他讲述森林里各种动物的生活方式。有一次他溜达进了马厩，人们发现他正以浓厚的兴趣注视着马匹。

阿布杜尔·加福尔尖刻地说："这件事非常明确地证明，他总有一天会偷走一匹马的。既然他住在这幢房屋附近，他为什么不找一件老老实实的差事干呢？他偏偏什么也不干，一定要像个没有系笼头的骆驼一样到处游荡，弄得一些傻瓜晕头晕脑，害得那些笨家伙张着大嘴，把他的蠢话全吞了下去。"因此阿布杜尔·加福尔一见到莫格里就很粗暴地命令他干这干那，派他去提水，去拔家禽的毛，而莫格里总是毫不在乎地笑着听从他的指挥。

"他是没有种姓的，"阿布杜尔·加福尔说，"他什么都干得出来。老爷，你可要小心，别让他干得太过火。蛇总归是蛇，丛林里的吉卜赛流浪汉到死也是贼。"

"好了，住嘴吧。"吉斯博恩说，"我可以容许你管教你自己家里的人，只要你不弄出太大的声音，因为我了解你们的习惯和方式。可是你并不了解我的习惯。那人显然有点疯病。"

"有点疯病，确实不错，"阿布杜尔·加福尔说，"我们等着瞧瞧，看看以后会出什么事吧。"

几天以后，吉斯博恩因公要到森林里去三天。由于阿布杜尔·加福尔人老了，又长得肥胖，就被留在家里。每到这种时刻，他总不满足于躺在看林人的小屋里睡大觉，而偏偏要以他主人的名义，向那些承受不了这种关怀的人征收谷物、食油和牛奶。这天天刚亮，吉斯博恩就骑马离开了住处。他有点闷闷不乐，因为他那个林中人没在游廊上等着陪他出门。他喜欢这个小伙子，喜欢他的力气、敏捷和静悄悄的脚步声，以及他常常挂在脸上的坦率的微笑；喜欢他对于一切礼节和恭维话的无知，以及他讲的关于猎物们正在森林里做什么的孩子气故事（现在吉斯博恩对这些故事已经深信不疑了）。他在树丛里骑马前进了一个小时以后，听见背后有点响动。接着，莫格里快步出现在他的马镫旁边。

"我们大概得干三天的活，"吉斯博恩说，"是在那些新栽的树苗那儿。"

"好的，"莫格里说，"保护树苗总是有好处的。只要野兽们不糟害，它们就会长成一片绿荫。我们得让那些猪群挪挪地方。"

"又要他们挪地方？怎么挪法？"吉斯博恩微笑着说。

"哦，他们昨晚在那些娑罗双树的树苗中间挖呀刨呀，闹个没完，我把他们赶跑了。所以今天早上我没到游廊那里去。这些猪根本不应该闯到森林这边来。我们得让他们待在坎叶河口的下游。"

"假如有人能够放牧天上的云，他也许可能赶走那群猪；不过，莫格里，你说过你在森林里当牧人，不是为了金钱，也不是为了工资……"

"这是先生的森林呀。"莫格里迅速地抬起头来说道。吉斯博恩点点头表示领他的情，接下去说道："如果你愿意领取工资，为政府工作，那不是更好吗？工作了一定年限之后，还可以拿到一笔养老金。"

"我也想过这件事，"莫格里说，"但是守林人全都住在关紧了门的小屋里，我觉得那里太像陷阱了。不过，我会考虑……"

"好好考虑一下吧，考虑好了告诉我。我们就在这儿吃早饭。"

吉斯博恩下了马，从家制的马鞍袋里取出早饭，这时在森林上空，炎热的白天已经降临。莫格里在他身边躺下，注视着天空。

过了一会儿，他懒洋洋地低声说道："先生，你有没有下命令让平房里的仆人今天把那匹白色的母马牵出去？"

"没有，那匹马又肥胖又老，而且腿还有点跛。问她做什么？"

"现在正有人骑着她，而且骑的速度并不慢，他们已经走上了通到铁路线去的那条大路。"

"呸，那条路是在两'柯斯'外呢。那是只啄木鸟。"

莫格里抬起前臂，挡住射进眼睛的阳光。

"那条路从平房那里穿出去，然后拐了一个大弯。要是照鸢鹰的飞法，顶多只有一'柯斯'远；而且，声音是随着鸟儿传来的。我们去看一下，好吗？"

"胡说八道！在这么毒的太阳底下跑一'柯斯'的路，难道就是为了去察看森林里发出的一点声音吗？"

"不，那匹马是先生的马。我只是想把她带到这儿来。如果那匹马不是先生的，我就让她走开。如果是的，先生可以按自己的意思处理她。确实有人在骑着她拼命地跑呢。"

"你用什么办法把她带到这里来呢，疯家伙？"

"先生忘了吗？就是用大羚羊那样的赶法。"

"那就跑去吧，既然你有这么大的兴趣。"

"噢，我才不跑呢！"他举起手叫吉斯博恩不要出声，然后，他自己仍然仰天躺在地上，嘴里接连发出了三声高亢的呼唤——这是从喉咙深处发出的叫声，吉斯博恩从没有听见过这种声音。

"她会来的，"莫格里呼唤过后说道，"我们到树荫下去等着吧。"莫格里在清晨的寂静里打起盹来，长长的眼睫毛遮住了那充满野性的眼睛。吉斯博恩耐心地等待着：莫格里肯定是疯了，然而他却是这个孤独的林务官能够找到的最能消遣解闷的伙伴。

"嗬！嗬！"莫格里闭着眼睛懒懒地说，"他跌下马了。好吧，母马先到，然后那个人才到。"过了一会儿，他们听见吉斯博恩骑的那匹矮种公马发出了嘶叫声，莫格里打了个呵欠。三分钟以后，吉斯博恩的白色母马飞奔进了他们坐的那片林中空地，一下子就跑到她的公马伙伴身边，她鞍辔齐全，只是背上空空无人。

"她还不太热，"莫格里说，"不过在这样炎热的天气里，是很容易出汗的。过一会儿我们就会看见骑马的那个人了，因为人总是要比马走得慢些——尤其当这个人是个胖子，又是个老头子的时候。"

"真主啊！这是魔鬼干的事。"吉斯博恩跳起身来喊道，因为他听见丛林里传来一声狂叫。

"不用担心，先生，他不会受到伤害。他一定也会说这是魔鬼干的事。啊！听吧！那是谁？"

那是恐惧得发了狂的阿布杜尔·加福尔的声音。他在呼吁某个不可知的生灵看在他的白头发的分上饶了他。

"不行了，我一步也走不动了，"他呼天抢地地号叫道，"我已经老了，头帕也丢了。哎哟！哎哟！好的，我走。我一定快快地走。我跑！啊，深渊里的魔鬼，我是个穆斯林教徒啊！"

树丛分开了，从里面钻出了阿布杜尔·加福尔，头帕丢了，鞋子也没了，围腰布也散开了，他脸色涨得通红，两只握得紧紧的拳头里尽是泥巴和草根。他一眼看见吉斯博恩，就重新号叫起来。他筋疲力尽、浑身颤抖，一下子扑倒在主人脚下。莫格里脸上挂着甜丝丝的微笑，注视着他。

"这可不是开玩笑的，"吉斯博恩严厉地说，"这人可能会死掉的，莫格里。"

"他不会死的，他只是害怕罢了。本来他完全可以走着来的。"

阿布杜尔·加福尔呻吟着站了起来，他的四肢都在颤抖。

"这是巫术——是巫术，是魔鬼的法术！"他呜咽着，伸手在胸前摸索着。"我犯了罪，所以魔鬼们在森林里把我鞭打出来。一切都完了。我悔罪。拿去吧，先生！"他递过去一卷肮脏的纸头。

"这是怎么回事，阿布杜尔·加福尔？"吉斯博恩说道。其实他已经明白对方要说些什么了。

"把我关进监牢吧——钞票全在这里——可是最好把我关得严实些，别让那些魔鬼也跟了来。我吃先生的饭，我做了对不起先生的事，要不是那些该死的林中恶魔，我本来可以跑到远远的地方，买些土地，安安静静地过一辈子的。"他在绝望和痛苦中激动地把头朝地上撞。吉斯博恩手里拿着那卷钞票翻来覆去地察看。这是最近九个月发给他的拖欠的薪金总数，这卷钞票是放在抽屉里，跟家信和换轮胎的工具放在一块的。莫格里注视着阿布杜尔·加福尔，无声无息地笑着。"不必让我上马了。我就跟在先生后面慢慢走回家去，然后你可以派人把我送到监牢去。政府对犯这类罪的人要判好多年徒刑的。"管家闷闷不乐地说道。

森林里的孤寂生活使得人们对于许多事物有了不同的看法。吉斯博恩盯着阿布杜尔·加福尔，想起了他曾经是个好用人，再请一个管家，又得从头教会他家里的种种事情。而且，无论怎么说，总是要增加一副陌生面孔，听一种陌生语言。

"听着，阿布杜尔·加福尔，"他说道，"你犯了非常严重的过失，你丢了脸，名誉扫地了。不过我认为你只是一念之差。"

"真主！我以前从来没想过要拿走这些钞票。我看着它们的时候，是恶魔扼住了我的喉咙。"

"这话我也相信。那么你回到我的住宅去吧，等我回家以后，我就派人把这些钱存到银行里去，事情就这样了结吧。让你去坐牢，你是太老了。而且你家里的人是无辜的。"

阿布杜尔·加福尔一时没有回答，只是冲着吉斯博恩的牛皮马靴大声呜咽着。

"那么你不会解雇我了吗？"他大口地吞咽着眼泪，说道。

"那就要看情况了。这要取决于我们回去以后你的表现了。骑上母马，慢慢骑回家去。"

"可是魔鬼怎么办！森林里到处都是魔鬼。"

"没关系的，大伯。他们不会再来伤害你，除非他们拒绝执行先生的命令。"莫格里说，"要是那样，他们也许会把你赶回家——就像赶大羚羊那样。"

阿布杜尔·加福尔愕然地张大了嘴巴，一面缠着束腰布，一面瞪着莫格里。

"他们是他的魔鬼？他的魔鬼！我本来还想回去以后把过错都推到这个巫师身上呢！"

"这想法蛮不错呀，先生；不过我们在设下陷阱以前，先得看看落进去的猎物会有多大。其实，我只不过以为有个人拿了先生的一匹马。我还不知道你打算在先生面前把我说成是贼，不然我的魔鬼就会拖着你的腿，把你拉到这里来了。不过，现在这么干也还不晚。"

莫格里询问地望着吉斯博恩，但是阿布杜尔·加福尔已经一瘸一拐地匆忙凑到白色母马身边，爬上马背逃跑了，被践踏的林间小路在他身后发出噼里啪啦的回声。

"干得不坏，"莫格里说，"不过，他要是不抓紧马鬃，还会再跌下马的。"

"好了，现在你该告诉我这是怎么回事了，"吉斯博恩有点严厉地说，"他说什么'你的魔鬼'，这是什么意思？人怎么能像牲口一样被赶着在森林里来回跑？回答我。"

"先生是因为我帮你找回了钱，所以生我的气了吗？"

"不，可是这里面有些地方你是在玩花样，我不喜欢这个。"

"很好。只要我站起来往森林里走三步，那么不论是谁，就连先生在内，都没法找到我了，除非我自己走出来。我不愿意走出来，同样的，我也不愿意讲出来。请你稍稍忍耐一下，先生，总有一天，我会让你看到一切的。因为，只要你愿意，我们总有一天会一块儿去驱赶公鹿。这件事我一点没有要什么花招。只不过……我熟悉森林，就像人们熟悉他们家里的炉灶一样。"

莫格里的态度像是在对一个不耐烦的孩子说话。吉斯博恩既觉得为难，又感到疑惑不解，同时还非常恼怒。他什么也没有说，只是眼盯着地上，思索着。等他抬起头来，林中人已经去了。

"朋友之间闹意见，"从树丛后面传来一个平静的声音，"不是一件好事。晚上再见吧，先生，等到天气凉快下来的时候再见。"

吉斯博恩就这样被独自扔在森林深处，他先是咒骂，后来大笑起来，骑上了矮种公马继续前进。他探访了一家看林人的小屋，巡视了两个新的种植场，下令烧掉一块干草地，然后出发到他早已相中了的宿营地去。那是一块离坎叶河岸不远的、乱石嶙峋的岩坡，坡上覆盖着树枝和叶片。当他来到休息地时已是傍晚，森林里那静悄悄的捕猎夜生活已经开始了。

小山上闪烁着一堆篝火的火焰，风儿送来一阵喷香的晚饭气味。

"嗯，"吉斯博恩说，"不论怎么说，这也比吃冷肉强。唯一会跑到这儿来的人，只可能是穆勒。可是别人还以为他这会儿正在视察钱格曼加森林呢。也许那正是他为什么要跑到我这块森林里来的缘故。"

这个高大的德国人是印度的森林部部长，是从缅甸到孟买的森林总监，他常常不打招呼就像蝙蝠一样从一个地方飞到另一个地方，而且总是在人家最没有料到的地方出现。他的理论是：突然察访，发现缺点，以及对下属进行口头批评，要比一系列缓慢的通讯联络好得多，靠通讯联络的结果，往往是一份正式的书面批评——这份材料留在林务官的档案里，也许在好多年以后还会对他发生不利的影响。他解释说："假如我像个荷兰叔叔那样跟我的小伙子们谈谈，他们会说，'那只不过是该死的老穆勒罢了'，下次他们就会干得好些。但是，如果我的那个笨蛋办事员写些什么'总监穆勒对此无法解释而且很不满意'之类的话，就会一点好处也没有。首先，因为我并不在场，其次，因为将来接替我的那个傻瓜到职以后，也许会对我那些最优秀的小伙子说，'瞧，你们挨过我前任的骂'。我对你讲，用官衔压人那一套是没法使树木长起来的。"

黑暗里传来了在火光后面的穆勒深沉的嗓音，他正弯腰站在他心爱的厨子背后。"别放那么多酱油，你这无赖！辣酱油是调料，不是汤。哦，吉斯博恩，你正好赶上了一顿非常糟的晚饭。你的帐篷在哪里？"他上前去和吉斯博恩握了握手。

"我自己就是帐篷，先生，"吉斯博恩说道，"我不知道你在这一带。"

穆勒看了看年轻人整洁的外表。"好的！非常好！一匹马，一点干粮。我年轻的时候也是这样宿营的。好吧，你和我一块吃晚饭。上个月我到总部去交报告。我只写好了报告的一半——嗨！嗨！——另外一半留给我的办事员写，于是我就出来溜达溜达了。政府对那些报告可恼火了。我就是这么告诉西姆拉总督的。"

吉斯博恩抿着嘴轻声笑了，他记起了许多故事，讲的都是穆勒和最高政府之间的冲突，他是所有办公室职员公认的自由思想者，作为一位林务官，没人比他更为出色。

"吉斯博恩，如果我发现你不是骑马巡视种植园，而是坐在你的平房里向我炮制关于种植园的报告，我就要把你调到比卡内尔沙漠中心去绿化它。我讨厌死了报告和嚼舌头的公文，它们害得我们没法做自己的工作。"

"要叫我浪费时间做什么年度报告,我是不会干的。我和你一样恨它们,先生。"

谈到这里,话题转入了业务问题。穆勒想要提些问题,同时还要给吉斯博恩下达一些命令,做一些指示,他们一直谈到晚饭端上来为止。这是吉斯博恩好几个月以来吃的最文明的一顿饭。不论生活用品供应点离得多远,它们都无法妨碍穆勒的厨师的工作;在那张摆设在荒野里的餐桌上,第一道菜是辣子烤淡水鱼,最后以咖啡和法国白兰地作为结束。

"哈!"饭后,穆勒点上一支方头雪茄烟,满意地松了口气,往后靠进他那张破旧的轻便折椅里。"我写报告的时候是自由思想者,是无神论者,但是到了这儿,在丛林里,我可是个大大的基督教徒。同时我又是个异教徒。"他舒舒服服地让雪茄烟头在舌头底下翻动着,双手垂在膝头上,眼睛望着前方,注视着充满隐秘响声、在幽暗中不断变化移动的丛林深处;枝条噼啪作响,就像他身后火堆的噼啪响声一样;被酷暑压弯了腰的树干在凉爽的夜晚里伸直了身子,发出窸窣的叹息声;坎叶河在无休止地喃喃低语,还有从小山头那边看不见的地方,从住着许多居民的草原那里传来的低沉响声。他喷出一口烟,自顾自地朗诵起了海涅的诗句。

"对啦,写得真了不起,真了不起。'是的,我每天显示奇迹,天哪,你看到要大为惊奇'①。我记得过去从这儿一直到耕地那边,

---

① 这句诗引自德国诗人海涅的诗集《还乡曲》(1823—1824)第71首。

这片树林子还没有你的膝盖头那么大，到了旱季，这一带的牲口只好啃死了的牲口的骨头。现在树木回来了，它们是一个自由思想者种的，因为他懂得这些事物的因果关系。可是那些树崇拜的还是古老的神——'基督教的神灵呜呜啜泣'①。这些基督教的神是没法在森林里生活的，吉斯博恩。"

在一条仅容得下马匹通过的小路上，一条黑影晃动了一下，接着黑影走动了，它走到星光下面来了。

"我说得完全对。嘘！半人半羊的农牧之神来拜访总督了。天哪，他就是神！"

来的是莫格里，他头上戴着白色花环，手里握着一根剥去了一半树皮的枝条——这是一个对火光十分不信任的莫格里，随时准备着遇到一点危险就逃回树丛里去。

"那是我的一个朋友，"吉斯博恩说道，"他是在找我。喂，莫格里！"

穆勒还没有来得及透一口气，这人已经到了吉斯博恩身边，喊道："我不该走开的。我错了。但是那时我还不知道在河边被杀的那头老虎的配偶已经醒了，她正在找你。要不然我是不会走开的。她从远山区一直跟上了你，先生。"

"他有点儿疯，"吉斯博恩说，"他讲起这里所有的野兽，就好像都是他的朋友似的。"

"当然，当然。要是连农牧之神都不知道，还有谁能知道呢？"

---

① 这句诗引自海涅诗集《还乡曲》中的《阿尔曼梭尔》。

穆勒一本正经地说，"他说到老虎，究竟是怎么回事，这位和你那么熟的神？"

吉斯博恩点燃了他的方头雪茄，等他讲完了莫格里和他的种种伟绩，雪茄烟已经烧到了他的胡须边上。穆勒一直倾听着，"那不是疯病，"当吉斯博恩描绘了阿布杜尔·加福尔是如何被驱赶的事以后，他终于说，"那完全不是疯病。"

"那么它又是什么呢？今天早晨他生气地离开了我，因为我要他告诉我，他是怎么做到这件事的。我猜这家伙在某个方面是着了魔。"

"不，那不是着魔，但是它却是一种非常美妙的东西。这类人，他们一般在很年轻的时候就死了。你刚才说你的小偷仆人没有说出是什么赶着他的马走，而大羚羊自然是不会说话的。"

"不，真该死，那儿什么动静也没有。我仔细听了，而且我是能听出大部分声音的。那头公羚羊和那个人简直就是猛冲过来的，他们都吓得发了疯。"

穆勒没有作声，只是从头到脚上下打量着莫格里，并且招手叫他走过来。莫格里像一头公牛踩在一条有气味的道路上那样勉强走了过来。

"不要紧的，"穆勒用当地话说道，"伸出胳臂来。"

他顺着胳臂摸到手肘弯那儿，点了点头。"正像我想的那样。把膝盖伸过来。"吉斯博恩看见他摸着膝盖骨，微笑了一下。他注意到紧挨着脚踝骨上边，有两三个发白的伤疤。

"这些是你很小时留下的吧？"他说。

"是的，"莫格里微笑着答道，"它们是小家伙们给我留下的爱的纪念。"然后他对背后的吉斯博恩说："这位先生什么都知道。他是谁？"

"待会儿再说吧，我的朋友。他们在哪里？"

莫格里用手绕着他的头画了一个圆圈。

"是这样！你还会赶大羚羊？瞧！我的母马就拴在那儿的桩子上。你能不能把她带到我这儿来而不吓坏她？"

"我能不能把她带到先生这儿来而不吓坏她！"莫格里的声音比平时稍稍抬高了一点，重复道，"只要把拴住马后腿的绳子松开，没有比这更容易的事了。"

"把拴住马头和马腿的尖桩拔起来。"穆勒对马夫喊道。桩子刚刚拔出，那匹高大的澳大利亚种黑色母马就抬起头，竖起耳朵来。

"小心点！我可不想把她赶进丛林里去。"穆勒说。

莫格里面对着熊熊燃烧的火堆静静地站着——他的体型、外貌，跟小说里描绘得淋漓尽致的那位希腊神简直一模一样。马嘶叫了一声，抬了抬后腿，发现拴住后腿的绳子松开了，便迅速地向她的主人那边跑去。她把头埋进主人怀里，身上微微出了些汗。

"她是自己跑来的。我的马也会这样。"吉斯博恩喊道。

"摸摸她，看看她是不是出汗了。"莫格里说。

吉斯博恩把手放在潮湿的马肚上。

"够了。"穆勒说。

"够了。"莫格里重复道，他身后的一块岩石把声音送了回来。

"真有点不可思议，是不是？"吉斯博恩说。

"不，只不过是精彩而已。简直妙极了。你还不明白吗，吉斯博恩？"

"我承认,我确实不明白。"

"好吧,那么我就暂时不说出来。他说总有一天他会告诉你是怎么回事的。我如果说了,就太煞风景了。但是他为什么还没有死,我真不懂。喂,你听着,"穆勒转脸朝着莫格里,又说起了地方话,"我是这儿所有森林的总管,包括印度和黑水那边的国度。我不知道我手下有多少人马——也许有五千人,也许只有十个人。你该做的事就是,不要再在森林里到处游荡,不要为了好玩或是为了炫耀自己,而去驱赶野兽了,你就到我手下来工作,我就是主管森林事务的政府,你就住在这片森林里,当森林看守人;如果你没有得到让村民的山羊在林中觅食的命令,你就把他们赶走;得到了命令,就放他们来吃草;如果野猪和大羚羊繁殖得太快,就想办法使他们减少一些,这个你是有办法做到的;把老虎迁移的情况和他们迁移到了什么地方以及森林里有哪些猎物告诉吉斯博恩先生;你还得对森林里所有的火灾发出确实的警报,因为你能够比任何人更早地发出警报。干了这些工作,你每月可以得到一些银币作为报酬。以后,你有了妻子、牲畜,或许还有孩子的时候,你就会领到一笔养老金。你的回答是什么?"

"我也正想……"吉斯博恩开口说道。

"我的先生今天早上谈到了这样一件工作。今天一整天,我一边走一边在考虑。我已经考虑好了。我如果接受这件工作,就得在这片森林里,不到别处去,我要跟着吉斯博恩先生,不跟别人。"

"就这样吧。一星期以后,政府答应付给你养老金的命令就会下达。那时你就住进吉斯博恩先生指定给你的小屋里去。"

"我正要跟你谈这件事。"吉斯博恩说道。

"我只要看见他就够了，用不着别人告诉我。无论哪个森林看守都比不上他。他是个奇迹。我告诉你，吉斯博恩，你有一天会发现这一点的。听着，森林里每一头野兽跟他都是亲兄弟。"

"我要是真正了解了他，我也就会放心一些了。"

"你会了解他的。我告诉你，我干了三十年工作，只见过一个这样的男孩，开头也是跟他一样，后来就死了。有时你在人口调查报告里会听到这类人的事，可是他们都死了。而这个人却活了下来。他是个时代错误，因为他比铁器时代还早，比石器时代还早。噢，他是人类历史的开端……是伊甸园的亚当，现在我们只缺一个夏娃了！不！他比那个幼稚的故事还要古老，正像大森林比那些神还要古老一样。吉斯博恩，现在我是个异教徒了，彻底的异教徒。"

那个漫长的傍晚余下的时间，穆勒一直坐在那里不停地抽着烟，呆呆地凝视着黑暗深处，嘴唇不停地蠕动，念着一行又一行的诗句，脸上露出欣喜若狂的神情。他走进自己的帐篷里，但是不久就穿着华丽的粉红色睡袍出来了，吉斯博恩听见他在午夜的深沉寂静中加重了语气，向着丛林念出了最后的诗句：

> 虽说我们换上衣服，着意修饰，盛装打扮，
>
> 你却高尚、裸体而又古老；
>
> 李比迪娜是你的母亲，布利亚帕斯
>
> 是你的父亲，一个是神，一个是希腊人。

"现在我明白了，不论是异教徒，还是基督徒，我永远也不可能真正了解森林的隐秘。"

★　★　★　★　★

一星期以后的一个午夜，在平房里，脸色气得发白的阿布杜尔·加福尔气急败坏地站在吉斯博恩的床脚边，压低了声音把他唤醒。

"起来，先生，"他结结巴巴地说，"起来，拿上你的枪。我的名誉完全扫地了。不要等别人看见，快起床去杀死他吧。"

老人的脸都变了样，弄得吉斯博恩只是看着他发呆。

"原来那个森林里的贱种就是为了这个才帮我擦亮先生的桌子，才帮我打水，帮我拔鸡毛的。我揍了多少次也不管用，他们双双逃走了，现在他正坐在他的魔鬼中间，把她的灵魂拖进地狱。起来，先生，快跟我来！"

他把一支来复枪塞进半醒半睡的吉斯博恩手里，几乎是把他从屋里拖到游廊上。

"他们就在那儿，在森林里头；就在这所屋子的射程以内。轻轻地跟我来吧。"

"到底是什么事？出了什么事，阿布杜尔？"

"是莫格里和他的魔鬼。还有我的亲生女儿。"阿布杜尔·加福尔说。吉斯博恩吹了一声口哨，便跟着去了。他知道，阿布杜尔·加福尔有好些晚上揍他的女儿，不是没有原因的。而莫格里帮助一个他曾经用自己的力量——不管是什么力量——证明是犯了偷窃罪的人干家务活，也不是没有原因的。另一方面，森林里的求爱总是进展得非常迅速的。

森林里传来了轻幽的笛声，仿佛是哪位漫游的森林之神在歌唱。接着，一阵喃喃低语声，越来越近。一条小路通向一块小小的半圆形林中空地，空地四周长着高高的草丛和树林，形成了一道藩篱。在这块空地中间，莫格里背对着观看他的人坐在一根倒在地上的树干上，手臂挽着阿布杜尔·加福尔的女儿的脖子。他头上戴着新编的花冠，吹奏着一根粗糙的竹笛，四头巨大的狼，后腿直立，正伴随着音乐，庄严地翩翩起舞。

"那就是他的魔鬼。"阿布杜尔·加福尔轻声说道。他手里握着一把子弹。野兽们在一阵拉长了的、发出颤音的笛子声中躺下了，他们安静地躺在那里，绿眼睛毫不闪动地瞪着那位姑娘。

"看哪，"莫格里放下笛子说道，"这有什么可怕的？我告诉过你了，大胆的小人儿，没什么可怕的，你不是也相信了我的话吗？你父亲说——嗨，你要是能看见你父亲被赶着在大羚羊奔跑过的路上奔跑就好了！——你父亲说他们是魔鬼；我以你的上帝真主的名字起誓，我一点也不奇怪他会这么说。"

那个姑娘发出了低低的清脆笑声，吉斯博恩听见阿布杜尔气得直咬他剩下的为数不多的几个牙齿。这位姑娘完全不像吉斯博恩过去有时用眼角扫过去看见的那样，那时她老是蒙着面纱，沉默不语地在院子里悄悄地溜过去，如今她完全变成了另一个人—— 一夜之间她成了青春焕发的少女，就像兰花，在潮湿炎热的天气里，只需要几个小时就绽花吐蕾一般。

"可是他们是我玩耍的伙伴，是我的兄弟，是同吃一个母亲的奶长大的孩子，我在厨房后面已经告诉过你了。"莫格里继续说道，"他们就是狼爸爸的孩子，当我还是一个赤身裸体的小不点儿的婴儿时，是狼爸爸在洞口替我挡住了寒冷。你瞧，"一只狼抬起了他的灰下腭，蹭着莫格里的膝盖，"我的兄弟知道我在谈论他们呢。是的，当我是个婴儿的时候，他是只小狼，常和我一块在泥地上打滚。"

"可是你说你是人类父母生养的，"姑娘更紧地贴在他的肩上，温柔地说，"你是人类父母生养的吧？"

"我说过！不，我知道我是人类父母生养的，因为我的心已经被你俘虏了，小宝贝。"她的脑袋垂到了莫格里下巴底下。吉斯博恩举起一只警告的手，制止了阿布杜尔·加福尔，看来加福尔一点没有被眼前的美妙景象所感动。

"不过，我仍然是狼群里的一只狼，直到有一天，森林里的那些家伙让我离开，因为我是一个人。"

"谁让你离开？那可不像真正男子汉说的话。"

"是野兽们自己让我离开的，小宝贝，你永远也不会相信的。可是事实就是这样。从林里的兽类让我走，不过他们四个却跟随着我，因为我是他们的兄弟。后来我到了人们中间，学会了他们的语言，当上了放牧牲畜的人。哈！哈！畜群们在我的兄弟手里送掉了不少条性命，后来有个女人，是个老太婆，亲爱的，她在夜里看见我和兄弟们在庄稼地里玩。他们说我被魔鬼附上了身，就用棍子和石头把我赶出了那个村庄，他们四个跟着我偷偷地走了。也就是在那时，我学会了吃煮熟的肉，学会了大胆地说话。我从一个村庄走到另一个村庄，我的宝贝儿，我当过牛群的牧人，放牧过水牛，追捕过猎物，但是还从来没有人敢对我动两次手。"他蹲下拍拍一头狼的脑袋，"你也来这样拍拍他们。他们身上没有恶意，也没有魔力。瞧，他们认识你。"

"树林里到处是各种各样的魔鬼。"姑娘颤抖了一下，说道。

"那是假话，是骗孩子的瞎话。"莫格里自信地反驳道，"我曾经餐风饮露，在月光下、在黑夜里露宿野外，所以我知道。丛林就是我的房屋。一个人难道会害怕他自己家的房梁吗？一个女人难道会害怕她丈夫的炉灶吗？蹲下身子拍拍他们吧。"

"他们是狗，不干净。"她侧过脸去，往前俯身下去，嘴里喃喃地说。

"我们已经吃下了果子，现在我们该想到法律了！"阿布杜尔·加福尔恨恨地说，"还等什么，先生！开枪吧！"

"嘶，住口。我们得了解一下发生了什么事。"吉斯博恩说。

"干得好，"莫格里说，他重新伸出手臂去拥抱姑娘，"不管他们是不是狗，他们曾经陪伴着我走过上千个村庄。"

"哎，那么你的心在哪里？上千个村庄。你一定见过了上千个姑娘。我……已经……已经不再是姑娘了，你的心是属于我的吗？"

"你要我用什么发誓？用你们的真主吗？"

"不，用你的生命起誓，我就很满足了。在那些日子里，你的心在什么地方呢？"

莫格里轻轻一笑。"在我的肚子里，因为那时我还年轻，永远吃不饱。于是我学会了跟踪和狩猎，对我的兄弟们呼来唤去，差遣他们四处奔走，像国王差遣他的军队一样。因此，当他们怀疑我的力量的时候，我为这位傻呵呵的年轻先生驱赶过大羚羊，为那位高大肥胖的先生驱赶过他那匹高大肥胖的母马，其实要驱赶这些人也一样容易。就在这会儿，"他的声音高了起来，"就在这会儿，我知道你的父亲和吉斯博恩先生就站在我背后。不，别跑，就是来了十个人，他们也不敢朝前边一步。你记得你父亲不止一次地揍你吗？要不要我下个命令，把他驱赶到森林里去跑圈子？"一头狼站立起来，露出了牙齿。

吉斯博恩感觉得出阿布杜尔·加福尔在他身边发起抖来。接着，他身边已经空无一人。那个胖子正飞快地穿过林中空地，朝山坡下面跑去。

"只剩下吉斯博恩先生了，"莫格里说，他并没有转过身来，"可是我吃过吉斯博恩先生的面包，不久以后，我还要在他手下当差，我的兄弟们也要给他干活，帮他驱赶猎物，传递消息。你躲到草丛里去吧。"

姑娘逃开了，高高的草丛合拢了，把她和跟在她身后守卫她的那只狼遮住了。莫格里和其余三个随从转身面对着走上前来的林务官吉斯博恩。

"全部魔法都在这里，"他指着三只狼说道，"那位胖先生知道，我们这些在狼群里养大的孩子，有一段时期是用手肘和膝盖爬行的。他摸过我的手臂和腿以后，就知道了你所不知道的真相。这难道有什么奇怪吗，先生？"

"确实如此，这一切比魔法还要奇妙。那么是这些狼赶来了大羚羊？"

"是的，只要我下命令，他们会把埃布利斯也赶来的。他们就是我的双眼和双脚。"

"那么小心点，当心埃布利斯带着一支双管步枪来。你的魔鬼们还需要学会一些本领，因为他们总是一个挨在另一个身后站着，那样只需要两枪就能把这三个都打死。"

"啊，可是他们知道，我只要当上森林看守，他们就成了你的仆人了。"

"不管看守不看守，莫格里，你对阿布杜尔·加福尔干了一件很不光彩的事。你使他全家丧失了名誉。"

"什么名誉不名誉，他拿走你的钱的时候就丧失了自己的名誉，而且他刚才朝你耳边嘀咕，让你杀死一个赤身裸体的人的时候，他就把自己抹得更黑了。我会亲自去找阿布杜尔·加福尔谈，我是一个有养老金的政府雇员。他可以挑选他中意的婚礼形式，要不，他就得再被赶着跑一次。天亮以后我会找他谈的。至于别的事，先生有自己的房子，而这是我的房子。现在还可以再睡一觉，先生。"

莫格里转过背去，消失在草丛中，留下吉斯博恩一个人。这位林中之神的暗示是不容忽视的；于是吉斯博恩回到他的平房去了，阿布杜尔·加福尔满肚子愤怒，同时又满肚子恐惧，正在游廊上狂呼乱叫。

"安静些，安静些，"吉斯博恩摇晃着他，因为他看起来仿佛要闭过气去了，"穆勒先生已经派他当了森林看守，你也知道，他干到后来就能得一笔养老金，而且是政府雇员。"

"他是个贱种——是条狗——他是狗群里的一条狗，是吃死尸的家伙！什么样的养老金能抵得了这个！"

"只有真主知道；你也听见了，现在生米已成熟饭。你想把它张扬出去，让所有的仆人都知道吗？快点举行婚礼吧，这姑娘会使他成为一个穆斯林的。他长得非常英俊，所以你打了她以后，她马上跑去找他，这有什么奇怪的呢？"

"他说要带上他的野兽来赶着我跑吗？"

"他似乎是这么说的。假如他真是个巫师，至少也是个非常强壮的巫师。"

阿布杜尔·加福尔考虑了一会儿，然后他忘记了自己是个穆斯林，忍不住号哭起来。

"你是位婆罗门，我是你的母牛。就请你去把事情挑明，想办法挽回我的名誉吧！"

吉斯博恩第二次闯进森林，呼唤着莫格里。回答是从他头顶上传来的，声调一点也不驯服。

"别那么粗嗓门，"吉斯博恩抬头对上面说道，"现在我还来得及撤你的职，追捕你和你的狼。今晚你必须让那姑娘回到她父亲的房子里。明天按穆斯林教规举行婚礼，然后你就可以把她带走了。你现在就把她送回给阿布杜尔·加福尔。"

"我听见了。"接着，树丛中有两个声音在商议。"好的，我们服从，这是最后一次。"

★　★　★　★　★

一年以后，穆勒和吉斯博恩正一同策马穿过森林，谈着他们的工作。他们来到了坎叶河附近的岩石堆，穆勒骑在前头。在一片荆棘丛的绿荫下，躺着一个全身光溜溜的、棕色皮肤的婴儿，他背后的矮树丛中，有只灰狼的脑袋在窥视着外边。吉斯博恩一把推开了穆勒的步枪，子弹倏地穿透了他们头顶上的树枝。

"你疯了吗？"穆勒大发雷霆，"瞧！"

"我看见了，"吉斯博恩不动声色地说，"他的母亲就在附近。天哪！你会把他们一整群都惊醒的。"

树丛又一次被拨开了，一个没有戴面纱的女人一把抓起了婴儿。

"刚才是谁打的枪，先生？"她对吉斯博恩喊道。

"是这位先生。他忘了你男人的亲戚。"

"忘了？那倒是可能的，因为我们和他们生活在一起，有时简直忘了他们是外人。莫格里现在正在小河下游捕鱼。先生想见他吗？出来，你们这些不懂礼貌的家伙。快走出树丛，向先生们致敬。"

穆勒的眼睛越瞪越圆。他从乱跳乱冲的母马背上翻身下了马。丛林里出现了四头狼，他们围着吉斯博恩撒欢。那位妈妈站着给孩子哺乳，当那些狼蹭着她赤裸的双足时，她就用脚把他们踢开。

"你讲的那些关于莫格里的话是完全正确的。"吉斯博恩说道，"我本来想告诉你的。但是一年来我已经习惯了这些家伙，所以我忘了告诉你。"

"噢，不用道歉，"穆勒说，"没关系。老天！'我每天显示奇迹，你看到要大为惊奇！'"

约尔小姐的马夫

佳人郎君，情投意合，

纵有卡兹①，岂能奈何？

——谚语

有的人硬说在印度没有什么浪漫故事。这些人错了。对我们来说，我们生活里的浪漫故事是够多的，有时简直太多了。

斯垂克兰是当警官的，人们都不大理解他；他们说他有点叫人猜不透，最好是躲着他走。这都得怪斯垂克兰自个儿。他有个怪理论，认为在印度当警察的人应该跟当地人一样熟悉当地老百姓的事。说真的，在印度北部地区，只有一个人能随心所欲地装扮成印度教徒、穆斯林、披兽皮的人或者神父，扮什么像什么。从果尔·卡瑟里到查谟·穆斯吉德，当地人都又害怕他，又佩服他；据说他还会使隐身法，又能够指挥许多魔鬼。可是这样一来就使他这

---

① 伊斯兰教法官。

个人在印度政府眼里成了不受欢迎的人。

斯垂克兰竟愚蠢到拿这个人当自己的榜样；并且为了实践他可笑的理论，尽往体面人决不去的乱七八糟的地方钻——也就是钻到当地那些下等贱民中间。他用这种特别的办法进行自我教育，已经有七年之久，可是人们都没法赏识它。他经常跑到当地人中间去"入乡随俗"，当然，任何一个有见识的人都不会相信这种做法的好处。他有一次在阿拉哈巴德休假的时候参加了萨蒂拜教派的活动；他会唱禅西斯的《蜥蜴之歌》，还会跳"哈里－胡克"舞，那是一种令人吃惊的宗教性质的"康康"舞。要是有个人知道跳"哈里－胡克"舞的是什么人，还知道他们在什么时间、什么场合下跳以及为何跳这种舞，那么他的这种知识确实是值得骄傲的。他已经从表面深入了内部。不过斯垂克兰并不骄傲，虽然他曾经有一次在雅加德里参加过一次"给死神公牛刷油漆"的仪式，这种仪式可是任何一个英国人都没有见过的哩；他还学会了昌伽人的盗匪行话；在阿托克附近，他单枪匹马，独个儿抓住了一个优素福查的盗马贼；他还曾经在一座边境上的清真寺里，站在有传声设备的讲坛上，以森乃派穆斯林大师的身份主持过法事。

不过他最伟大的成就还是在阿姆利则。他在那里的巴巴·阿塔花园里，扮了十一天的游方僧，就是在那里，他获得了那件著名的纳西班谋杀案的线索。可是人们还是理直气壮地说："斯垂克兰干吗不坐在他的办公室里写他的日志，招募他的警察，闭上他的嘴，却偏偏要揭露他上级的无能呢？"因此，纳西班谋杀案在局里也并没有帮他什么忙；然而，他发过一阵脾气以后，又恢复了他爱窥探当地人生活的古怪习惯。一个人只要对这种特殊的消遣产生了兴趣，这种习惯就会跟上他一辈子。这可真是世界上最有趣味的事——就连恋爱也比不上它有趣。每当别人到山区去休假十天的时候，斯垂克兰就把他的假期花在他所谓的"打猎"上，也就是说，化装成他当时最中意的某个角色，跨进棕色皮肤的人群里，从此消失一段时间。他是个沉静的黑皮肤、黑头发的年轻人——身材瘦长，眼睛乌黑——当他没有思考什么别的事情时，他是个很有趣的伙伴。听听斯垂克兰根据他的亲身经历，讲讲地方发展问题，是很值得的。当地人恨斯垂克兰，但他们又怕他。他知道得太多了。

约尔一家初次来到驻屯地，斯垂克兰就——十分认真地，像他做每件事那样认真——爱上了约尔小姐；过了不久她也爱上了他，因为她没法理解他。于是斯垂克兰去找她的父母谈；但是约尔太太说，她不想让她的女儿嫁到大英帝国工资最低的部门里去，老约尔简直是公开地说，他不放心斯垂克兰的为人行事，希望他再也不要跟他女儿讲话，也不要写信给他女儿了。"好吧。"斯垂克兰说，因为他不想连累他的心上人。他只跟约尔小姐长谈了一次，就完全中断了他们的来往。

约尔一家四月份到西姆拉去了。

七月里，斯垂克兰因"紧急私人事务"而请假三个月。他锁上了自己的住宅——其实全省的土著人绝没有一个敢去碰一下"斯垂克兰先生"的财产的——就到塔恩·塔兰去看望他的朋友老染匠。

从这时起，他就消失得无影无踪了，直到一天，有个"赛伊斯"，也就是马夫，在西姆拉的林荫大道上递给了我这样一封奇怪的短信：

　　亲爱的老伙计：请付给来人一匣方头雪茄烟——最好是上等的，高级货色。在俱乐部里卖的那种最新鲜。我重新出现时再还给你钱，但目前我要暂离社会。

　　　　　　　　　　　　　　　　　你的 E. 斯垂克兰

　　我买了两匣雪茄烟，连同我的问候，一同交给了那个马夫。那个马夫其实就是斯垂克兰，老约尔雇下他来照料约尔小姐骑的那匹阿拉伯马。这个可怜的家伙非常想抽一口英国烟，他也知道，不论发生什么事，我都会闭住嘴巴，直到事情过去。

　　后来，最操心自己的仆人的约尔太太，开始在她拜访的人家里提到她找到了一个模范马夫——这人无论多么忙，从来不忘记一清早起来为早餐桌上采摘一把鲜花，而且他竟然给他照管的那匹马的蹄子涂上黑鞋油——当真涂上黑鞋油——就跟伦敦的马车夫一个样！约尔小姐那匹阿拉伯马的跟班实在是个奇迹，是个宝贝。当约尔小姐骑马出去的时候，斯垂克兰——我指的是杜洛——听着她对他讲的那些甜蜜的话，就觉得自己得到了报酬。她的父母非常高兴她忘了对年轻的斯垂克兰的一片痴情，他们都夸她是个听话的姑娘。

　　斯垂克兰坚持说，他当马夫的那两个月里，他在思想上经受了从未有过的最严格的考验。他的一位马夫同行的老婆爱上了他，然后又因为他对她毫不理睬而下了毒手，要用砒霜毒死他。除了这类小事，有时约尔小姐跟某个想跟她调调情的家伙一同去骑马，他不得不拿着毛毯在后面紧跟着，而且听得见他们说的每一句话，这时他还得克制住自己，一声也不吭！此外，他有时在剧院门廊上被警察辱骂——有一次，辱骂他的竟是他亲自从伊色·扬村招募来的一个奈克族警察——这时，他也只好按捺住心头的怒火。更糟的是，有一次他没有来得及给一位年轻的少尉让开路，少尉就骂他是头猪。

但是这种生活也自有其乐趣。他对马夫们的生活习惯和小偷小摸行为了如指掌——他认为，此番他如果是为公事而来，足够把旁遮普邦半数以上的居民都判了刑。他成了玩羊拐骨的高手之一。所有那些等待在市政厅门口，或是晚上等在欢乐剧院门外的跟班和许多马夫都会玩这种游戏；他学会了抽那种掺了四分之三牛粪的烟草；他听到了市政厅那位白发苍苍的仆役头目的充满智慧的话。他的话是十分宝贵的。他看见了许多使他觉得好笑的事情；他以自己的名誉保证说，任何人如果没有从一个马夫的角度看到西姆拉，那么他就无法充分领略这座城市的风光。他还说，他要是把他看到的一切都写出来，他的脑袋就会不止一处被打开了花。

斯垂克兰还讲到下雨天晚上他的苦恼：那时，他把脑袋裹在一床马毯子里，听着班莫尔酒店传来的音乐声，看着那里射出的灯光，脚指头直发痒，恨不得能去跳一支华尔兹舞。那种情景确实可笑。总有一天，斯垂克兰会写一本小书，讲讲他这段经历。这本书很值得买，同时，更应当受到查禁。

他就这样像雅各为拉结服役一样①，忠实地为她服务。而就在他的假期快要结束时，事情终于来了个总爆发。他在听到我刚才提及的调情话时，确实已经尽了最大的力量来克制自己的脾气；但是最后他还是压不住了。有位地位很高的老将军带了约尔小姐出去骑马，开始用那种特别讨厌的"你只不过是个小姑娘"的方式向她调情——对一个女人来说，要机智地摆脱掉这种调情是相当困难的，而这些话听起来又特别让人生气。这些当着她的马夫的面说出的话，吓得约尔小姐直发抖。杜洛——斯垂克兰克制着自己，直到他实在忍受不了的时候。接着，他抓住了将军的缰绳，用最最流利的英语邀请将军跨下马来，好让他把将军扔到悬崖下面去。约尔小姐马上哭了起来，于是斯垂克兰才发现自己把身份泄露了，这下一切全完了。

将军气得差点中了风，这时，约尔小姐才抽抽搭搭地把事情讲了出来：什么化装啦，没有得到父母承认的订婚啦。斯垂克兰对自己恼怒得要命，但是他更恼怒害得他露了馅的将军；所以他一句话也不讲，只是拉着马缰，准备揍将军一顿，至少也可以出口气。但是一到将军完全听懂了这个故事，并且知道斯垂克兰是什么人以后，他坐在马鞍上，开始大口喘着气，大笑起来，笑得他差点儿跌下了马背。他说，斯垂克兰完全够资格获得一枚维多利亚十字勋章，哪怕只是因为他肯披上马夫的毯子。然后他骂了自己一通，发

———————————

① 《圣经·旧约》里的故事：雅各为了娶表妹拉结，答应给舅父拉班干七年活。但七年期满后，拉班把大女儿利亚嫁给了他，说必须先娶大女儿。于是雅各又为舅父干了七年活，才娶到拉结。

誓说自己实在该挨一顿揍，不过，他不能让斯垂克兰揍他，因为他太老了。然后他向约尔小姐夸奖了她的意中人。他完全没想到这件事有什么骇人听闻的地方；因为他是个好心肠的老头儿，他的弱点是喜欢调情。后来，他又一次大笑起来，说老约尔是个大笨蛋。斯垂克兰松开了马笼头，对将军建议说，他既然有这样的看法，就请他帮帮他们俩的忙。斯垂克兰知道约尔特别佩服做大官的、名字后头带着头衔和爵位的人。将军说："这真像一场四十分钟的笑剧，嘿，我一定帮忙，哪怕只是为了免得挨一顿揍，这顿揍我可是罪有应得的。回家去吧，我的马夫——警官，换一身体面衣服，我会去向约尔先生进攻的。约尔小姐，我可以邀请你一同打马回府去等着吗？"

★　★　★　★

大约七分钟以后，在俱乐部里爆发了一场狂热的骚乱。一个披着毛毯，手握马缰的马夫正在问他认识的每一个人："看在老天的分上，借给我一身体面衣服！"那些人没有认出他，因此就发生了一些有趣的场面，在这之后，斯垂克兰才在一间屋子里洗了个放苏打粉的热水浴，跟这个人借一件衬衣，跟那个人借一个硬领，从另外一个人那里借一条裤子，等等。他就这样穿了俱乐部里一半人的衣服，骑了一个陌生人的小马，快马加鞭，来到老约尔的住宅。穿上紫色外衣和细麻布衬衫的将军比他先到达那里。将军到底讲了些什么，斯垂克兰是永远也不会知道的了，但是约尔以说得过去的礼貌接待了斯垂克兰；约尔太太被这位已经改了装的杜洛的忠诚所感动，对他的态度甚至可说是和气的。将军满面春风地笑着，约尔小姐也来了，在老约尔还不知道是怎么搞的以前，这位父亲嘴里就被挤出了"同意"两个字，约尔小姐就陪着斯垂克兰一同离开，到电报局打电报，让人把他的欧洲服装送来。最后一件窘事是有个陌生人在林荫道上扯住了斯垂克兰，叫他归还偷去的小马。

最后，斯垂克兰和约尔小姐终于结成了眷属。但是斯垂克兰首先得同意严格执行以下协议：放弃他过去的习惯，照警察部门的规矩办事。只有这样他才能受到赏识，将来有希望升迁到西姆拉去。斯垂克兰当时是遵守诺言的，因为他太爱自己的妻子了。但这对他确实是相当严峻的考验，因为那些街道、集市和它们的喧嚣声，对他都是那么熟悉和富有含义，它们都在呼唤他回去，重新开始流浪，寻求新的发现。总有一天，我会对你讲讲他是怎样为了帮助一个朋友而破坏了自己的诺言的。不过那已经是许久以前的事了。到现在，他已经没法进行他所谓的"打猎"了。他已经忘记了当地的土话、乞丐的行话，以及底层社会的隐语、暗号和黑话。要想掌握这一切的人，必须不断地学习。

但是他填写的部门工作报表却非常出色。

爱神的箭

从前在西姆拉,有位非常美貌的姑娘,她的父亲是个非常正直而贫穷的地区法院法官。她是位好姑娘,不过,她当然知道自己的魅力,也知道怎么利用它。她的妈妈就像世界上所有的好妈妈一样,为女儿的前途操尽了心。

如果说,有这么一个人,他既是专员,又是个单身汉,他有权利把种种精工镶嵌的金首饰别在衣服上,并且进门的时候,有权利走在人们的最前头(除非还有市参议员、代理总督或者总督之类的人在场),那么这个人确实是值得姑娘们出嫁的对象。至少,那些太太夫人们是这么说的。那时候,在西姆拉就有这么一位专员,他的身份和穿戴打扮完全跟我前面讲的一样。他的长相很平常——长得很丑——几乎可说是亚洲最丑的人,在那里,只有两个人比他还丑。他的脸是人们梦见以后,醒来想把它雕刻在烟斗上的那种脸。他的名字是萨戈特,巴尔-萨戈特,安东尼·巴尔-萨戈特,名字后面还跟着六个字的头衔。他是某部专员,算得上是印度政府手底下最出色的人员之一。在社交方面呢,他就像个善于奉承人的大猩猩。

当他开始向贝顿小姐献殷勤的时候，我相信，贝顿太太看见老天爷在她晚年给她送来这么一件礼物，简直高兴得流下了眼泪。

贝顿先生没有表示意见。他是个很随和的男人。

专员们全都阔气极了。他们的薪金大大超过了最贪心的人的奢望——那是非常大的一笔钱，足以容许他们用一种几乎会叫市参议员丢面子的办法去进行节约。大部分专员都很吝啬，但巴尔－萨戈特是个例外。他大摆宴席；他骑的是好马；他举办舞会；他是当地有权有势的人物，他的举止也完全符合他的身份。

请注意，我写的这一切都发生在英属印度历史上的一个几乎属于史前的时期。有人也许还记得，在草地网球还没有诞生以前，我们所有的人都玩槌球。在更早些时候，假如你相信我的话，连槌球也还没有发明出来，于是射箭——1844年以后，它在英格兰又重新复活了——就像现在的草地网球一样，成了一种流行的时髦玩意儿。人们挺有学问地讲什么"持箭"啦，"放箭"啦，"石柱"啦，"反射弓"啦，"五十六磅弓"，"背手弓"或者"整根水松木弓"，等等，正像我们讲什么"连续对打""截击""杀球""回球"和"十六英两球拍"一样。

贝顿小姐射箭技巧高超，射程也超过了妇女的一般距离——那是六十码，她被认为是西姆拉最优秀的女射手。男士们称她为"塔拉－德维的黛安娜"①。

巴尔－萨戈特对她大献殷勤；正像我说过的，她的母亲因此心

---

① 黛安娜：古罗马神话中的狩猎女神，即希腊神话中的阿耳忒弥斯。

里充满了希望。吉蒂·贝顿对待这件事要冷静得多。当然，有这样一位名字后头带着几个字的头衔的专员垂爱于你，让其他的姑娘心里充满怨恨，这是使人感到愉快的。但是，巴尔－萨戈特实在丑得出奇，这个事实是无法否认的；他费尽心机打扮自己，结果是使自己显得更加怪诞。人们给他起了个外号，叫他"龙古尔"——也就是灰猿——那不是没有原因的。吉蒂觉得，让他拜倒在她的石榴裙下是愉快的，但是躲开他，跟乌巴拉龙骑兵团的一个放荡不羁的龙骑兵卡博一块去骑马要愉快得多。小伙子长得很英俊，可就是没钱没地位。吉蒂很有点儿喜欢卡博。而卡博呢，从来不掩饰自己是完完全全地陷入了情网，因为他是个爱说实话的小伙子。于是吉蒂时常躲开巴尔－萨戈特体面堂皇的求爱，跟年轻的卡博出去玩，因此也常常挨她妈妈的骂。"可是，妈妈，"她说，"萨戈特先生实在……实在……丑得太吓人了！"

"亲爱的，"贝顿太太虔诚地说，"我们的模样不都是全能的老天爷造出来的吗？那是没法改变的。再说，你将来会比你自个儿的妈妈还有出息呀，你知道吗？想想吧，这样你就会听话了。"

这时，吉蒂就高高地昂起了她娇小的下巴颏，对地位啦，专员啦，婚姻啦，讲了好多不礼貌的话。贝顿先生只是揉了揉头顶，他是个很随和的人。

这一个季节快过完了，巴尔－萨戈特认为时机已经成熟，便想出了一条计策，这计策说明他确实有办事能力。他要组织一次女子射箭比赛，并且拿出一只富丽堂皇的钻石手镯作为奖品。他十分巧妙地规定出比赛的条款，于是人人都看出，这只手镯是准备送给贝顿小姐的礼物；而接受礼物，就等于接受巴尔－萨戈特专员的求婚。比赛条款规定：参加者要进行圣伦纳德轮射，按西姆拉射箭协会的章程，就是让每个射手在六十码距离外射三十六箭。

西姆拉的全体居民都接到了邀请。比赛在阿楠代尔，也就是今天的大检阅台那个地方举行。在那里，一棵棵雪松下面摆设了一张张布置得极其精美的用茶点的餐桌；那只钻石手镯就单独放在一个蓝色天鹅绒匣子里，在太阳下，光芒四射，显得格外气派。贝顿小姐显然非常急于参加比赛，简直有点过分心急的样子。在预定的那个下午，西姆拉的人全都骑着马来到阿楠代尔，观看这场和帕里斯的裁决刚好相反的比赛。①吉蒂和年轻的卡博是并肩骑马到场的。可以看出，这个小伙子显然愁眉不展，心事重重。以后发生的事，看来不该归罪于他。吉蒂则脸色苍白、举止不安，长时间地凝视着那只手镯。穿着华丽的巴尔－萨戈特比吉蒂还显得不安，而且从来没有像现在这样丑陋。

贝顿太太呢，就像一位未来的专员夫人的母亲那样，趾高气扬地微笑着。射击开始了。所有的人围成一个半圆形，夫人小姐们一个个出场了。

没有什么比射箭比赛更令人厌烦了。她们射了又射，射了再射，射个不停，直到太阳沉在山谷后面，云松间吹拂起了阵阵轻风。大家都等着看贝顿小姐取得射箭的胜利。众人包围着射手们，

---

① 希腊神话中，三位女神找到帕里斯，要求他做出金苹果应该属于谁的裁决。帕里斯愿得美女，便把苹果判给许给他美女的阿佛洛狄忒。阿佛洛狄忒帮他拐走斯巴达王墨涅拉俄斯的妻子美女海伦，引起了历时十年的特洛伊战争。

站成一个半圆的圈子，卡博站在圈子的一头，巴尔－萨戈特站在圈子另一头。按名单顺序，贝顿小姐是最后一个射手。前面那些参加者分数都不高，那只手镯，加上巴尔－萨戈特专员，看来准是属于她的了。

专员亲自动手，为她绷紧了弓弦。她上前一步，望了一眼手镯，第一箭分毫不差——直射"金"心——九分。

站在左边的卡博脸色发白。支配着巴尔－萨戈特命运的魔鬼促使他微笑了一下。巴尔－萨戈特的微笑，一向会吓得马匹往后倒退的。吉蒂看见了那个微笑。她朝左前方看去，对卡博几乎难以觉察地点了点头，继续射了起来。

我真希望我的一支拙笔能够把接着发生的事情描绘出来。那简直太不寻常，太不体面了。吉蒂小姐不慌不忙，极其从容地把箭压在弓上，好让每个人都能看见她在做的事。她是个十全十美的射手；她使用起四十六磅弓来得心应手、恰到好处。她十分小心地接连射出四箭，每支箭射中靶牌木柱的一条腿。她又一箭射中了靶牌的木柱顶端，所有的夫人小姐们都相互交换了一下眼色。然后她开始对准靶牌上的白圈表演起花样来。那些白圈，射中了正好得一分。她朝白圈射中了五箭。这的确是高超极了的箭术；不过，由于她本来应该射中"金"心，好赢得那只手镯的，于是巴尔－萨戈特的脸变成了嫩芹菜那样的青绿色。接着，她朝靶牌的上空射去了两箭，又朝离靶牌很远的左边射出了两箭——射的时候都那么认真从容。全场观众都陷入冰冷的沉默中，贝顿太太掏出了手绢。然后，吉蒂朝靶牌前的地面上射起箭来，射裂了好几支箭。然后她射中了一次红心——也就是七分——好叫人知道，她要是愿意的话，能射得多准，最后，她又朝靶牌的柱子射去好多支花箭，作为这场惊人表演的结束。下面是她的计分：

贝顿小姐：金心，一；红心，一；蓝心，零；黑心，零；白心，五；总计射中七箭，总分二十一分。

从巴尔－萨戈特的模样看起来，似乎最后几箭的尖头都扎进了他的腿里，而不是射进靶牌木柱的腿里。深深的沉默被一个塌鼻子、小个子、脸上长满雀斑的半大姑娘打破了。她胜利地尖声喊了起来："这下我赢啦！"

贝顿太太费尽力气克制自己，但还是当着众人哭了起来。不管她多么训练有素，也经不住这样巨大的失望的打击。吉蒂使劲"嘣"的一下放松了弓弦，走回自己的座位，这时巴尔－萨戈特正装出一副满意的样子，把手镯扣到那个塌鼻子姑娘又粗又红的手腕上。这场面实在太叫人难堪了——简直难堪到了极点。大家都赶紧一齐离开现场，好把吉蒂留给她妈妈去教训。

但是卡博把她带走了，然后——其余的事就没什么可写的了。

银行骗局

他爱喝老酒，他谈吐粗俗；

　　他买了衣服不付账；

他驱马踢倒了一个信赖他的年轻人；

　　他在运动场上赢得不明不白。

接着，他在干坏事又干傻事的当儿，

　　却换了一个样，

他做了好事，马上又想掩盖它们，便说了一个谎。

——军营食堂歌谣

　　要是雷基·柏克这会儿还在印度，他一定不高兴别人讲这个故事；不过他既然现在身在香港，不可能知道，那么，把这件事讲出去也就没关系了。他就是在辛德与夏尔柯特银行设下那场大骗局的人。他是这家银行设在印度内地一家分行的经理。他是个讲求实效的人，对当地的借贷和保险业务有丰富的经验。他能把日常生活里的琐碎小事和工作结合起来，而且还能干得很出色。雷基什么样的牲口都会骑，他跳起舞来也和他的骑术几乎同样高明。不论驻屯地里有什么娱乐活动，都少不了他。

他自己这样说过，而且好多人也很诧异地发现，有两个柏克，两个都随时愿为你效劳。从四点到十点，他是"雷基·柏克"，随时愿意参加各种活动，不论是一场暑期运动会，还是一次骑马郊游野餐会。从十点到四点，则是"雷金纳德·柏克先生，辛德与夏尔柯特分行经理"。你完全可能有一天下午跟他一块儿玩马球，听见他对某人打中的球发表议论；然后，第二天上午，你又可能前去拜望他，用已付过八十镑的一张五百镑保险单作保证，借两千卢比的钱。他会认出你来，但是你要想认出他来，却会有点困难。

这家银行的董事会总部设在加尔各答，它的总经理的话对于政府事务是有一定影响的。这家银行的董事会很会挑选职员。他们曾经用几乎能拖垮人的劳累工作考验过雷基。他们信任他，就像董事会通常信任经理那样。待会儿你就会知道，他们是否信任错了人。

雷基的分行设在一个大驻屯地里，人员配备和普通的分行一样——一名经理，一名会计，这两名是英国人。还有一名出纳和一群当地职员。此外，还有一名晚上在银行门外巡逻的警察。这是个生意兴隆的地区，所以银行里大部分业务是期票和五花八门的贷款之类。傻瓜是干不了这种工作的；即使一个聪明人，如果他不和顾客们交往，不去稍稍深入地了解一下他们的事务，那他就简直比傻瓜还要糟。雷基看上去显得年轻，脸孔刮得十分光洁，目光含着笑意，酒量甚大，哪怕喝下去一加仑根纳牌白葡萄酒，也只不过稍稍有点醉意。

一天，他在一次盛大的晚宴上顺便宣布说，董事们从英国把会计这行里的一个天生的活宝推到他身上了。他讲的完全是实话。会计官赛拉斯·赖利先生真是一种最稀有的动物——他是个瘦长笨拙、骨瘦如柴的约克郡汉子，充满了只有在英国最出色的郡里才能够滋长的狂妄自大。用傲慢这个词来形容赛·赖利先生的思想状况实在太温和了。他曾经在赫德斯菲尔德的一家银行里干了七年，从最低层一点点往上升，最后升到出纳官的位置；他的全部经验来自英国北部的工厂区。假如把他调到孟买那一带去，他也许会干得更出色一点，那儿的人只要获得一分五的利润就心满意足了，而且借款的利息也低，可是来到印度北部，而且是一个产麦子的邦，他就成了废物。这儿的人如果想要交出一份叫人满意的决算，就必须思想开阔，有点儿想象力才行。

在事务方面，他的头脑狭隘得惊人。他初来乍到，一点不知道在印度办银行和国内的办法完全不同。就像许许多多靠自己的努力奋斗成功的聪明人一样，他的天性非常单纯；他不知怎么搞的，把董事会的聘书上写的那些普通的客气话当了真，以为董事们聘用他当真是因为他有特殊的天才，并且对他寄予很大的期望。这个想法越来越强烈，越来越具体，简直在他天生的北方人的自尊心上又火上加了油。不仅如此，他还是个身体羸弱的人，肺里有点毛病，脾气也有些暴躁。

所以你得承认雷基把他新来的会计称作天生的活宝是有道理的。他们两个压根儿就合不来。赖利认为雷基是个浪荡成性、疯疯癫癫的傻瓜，习惯于在那种叫作"营房食堂"的下流地方进行些老天爷才知道的堕落活动，认为他绝对不适于干银行这种严肃认真的工作。他怎么也没法习惯雷基充满青春活力的外貌和他那对一切都毫不在乎的神气；他也无法理解雷基的朋友们——他们是一群身材匀称、无忧无虑的军人，一到星期天，他们就骑上马来到银行，吃一顿丰盛的早餐，在餐桌上他们讲了许多放荡的故事，讲得赖利站起来走出了屋子。赖利经常指点雷基应该怎么做生意，雷基不得不一次又一次地提醒他，在赫德斯菲尔德和贝弗之间那有限的七年工作经验，是不足以使他具有指挥一家内地大银行的资格的。于是赖利生气了，把他自己说成是银行的支柱，是董事会最亲爱的朋友，急得雷基只好撕扯自己的头发。在印度，假如某人的英国籍下级职员使他感到失望，那么他确实是陷进了十分困难的处境了，因为当地职员即使再出色，也还是有非常大的局限性的。到了冬天，赖利肺里的毛病经常犯，每次都得连着休息好几个星期，这就使更多的工作落到雷基身上。雷基倒宁愿这样，而不愿意赖利在不生病的时候一天到晚和他发生摩擦。

银行派出的一位巡视员发现赖利多次病倒，就报告了董事会。原来赖利是由一位国会议员强行推荐给银行的。这位议员希望得到赖利父亲的选票，而赖利的父亲则担心儿子的肺病，所以急于把他的儿子送到一个气候温暖的地方去。这位议员在银行里有些股份，但是董事会里的一个董事也想推荐一个他自己的人，于是当赖利的父亲死后，这位董事就向董事会指出，一个一年倒有半年生病的会计，最好把位置让给一个健康的会计。赖利如果知道他得到这件差事的前因后果，他也许不会这样气焰嚣张；但是他什么也不知道，他除了生病，其他时间都用来无休止地、坚持不懈地干预和刺激雷基，而且用的是一个处于下属地位的自高自大的人所能采取的所有成百种方式。雷基常常背地里给他起许多吓人的外号，以发泄一下自己的感情；但是他从来没有当面辱骂过赖利，因为他说，"赖利是个体弱不堪的畜生，他那叫人厌恶的自高自大有一半是因为肺病疼痛惹起来的"。

有一年的四月，赖利确实病得不轻了。医生敲了敲他，拍了拍他，对他说，他不久就会好些的。然后医生去找雷基，对他说："你知不知道你的会计的病有多严重？" "不知道，"雷基说，"越严重越好，见他的鬼！他的病好一点的时候，他简直是个烦死人的讨厌家伙。要是你能给他点安眠药，叫他在这样热的天气里闭上嘴，我情愿让你把银行的保险箱抬走。"

但是医生并没有笑。"喂，我不是开玩笑，"他说，"他只能在床上躺三个月了，然后也许再拖上一个星期左右，他就要死了。我以我的名誉发誓，他在世的日子只有那么长了。他患的是肺结核，已经病入膏肓，治不好了。"

雷基的脸一下子变成了"雷金纳德·柏克先生"的脸，他回答说："我能够做些什么呢？" "什么也不用做，"医生说，"从实际意义上说，这个病人等于已经死了。只要让他安静、愉快，对他说他的病会好起来的。这就行了。当然，我会照顾他，直到最后。"

医生离开后，雷基坐下来拆开晚班送来的信件。第一封信就是董事会写来的，通知他按录用时的规定，提前一个月通知赖利先生，他已经被解雇。信中告诉雷基，他们给赖利的信将接着发出，并且通知雷基，新会计即将到来，此人是雷基认识并且喜欢的一个人。

雷基点燃了一根雪茄烟，他还没有抽完这根烟，就已经策划出了一个骗人的计划。他收起了——扣下了——董事会的信，就去找赖利谈话。赖利还像往常一样无礼，他认为由于自己生了病，银行不知会变成什么样子。他压根儿没想过有多少额外的工作压到了雷基的肩头上，只想他自己的升迁机会会受到什么样的损害。雷基就安慰他说，一切都会好起来的，他雷基会每天来和赖利研究银行的业务。赖利觉得心情好了一点，可是他还是露骨地暗示说，他对雷基的办事能力评价甚低。雷基表现得很谦卑。其实就在这个时候，在他的办公桌里放着许多封董事会写给他的信，那是会使任何一个吉尔巴特或是哈第引以为豪的！

在那幢光线被遮住了的阴暗的大房子里，日子一天天地过去了，董事会给赖利的解雇信寄来了，被雷基藏了起来。他每天傍晚都把账簿拿到赖利的屋子里，告诉他工作进行得怎样了，而赖利总是恶声恶气地咆哮。雷基想尽办法讲些能使赖利高兴的话，但是会计员总是断定银行没有了他正在走向毁灭。到了六月，长期卧床渐渐影响了他的精神，他询问说，董事会是否注意到他的缺席。雷基说，董事会写来了一些十分同情的信件，希望他不久就能继续做出宝贵的贡献。他把这些信拿给赖利看；赖利说，董事会应该直接写信给他才对。几天以后，雷基在室内昏暗的光线下拆开了赖利的信，把一张董事会写给赖利的信笺——只是信纸，没有信封——递给赖利。赖利说，他希望雷基别动他的私人信件，尤其因为雷基知道，他还不是衰弱得拆不了自己的信件。雷基向他道了歉。

接着，赖利的情绪又变了。他训斥起雷基放荡的生活方式来：骑马啦，交坏朋友啦。"柏克先生，我躺在这里，一点也动不了，当然也没法管教你；等我身体好了以后，我倒希望你能听得进我的话。"自从雷基开始照顾起赖利来以后，他早已不打马球，不参加晚宴，不打网球，什么也不干了，但他还是说，他心里很悔恨，他要改过自新，同时，他把赖利的脑袋安放在枕头上，听他夹着空洞的干咳低声抱怨他、反驳他，却没有表现出一丝不耐烦的神气。而这一切，都发生在六月的后半个月里，发生在他在办公室里一人顶两人干了一整天繁重的工作以后。

新会计来了。雷基把这件事的始末都告诉了他，并且对赖利说，他有一位客人要住在这里。赖利说，他应该更体恤人一些，在这种时刻，他本来就不该招待他那些"可疑的朋友"。因此，雷基就让新来的会计卡隆住在俱乐部。卡隆到来以后，把一部分沉重的工作从他肩上卸了下来，他就有了更多的时间去满足赖利的苛刻要求——向他做些解释，安慰他，说些谎话，把这可怜的病人在床上安顿来又安顿去，编造些从加尔各答寄来的问候信，等等。还在头一个月月底，赖利想寄些钱回去给他母亲，雷基帮他寄出了汇款单。第二个月月底，赖利的薪金照旧发下。那是雷基自己掏的腰包，还附上董事们寄来的一封亲切的慰问信。

赖利病得很重，但是生命的火焰仍在不稳定地燃烧着。有时，他会很愉快，对于前途充满信心，订出一些回家看望母亲的计划。雷基在工作结束以后就来耐心地听他讲，并且给他鼓励。

另外一些时候，赖利硬要雷基给他读《圣经》，读一些气势汹汹的"卫理公会教派"的宣传小册子。他冲着经理，把小册子里的说教读给他听。不过，他总能找到时间拿银行的业务问题来烦扰雷基，指出他的缺点在什么地方。

这种足不出户的病房生活和不停的骚扰，弄得雷基筋疲力尽、心烦意乱，连打弹子戏的分数都降低了四十分。但是银行的业务工作和病房里的活动还得照样维持下去，虽说连树荫下的气温都已经到了华氏一百一十六度。

到了第三个月的月底，赖利很快地衰弱下去，开始意识到他病得十分重。但是那促使他不断烦扰雷基的自尊心，不允许他往最坏的地方想。"要让他多拖些天，就得给他某种思想上的鼓舞，"医生说，"假如你真关心他的死活，就想法让他对生活感兴趣。"于是赖利违背了一切商业的和经济的法则，从董事会那里获得了百分之二十五的加薪。这个"思想的鼓舞"非常成功。赖利感到幸福和快活，正像大多数肺结核患者那样，在身体衰弱到极点时，他的思想却十分健全。他现在已多活了整整一个月，咆哮着，抱怨着银行的事务，谈着未来，听着《圣经》，教训雷基犯下的罪过，并且考虑自己什么时候能下地出门走走。

但是到了九月底，一个酷热的傍晚，他从床上抬起身来，吸了一小口气，急促地对雷基说："柏克先生，我马上就要死了。我心里知道。我的肺烂空了，没有办法呼吸。我这一生——"他的语气像是又回到了童年，"没干过什么亏心事。感谢上帝，他保护了我，没有犯过堕落的罪过，我要劝告你，柏克先生……"

说到这里，他的声音低了下来，雷基向他弯下腰去。

"把我九月份的薪水寄给我母亲……如果我不死的话，我一定能为银行做出一番大事业来……错误的措施……责任不在我……"

然后他扭转脸朝着墙壁，死去了。

雷基把被单扯上来盖住了死者的脸，走到阳台上，口袋里还有最后一份没有用过的"思想鼓舞"——一封董事会寄来表示同情的慰问信。

"我要是早来十分钟就好了，"雷基想道，"我还可能叫他高兴起来，再活上一天。"

团队的女儿

简·哈丁是个上士的老婆，

　　上士的老婆就是她。

她和上士在奥尔德肖特结了婚，

　　又随他远渡重洋。

（合唱）你从来没听说过简·哈丁？

　　　　简·哈丁？

　　　　简·哈丁？

　　你从来没听说过简·哈丁？

　　那位连队的骄傲？

——古老的军营歌谣

　　"一位不会跳塞尔卡西恩圆圈舞的绅士，根本就不应该硬挤进来跳——把别人都搅和乱了。"这话是麦坎纳小姐说的，在我对面跳舞的那位上士看来也是这个意见。我害怕麦坎纳小姐。她只有六英尺高，黄雀斑，红头发，一点没有装饰的白缎子鞋，粉红色细布的连衣裙，苹果绿的腰带，黑色的丝手套，头发里还插了几朵黄玫瑰。于是我就从麦坎纳小姐身边溜开，去找我的朋友——二等兵穆尔凡尼，他正在军营小卖部——不，正在茶点桌旁边。

"哦，你原来在和小占西·麦坎纳跳舞，先生——她就要嫁给斯莱恩下士了吧？你下次和那些爵爷以及夫人聊天的时候，可以告诉他们，你跟小占西跳过舞。那可是一件值得骄傲的事。"

但是我一点也不觉得骄傲。我非常谦卑。我从二等兵穆尔凡尼的眼里看出了一个故事；再说，假如他在酒吧间逗留得太久，我知道他准会受到处罚，被命令全副武装操练行军。要知道，在禁闭室外遇见你的一位受尊敬的好朋友正在被罚操练，是件叫人难为情的事，尤其是因为你这时正在和他的指挥官一块散步。

"到操场上去吧，穆尔凡尼，那里凉快些，给我讲讲麦坎纳小姐的事。她是干什么的？她是什么人？为什么你们叫她'占西'①？"

"难道你从来没听人说过'老柚子'的女儿？你还自以为什么都知道呢！等一会儿，我点燃了烟斗就来找你。"

我们来到星空下。穆尔凡尼在一座火炮的桥架上坐了下来。他像往常那样，牙齿里叼着烟斗，两只大手握成拳头放在两膝中间，军帽推到后脑勺，开始讲了起来：

"在穆尔凡尼太太还是谢德小姐的那会儿，那时你也比现在年轻得多，那时的军队和现在可大不一样。现在他们不让小伙子结婚，所以军队里那些出色的、善良的、正直的、会骂人的、健壮

---

① 占西是印度一城市名，位于德里东南部。

的、软心肠的、惹不起的大嫂，就没有我当下士的时候那么多。后来我被降职了——不过，没关系，反正我当过下士。那时候，一个男子汉和他的兵团是要活就活在一起，要死也死在一处的；当然，他长成了个男子汉，他就要结婚。在我当下士的时候——圣母啊，我们兵团从那时到现在，经历了多少人间沧桑啊！——我的上士就是老麦坎纳，而且是结过婚的人。他的老婆——他的第一个老婆，因为麦坎纳结过三次婚——是布丽奇特·麦坎纳，她是波塔林顿地方的人，跟我是同乡。我记不清她的闺名了，不过我们B连队的人都叫她'老柚子'，因为她的身材是滚圆滚圆的。就像一面大鼓！那个女人——愿上帝保佑她在天国光荣地安息吧！——生起孩子来一个接一个，生个没完；就在她的第五个或是第六个孩子呱呱坠地，给花名册上又添了一个名字的时候，麦坎纳发誓说以后给他们起名字统统按号码排下去。可是'老柚子'求他就用孩子们出生的驻屯地做名字。于是就有了柯拉巴·麦坎纳、慕特拉·麦坎纳，以及一大堆其他英国管辖地的麦坎纳，包括在那边跳舞的占西。可是，孩子不光是一个个地出生，他们还一个个地死掉。假如说现在我们的孩子像羊羔一样死掉，那时候，他们可就像苍蝇一样死掉。我的小谢德就是那样死了——算了，不说它了。那是很久以前的事，后来穆尔凡尼太太再也没有生第二个孩子。

"我又扯远了。接着说吧，在一个热得不得了的夏天，上边一个发了疯的大官，他的名字我记不得了，他发下命令，让我们这个兵团开拔到内地去。也许他们想了解一下新建的铁道线运送军队的能力吧。他们可真算了解了！我敢说，没用多久他们就清楚了！

'老柚子'刚刚埋葬了慕特拉·麦坎纳；那个季度正好瘟疫盛行，所以她身边只剩下了当时才四岁的占西·麦坎纳。

"一年零两个月，就死了五个孩子。太叫人伤心了，是吧？

"于是，我们就在那样酷热的天气里动身到新驻屯地去了——但愿下这道命令的人遭到圣劳伦斯的诅咒！我这辈子难道能忘记那次换防吗？他们给我们这个兵团两节尾车车厢，可我们一共有八百七十口人。A、B、C、D四个连队都在第二节车厢，其中有十二个女人，都不是军官的妻子，还有十三个小孩。我们要旅行六百英里，当时，铁路还是一件新鲜玩意。我们只在火车车皮里过了一个晚上——男人们都只穿衬衣，拼命喝他们能弄到手的酒，有时找到一些腐败了的水果之类，他们也吃，因为我们没法禁止他们——我当时是个下士——第二天天一亮，霍乱就在火车上流行开了。

"你该向圣德祈祷，乞求他保佑你今生别看见一趟流行着霍乱的直达列车！那简直像晴天里降下了上帝的审判！我们开到一处宿营地——可能是卢迪阿纳①，不过一点也不像那里那样舒适。指挥官发了个电报到沿线三百英里的车站，请求援助。我们确实急需援助，因为火车一停下来，所有的乘务员就四下逃散，一个不剩；等到电报稿拟出来以后，车站里除了一个话务员，一个当地人也不剩了——连这个话务员也是因为被人揪住他那鬼鬼祟祟的黑脖子按在椅子上，才没有跑掉。天亮以后，只听见火车里的喧闹声，还有月台上那些正在排队点名，准备出发到营地去的人，突然连同全副武

---

① 印度西北部城市。在阿姆利则市东南。

装和行李，一下子栽倒在月台上的响声。让我说霍乱是什么样子，我可说不好。也许医生能说清。也就是说，如果当我们从车厢往外抬死人的时候，他没有从车厢门口一下子栽倒在月台上的话，那么他和别人一样，也死了。有些小伙子是在那天晚上死的。我们抬出七个死人和二十个病人。女人们都吓得缩成一团，恐惧得尖声号叫。

"指挥官说：——我不记得他的名字了——'把女人们领到树林那边的高地去。让她们离开营地。这可不是她们待的地方。'

"'老柚子'正坐在她的行李卷上哄着占西，想让她安静下来。'到那块高地去！'指挥官说，'别在这里碍男人们的事！'

"'见鬼去吧！''老柚子'说。小占西蹲在她母亲身边，也奶声奶气地学舌：'见鬼去吧。'然后，'老柚子'转过脸对女人们说：'你们这些懒骨头，难道你们就打算这么袖手旁观，看着小伙子们断气吗？'她说：'他们需要的是水，快来帮一手吧！'

"说完她就卷起袖子，朝宿营地后面的一口井走去——小占西也一溜小跑，跟在后面，手里拿着一根绳子和一只黄铜水壶，其他的女人都像羊羔一样乖乖地跟在她后面，有的拿着饮马的木桶，有的拿着做饭的锅子。等到所有的桶呀，锅呀都装满水以后，'老柚子'就大步前进，回到营地——那儿就像战场；只是没有一点光荣——她后面跟着一队娘子军。

"'麦坎纳，我的男人！'她用发口令的大嗓门喊道，'叫小伙子们保持安静！"老柚子"来照顾他们了——喝水不要钱。'

"于是我们欢呼起来，队列里的欢呼声高过了那些病倒的可怜家伙的呻吟。不过也高不了多少。

"你要知道，那时，我们还是一支新建的兵团，我们一点也不了解这种病，所以我们都帮不上忙。男人们一个个就像哑巴羔羊一样转来转去，等着下一个病倒，嘴里低声说：'这到底是怎么回事？老天啊，这到底是怎么回事？'这情景太可怕了。可是'老柚子'和小占西从开头到最后，一直来来去去，跑上跑下，不停地干着——小占西戴着一顶不知是哪个死人的头盔，帽缨在她小小的肚皮上晃来晃去——来回送水，还有她们能找到的一点白兰地。

"有时，'老柚子'会说：'我的小伙子们，我可怜的送了命的宝贝小伙子们！'眼泪一滴滴滚下她红通通的胖脸蛋儿。但是，大部分时间她一直在鼓励男人们，让他们振作起来；小占西也不停地对大伙儿说，他们大家'到早晨就会觉得好些的'。这句话是慕特拉发高烧的时候她听见'老柚子'常说的。她也跟着学会了。到了早晨！对于二十七条好汉来说，他们的早晨就是圣彼得把守着大门的那个永恒的早晨；另外还有二十条好汉，到了第二天，在那灼热烤人的骄阳下也得了病死去了。可是那些女人，就像我刚才说过的，干得像天使一样，而那些男人呢，就像魔鬼一样，直到从铁路线上边下来了两个医生，我们才得救了。

"就在医生们到来的前一会儿，'老柚子'正跪在我们班里的一个小伙子床跟前——他在营房里是睡在我右边床上的伙伴——用从没使人失望过的宗教的话来安慰他。她突然说了声：'小伙子们，快扶住我！我难受得要命！'使她难受的不是霍乱，而是烈日酷暑。她忘了她只戴着一顶没有边的黑布帽子。她死在'麦坎纳，我的男人'的怀抱里，小伙子们在埋葬她时都号啕大哭。

"那天晚上刮起了大风，刮呀刮呀，把帐篷都刮倒了。但是这阵风也把霍乱刮走了，从那以后，我们在那儿宿营待命的十天时间里，没有再发生一起霍乱。信不信由你，这场病在营房里流传的路线，完全像一个人在帐篷里用滑冰的舞步走了四个'8'字形。他们说，是'流浪的犹太人'①把霍乱带走了。我相信这话。

　　"所以，这件事，"穆尔凡尼不合逻辑地总结说，"就是占西·麦坎纳之所以是这样一位姑娘的原因。麦坎纳去世以后，军需上士的老婆把她抚养大，但是，她是属于 B 连队的。关于我对你讲的这件事，还有人们应该怎样充分地尊重占西·麦坎纳，我都已经用皮带深深地铭刻进了每个刚到连队的新兵脑子里。哼，是我用皮带抽得下士斯莱恩向她求婚的！"

　　"真的？"

　　"嗯，我就是这么干的！她不是什么美人儿，但她是'老柚子'的女儿，我有责任为她的前途着想。斯莱恩马上就要提升了，我对他说：'明天我要是揍你，就成了犯上了；但是我凭着现在已经在天堂里的"老柚子"的灵魂起誓，假如你不答应立刻娶占西·麦坎纳为妻，今儿晚上我就要用一根铜火钩扒掉你的皮。她到如今还没有出嫁，实在是 B 连的耻辱！'我是这么说的。我的主意打定以后，难道会让一个三岁毛孩子斗胆跟我顶嘴？不！斯莱恩果然向她求了婚。斯莱恩是个好孩子。总有一天他会当上军粮供应官，赶着马

---

① 中世纪欧洲传说中的人物。据说他是耶路撒冷城的鞋匠，耶稣背着十字架经过他家门口，请求休息一下，鞋匠却粗暴地叫他走开，因此耶稣罚这个不敬上帝的犹太人永不停步地流浪，直到世界末日。

车，还有……自己的存款。我就是这样安排'老柚子'的女儿的生活的；好啦，你去吧，再和她跳一次舞。"

我当真这么做了。

我对占西·麦坎纳小姐产生了尊敬，后来我去参加了她的婚礼。

也许有一天我会跟你讲讲那次婚礼。

犯疯病的大兵奥塞里斯

唉，嗓子干得冒烟的时候我想去哪儿？
唉，子弹呼啸飞过的时候我想去哪儿？
唉，快咽气的时候我想去哪儿？

　嘿，

当然是到我的伙伴身边去。

他有酒就会给我喝一口，

我快咽气了，他会把我的头搂在他怀里，

我死了以后，他会替我写信回家。——

但愿老天爷赐给我们每人一个忠实的好伙伴！

——《营房歌谣》

我的朋友穆尔凡尼和奥塞里斯要出去打一天猎。李洛埃不能去，他在缅甸染上了热病，现在还在医院里休养。他们发了一封邀请信，请我和他们一块去。当我本人和我带的啤酒——勉强够两名步兵中士喝——到达那里的时候，他们真诚地表示痛心。

"我们可不是为了这个才请你来的，"穆尔凡尼绷着脸说，"我们只是喜欢和你做伴。"

奥塞里斯赶快打圆场说："好啦好啦，他带了酒来也没关系。我们又不是一伙公爵，我们只不过是该死的汤米①，你这个爱吵架的爱尔兰佬！来吧，为你的健康干杯！"

整个下午我们都在打猎，我们轻而易举地一下子打死了两条印度野狗，四只抱窝的绿鹦鹉，河边火葬场旁的一只鸢，一条飞蛇，一只甲鱼，八只乌鸦。猎物十分丰富。然后我们在河边坐下吃午饭——穆尔凡尼称之为"掺水老酒加麸皮面包"，我们只有一把小刀，大家就轮着用它来切吃的东西。在等着用刀的空隙里，我们就朝鳄鱼乱开一气枪。然后我们把啤酒全部喝完，把瓶子扔进水里，一边扔一边朝瓶子开枪。干完这些以后，我们都放松了腰带，伸直身体，躺在温暖的沙滩上抽烟。这时我们都懒洋洋的，不想再打猎了。

奥塞里斯握起拳头抱住了脑袋，脸朝下躺在沙滩上。他深深叹了一口气，接着便翻身冲着蓝天低声骂了起来。

"你在干什么？"穆尔凡尼说道，"难道你还嫌喝得不够？"

"我在回忆托特纳姆法院街②，那儿有个我心爱的姑娘。当兵究竟有什么好处？"

"奥塞里斯，你这小子，"穆尔凡尼忙说，"看样子你肚子里的啤酒在跟你闹矛盾了。我的肝脏有点不听使唤的时候，我也会有这

①　汤米，指英国大兵。这是吉卜林给英国普通士兵起的别名。
②　伦敦的一条街道。

种感觉。"

奥塞里斯并不理会他的插话，慢吞吞地继续说了下去：

"我是个汤米——一个该死的、只值八安那的、偷鸡摸狗的汤米，只有一个号码，没有了规规矩矩的名字。我有什么用处？我要是待在家里，这会儿已经娶了那个姑娘，在汉默史密斯大街开着一家店铺了。那招牌上写着：'斯·奥塞里斯，熟练的动物标本剥制师。'柜窗里像海尔斯伯里牛奶店一样，放着一只狐狸标本，一小匣子蓝色和黄色的玻璃眼珠，还有个娇小玲珑的妻子，门铃一响，她就会喊：'顾客来了！''顾客来了！'可是现在呢，我只不过是一个汤米，一个该死的、倒霉的、大口喝啤酒的汤米。'枪放下——稍息，立正。枪放下。向左向右——转。慢步——走，立定——向前看。枪放——下。空弹——上膛。'这就是我的下场。"他喊的是殡仪队的口令。

"住嘴！"穆尔凡尼喊了起来，"等到你像我那样，有那么多回为了一个比你更好的人而举枪朝天射击的时候，你就不会拿殡仪队的口令开玩笑了。这比在营房里吹'葬礼进行曲'的口哨还糟糕。何况你现在肚子吃得饱饱的，太阳又不算毒，一切都舒舒服服！我真替你害臊。你呀，简直比不信教的人好不了多少——去你的殡仪队啦，玻璃眼珠啦。你到底住口不住口，老弟？"

我还能说什么呢？我难道还能对奥塞里斯数叨什么他自己还不知道的生活乐趣吗？我不是随军牧师，也不是少尉军官。奥塞里斯有权利爱怎么讲就怎么讲。

"让他讲吧，穆尔凡尼，"我说，"是啤酒的劲儿上来了。"

"不，不是啤酒，"穆尔凡尼说，"我早就知道他要来劲了。他过一阵子就会来这么一下，真糟——太糟了——因为我是喜欢这小伙子的。"

穆尔凡尼的确显得有点过分焦急，但是我知道他像父亲一样照顾着奥塞里斯。

"让我讲，让我讲吧，"奥塞里斯如痴似醉地说道，"要是有一个热天，你养的鹦鹉关在热得像蒸笼的鸟笼里，它可怜的小红脚爪子都快烤化了，难道你还不许它嚎叫吗？"

"小红脚爪子！难道你穿的树皮鞋里面是小红脚爪子，你这个胡说八道的……"穆尔凡尼聚集了全力做一次歼灭性的揭露，"女教师！红脚爪子！这个胡说八道的娃娃到底喝了多少巴斯啤酒呀？"

"我喝的不是巴斯啤酒，"奥塞里斯说，"比那种啤酒要苦得多。是思乡病呀！"

"听他说的！用不了四个月，他就该坐上'谢拉皮斯'号回家了！"

"我不管。什么都一样。你怎么知道我在拿到退伍证以前不会死掉？"于是他又哼哼唧唧地念起了殡仪队的口令。

我从来没有见过奥塞里斯性格的这一面，穆尔凡尼显然见过，而且认为事态很严重。奥塞里斯把头埋在胳膊里，不住地嘟哝着，这时穆尔凡尼悄悄对我说：

"他们现在总是派些毛头小伙子来当军曹，这些军曹把他管得太严的时候，他就会变成这样。再加上没有什么事儿可干。总而言之，我也捉摸不透是怎么回事。"

"咳，有什么关系？让他讲讲就过去了。"

奥塞里斯唱起一支用《拉姆洛德军团之歌》改编的诙谐歌曲，唱的尽是些关于战斗啦，谋杀啦，暴死啦之类的内容。他一面唱，一面凝视着对岸；我觉得他的面孔变得陌生了。穆尔凡尼抓住我的手肘，叫我注意。

"什么关系？关系大极了！他犯了病啦。我见过的。今夜一整宿他都会这个样儿，半夜时候他会从床上爬起来，到箱子架上去翻他的那套行头。接着他就会来找我，他就会说：'我要上孟买去。早晨点名的时候帮我应一声。'然后我们就会像以前那样干起仗来。——他硬要走，我硬要拽住他——最后两人都会因为扰乱营房秩序而挨罚。我抽打过他，我打破过他的脑袋，我劝过他，可是只要他一犯病，这一切都毫无用处。他头脑清醒的时候，是个再规矩不过的好小伙子。我早知道，今晚他在营房里会干什么。但愿老天爷保佑我，在我从床上爬起来把他揍倒在地上的时候，千万别让他跟我干起来。我白天黑夜考虑的就是这一条。"

这番话说明事情并不那么愉快，也说明穆尔凡尼的担忧是有道理的。他像是想哄着奥塞里斯，让他别犯病，因为他冲着躺在河岸上的小伙子喊道：

"喂，听着，你这个长着'红脚爪子'和'玻璃眼珠儿'的家伙！那天晚上你像个棒小伙子那样，跟在我后头游过了伊洛瓦底江吗？还是像在阿米德·基尔的那次那样，躲在床底下？"

这话既是无端的侮辱，又是睁眼说瞎话。穆尔凡尼就是想挑动他打一架。但是奥塞里斯似乎陷进了某种神志恍惚的状态中。他一点没有表示气恼，而是慢吞吞地，用他刚才发出殡仪队口令的那种有腔有调的嗓门回答道：

"你明明知道，那次攻打伦胜彭镇，我是脱掉衣服赤条条地在黑夜里游过伊洛瓦底江的。你也明明知道，在阿米德·基尔的战斗里，我是待在什么地方的，还有另外四个该死的帕坦人也知道。不过，我那时是不得不那么干，当时我一点也没想到死。现在我只想回家——回家——回家！不，我不是想妈妈，我是伯父养大的。但是我真想伦敦；想听见它的声音，想看见它，想闻闻它的臭气；想站在沃克斯豪尔桥上，看看那里的橘子皮、柏油马路和煤气路灯。想坐上去博克斯山的火车，嘴里衔着一只新的黏土烟斗，心上的姑娘坐在自己的膝头上。就这些，还想看看伦敦滨河马路的灯光，我在那儿谁都认识，就连那个逮捕我的警察也是个老朋友，从前，当我还是个小不点儿的小家伙，在法学院和宗教裁判院一带混事的时候，他就逮捕过我。再也不用去站他妈的岗了，不用去擦他妈的枪了，不用披上这身军服了，自己能当家做主，星期天能带上姑娘去看救生队演习，看他们从伦敦海德公园的蛇池里钩出死尸来。我居然为了那个寡妇①抛弃了这一切，漂洋过海，到这里来当兵。这里没有女人，没有好酒，这儿没有什么值得看，没有什么值得干，没有什么值得讲，也没有什么能叫你感动，叫你思考。斯坦莱·奥塞里斯，老天爷保佑你吧，你可真是个天大的傻瓜，比团里所有的人再加上穆尔凡尼还要傻！那个寡妇这会儿就坐在家里，头上戴着王冠，而我呢，我斯坦莱·奥塞里斯不过是那寡妇的私有财产，是个

---

① 指英国女王。

该死的大傻瓜！"

说到最后，他的嗓门越提越高，用一句六个字的盎格鲁民间骂人话结束了这番话。穆尔凡尼一声不吭，只是瞧瞧我，好像认为只有我能给奥塞里斯的糊涂脑袋带来平静。

我想起有一次在拉瓦尔品第，我看见一个发酒疯的人被人捉弄了一通，他的酒就醒过来了。有些团队的人可能知道我说的是什么。我想，我们也许能用这个办法把奥塞里斯治好，虽说他一点也没有醉。于是我说：

"你在这儿发牢骚骂那位寡妇又有什么用处？"

"我可没有骂！"奥塞里斯说，"老天在上，我敢发誓，我可没有说她一句坏话，我才不干那样的事呢——哪怕这会儿我正准备开小差！"

这下可给我送来了机会。"哦，原来你是打算开小差。你满口胡诌又管什么用呀？要是有机会，你是不是愿意现在就溜号？"

"那当然啰！"奥塞里斯像被人扎了一下似的跳了起来说。

穆尔凡尼也跳起身来。他说："你想干什么呀？"

"我要帮忙把奥塞里斯搞到孟买或者卡拉奇去，随便他想上哪一处都行。你可以去报告，说他吃午饭之前就跟你分了手，还把他的枪扔在这儿的岸边上了！"

"叫我去报告——叫我去？"穆尔凡尼慢吞吞地说，"好极啦。只要奥塞里斯当真想开小差，确实要开小差，而你呢，先生，你是我们两人的好朋友，你愿意帮他的忙，那么我，特伦斯·穆尔凡尼，我发誓——我从来说话是算数的——我一定照你说的去报告。不过——"他走到奥塞里斯面前，朝他晃了晃猎枪的枪柄，"斯坦莱·奥塞里斯，以后我要是再看见你，你可得靠拳头来帮你的忙了！"

"我才不在乎呢！"奥塞里斯说，"这种狗过的日子我早腻味了。让我试一试。别跟我开玩笑。让我走吧！"

"把衣服脱下来，"我说，"跟我换一下，换完了我再告诉你怎么做。"

我希望这么荒唐的做法会使奥塞里斯就此罢休。但是，我几乎还没有解开衬衣领子，他就已经甩掉了大皮靴，扒掉了他的军服。穆尔凡尼拽住了我的胳臂：

"他的劲头儿上来了：这会儿他身上的劲头正足呢！我敢发誓，我们当真会成为逃兵的帮凶呢！先生，你会说，这只不过是关二十八天禁闭，要不就是关五十六天禁闭的事。可是这太丢人啦——我跟他两个都没法见人了！"我还从来没有看见穆尔凡尼这么激动过。

但是奥塞里斯却非常冷静。一等到他跟我换完衣服，我像一名常备军士兵那样站在那里，他就急不可耐地说："好啦！说吧。下面该怎么做呢？你不是开玩笑吧。你说说，我要跳出这个地狱，得做些什么？"

我对他说，只要他肯在河边上等两三个钟头，我就骑马到驻地去，取一百卢比回来。他把那笔钱放进口袋以后，就可以到离这里大约五英里的一个最近的小火车站去，买一张到卡拉奇的头等车票。他的团队知道他去打猎的时候身上没带一个子儿，就不会立刻打电报到各个港口去询问的，而会到河边那些当地老百姓的村庄里去找他。何况，谁也不会想到在一节头等车厢里去找一个逃兵。到了卡拉奇，他就去买一身白人的衣服和一张轮船票，最好是搭乘一艘货轮。

讲到这里，他打断了我的话。只要我帮他到了卡拉奇，余下的事他自己都能安排。于是我命令他待在那里，天稍黑一点以后，我就骑马到驻地去，那时就不会有人注意我的服装。我真得谢天谢地，虽说英国士兵里有不少人往往是天不怕地不怕的歹徒，但亏得上帝聪明，把他们的心变得像小娃娃一样嫩，好让他们在大灾大难的处境里一心一意地信任他们的军官，紧紧跟着他去冲锋陷阵。他们对文职人员不是那么容易相信的，可是，一旦相信了，他们就死心塌地，毫不怀疑，像只狗那样忠实。我很荣幸地获得了大兵奥塞里斯的友谊，我们的友谊断断续续已经有三年多了。我们一直像男子汉那样开诚相见。所以他把我的话句句当真，认为我没有半句戏言。

我和穆尔凡尼把他留在河边的草丛里，然后我就沿着草丛到我拴马的地方去。他的粗布衬衣磨得我身上难受极了。

我们等待着天黑，我好趁黑骑马离开这儿。我们等了两个小时。我们一面悄声谈论着奥塞里斯，一面侧耳谛听他那里有什么动静。但是除了草丛里传来的风声，什么声音也听不见。

穆尔凡尼认真地说："我不止一次把他的脑袋打开了花，我还用鞭子抽得他差点送了命，可是，我还从来没法把他脑子里那些怪想法打掉。从来没有！而且，他也并不傻，他很讲道理，脾气又随和。到底是什么缘故呢？是他的出身太穷苦？是他没有受过教育？你们这些自以为什么都知道的人，你倒是告诉我呀。"

可是我也找不到答案。我在想，奥塞里斯在河边上到底能熬多久，我到底是不是会被迫真的帮他开小差，因为我已经答应了他呀。

反正，当天黑了下来，我怀着沉重的心情给马备鞍子的时候，就听见河边传来了疯狂的喊叫声。附在 B 连队 22639 号大兵斯坦莱·奥塞里斯身上的魔鬼已经跑掉了。正像我希望的那样，孤独、暮色、等待，把它赶走了。我们急忙跑过去，发现他正在草丛里疯了似的横冲直撞。他已经脱下了他的外衣——应该说是我的外衣，正在像个疯子似的呼唤我们。

等我们赶到他身边，他已经汗流浃背，像一头受惊的马一样全身颤抖不止。我们费了好大的力气才使他安静下来。他抱怨说他穿的是便衣，他硬要把我的衣服统统从他身上扯下来。我命令他脱下衣服，我们尽量快地第二次交换了服装。

他自己那件"灰皮"衬衣发出咔嚓咔嚓的响声。加上他自己那双皮靴发出的吱嘎吱嘎响声，好像使他清醒了过来。他双手捂住眼睛说：

"这是怎么回事？我没有发疯呀，我也没有中暑呀，我都说了些什么，干了些什么……我都干了些什么呀！"

"你干了些什么？"穆尔凡尼说，"你丢了自己的人，现了自己的眼——那倒没什么关系。可是，你给 B 连丢了脸，最糟的是，你丢了我的脸！我！是我教给你怎么样挺起身子，像个男子汉一样走路——那时候，你还是个脏兮兮的、弯腰驼背的、哼哼唧唧的新兵。就跟你现在一样，斯坦莱·奥塞里斯！"

奥塞里斯沉默了一会儿。然后他解下了自己的腰带。这条腰带上面沉甸甸地挂着跟他的团队并肩战斗过的其他六个团队的肩章。他把这条腰带朝穆尔凡尼递了过去。

"我这么小的个子，是打不过你的，穆尔凡尼，"他说，"过去你就揍过我。不过，你要是愿意，可以拿这条腰带，把我劈成两半。"

穆尔凡尼转身朝着我。

"让我跟他谈谈吧，先生。"穆尔凡尼说。

我走开了。在回家的路上，我陷入了沉思，不但想到奥塞里斯，还想到了我喜爱的大兵汤玛斯·阿特金斯①。

但是，我想来想去，也得不出一条结论来。

---

① 即大兵汤米，吉卜林对英国士兵的统称。

在格林诺山上

爱神的柔声絮语她无心倾听；

她的纤手紧握在他红润的手心，

是那样冰凉而沉重。她不愿转身细听；

脸儿掉了过去，只管自己往前赶路。

然而当苍白的死神，面目模糊而又狰狞，

竖起瘦骨嶙峋的手向她召唤，

伸出柏枝编的花环，她却随他而去，

丢下爱神冷冷清清、满心诧异，

为什么她不愿留下，不肯听从他的请求，

而一听见死神的轻语，便起身离去。

——《情敌》

"喂，阿赫默德·迪因！夏菲兹·乌拉！巴哈杜尔·汗，你们在哪儿？走出帐篷来，学我的样儿，跟英国人干。别杀你们自己的同胞了！到我这儿来呀！"

那个土著兵团的逃兵在兵营外边爬着，不时地放上几枪，对他的老伙伴们喊着话。由于天黑，又下着雨，他摸错了地方，竟爬到英国兵住的营房这边来了。他的尖叫和枪声吵醒了士兵们。他们修筑了一整天的道路，都累得要命了。

奥塞里斯睡在李洛埃的脚头。"怎么回事？"他哑着嗓子说。李洛埃打了声呼噜，一颗施奈德枪弹嗖地穿进了帐篷。大兵们都咒骂起来。"这是奥朗加贝德团那该死的逃兵干的，"奥塞里斯说，"谁起来告诉他一声，他摸错地方了。"

"睡吧，小个子，"穆尔凡尼说，他是紧挨着门睡的，身上直冒汗，"我可没法起来跟他细讲什么道理，外面的雨下得像挖战壕的铁锹一样猛。"

"你根本不是不能够，你就是不想出去，你这软骨头瘦长条，你这个偷懒的叫花子。你听他号叫的！"

"争论有什么用？叫那头猪吃颗子弹不就完了！他害得我们全都没法睡觉了！"另外一个人说。

有个少尉怒冲冲地喊了一声，接着，有个淋得像落汤鸡似的哨兵在黑暗中抱怨说：

"没有用，长官。我看不见他。他是躲在山脚下面的。"

奥塞里斯翻身起来，掀开了毯子。"是不是让我去把他干掉，长官？"

"不用了。"少尉回答道，"躺下吧。我不想让整个营房一天二十四小时连轴转地打枪。叫他滚去找他自己的朋友好了。"

奥塞里斯考虑了片刻。然后他从帐篷下面探出脑袋，就像公共马车售票员对一个堵住道路的家伙那样，高声喊了起来："喂，往前挪一步！再往前挪一步！"

弟兄们大笑起来，笑声顺风传到了逃兵那里，他知道走错了地方，于是便转移到半英里路以外去纠缠他自己的军团去了。迎接他的是几下枪声，奥朗加贝德团的士兵们因为他给他们的军旗带来了耻辱而大大地生他的气了。

"行啦，"奥塞里斯听见了远处施奈德枪叭叭的响声，就把头缩进去说，"不过，说真的，那家伙的确该死，他把我的好梦都吵掉了。"

"那么，你明天早上出去给他一枪好啦，"少尉随口说道，"现在帐篷里都别说话了。好好休息吧，弟兄们。"

奥塞里斯心满意足地轻轻叹了口气，躺了下去。不到五分钟，除了打在帆布帐篷上的雨点声和李洛埃那所向无敌的、吓人的呼噜声，一切又都寂静无声了。

营房设在喜马拉雅山的一个光秃秃的山脊上，一个星期以来，他们一直在等待一支突击队来和他们建立联系。那个逃兵和他的朋友们每晚来骚扰，已经成了一个祸害。

到了早上，士兵们在炎热的阳光里擦干了身子，清洗着他们污秽的装备。老团这天休息，由土著兵团换班去修筑道路。

"我要去伏击那个家伙，"奥塞里斯擦洗干净了他的步枪以后说道，"他每天傍晚五点钟左右就沿着那条小溪上来。我们要是今天下午到北边的小山那里埋伏起来，就一定能干掉他。"

"你真是个爱吸血的小蚊子，"穆尔凡尼把一缕缕蓝色的烟雾喷向空中，说道，"不过，我看我还是陪你去好。约克上哪儿去啦？"

"他跟'杂拌酸泡菜'他们一块去了，他自以为是个了不起的神枪手。"奥塞里斯轻蔑地说。

"杂拌酸泡菜"是一支由高明的枪手组成的小分队，一般用来扫清山坡上过于放肆的敌人。这可以使年轻的军官掌握带兵的本领，不过对于敌人倒起不了多大的杀伤作用。穆尔凡尼和奥塞里斯慢步走出营地，路上看见奥朗加贝德团的士兵们正出发去筑路。

"你们今天得卖点力气才行，"奥塞里斯和蔼地对他们说，"我们要去干掉你们那个逃兵。昨晚你们有没有人把他打中？"

"没有。那头猪嘲笑着我们走掉了。我朝他开了一枪，"有个士兵说，"他是我的表弟。本来应该由我来洗刷掉我们的耻辱。不过，祝你们成功。"

他们小心翼翼地来到北边的小山。奥塞里斯走在前头。正如他解释的："这是远距离射击，得由我来干。"他对自己的步枪爱到了极点，据营房里头传说，他每晚都要亲吻一下自己的步枪才去睡觉。他瞧不起冲锋和肉搏。要是实在避不开的话，他就溜到穆尔凡尼和李洛埃两人中间，让他们为自己，也为了他，去拼死战斗，他们也从没有让他失望过。这会儿他穿过北山的树林快步搜索前进，像一条跟踪着时隐时现的足迹的猎狗。最后他感到满意了，便一屁股躺倒在一片铺满松针的软绵绵的山坡上。这里居高临下，下面的小溪和小溪对岸的一座光秃秃的褐色山坡都可以看得清清楚楚。这儿的树林浓密幽暗，散发出一股清香，哪怕是整整一支军团都可以隐蔽在这里，免受骄阳曝晒之苦。

"这里已经到了树林的尽头，"奥塞里斯说，"他一定得从那条小溪那儿上来，只有那儿能藏身。我们就躺在这里。再说这儿也没有那么多尘土。"

他把鼻子埋进一丛没有香味的白色紫罗兰花里。没有人来告诉这些花儿说，它们盛开的季节早已过去，于是它们依然在幽暗的松林深处快乐地开放着。

"这地方位置不错，"他舒舒服服地说，"一枪打过去，距离太合适了。你说有多远，穆尔凡尼？"

"七百码。也许还少一点，因为空气太稀薄了。"

"哐！""哐！""哐！"北边的后山坡上响起了一排旧式步枪的射击声。

"那些该死的'杂拌酸泡菜'只会放空枪！他们会把这一带的人都吓跑的。"

"趁着这个闹劲，你先放一枪试试准头。"穆尔凡尼说。他的鬼点子最多。"那边有块红色的岩石，他一定会经过那里的。快！"

奥塞里斯瞄准到六百码的地方开了枪。子弹在岩石底部一丛龙胆草旁边溅起一片尘土。

"蛮不错的！"奥塞里斯扳下瞄准尺说道，"你就照我这样瞄准，或者再低一点。你总是射得偏高。不过要记住，头一枪是我的。嗳，下午天气真不错呀。"

枪声越来越响，树林里响起了嘈杂的脚步声。两人都不出声地躺着。他们知道，英国兵只要听见一点响动，不问青红皂白，马上就会开枪的。接着，李洛埃出现了，他脸上显得很羞愧，军服前胸被子弹划了一道口子。他喘着粗气，一下子躺倒在松针堆上。

"酸泡菜队里一个该死的种菜园子的家伙，"他摸着撕破的地方说，"朝左翼开了一枪，他明知道我就在那儿。我要知道他是谁，我就剥了他的皮。瞧瞧我的军服。"

"这就是神枪手特别靠得住的地方。你训练他用固定支架打一只七百码外的苍蝇，于是他一看见或者听见一英里外有什么动静，就马上开枪。你算是离开了那伙瞎放枪的人了，约克。就待在这里吧。"

"他们在朝着他妈的树梢里的风开枪呢，"奥塞里斯咯咯地笑着说，"待会儿我放几枪给你们开开眼。"

他们在松针堆里打着滚，他们躺在那里，被太阳晒得浑身暖洋洋的。"杂拌酸泡菜"们不放枪了，他们回营房去了。树林里只留下几只吓坏了的无尾猿。在寂静中，小溪放开了嗓子，和岩石絮絮叨叨说着毫无意义的傻话。隔一会儿就能听见三英里外一声闷雷似的爆炸声，它透露说奥朗加贝德团在筑路时遇到了困难。这几个人露出笑容听着。他们静静地躺着，享受着温暖和闲暇的乐趣。不久，李洛埃一面吸着烟斗，一面说：

"真奇怪——那边的家伙——居然要开小差。"

"等我干掉他以后，他可就要他妈的更奇怪了。"奥塞里斯说。他们都把声音压得低低的，因为树林里的寂静和杀人的欲望使他们受到了压抑。

"他肯定有他开小差的理由；不过，我敢担保，别人全都想杀死他，他们更加有理由了。"穆尔凡尼说。

"很可能这里面牵涉到一个姑娘，男人们为了姑娘，什么都干得出来。"

"我们当兵多半是她们鼓动的，她们可没权利让我们开小差。"

"唉，不是她们，就是她们的父亲让我们当兵。"李洛埃轻声说道，他的军帽低低地压在眼睛上。

奥塞里斯恶狠狠地皱起了眉毛。他在望着山谷。"要是为了一个姑娘，我就要给这叫花子两枪。补第二枪是因为他当了傻瓜。你怎么突然变得这么多愁善感啦。是不是想起了上次差点送命的事？"

"不是的，伙计；我只不过想起了过去的事。"

"过去到底发生了什么事，你这个多灾多难的孱头小伙子，你简直像牧场尽头的一头小母牛那样哞哞地叫，好替斯坦莱要杀的那个家伙找些可恶的借口。小个子，你还得再等上一个小时呢。说出来吧，约克，向月亮唱唱你的苦经吧。要从你嘴里掏出点什么来，非得来一次地震，要不就是来一颗子弹蹭着你的皮。讲吧，风流小生！情郎罗萨里奥·李洛埃①的恋爱史！斯坦莱，注意监视下面的山谷。"

"事情发生在一座山上，和那边的山一模一样。"李洛埃注视着喜马拉雅山底下一座光秃秃的平坡说道，这儿使他想起了他老家约克郡的荒山坡。他与其说是在讲给同伴听，不如说是在自言自语。

"唉，"他说道，"伦波德荒坡就在斯基普顿镇上边，而格林诺山呢，又在帕特利布里格上边。我想你们从来没有听说过格林诺山，不过，远处那块荒山，要是有一条白色的道路环绕着它，就跟格

---

① 罗萨里奥是英国作家罗（Rowe，1850—1923）的剧本《忏悔的女郎》中的一个风流公子角色。

林诺山一个样；真是出奇地相像。那里到处是一眼望不到边的荒山坡，没有一棵树可以遮挡太阳。那儿尽是用石板做屋顶的灰房子，到处是红嘴鸥在叫，到处是茶隼像这儿的鸢鹰一样来回盘旋。那才叫冷呢！风像刀子一样锐利。你只要看见谁的脸蛋和鼻尖像苹果一样红，蓝眼睛被风吹得眯成一条缝，你就知道他们准是格林诺山的老乡。他们大部分是挖矿的，在山沟里挖铅矿，像田鼠一样跟踪着矿苗。我从来没有见过这么艰苦的挖矿法。你走到一架只有井台大小的、嘎吱嘎吱直响的木头绞盘井架那里，身上拴根绳子就放下井去，一只手推着井壁，一只手拿着插在黏土烛台上的蜡烛，另一只手抓住绳子。"

"那就得有三只手啰，"穆尔凡尼说，"那地方的气候一定不错。"

李洛埃没有理他。

"等你下到一块平地，你就趴在地上，弯弯曲曲地在一条巷道里朝前爬，爬上一英里地，就到了一个像里兹市政厅那么大的洞里，那里有台抽水机，把更深的工作面里的水抽出来。这是块古怪地方，更不用说挖矿了。因为山里到处都是那种天然洞，河流和小溪的水都流进他们叫'地壶'的洞里，然后在几英里外的地方又流出来。"

"你在那儿干什么？"奥塞里斯问道。

"我那时是个年轻小伙子，经常赶着马匹运送煤和铅；不过，这件事发生的时候，我是在一家大矿里赶运货马车。我并不是当地人。我是在家里吵了架跑出来的。起先我跟一群浪荡的家伙混在一起。有一天晚上，我一定是喝酒喝得太多了，要不就是酒不好。不过说实话，那些年头，我还从来没有见过坏酒。"他扬起胳臂举过头顶，揪了一大把白色的紫罗兰，"是啊，我从来没见过我没法喝的酒，也没见过我没法抽的烟，也没见过我没法亲吻的姑娘。嗯，我们非要比赛谁回家跑得最快。我一下子把别人都甩在了后面。当我爬上一道用碎石头堆起来的墙时，一跤摔进了墙下面的沟里，石头块也跟着掉了下来。我的一只胳臂摔断了。在那时我并不知道这些，因为我是后脑勺先着地的，当时就砸晕过去了。我醒来的时候已经是清早。我发现自己躺在杰西·朗特里家的长靠背椅上，丽莎·朗特里在旁边坐着缝衣服。我浑身疼痛，口渴得像个石灰窑。她端来一杯水给我喝，那是只瓷杯，上面印着'里兹市赠'几个金字。后来我还好多次看过这只上面有字的瓷杯。'你得安安静静地躺着，等波瓦顿医生来，因为你的胳臂跌断了，爸爸已经打发一个小伙子去请他了。他是去上工的时候看见你的，他把你背了回来。'她说。我只说了声'噢'就闭上了眼睛，因为我实在臊得慌。'爸爸上工已经去了三个小时了，他说他会让他们另找个人去赶车的。'时钟嘀嗒嘀嗒地响着，一只蜜蜂嗡嗡地飞进了屋子，这些声音震得我脑袋里像是有好多个水车轮子在旋转。她又给我喝了一杯水，把我的枕头拍拍平整。'哎，你还年轻呢，怎么就喝得烂醉、胡闹一气呢。你以后再别这样了，行吗？'我说：'行，我再不喝得烂醉了，只要能叫我脑袋里那些水车轮子别那么嘎吱嘎吱地响。'"

"说真的，你生了病能有个女人看护你，可真不赖啊！"穆尔凡尼说，"哪怕砸破二十个脑袋也值得。"

奥塞里斯皱着眉头转过脑袋注视着山谷那边。他这辈子可没有什么女人看护过他。

"后来波瓦顿医生骑马来了，杰西·朗特里也跟他一起回来了。医生是个有学问的人，可是他跟穷人说起话来一点不拿架子。'出了什么事呀？'他说道，'砸破了你的傻瓜脑袋？'然后他摸了我的全身。'没有砸断骨头，只不过砸傻了一点，本来就够糊涂的。'他就这么说了下去，想出各种各样的话来骂我，不过他还是在杰西的帮助下很小心地给我接上了摔坏的胳臂。'你得让这个大笨蛋在你这儿住几天，杰西，'他给我包扎好，吃过药以后这么说，'你跟丽莎得照顾着他，虽说他一点也不值得你们为他操心。这么一来，他就得丢掉工作，得靠疾病互助会帮他两个月，也许还要久一点。你说他是不是个傻瓜？'"

"可是我倒想知道，不管出身贵贱，哪个年轻人不是傻瓜？"穆尔凡尼说道，"的确，干过蠢事以后，倒是会变得聪明的，我就这么干过。"

"聪明！"奥塞里斯扬起下巴颏，打量着他的同伴们，咧开嘴笑着说，"你们两个都是他妈的所罗门，是不是？"

李洛埃沉静地继续说了下去，眼光稳定，像一头反刍的公牛。

"我就是那样认识丽莎·朗特里的。有几首她经常唱的歌——唉，她老是在唱歌——我一听仿佛格林诺山就在我眼前，跟对面那座山坡一样清楚。她硬要教我唱男低音，要我和他们一起上教堂去。杰西和她在那儿领唱，老头儿还拉提琴。老杰西是个怪人，爱音乐爱得发了狂，他要我答应他，在手臂好些以后学拉大提琴。这把大提琴是他的，它装在一只匣子里，摆在一座可以连续走八天不用上弦的大钟旁边。在教堂里拉这把琴的原来是威利·萨特思维特，可是他后来耳朵完全聋了，这使杰西非常恼怒，他得用琴弓敲打他的脑袋，才能使他在该停的时候止住他那拉锯似的声音。

"但是这一切都被一块黑斑搅乱了，而这块黑斑是一个穿黑衣服的人①带来的。那个卫理公会原教旨派牧师到格林诺来的时候，总是住在杰西·朗特里家，他从一开始就揪住我不放。看来我的灵魂需要拯救，而他则下了决心要拯救我。而同时使我感觉妒忌的是，他似乎也非常热心地要拯救丽莎的灵魂，有好多次我差点把他宰了。事情就这样继续下去，终于有一天我支持不住了，向丽莎借了钱去买杯酒喝。过了四天，我垂头丧气地又回来了，只是为了想再看看丽莎。但是杰西和那个牧师——阿莫斯·巴拉克洛夫也都在家里。丽莎没说什么话，只是她平时苍白的脸上现在泛起了一点红晕。杰西尽量有礼貌地说：'嗳，小伙子，事情是这样的，你得自己选择究竟走哪条路。我可不愿意让酒鬼跨进我的门槛，而且还是个借我闺女的钱去喝酒的酒鬼。闭嘴，丽莎。'他看见丽莎想开口，就这样阻拦她说。丽莎是想对我说，她很愿意借给我钱，并且相信我一定会还给她的。这时牧师看见杰西要发脾气了，就插了进来，他们两人狠狠教训了我一通。可是最叫我受不了的，比他俩的嘴还起作用的，却是丽莎，她只是在旁边看着，什么话也不说。于是我决定改邪归正。"

"什么！"穆尔凡尼喊了起来。然后，他克制住了自己，轻声说道："没关系！没关系！圣母玛利亚确实是所有的宗教和大多数女

---

① 指牧师。

人的母亲。只要男人们不干涉，每个姑娘都是非常虔诚的。在这种情况下，我也会改邪归正。"

"噢，"李洛埃的脸红了，他说，"不过，我是诚心诚意要改邪归正的。"

奥塞里斯他自己有监视的任务，所以他想笑可又不敢使劲笑。

"唉，奥塞里斯，你尽管笑吧，你可不了解那位巴拉克洛夫牧师，他是个脸色苍白的小矮个，他说起话来能哄得小鸟飞下树枝，能哄得人们以为他们从来没有和这么了不起的好人交过朋友。你从来没有见过他，而且……而且……你也从来没有见过丽莎·朗特里……从来没有见过丽莎·朗特里……我看不只是因为那牧师和丽莎的父亲，而且还多亏了丽莎，反正，他们的想法都一个样，而且我也感到很羞愧，所以我就成了一个他们所说的改过自新的人。我回想起来，很难相信那个参加祈祷会、上教堂、到读经班去的人，居然会是我。不过，关于我自己我从来没有说过什么，尽管在那儿好多人大喊大叫，还有那个患了风湿病，腰都直不起来，眼看即将入土的老萨米·斯特罗瑟，也高声唱着什么'欢乐呀！欢乐！'，还说什么坐着煤筐上天堂也比坐六匹马拉的大马车下地狱要强得多。他常常把他那只可怜的老鸡爪子一样的手搭在我肩膀上，问我：'你是不是感觉到了，傻大个儿？你是不是感觉到了？'有时我觉得我感觉到了，有时又觉得没有，到底是怎么回事呢？"

"人的本性从来就是这样的，"穆尔凡尼说道，"而且，我怀疑你是不是适合做一个卫理公会原教旨派的教徒。正正他们是新教徒。我向来相信旧教，旧教才是所有新教派的母亲——是的，同时也是他们的父亲。我喜欢旧教，因为它的规矩最严。我可能死在檀香山，或者新赞不拉，或者死在卡晏角，不管我死在哪里，我既然信奉旧教，那么，只要那里能找到一个神父，我就要像教皇亲自从圣彼得大教堂的屋顶上下来为我送终一样，按旧教的仪式，用旧教的祈祷词，行旧教的涂油礼。因为旧教里的规矩要求一切都分毫不差，不能太高，也不能太低，不许超过，也不许省略。我就是喜欢它这一点。不过你要知道，旧教对意志不坚定的人可不合适。它要求他全心全意地投身进去，除非他有自己的工作要做。我还记得我父亲死后三个月才下了葬；真是天晓得，他为了少进炼狱十分钟，竟瞒着我们全家把他的小酒店卖给了别人。他可真是竭尽全力了。所以我才说，只有坚强的人才能和旧教打交道，这也是为什么有那么多女人信奉旧教。这事还真教人纳闷。"

"操心这些事有什么用？"奥塞里斯说，"不管怎么说，你肯定很快就会明白的。"他把枪膛里的子弹倒在手上，放在手心里。"这就是我的牧师。"他说，把那颗杀气腾腾的黑头子弹竖了起来，让它像木偶人儿似的鞠了一躬。"它就要好好地教训那人一顿了，而且是在太阳落山之前。不过，后来怎么样了，约克？"

"有一件事使他们拿不定主意，差点当着我的面把我关在大门外边，那就是我养的小狗'爆炸'。它是在小铺老板的小屋里一桶开矿用的火药爆炸以后，从一窝被炸的小狗里救出的唯一的一只狗。他们不喜欢它的名字，更不喜欢它跟所有它遇见的狗打架的脾气；它是只少见的好狗，脸上有黑红两色的斑点，一只耳朵被炸掉了，另外，由于它当时是在一只篮子里被拖过大约一英里半远的铁皮屋顶，所以一条腿也跛了。

"他们一定要我把它扔掉，说它太充满世俗味道，太粗野了；他们说难道我为了一只狗，宁愿让自己被关在天堂的大门外边？'不行，'我说，'要是天堂大门那么窄，容不得我们两个一块儿进去，那我们就待在外边，反正我们是决不分开的。'这时那牧师也出来替'爆炸'求情了，因为他从一开始就有点喜欢它——我猜那是我慢慢喜欢上那牧师的缘故——有些人想把小狗的名字改成'祝福'，他坚决不同意。于是我和'爆炸'就经常上教堂去了。但是像我这样性格的年轻小伙子，要想和尘世、欲念、魔鬼一下子断绝关系，实在很不容易。不过我还是坚持了很久，那些到了星期天常常站在镇子边上，倚在桥头往河里吐痰的小伙子，总是跟在我后边叫喊：'喂，李洛埃，你什么时候讲道呀？我们都想来听！'另一个小伙子就会说：'别嚷嚷了，他今天早晨没戴白领圈呢！'这时我只好把手塞进我星期天穿的好衣服口袋里，拳头攥得紧紧的，对自己说：'如果今天是星期一，而我又不是卫理公会的教徒，我一定要狠狠揍扁这帮家伙。'心里知道打得过他们，而又不能动手打架，这是最叫人难受的事。"

穆尔凡尼同情地咕噜了几声。

"于是，又是唱歌啦，又是练习啦，读经班啦，还有杰西硬要我夹在两条腿中间的大提琴啦，我就有许多时间是在杰西·朗特里家里度过的。可是，尽管我常去那里，牧师去的次数比我还勤。老头和姑娘也很高兴见到他。他住在帕特利布里格，那地方比较远，可是他还是来。他还是经常来。一方面我喜欢他——和别人一样喜欢，甚至比别人更喜欢他，可是另一方面我又恨他。我们两人像猫和耗子似的互相防备，不过表面上都客客气气的。我对他总是彬彬有礼的，而且因为他为人是那么光明磊落，我对他也就不能不光明磊落。虽说我经常恨不得拧断他那聪明的小脖子，但他其实却是个非常好的伙伴。每当他从杰西家里出来的时候，我常常要陪他走一段路。"

"你是说，送他回家？"奥塞里斯说。

"是啊，这是我们约克郡人送朋友的规矩。这个朋友，我不希望他再回到这儿来，而他呢，也不希望我再回这儿来，于是我们一块儿走到帕特利，然后他又往回送我。我们俩就像一对该死的钟摆一样，在山头和山谷中间送来送去，直到凌晨两点钟，这时丽莎窗口的灯光早就熄灭了。我们装着在看月亮，其实一直在看着她的窗口。"

"啊！"穆尔凡尼插嘴说，"你是斗不过那个专门会抢别人东西的，唱赞美诗的家伙的。女人们十有八九只喜欢装腔作势的人，等到发现错误，已经晚了。女人就是这样的。"

"这你就错了，"李洛埃说，他那晒得黑黑的、长着雀斑的面颊泛起了红晕，"我是丽莎的第一个心上人，你会认为这就够了。可是那牧师却是个有耐性的人，杰西完全是支持他的，而且教会里所有的娘儿们都整天在丽莎耳朵边嘀咕，说她心眼太好了，肯跟一个像我这样没有出息的二流子来往，说什么我这样的人太有失体面了，脚后面还跟着一条爱打架的狗，等等。她们说，她想帮助我，想拯救我的灵魂，这当然是件好事，但是她也得小心，自己别上当。人家常说有钱的人喜欢摆架子，装斯文样儿。其实教会里的穷人，才是最爱面子、最讲体面的。这股风气就像格林诺山上刮过来的风一样冷。唉，冷得多，因为它从不停下来。现在我回想起来，最奇怪的一件事就是，他们顶不喜欢人们去当兵。《圣经》里本来有许许多多打仗的故事，军队里也有好多人是卫理公会的教徒；但是听教会里的人讲话的口气，仿佛当兵离受绞刑只隔一步远，而且跟受绞刑简直差不多。他们聚会的时候，讲的全是打仗的事。要是萨米·斯特罗瑟在祷告的时候一时想不出词儿来，他就会高唱起'天主和吉提昂的宝剑'来。他们经常说什么要披挂起正义的全副武装，为信仰而战斗。可是后来有个小伙子想去当兵，他们就为他举行了一次祈祷会，冲着他大声祈祷，差点儿把他的耳朵都震聋了。小伙子最后只好拿起帽子逃跑了。他们在主日学校里常常讲一些坏孩子的故事，说他们星期天掏鸟窝，平常的日子逃学，因此经常挨揍，后来他们又怎么染上了摔跤、斗狗、逮兔、酗酒的嗜好，说到最后，仿佛是给坏孩子写墓志铭一样，他们用'后来他去当了兵'这句话给这个已经远离山沟的人做了结论，说完话还要深深叹一口气，然后抬眼朝天，像一只正在喝水的母鸡一样。"

"事情为什么是这样的？"穆尔凡尼一巴掌狠狠地拍在大腿上，说道，"老天爷，事情为什么是这样的？而且这些我都见过。这些人骗人、诈财、撒谎、造谣，还干过许多糟糕得多的事；可是他们却认为，最最糟糕的事，是老老实实地去为那寡妇①当兵。总的说起来，这有点像孩子们讲的故事。"

---

① 指英国维多利亚女王（1819—1901），当时她已丧夫，故称她为寡妇，或寡妇女王。

"要是我们不给这些人一个安安静静的好地方去干仗，你瞧瞧他们不狠狠地大干一仗才怪呢。他们又是怎么打仗的呢！像屋顶上的猫打架，喵呜喵呜地叫对方快过来。要是能让伦敦那些养尊处优的家伙到这里来修一天的路，淋一夜的雨，叫我拿出一个月的薪饷来我也心甘情愿。这样他们就能忍受许多别的磨难，就像人家认为我们能忍受一样。有次我在兰白思一家只有外卖执照①的下等小酒店里给轰了出来，那店里挤满了浑身油污的马车夫。"

"也许因为你喝醉了吧。"穆尔凡尼安慰他说。

"比这更糟。醉的是马车夫们。我当时穿着女王的军服。"

"在那些日子里，我并不特别想当兵，"李洛埃说，他的眼睛仍然注视着对面光秃秃的山顶，"可是他们那种说法却使我产生了当兵的念头。这些教会里的人，心眼太好了，结果他们反而把话说过了头。不过，我为了丽莎，还是忍受着，特别是因为她正在教我唱'霍洛托里奥'里的男低音。这场'霍洛托里奥'是杰西组织的。丽莎自己唱得像一只画眉那样好听，我们每天晚上练唱，一直练了将近三个月。"

"我知道什么是'霍洛托里奥'，"奥塞里斯冒冒失失地插嘴说，"那是一种牧师唱的调调，词儿都是《圣经》上的，还有哈利路亚之类的合唱。"

"格林诺山的老乡们差不多全都会演奏一种乐器，他们唱起歌

---

① 英国酒店须领执照才能卖酒，执照分为两种，一种允许顾客在店里饮酒，一种只准许外卖，顾客买酒后只能拿走，不能坐在店里饮用。这里提到的酒店属于后一种。

来的时候，你在几英里外就可以听见，他们又拉又唱，自得其乐，没有人听也不在乎。牧师吹笛子，要不就唱高二度，由于我到底还是没有学会拉大提琴，他们就叫我坐在威利·萨特思维特身边，轮到他拉琴的时候就推他胳膊肘一把。这些人里就数老杰西兴致最高了。他又是指挥，又是第一小提琴手，又是领唱，一人身兼三职。他用琴弓打拍子，有时甚至用它重重地敲桌子，大声喊道：'喂，你们都停下来，该我唱了。'于是他就转过身去，充当男高音独唱歌手，脸上得意得冒出汗珠，唱了起来。他是合唱队里最神气的一个，摇头晃脑地唱着，两只胳膊挥舞着，像风车一样，直唱得脸色发青。杰西真是个少有的歌手。

"你们要晓得，除了丽莎·朗特里，别人都不怎么看得上我。所以在集会上或是'霍洛托里奥'练唱的时候，我有很多时间是静悄悄地坐在旁边听他们说话的。一开始我就觉得不太对味儿，后来，我越听越觉得不对味了。因为那时我被排斥在外，所以可以仔细琢磨这是什么意思。

"刚刚唱完'霍洛托里奥'，本来身体就很弱的丽莎，这时病倒了。波瓦顿医生来看病，我就牵着他的马在门外头来回遛马。他们不让我进门，虽然我心里急着想进去看看她。

"'她马上就会好起来的，孩子——她马上就会好起来的，'他总是这样说，'你必须有耐心。'后来他们说，如果我安安静静，就让我进去。阿莫斯·巴拉克洛夫牧师常常去给她读书听，她躺在床上，枕头垫得高高的。后来她的病好了一点，他们让我把她抱到长靠背椅上去坐着。天气暖和起来以后，她又可以照常下地走动了。在那些日子里，我和牧师及'爆炸'三个常常待在一起，我们可以说是很要好的伙伴。但是，我不止一次地真想把他打翻在地上。我记得有一天他说他很想到地心深处去看看上帝是用什么材料来做这无边无际的山脉的骨架的。他就是那种能言善道的人，讲起话来滔滔不绝，跟咱们这儿的穆尔凡尼一个样。要是穆尔凡尼当初肯下点儿功夫的话，他也能当个了不起的牧师。我借了一套矿工衣服给他，这套衣服宽大得几乎把这个小个子埋了起来，他那苍白的脸蛋埋在衣领和帽檐里面，看起来像个幽灵。他就蹲在运货马车里面。我当时赶着马车爬上斜坡，到了矿洞口上，洞里有架抽水机正在往外抽水，马车就从这里自动下去，好把从地底下运上来的矿石装进马车。我只是拉住闸，让马儿慢慢跟在后面。只要是在明亮的白天，我们两人总是要好的朋友，可是一等到我们进入了黑暗的矿穴，只看得见洞口露出一丝光亮，像街道尽头的一盏路灯似的，我的心里就装满了坏念头。我回头看着这个老是夹在我和丽莎中间的人，我的宗教观念就全都跑到九霄云外去了。人家都说，等她的病好些以后，他们就要结婚，可是不管我怎么问她，她也不肯说这是不是事实。他开始用他那单薄的嗓子唱起了一首赞美诗，我却不住地用粗话咒骂起我的马儿来，这时我才明白我是多么恨他。而且，他的个子那么小，我只消用一只手轻轻一推，就可以把他推进加斯东的铜矿井口去。就在这里，有一条地下小溪淌过一块岩石，然后静悄悄地泻下一道万丈深渊，就是把格林诺所有的绳子拿来也测不到底。"

李洛埃又揪下一把无辜的紫罗兰。"是啊，应该让他到地心去看看，别的什么都不用。我可以沿着坑道带他走一两英里路，然后把他丢在那里，让他拿着一支熄了的蜡烛唱哈利路亚，旁边没有一个人听他的，或是跟着他说声阿门。我只要领着他走下阶梯，到杰西·朗特里干活的巷道去。谁能保证他不会在阶梯上滑一跤？而我的脚就会踩住他的手指头，一直到他松了手，再用脚一踢，把他踢下去。要是我先下扶梯的话，我就可以抓住他，从我脑袋顶上把他扔下井去，叫他撞在一根根横木上，跌得粉身碎骨，就像那个刚来的比尔·阿普尔顿那样。比尔跌到井底下的时候，身上已经没有一根完整的骨头了。从此以后，再也不会有一条该死的腿从帕特利走过来了，再也不会有一只胳臂搂住丽莎·朗特里的腰肢了。再也不会了——再也不会有了。"

他那厚厚的嘴唇掀开了，露出两排发黄的牙齿，他的脸涨得通红，脸上的表情十分难看。奥塞里斯同情地点了点头。奥塞里斯被伙伴的激情感动了，他把步枪举到肩头，眼睛瞧着山边，搜索着他的猎物，嘴里嘟嘟囔囔地骂着什么麻雀啦，喷水嘴啦，暴风雨啦之类的脏话。潺潺的溪流打破了寂静，仿佛在和人谈心。后来李洛埃继续讲了下去。

"但是，要杀死那样一个人，可不是件容易的事。我把马匹交给了接班的小伙子，把矿井指给牧师看。我在他耳边高声叫嚷，压倒了抽水机的轰隆声。这时我发现，他什么也不怕。当灯光照着他漆黑的眼睛时，我觉得他又一次把我制服了。我就跟'爆炸'一个样。'爆炸'被锁链拴住，每当一只陌生的狗平安无事地跑过它身边，他就恶狠狠地汪汪吠叫。

"'你是个胆小鬼，是个大傻瓜。'我对自己说。我在心里又跟他斗了起来，等我们来到加斯东的铜矿井口，我就一把抓住了牧师，把他举过头顶，让他冲着黑洞洞的深渊。'喂，小伙子，'我说，'现在不是你，就是我，只有一个人能跟丽莎·朗特里相好。怎么，你难道不害怕？'因为他安安稳稳地待在我手里，像一只麻袋一样。'不，我只是为你害怕，可怜的孩子，因为你什么都不知道。'他说。我把他放在岩石边上，小溪的流水声仿佛更静悄悄的了，我的脑袋里也没有那种像蜜蜂钻进杰西屋子的嗡嗡声了。'你这话是什么意思？'我说。

"'我常常想，这事应该让你也知道，'他说，'可是很难向你开口。咱们俩谁也得不到丽莎·朗特里。世上没有谁能得到她了。波瓦顿医生是了解她的，也了解她故世的母亲。波瓦顿医生说，她的病已经治不好了，她顶多还能活六个月。这事他早就知道。站稳了，约翰！站稳了！'于是那个瘦弱的小个子把我拉了回来，让我靠着他坐下，安安静静地把一切都对我说了。我的手里握着一把蜡烛，一面听着，一面一遍又一遍地数着蜡烛。他的话有许多是牧师的那一套老生常谈，但是也有不少使我开始认识到他是个男子汉，我过去太小看了他。直到后来，我不但为自己伤心，也同样为他伤心。

"我们一共有六支蜡烛。这一整天我们就在地底下爬着，一直到蜡烛全都点完。我对自己说：'丽莎·朗特里活不了六个月了。'等我们爬到地面上来以后，两人都跟死人一样难看，'爆炸'跟在我们后面，连尾巴也不摇一摇了。我再见到丽莎的时候，她看了我一会儿，就说：'是谁告诉你了？我看出你已经知道了。'她吻我的时候勉强装出笑容，我差点儿放声大哭。

"你要知道，我那时是个年轻小伙子，人间的事知道得很少，更不用说死亡了，虽说死亡总是在等着我们的。她告诉我，波瓦顿医生认为格林诺的空气太凛冽刺骨了，他们打算到布雷特福去找杰西的哥哥戴维，他在那儿一家面粉厂工作。她让我像个男子汉和基督徒，拿出勇气来挺住，她会为我祈祷的。他们就这样走了。那年年底，牧师也调到另一个他们称作'巡回教区'的地方去了。只有我一个人留在格林诺山。

"我费尽力气想继续待在教会里，但是从此以后，什么都和以前不同了。唱歌的时候，再也没有丽莎的歌声来领着我唱，也看不见丽莎的眼睛在人们的头顶上闪着光。在读经班上，他们说我一定有好多体验可以向大家讲，可是我连一句话也讲不出。

"我和'爆炸'愁眉苦脸地到处闲逛，可能我们表现得很不怎么样，因为他们后来就不理会我们了，而且还奇怪，以前怎么会跟我们来往的。这一段日子我是怎么熬过去的，现在我实在没法说了。冬天来到的时候，我就辞掉活儿，去了布雷特福。杰西就住在一条很长的街道上，沿街尽是一幢幢小房子。老杰西正站在家门口，他刚刚赶走一群穿着木屐在人行道上咔嗒咔嗒跑的小孩子，免得他们把她吵醒。

"'你来啦？'他说道，'不过你不能见她。我才不会为你这样的家伙去把她叫醒呢。她越来越不行了。还是让她安安静静地死吧。你是绝不会有什么出息的，你这辈子再也不会拉大提琴了。走吧，小伙子，走吧！'他就这样当着我的面轻轻地关上了门。

"从来没有人让我听杰西的话，可是这时我觉得他是对的，我就去到了镇上，正好遇见一个来招兵的中士。教会里的人过去讲的那些故事又在我脑袋里嗡嗡地响了起来。我正想远走他乡，而当兵正是像我这类人常走的路。我当时就报了名，领了寡妇女王发的饷钱，帽子上别上了几条绶带。

"可是第二天我又到戴维·朗特里家门前去了，杰西出来开的门。他说：'你又来了，还佩戴上了魔鬼的绶带——我早就对你说过，这才是你本来的面目。'

"可是我再三恳求他让我见见她，哪怕只说声再见。最后，有个女人在楼梯顶上向下面喊道：'她说请约翰·李洛埃上楼来。'老头子马上就让开了道，很温和地用手按住我的胳臂。'你一定得安静，约翰，'他说，'因为她太虚弱了。你一向是个听话的孩子。'

"她的眼睛炯炯有神，分外明亮，她那一头浓密的头发披散在枕头上，但是她的脸颊却瘦削得厉害——瘦得使一个强壮的人害怕。'不，父亲，你不该说这是魔鬼的绶带。这些绶带多漂亮啊。'她伸出手来，把我的帽子要了过去，把绶带理得整整齐齐的，就像女人抚弄缎带那样。'是啊，这些绶带很漂亮，'她说，'唉，不过我更想看到你穿上红色军装的样子，约翰，因为你一直是我心上的小伙子——只有你是我心上的小伙子，别人都不是的。'

"她抬起胳臂，搂住了我的脖子，可是只轻轻地搂了一下，就松开了。她好像是晕了过去。'现在你得离开了，小伙子。'杰西说。于是我拿起帽子，下了楼。

"招兵的中士在街角的酒店里等我。'你见过心上人了吧？'他问道。'是的，我见过了。'我说。'好吧，我们现在干一杯，你就努力把她忘掉吧。'他说道。他是那种办起事来干脆利索的人。'好的，中士，'我说，'我要忘掉她。'直到现在，我还在努力忘掉她。"

他一边说，一边扔掉了手里那束枯萎了的白色紫罗兰。奥塞里斯突然抬起身子，蹲在地上，步枪扛上了肩，借着午后明亮的光线，向山谷那边望去。他的下巴贴住了枪托。在他瞄准的时候，他右边脸颊上的肌肉抽动了一下；士兵斯坦莱·奥塞里斯正在执行任务。一个白色的小斑点沿着小溪爬上来了。

"看见那家伙了吗？……打中了他。"

在七百码外，离山坡下面足有二百码远的地方，那个奥朗加贝德团的逃兵一下子向前栽倒，从一块红色的岩石上滚下，脸埋进一丛蓝色的龙胆草里，再也不动了。一只大乌鸦扑着翅膀，飞出了松林，想看看究竟是怎么回事。

"这一枪打得利索，小个子。"穆尔凡尼说。

李洛埃若有所思地注视着逐渐消散的烟尘。"也许他也有个心上人。"他说道。

奥塞里斯没有回答。他正盯着山谷那边，脸上浮起一丝微笑，就像一个艺术家欣赏着自己刚刚完成的作品。

没有教会豁免权的情侣

我未到春天就把秋季的果实贮藏，

不到她的季节，我的田野里谷物便一片白茫茫，

　　一年四季为我的哀伤献出她的秘密。

每一个受尽摧残、花朵凋零的病态季节，

都埋葬在生殖和腐烂的神秘中；

人们还没有看见白昼，我已经见到了日落，

　　对不该知道的事，我懂得太多。

——《苦水》

一

"可是，要是生下一个女孩呢？"

"我的老爷，那是不可能的。我祈祷了那么多个夜晚，还向锡克·巴德的庙堂献上了那么多礼品，我知道上帝会赐给我们一个儿子—— 一个男孩的，他会长成一个男子汉。你就这么想想，高兴高

兴吧。我母亲会像妈妈一样照顾他，直到我能亲自喂他的时候。我们再去请帕坦清真寺的教长来给他算算命——上帝保佑他生在一个吉祥的时辰！——然后呢，然后你就再也不会厌倦我，不会厌倦你的奴隶了！"

"你从什么时候起变成了奴隶，我的女王？"

"从一开始的时候，直到我得了上天的这份恩惠为止。既然我是你用银子买的，我怎么能拿得稳你是爱我的呢？"

"不，那是聘礼，我把它给了你的母亲。"

"她把那些银子埋了起来，整天像只母鸡一样坐在它上面。你还说什么聘礼！我不是像个孩子，而是像个勒克瑙舞女那样被你买下来的。"

"这笔买卖你后悔吗？"

"我悲伤过，但是今天我是快乐的。从今以后你永远不会不爱我了吧？——回答我，我的君王。"

"永远不会——永远不会。"

"尽管有好些'梅姆—洛格'①——好些和你同一个血统的白种女人爱你，你知道吗？我在傍晚时候常常看见她们坐着马车兜风经过这里，她们长得很白净。"

"我见过上百个火气球。后来我看见了月亮，从此以后，我再也看不见火气球了。"

阿米娜拍着手笑了。"说得真好听，"她说道，然后装出庄严高

---

① 印度人对白人社会里的夫人小姐的称呼。

贵的姿态，"够了。现在我准许你离开了——假如你想离开的话。"

那个男人并没有动。他坐在一张红漆矮躺椅上。这间屋子里铺着一块蓝白格地毯和几块毡毯，还摆设着一整套当地出产的坐垫。他的脚边坐着一个十六岁的少女。在他的眼里，她就是整个世界。如果按世俗习惯来说，她本来不应该占有这种地位，因为他是个英国人，而她是个穆斯林教徒的女儿。两年前，他从她母亲手里把她买了下来。她的母亲陷入了贫困，因此，她甚至于会把拼命哭叫的阿米娜卖给魔王，只要魔王出的价钱高。

他在订立这笔契约的时候是轻率的，但是还没有等这个少女像一朵鲜花那样婀娜多姿地盛开，她就已经在约翰·荷尔顿的生命里占据了举足轻重的位置。他替她和她的母亲，一个干瘪丑陋的老婆子，租下了一幢小小的房子。它居高临下，俯瞰着那座被红砖城墙围起来的巨大城市。等到院子里水井旁边的金盏花盛开了，并且阿米娜已经按照她自己认为舒适的方式安顿下来，她的母亲也不再抱怨厨房不够宽敞、菜市场离得太远、家务琐事又太多的时候，他发现这幢房子就成了他的家。随便什么人，不论白天或是夜晚，都可以自由出入他那间单身汉平房宿舍，他在那里过着毫无乐趣的生活。但是到了城里那幢房子，他一迈腿就可以从院子里跨进女人们住的房间；一闩上他背后那扇木头大门，他就是这片领土上的君主，阿米娜就是王后。现在这个王国里快要增添一个第三者了，他的到来引起了荷尔顿轻微的反感。因为这个第三者会打扰他毫无缺陷的幸福，打乱这幢只属于他自己的房子里有条不紊的安宁。但是阿米娜一想到这个第三者就高兴得发狂，她的母亲也同样高兴。一个男人的爱情，尤其是一个白种男人的爱情，充其量不过是一次逢场作戏的事件。但是，两个女人都认为，它可能会被一只婴儿的小手攥得牢牢的。"到了那时，"阿米娜总是这样说，"到了那时，他就再也不会喜欢那些白皮肤的'梅姆—洛格'了。我恨她们所有的人——我恨她们所有的人。"

"到时候他就会回到自己人那里去，"母亲说，"不过，上帝赐福，那个时候还早着呢。"

荷尔顿沉默地坐在矮躺椅上冥想着未来。他的念头是不愉快的。双重生活的缺陷是很明显的。政府当局偏偏挑上了他去执行一件临时任务，命令他离开驻地出差两星期，去接替一个请假去照顾生病的妻子的人。别人在口头通知他这次调动的时候，还加上了一句轻松的安慰话，说荷尔顿应该庆幸自己是个自由的单身汉。他是来向阿米娜报告这个消息的。

"这件事不怎么好，"她不慌不忙地说，"可也还不能说太糟。我有母亲在这里，不会发生什么意外——除非我因为太高兴而高兴死了。去干你的工作吧，不要胡思乱想。到了日子的时候，我相信……不，我敢肯定，那时候我把他放进你的怀抱，你就会永远爱我了。火车今晚半夜开，是吗？现在就去吧，不要为我担忧。可是你到了那儿不会多耽搁吧，你会快快地回来吧？你可别在路上停下来，跟白皮肤的'梅姆—洛格'聊天啊。快快地回到我身边来，我的亲人。"

荷尔顿走出院子去牵他那匹拴在大门柱子上的马。他吩咐看管房子的那个白发苍苍的老看门人，在急需时就把自己交给他的那封已填写好的电报单发出去。他能做的也只有这些了。闷闷不乐的荷尔顿好像是去参加自己的葬礼似的，乘坐了当晚的火车，到流放他的地方去了。白天，他无时无刻不在担心会收到电报。晚上，他总是幻想着阿米娜已经死了。因此，他的工作效率也就实在不怎么高，对同事的态度也很不和蔼。两星期过完了，家里没有一点信息。荷尔顿的心里急得七上八下，受尽了煎熬。但是他回来以后，首先还得参加俱乐部里的一次晚餐会，白白浪费掉他宝贵的两小时。他简直像个昏迷过去了的人，只听见别人的声音对他说，他把别人移交给他的任务完成得多糟糕，他又是怎么样招得所有的同事都喜欢上了他。然后，他提心吊胆地翻身上了马，在黑夜里疾驰而去。他猛力敲打大门，起初没有人回答，他刚想驱马后退几步去踢门的时候，皮尔汗提着灯笼出来，拉住了马缰。

"发生了什么事？"荷尔顿问道。

"好消息不该由我这样的人来讲，穷人的庇护者呵，不过……"他伸出了一只颤巍巍的手，按照习惯，报告好消息的人是应该得到奖赏的。

荷尔顿匆忙穿过院子。楼上有间屋子的灯亮着。他的马在大门口嘶叫起来。他听见了一声低低的啼哭，使他全身的血液一下子全涌到了喉头。这是一个新的声音。但这并不能证明阿米娜还活着。

"谁在上面？"他站在狭窄的砖砌楼梯下面，朝上面喊叫道。

阿米娜发出一声欢乐的喊叫，接着，她母亲用骄傲得有些颤抖的苍老声音说道："这儿有我们两个女人和……一个……男人，……你的……儿子。"

荷尔顿走到房门口，踩上了一把出鞘的匕首，这把匕首放在门口，为的是避邪，他性急地用脚跟一踩，把刀把踩断了。

"伟大的上帝！"阿米娜在昏暗的灯光里柔声说，"你把他的灾祸都承担在你自己身上了。"

"哎，不过你怎么样了，我最亲爱的宝贝？老太婆，她身体怎么样？"

"她只顾高兴生下了孩子，把受的罪都忘了。总算平安无事，不过请你说话小声点。"她母亲说道。

"只要有你在这儿，我就平安无事了。"阿米娜说，"我的君王，你走了好久。你给我带回什么礼物了吗？哈哈，这回是我给你带来了礼物。瞧瞧，我的亲人，瞧瞧。见过这样的宝宝吗？不，我一点力气都没有，连把手臂从他身边拿开的力气都没有了。"

"那就好好休息吧，不要说话了。有我在这里呢。巴恰里（小娘子）。"

"说得好，现在我们俩之间有了一条纽带，有了一条绊脚索，什么也割不断它了。瞧吧——就着这盏灯，你看得见吗？他没有一点疵瑕，多么完美啊。从来没有这么漂亮的男孩？唉！他会成为一个大学者的——不，他会当上女王的骑兵。我的亲人，尽管我现在又虚弱又疲倦，你还是那样爱我吗？老老实实地回答我。"

"是的。我还像往日一样爱你，全心全意地爱你。安安静静地躺着吧，宝贝，好好休息吧。"

"那你就不要走开。坐在床边——这儿。妈妈，这座房子的主人需要一只坐垫。拿过来。"那个躺在阿米娜臂弯里的新生命几乎觉察不出地微微动了一下。"嗬，"她的声音洋溢着母爱，"小宝宝生下来就是个冠军。他正使劲踢着我的腰呢。你见过这样的小宝宝吗？他是属于我们的——属于你，也属于我。把你的手放在他的头上，不过要小心一点，他还小呢，男人们干这种事总是笨手笨脚的。"

荷尔顿小心翼翼地用手指尖碰了碰那带茸毛的柔软脑袋。

"他已经是个虔诚的教徒了，"阿米娜说，"晚上我躺在这里，担心得睡不着，就在他耳边小声对他念祈祷召唤和信仰宣誓。最叫人难以相信的是他也生在星期五，和我一样。小心点，我的亲人；不过他差不多已经会用手抓住东西了。"

荷尔顿觉得有只无力的小手软弱地握住了他的手指头。这一握散布到他的全身，停在他的心上。以前，他心上只有阿米娜。现在他开始认识到，在世界上还有另外一个人，但是他还没法认为他是个真正的、有灵魂的儿子。他坐下来思索着。阿米娜不安稳地打着盹。

"走吧，先生，"她的母亲悄悄说道，"最好不要让她在醒来时看见你还在这里。她需要安静。"

"我这就走，"荷尔顿听话地说道，"这儿有一些卢比。让我的小宝贝长得胖胖的，什么都不缺。"

银币的叮当声惊醒了阿米娜。"我是他的母亲，不是雇来的用人，"她软弱无力地说，"难道我会看在金钱分上待他好些或者坏些吗？母亲，把钱还给他。我给我的君王生了个儿子。"

虚弱带来了深沉的睡眠。她几乎还没有说完话就熟睡过去了。荷尔顿轻手轻脚地下了楼，来到院子里，他心中一片安宁。老看门人皮尔汗正在高兴地笑。"这个家里现在什么都不缺了。"他说，然后，他没有做解释就把一把带柄的旧军刀塞进荷尔顿手里。这把军刀是许多年前皮尔汗为女王服务当警察的时候佩带过的。从井栏那边传来一头被拴住的山羊的咩咩声。

"那边有两头，"皮尔汗说，"两头上等的山羊。是我买的，花了大价钱买来的！既然这里没有盛大的生日宴会，山羊的肉就都归我吧。用刀扎下去的时候手要巧，先生！这把军刀还在新的时候重心就有点偏。等它们啃过金盏草抬起头来的时候，你就扎下去。"

"为什么？"荷尔顿被弄糊涂了，问道。

"生日祭品呀，还能有什么别的？要不然，孩子的命运得不到保护，就可能死掉。穷人的庇护者呵，你一定知道该念哪些祭词。"

荷尔顿曾经学过这些祭词，当时他一点也没有想到，有一天他竟会认真地念它们。冰凉的军刀柄在他手心里突然变成了楼上那个婴儿小手软弱的一握——那个婴儿是他的亲生儿子——于是他心里充满了恐慌。

"扎下去呀！"皮尔汗说，"无论什么时候，一条命生到世上来，总要用另一条命作为代价的。瞧，山羊抬起头来了。快！扎进去，往外一抽！"

荷尔顿几乎不知道自己在干什么了。他一面扎，一面喃喃念着伊斯兰教的祷词："全能的神！我以我儿子之名，奉献生命换取生命，鲜血换取鲜血，头颅换取头颅，骨骼换取骨骼，毛发换取毛发，皮肤换取皮肤。"等待在那里的马嗅出了喷射到荷尔顿马靴上的鲜血气味，就打着喷鼻，在栅栏里纵跳不止。

"扎得真准！"皮尔汗擦干净了马刀，"可惜你没有去当击剑手。

放心去吧，神圣的老爷。我是您的仆人，也是您少爷的仆人。愿少爷活到一千岁……那么这头山羊的肉全都归我！"皮尔汗退下去时得到了一笔相当于他一个月工资的赏赐。荷尔顿翻身上了马，穿过傍晚时低悬在树林上空的雾气奔驰而去。他心中时而充满狂喜，时而又漫无对象地满怀柔情。他俯身在不安静的马背上，几乎透不过气来了。"我这辈子还没有这样激动过，"他想道，"我得到俱乐部去镇定一下自己。"

一局弹子戏刚刚开始，屋里挤满了男人。荷尔顿进去了，他热切地想去到有亮光的地方，想和同伴们在一起。他高声唱了起来：

> 我在巴尔的摩散步，
> 遇见一位夫人！

"是吗？"俱乐部秘书坐在他常坐的角落里说道，"她有没有告诉你，你的靴子湿透了？天哪，伙计，那是血！"

"瞎说！"荷尔顿从架子上取下他的弹子棒说，"我可以参加进来吗？那是露水。我是从一大片庄稼地里骑马过来的。哎呀，我的靴子真一团糟了！"

> 要是个女孩，她会戴上一只结婚戒指，
> 要是个男孩，他会为他的国王作战，
> 带着他的短剑，他的军帽，他的蓝色短上衣，
> 他将走在军官用的后甲板上……

"黄对蓝……下一个是绿的。"记分员单调地说。

"他将走在军官用的后甲板上——绿的是我吧,记分员?他将走在军官用的后甲板上——呃!这一记没打好——就像爹爹过去那样!"

"我看不出你有什么值得那么高兴的。"一个活泼的文职人员酸溜溜地说,"当局对于你接替桑德斯干的工作,可不见得那么满意啊。"

"你是说上头要剋我一顿吗?"荷尔顿心不在焉地微笑着说,"我想我能受得了。"

话题扯到了每人的工作这个永远新鲜的主题上,它使荷尔顿镇静下来,直到他应该回到他那间又黑暗又空洞的宿舍的时候,他的男仆在宿舍里等着他,好像对他的事情了如指掌。荷尔顿翻来覆去,直到夜色将尽时才沉入梦乡。他的梦是愉快的。

二

"他有多大了?"

"哎呀!只有男人才会问这个问题!他已经整整六个星期了;今天晚上我要和你,我的生命,到屋顶平台上去数星星。那是件吉利的事。他是在太阳的吉兆日子星期五生下来的。人家对我说,他会活得比我们俩的寿命都长,而且将来会大富大贵。我们还有什么不满足的呢,亲爱的?"

"确实没什么不满足的。我们到屋顶上去吧，你可以数星星——不过今晚天上布满了云，只有几颗星星。"

"冬天的雨来得晚了，也许它们不会按季节来到。来吧，趁着星星还没有全都藏起来。我已经戴上了我最宝贵的珠宝首饰。"

"你忘记了最最宝贵的一件珍宝。"

"哎！我们的孩子。他也要上去的。他还从来没有看见过天空。"

阿米娜爬上了通到屋顶平台的狭窄楼梯。孩子眼睛一眨也不眨，平静地躺在她的右臂上，他穿的是华丽的镶银边的细布衣服，头上戴着小小的便帽。阿米娜佩戴上了她最宝贵的首饰。有一副钻石鼻扣，它代替了西方人常用的假痣，使人注意到鼻孔的曲线；有挂在前额中间的金首饰，上面镶着晶莹的绿宝石和带细纹的红宝石；还有沉甸甸的金箔项圈，那柔软的纯金紧紧地贴着她的脖颈；在她娇嫩的脚踝骨上低低地垂挂着叮当响的链形银脚环。她穿的是一件符合教徒身份的黄绿色薄纱衣服，从肩部到肘部，又从肘部到手腕，用绣花的丝线系着一排银镯，手腕上垂挂着一串串玲珑剔透的玻璃手镯，为的是衬托出她美妙的纤纤玉手。她的胳臂上还套着几只沉重的金手镯，这不是她的民族装饰品，但是，既然它们是荷尔顿的礼物，而且还是用一个巧妙的欧洲式撳扣把它们扣上的，因而也是她心爱的饰物。

他们在屋顶边上低矮的白色护墙上坐了下来，那里可以眺望城市和它的灯火。

"住在那下面的人一定很幸福，"阿米娜说，"不过我想他们肯定没有我们幸福。我想那些白皮肤的'梅姆—洛格'也没有我们幸福。你说是吗？”

"我知道她们并不幸福。"

"你怎么知道的？"

"她们把自己的孩子交给奶妈。"

"我从来没有见过这种事，"阿米娜叹了口气说，"而且我也不想见到。哎！"她把头靠在荷尔顿的肩膀上，"我已经数了四十颗星星，我累了。瞧瞧孩子，我最亲爱的，他也在数星星呢。"

婴儿睁大了圆圆的眼睛，正望着黑暗的天空。阿米娜把他放进荷尔顿的怀抱，他躺在那里，一声也不哭。

"我们俩该给孩子起个什么名字呢？"她说，"瞧你！难道你永远也看不够他吗？他的眼睛完全像你。可是嘴……"

"像你，最亲爱的。谁还能比我更清楚呢？"

"他的嘴唇是那么软弱。唉，多小啊！可是他却把我的心牢牢地拴在他的两片嘴唇中间了。该把他还给我了。他已经离开我太久了。"

"不，让他再躺一会儿吧，他还没有哭呢。"

"他哭的时候，你就把他还给我——好吗？你可真是男人里头的大男子汉！他要是哭了，我会觉得他和我更亲。不过，我的生命，我们给他起个什么小名呢？"

那个小小的身体紧贴着荷尔顿的心房。他是那么娇嫩，那么柔软。荷尔顿几乎不敢使劲呼吸，害怕会压坏了他。笼子里关着一只绿鹦鹉，当地许多人家都把它看作是家里的守护神。这只鹦鹉在架上挪动着，昏昏欲睡地扇着翅膀。

"答案就在那里，"荷尔顿说，"米安·米托说话了。我们就叫他鹦鹉吧。他大起来就会不停地说话，就会到处奔跑。米安·米托，用你们……用穆斯林的语言说，就是鹦鹉，是吗？"

"干吗要扯得这么远？"阿米娜急躁地说，"起个带点英国味道的名字吧，不过不要太浓，因为他是我的儿子。"

"那就叫他托塔吧，听起来最像英国名字了。"

"好的，托塔，那仍然是鹦鹉的意思。请原谅我刚才有点不高兴，我的君王，但是他的确太小了，受不了米安·米托这么一个有分量的名字。他就叫托塔吧，他是我们的托塔。你听见了吗，小乖乖？小宝贝，你就是托塔。"她摸摸婴儿的面颊，婴儿醒了，哭了起来，于是只好把他送回到妈妈那里。她唱起了一首美妙的乌鸦摇篮曲，它是这样的：

啊，乌鸦！走开吧，乌鸦，宝贝在睡觉，

森林里长着野李子，只要一便士一磅。

只要一便士一磅，乖乖，只要一便士一磅。

听见妈妈一再向他证实了李子的价钱以后，托塔蜷起身子睡着了。院子里那两头油光水滑的白色小公牛，正在不停地咀嚼，反刍着他们的晚餐。老皮尔汗蹲在荷尔顿的那匹马面前，警官的马刀放在膝上，正在昏昏欲睡地抽着一只大水烟袋。水烟袋发出呱啦呱啦的响声，像池塘里的牛蛙在叫。阿米娜的母亲在楼下游廊上纺纱，木头大门已经关好了，上了闩。一支婚礼行列吹吹打打的奏乐声，压过了城里低沉的嗡嗡声，传到了屋顶上。一行狐蝠飞过了挂得低低的月亮。

"我祈祷过了。"沉默了很久以后，阿米娜说道，"我祈求两件事。一件是，如果命中注定你要死的话，我愿意替你去死。另一件是，我愿意代替孩子去死。我是对先知①和比比·米利亚姆（圣母玛利亚）祈祷的。你说他们都会听见吗？"

"只要是从你的嘴唇里说出来的，哪怕是最轻声的话语，谁能听不见呢？"

"我在讲正经事，你总是用些好听的话来打岔，你说我的祈祷会有效吗？"

"我怎么能说呢？上帝是最仁慈的。"

"我还不能肯定。听我说，我要是死了，或是孩子死了，你的命运会怎样呢？只要你还活着，你一定会回到那些无耻的白皮肤的'梅姆—洛格'那里去的，同类总归是互相吸引的。"

"那倒不一定。"

"女人不一定，男人就不同了。你如果还活着，今后还会回到你自己人那儿去的。我大概也只好忍受，因为那时我已经死了。可是，如果你死了，就会被带到一个陌生的地方，带到我不知道的天堂去。"

"我会上天堂吗？"

"肯定的，谁会伤害你？但是我们两个——我们母子两人——一定在别的地方，我们不能到你那儿去，你也不能到我们这儿来。早先当孩子还没出世的时候，我没有想过这些事；但是现在我老想

———————————

① 先知，指伊斯兰教先知穆罕默德。

着它们，越想心里越不好受。"

"事情该怎么样，就让它怎么样吧。明天会怎么样，我们不知道。但是我们有今天，我们有爱情。至少我们现在是够幸福的。"

"太幸福了，所以我想让我们的幸福得到保证。你的圣母玛利亚应该听我的祈祷，因为她也是女人。不过她一定会羡慕我的！男人们居然会崇拜一个女人，这有点不合适。"

荷尔顿听见阿米娜妒忌心的这一场小小的发作，不禁笑出了声。

"不合适吗？那么我崇拜你，你为什么不反对呢？"

"你是个崇拜者！而且崇拜的是我？我的君主，不论你怎么样甜言蜜语哄我，我心里完全明白，我是你的仆人，是你的奴隶，是你脚下的尘土。而且我完全心甘情愿。瞧！"

荷尔顿来不及阻止，她已经俯身下去，碰了碰他的双脚；她轻声笑了笑，恢复了常态，把托塔紧紧搂在胸前，简直有点恶狠狠地说道：

"听说那些无耻的白皮肤的'梅姆—洛格'比我要多活上两倍的年龄，这是真的吗？听说她们要等到成了老太婆的时候才结婚，这是真的吗？"

"她们跟别人一样——成年的时候就结婚。"

"我知道，可是她们二十五岁才结婚，是真的吗？"

"是真的。"

"哎哟！二十五岁！可是满了十八岁的女人就没有人愿意娶了！到了十八岁，她就是成年女人了，而且每小时都变得更老。二十五岁！我到了那个岁数就成了老太婆了，可是……那些白皮肤的'梅姆—洛格'却总是那么年轻。我真恨她们！"

"她们跟我们有什么关系？"

"我也不知道。我只知道现在在世界上可能就有一个比我大十岁的女人。十年以后，等我变成了一个白发苍苍的老太婆，变成了托塔的儿子的奶妈，她就会来到你身边，夺去你的爱情。这太不公平了，太糟了。她们也应该死掉。"

"唉，你这么大了，还像个孩子，我得把你抱下楼去。"

"托塔！小心托塔，我的老爷！我看你也像小娃娃一样傻！"阿米娜急忙把托塔放在她的脖颈窝里，免得把他碰着了。她欢笑着，被荷尔顿一把抱了起来，送下楼去。这时，托塔睁开了眼睛，像个小天使那样微笑了。

他是个不爱闹的孩子，几乎在荷尔顿还没有意识到以前，他已经进入了这个世界，长成了一个小小的金黄色皮肤的神。在高踞于城市之上的那幢房屋里，他成了一个绝对的暴君。在这段时期，荷尔顿和阿米娜是无限幸福的，这是一种与世隔绝的幸福，是待在有皮尔汗把守的木头大门后面的幸福。白天，荷尔顿一面工作，一面打心里可怜那些不像他这么幸运的人，同时，他对儿童突然产生了强烈的兴趣。在这个小小的驻地的一些集会上，许多做母亲的见他这样，都感到惊异和好笑。天黑了，他就回到阿米娜那里，而阿米娜就会告诉他托塔的许多了不起的表现，说他已经会把两只手合在一起，还会有意识有目的地活动他的小手指头——这简直是个奇迹——还有，他后来完全靠自己，从他那低矮的小床里爬到地板上，两只脚摇摇晃晃地站了大约有吸三口气那么长的时间。

"那是很长的三口气，因为我的心都高兴得停止跳动了。"阿米娜说。

后来托塔又让动物们都当上了他的议会里的议员——小水牛、娇小的灰松鼠、井边洞里住的一只猫鼬，特别是那只鹦鹉米安·米托，他老是狠狠揪它的尾巴，于是米安·米托就高声尖叫，直到阿米娜和荷尔顿都跑来为止。

"噢，坏蛋！多有劲的孩子！你就这样对待你屋顶上的兄弟吗！小淘气，小淘气！呸！呸！不过，我倒知道一种法术，能把他变成和苏列曼跟阿弗拉东（所罗门和柏拉图）一样聪明的贤人。你看，"阿米娜说，她从一只绣花袋里掏出一把杏仁，"瞧，我们数出七颗。以上帝的名义！"

她把羽毛零乱、怒气冲冲的米安·米托放到它的笼顶上，自己坐在婴儿和这只鸟中间，剥出一颗显然无法和她的洁白牙齿媲美的杏仁来。"这是一种很有效的法术，亲爱的，不要笑。瞧，我给鹦鹉半粒，给托塔另外半粒。"米安·米托小心翼翼地从阿米娜唇边啄去了它的那份杏仁，她用一吻把另一半送进了娃娃嘴里，娃娃瞪着惊异的眼睛慢吞吞地把它吃了下去。"我要这样连着做七天，于是我们的孩子就一定会成为一个果敢英明的众议院议长。喂，托塔，你长大了，等我的头发白了，你想做什么人？"托塔蜷起他两条胖墩墩的小腿，露出腿上的许多可爱的小肉褶来。他会爬了，他可不想把他美妙的青春花费在无聊的言谈中。他一心要干的是去揪米安·米托的尾巴。

他长大了，到了可以佩上一根银带的庄严时刻。银带上面雕着一个有魔力的方块，挂在他的脖子上。除此以外，他身上差不多没有穿别的东西——他就蹒跚地走着，跌跌撞撞地跑到皮尔汗的花园里，拿出自己所有的宝贝作为交换，要求让他在荷尔顿的马背上骑一小会儿。这办法是他看见他外婆在游廊上和小贩们讨价还价以后学来的。皮尔汗掉下了眼泪，他把娃娃的两只稚嫩的小脚搁在自己白发苍苍的脑袋上，表示效忠于他，然后把这个大胆的冒险家送回了他母亲的怀抱。他发誓说，托塔在长出胡子以前，一定会成为领导众人的大人物。

一个炎热的傍晚，托塔坐在屋顶上，夹在父母亲中间，观看城里的小孩竞相放起他们的风筝，用风筝进行着打不完的仗。他也要求给他一个风筝，让皮尔汗替他放，因为他不敢摆弄这件个头儿比他还大的东西。于是荷尔顿把他叫作"花花公子"。他站了起来，为了保护他刚刚获得的人格，慢吞吞地，一字一顿说道："我不是花花公子，我是个男子汉。"

他的抗议使荷尔顿一下子呆住了。他开始非常认真地考虑起托塔的前途来。他其实用不着费心。这个小生命带来的欢乐是太完美了，它不可能持久。因此，这条小生命果然毫无预先的警告，就突然被夺走了，就像在印度，许许多多别的东西被夺走一样。这个家庭里的小少爷——这是皮尔汗对他的称呼——开始变得萎靡不振，并且抱怨说身上疼痛。本来他是从不生病的。阿米娜恐惧得要发疯了，她整夜守护着他，到了第二天黎明，他已经被热病折磨得奄奄一息——这是一种季节性的秋季热病。他仿佛不可能死，因而阿米娜和荷尔顿都不肯相信躺在床上的那个小小的身体确实咽了气。阿米娜用头撞着墙壁，还要跳进花园的井里，荷尔顿费了很大力气才把她拉住。

荷尔顿只得到唯一的一点慈悲。到了白天，他骑马到办公室去，那里有特别多的邮件需要他集中精力处理。但是，他一点也没有体会到神明对他的这种慈悲。

三

一颗子弹最初的冲撞往往只是轻轻的一下。那被毁灭了的身体一直要到十秒钟或者十五秒钟以后才会向灵魂发出它的抗议。荷尔顿慢慢地意识到了他的痛苦，正像当初他也是同样缓慢地意识到他的幸福，并且意识到他必须在人前隐瞒他的幸福的一切痕迹一样。刚开始的时候他只是觉得仿佛失去了什么。阿米娜听见米安·米托在屋顶上叫着"托塔！托塔！托塔！"的时候，就把头埋进膝盖中间，全身颤抖地坐在那里。这时，他只觉得阿米娜需要安慰。又过了些时候，在他的整个天地和日常生活里，事事处处都开始使他触景伤情。每天傍晚，在街头音乐台那儿玩耍的孩子们是那么活跃，那么喧闹，而他自己的孩子却已经死了，这实在叫他受不了。有时候，有个孩子走过来摸摸他，或者哪一个宠爱孩子的父亲向他夸耀一下自己孩子最近的表现，都会使他感到痛苦。这已经不是小小的痛苦了。他没法公开流露出他的痛苦。他得不到帮助、安慰和同情；当他结束了一天的疲乏不堪的工作后，阿米娜又会拉着他走进丧子的人们自怨自艾的活地狱，他们总是认为，只要再稍稍……稍稍加那么一点小心……孩子本来是可以得救的。

"也许，"阿米娜会说，"我还不够小心。我到底小心了，还是不够小心呢？那天他一个人在屋顶上玩了那么久，屋顶上的太阳那么毒——而我却在……哎，我却在编我的辫子，很可能是太阳晒得他得了热病，我要是警告他小心太阳，他也许会活下来。可是，噢，我的生命，请告诉我，我是无罪的！你知道，我爱他就像我爱你那么深。请对我说，这不怪我，不然我会死掉的，我会死掉的！"

"这谁也不能怪——上帝在上，这谁也不能怪。这是注定了的，我们怎么救得了他呢？事已如此，无可挽回。别去想它了，亲爱的。"

"他是我的全部生命。每天晚上，我都觉得他不在我怀抱里了，怎能叫我不想他呢？唉，唉！哦，托塔，回到我身边来吧——回来吧，让我们团聚在一起，跟过去一样！"

"安静些，安静些！为了你，也为了我，假如你爱我的话——休息一下吧。"

"我一听你的话，就知道你并不关心；你怎么会关心呢？白人的心是石头做的，他们的灵魂是铁打的。噢，我该嫁给一个跟我同族的男人——虽说他会打我——我不该吃一个异族人的面包的！"

"我是异族人吗——我儿子的母亲？"

"那么你是什么呢——先生？……哦，宽恕我吧，宽恕我！孩子的死把我逼得发了疯。你是我心爱的人，是我眼里的光明，是我最宝贵的一切，我却要把你推开，虽说只有那么一刻的工夫。如果你去了，我向谁乞求帮助呢？请不要生我的气。的确，刚才并不是你的奴隶说了那些话，而是我的痛苦。"

“我懂，我懂。我们原先是三个人，现在只剩下两人了。所以我们更需要变成一个人。”

他们还像习惯的那样坐在屋顶上。这是一个温暖的初春夜晚，远处响起了闷雷，伴着这断断续续的雷鸣，大片闪电在天边跳起了舞。阿米娜依偎在荷尔顿的怀抱里。

“干旱的土地正像头母牛哞哞叫着祈求雨水，而我……我感到害怕。我在数星星的时候并没有怕过。虽说我们之间的一条纽带已经割断了，你还会像过去那样爱我吗？回答我呀！”

“我爱得更深了，因为从我们两人共同经受过的悲伤里，产生了一条新的纽带，这你是知道的。”

“是的，我知道，”阿米娜悄声说道，“但是听你说了以后我就得到了安慰，我亲爱的。你是刚强的，只有你能帮助我。我今后不再是个孩子了，我要做一个女人，做你的贤内助。听吧！把我的西塔琴拿来，我要勇敢地歌唱。”

她拿起小巧的镶银西塔琴，开始唱起一首歌颂伟大英雄拉撒卢王的歌曲。但是，弹弦的手渐渐松弛下来，歌唱的调子慢了下来，中断了，降低了音调，变成了那首关于坏乌鸦的可怜的小摇篮曲：

森林里长着野李子，只要一便士一磅。

只要一便士一磅，乖乖，只要……

接着，眼泪涌了出来，又是对命运的无可奈何的抗议，直到她渐渐进入睡梦中。她在梦中还轻声呜咽着，左手伸了开去，仿佛在保护某个不在那儿的人。从这个晚上开始，荷尔顿的生活变得比较能够忍受了。无休止的丧子之痛驱使他埋头工作，他得到的报酬是：每天有九个或者十个小时，他脑子里什么别的都不想。阿米娜独自待在屋里郁闷地沉思冥想，但是当她了解到荷尔顿心里轻松了一点以后，便像女人习惯的那样，变得高兴一些了。他们再一次尝到了幸福，不过这次他们是小心翼翼地品尝着幸福。

"我们太爱托塔，所以他死了。上帝因为妒忌，才降祸在我们身上。"阿米娜说道，"我在窗口挂了一只黑色的大水罐，好避开注视着我们的毒眼。我们不能公开表示快乐，我们只能悄悄地到星光底下去。不然上帝就会发现的。我说的话不错吧，贱人？"

其实，这种称呼和"亲爱的"一样。她特意改变了这个词的重音，好表示她的诚意。但是随着她对他的新的称呼，她给他的一吻却是无论哪位神仙都要羡慕的。从此以后，他们到处都说"没关系，没关系"，希望叫所有的神仙都听见。

神仙们正忙于别的事情。他们给了三千万人民四个丰收的年景，人人都吃得饱饱的，庄稼全都得到了丰收，人口出生率一年比一年增加；地区的报告里说，在这块负担过重的大地上纯农业人口每平方英里有九百到两千人；某位在印度各地巡视、身穿大礼服、头戴大礼帽的众议院议员，口沫飞溅地谈论着不列颠帝国的恩泽。他认为印度唯一最需要的东西，是建立一套合法的选举制度，并且赋予每个公民以普选权。不断受到此类骚扰的当地主人们用微笑接待了这位议员，对他的光临表示欢迎。当这位议员用精心选择的美妙辞藻赞美当地的达克树没到季节就开放出血红色的花朵时——它预示了即将降临的灾难——当地主人们更加殷勤地微笑了。

科特—库姆哈逊的副专员驾临俱乐部，在那里逗留了一天。他随便谈起了一件事，却使偶尔听见这个故事的结尾的荷尔顿血都凉了。

"他再也不会打扰任何人了。我从来没见过这么大吃一惊的人。老天，关于这件事，我想他回去以后甚至打算在议院里提出质问呢。在船上的时候，和他同船的一位乘客——吃饭时就坐在他身边——一下子得了霍乱，十八个小时以后就死了。不要笑，你们这些家伙。这位众议员气得暴跳如雷，可是同时也吓得要命。我想他恨不得马上让自己这位文明之邦的代表尽快地离开印度。"

"他要是给霍乱搞倒了，我才痛快呢。以后那些像他那样的人，就会待在自己的教区里了。不过，你提到的关于霍乱的消息是怎么回事？还不到发生这类病的季节呀。"经营着一块无利可图的盐碱地的管理员说道。

"我也不知道，"副专员若有所思地说，"我们这里闹过蝗虫。整个北部都出现了零星的霍乱——至少，我们为了体面，把它称作是零星的。五个地区的春庄稼都歉收，看来谁也不知道雨季什么时候会来到。现在已经是三月了。我并不想吓唬谁，不过，我看今年夏天，自然之神是打算用一支大大的红铅笔来审查她的账簿了。"

"而且，正好是在我要去休假的时候！"屋子另一头有个人说道。

"今年不会有多少人休假，倒会有好多人得到提升。我是来说服政府，把我心爱的运河计划列入赈灾工作的。这里吹的是一股预示凶兆的邪风。我的那条运河看样子总算能完工了。"

"那么，又是那老一套程序了，"荷尔顿说，"饥荒、热病和霍乱？"

"噢，不。只不过是地区性的歉收和季节病的异常流行而已。你要是能活到明年，你就会发现报告里全是这么写的。你是个走运的家伙。你没有一个需要打发出去避难的妻子。今年那些远山区的驻地一定会住满了女人。"

"我觉得你有点夸大了集市上的小道消息，"秘书处的一位年轻的文职人员说，"我注意到……"

"我敢说你是注意到了，"副专员说，"但是，还有许多别的事情需要你注意呢，我的小伙子。眼下，我想让你注意一下……"于是他把这人拉到一边，去讨论他心爱的运河施工问题。荷尔顿回到了他的平房，他开始认识到他在世界上并不是孤身一人，他也在为另一个人担忧——这种恐惧是最能使一个男人的灵魂充实起来的。

正如副专员预测的那样，两个月后，大自然开始用红铅笔算账了。春季收割刚结束，便传来了乞求面包的呼声。决不让任何一个人饿死的政府，运去了小麦。接着，指南针上的所有四个方向都传来了霍乱的消息。它降临到一座有五十万香客聚集的圣殿。许多人死在他们的神明脚下；其余的人四散逃开，把传染病带到了四面八方。霍乱侵袭了一座筑起高墙的城市，一天之内就杀死了二百人。人们挤上了火车，吊在踏脚板上，蹲在火车顶上，霍乱就跟随着他们。每到一站，人们把死人和垂死的人从车上拖下去。人们死在大路边，英国人骑的马惊跳着躲开草里的尸体，雨季迟迟不来，大地变成了铁铸成的硬板，不让人们躲在里面逃开死神。英国人把他们的妻子送进山里，他们继续工作，服从命令，站出来补足战线上的每个空缺。荷尔顿极端害怕会失去他在世界上最宝贵的东西。他极力说服阿米娜和她的母亲一块到喜马拉雅山区去。

"为什么要我走？"一个晚上，她坐在屋顶上问道。

"这里有传染病，死了好多人，所有白皮肤的'梅姆—洛格'都走了。"

"所有的？"

"所有的。——只剩下一个老癞痢头女人，她硬要冒生命的危险，使她的丈夫烦恼得要死。"

"不，留下的都是我的亲姐妹，我不许你骂她，我也要做老癞痢头。我真高兴那些轻浮的'梅姆—洛格'都走了。"

"我究竟是在对女人说话，还是对一个娃娃说话？到山里去吧，我会想办法让你像一位公主一样去的。考虑一下吧，孩子。你会坐上一辆红漆牛车，罩着面纱，拉上窗帘，旗杆上悬挂着黄铜孔雀，拉着红布帷帐。我会派两名勤务兵当护卫，还要……"

"别说了！你这样说才像个娃娃呢。这些玩意对于我有什么用？他本来会去拍拍小水牛的背，玩玩那些鞍垫的。要是为了他——跟你在一块，我也变得带英国味了——我也许会去的。反正现在我是不走的。让那些'梅姆—洛格'逃走吧。"

"是她们的丈夫让她们去的，亲爱的。"

"说得倒好听。你是从什么时候起成了我的丈夫，向我发号施令起来的？我只不过给你生了一个儿子。你只不过是我全部灵魂的渴望。只要你遇到哪怕是像我的最小的小手指甲那么大一点危险——那不是够小的吗？——我马上就会感觉到的，哪怕那时我是在天堂里。所以你说我能离开吗？也许就在这个夏天，就在这里，你会死掉——哎，好人儿——你会死掉的！而且在你快死的时候，他们会派一个白种女人去照顾你，于是到了最后时刻，她就会抢走你对我的爱！"

"可是爱情不是片刻之间就能产生的，也不是在临死时候产生的！"

"关于爱情你懂得什么，铁石心肠的人？她至少能得到你的感谢，我对着上帝和先知，以及你们的先知的母亲圣母玛利亚发誓，我决不容许这样的事。我的老爷，我的爱人，不要再说什么打发我走的傻话了。你在哪里，我就在哪里。够了。"她伸开胳臂抱住了他的脖子，手指按在他的嘴唇上面。

从来没有人像他们这样，尽管头上悬挂的宝剑投下了阴影，他们还是享受着短暂的幸福。他们坐在一起，耳鬓厮磨，欢笑着，公然用各式各样足以使天神发怒的亲热的小名呼叫着对方。他们脚下的城市正紧锁在自己的痛苦之中。街上熊熊燃烧着硫黄火堆；印度教寺庙里海螺呜呜地尖叫着，因为在这些日子里，天神对人们是漠不关心的。那座巨大的清真寺里，正在举行祈祷仪式，寺院尖塔上几乎不断地传来召唤人们去祈祷的叫声。他们听见死了人的屋子里传来号哭声，有一次传来了一个母亲的哭叫，她失去了孩子，正呼唤他归来。在灰色的黎明里，他们看见人们把死人运出城门，每副尸架四周都围着一小圈送葬的人。于是他们全身颤抖，紧紧地亲吻着。

这是用红字写下的一大笔清账，因为大地身染沉疴，需要缓一口气，然后不值钱的生命潮流才能重新奔涌而下。发育不全的父亲和没有成熟的母亲生下的孩子是缺乏抵抗力的。他们吓呆了，静静地坐着等待悬挂着的宝剑收进鞘里去。假如上天注定的话，到了十一月，这一切也该结束了。英国人里也出现了一些空缺，但是空缺被补上了。主持饥荒赈济、建造容纳霍乱病人的小棚、分发药物，以及力所能及的一点环境卫生工作，都仍然继续进行着，因为上边是这样指示的。

荷尔顿得到命令，让他随时准备接替下一个病倒的人。他每天有十二个小时无法见到阿米娜，而她很可能在三个小时内就死去。他常常想，假如他有三个月不能见到她，假如她在他见不到的地方死去，他会如何痛苦。他已经完全明白，她是注定要死的。他心里完全明白这一点，所以有一天，当他从一封电报上抬起头来，看见皮尔汗上气不接下气地站在门口时，他反而笑了出来。"喂？"他说……

"从黑夜里传来了一声呼叫，灵魂就飞到嗓子眼里，这时谁又能用符咒把灵魂召回来呢？快回家吧，高贵的老爷！她染上了黑色霍乱。"

荷尔顿骑上马奔驰回家。天空压满了低低的云层，延迟了许久的雨终于临近了，天气闷热得使人喘不过气来。阿米娜的母亲在院子里迎着他，抽抽噎噎地说道："她要死了，她正在自己朝着死亡走。她简直跟死了差不多。我该怎么办，先生？"

阿米娜躺在托塔出生的那间屋子里。荷尔顿进去的时候，她没有任何表示，因为人的灵魂是非常孤独的，它准备上路的时候，总是躲在一片云雾笼罩、模糊不清的疆界里，活着的人是无法跟着到那儿去的。黑霍乱毫不喧闹，也没有任何解释，就干完了自己的工作。阿米娜正在脱离人世，就像死神亲自把手放在她身上一样。急促的呼吸声似乎意味着她并不恐惧，也并不感到痛苦，然而她的眼睛和嘴唇却没有对荷尔顿的亲吻做出反应。再没有什么话可说，再没有什么事可做。荷尔顿只有等待和忍受痛苦。大滴雨点开始打在屋顶上，他听见饱受干旱煎熬的城市迸发出一片欢乐的喊声。

灵魂稍稍回来了一点点，嘴唇嚅动起来。荷尔顿弯下腰倾听着。"不要留下我的任何一件东西，"阿米娜说，"不要留下我的头发。以后她会逼着你把它们烧掉的。我会感觉到火焰的。低些！再弯低些！记住，我曾经属于你，我为你生过一个儿子。虽然明天你会娶一个白种女人，但是把头生子抱在怀里的欢乐，你是永远不会再感受到了。等到你的儿子出生的时候——就是那个将要在众人面前公开继承你的姓氏的儿子——不要忘记我。我愿意承担他的灾难。我可以作证……我可以作证，"她的嘴唇在他耳边无声地说出了下面的话，"除了你，亲爱的，没有别的上帝。"

然后她咽了气。荷尔顿僵直不动地坐在那里，万念俱灰。……直到他听见阿米娜的母亲掀起了帘子。

"她死了吗，先生？"

"她死了。"

"那么我要为她哀哭，然后我要把这幢房子里的家具开一份清单。因为那些东西都是我的了。先生不打算把它们要回去吧？它们不值什么钱，一点也不值，先生，而我是个老太婆了。我希望能睡在一张软床上。"

"看在老天的分上，安静一会儿吧。走开，到我听不见的地方去哭吧。"

"先生，她在四个小时以后就应该下葬。"

"我知道这个规矩。抬走她以前，我会走开的。只是那张床，那张她躺着的床……"

"啊，那张漂亮的红漆大床。我早就想要……"

"不要动那张床，把它留在这里，由我处理。这幢房屋里所有别的东西都是你的。去雇一辆牛车，把东西都搬走。你得在明天太阳升起以前，把这幢房子里的东西全都搬走，只留下我不让你动的那件东西。"

"我是个老太婆，我至少要留在这里等到守完丧为止，而且雨水刚刚开始。你叫我到哪儿去？"

"那和我有什么关系？我的命令是让你搬走一切。这幢房子里的家具用品能值一千卢比，今天晚上我的勤务兵还会给你送来一百卢比。"

"那太少了。还有雇牛车的费用呢。"

"你如果不马上走开，就一分钱也拿不到了。喂，你走吧，让我跟死去的人待在一块吧。"

母亲拖拖拉拉地下了楼，她急于清点家具用品，以至于忘了哀哭。荷尔顿守在阿米娜旁边，雨点在屋顶上轰响着。雨点的声音震得他没法有条理地思考，虽说他努力想这样做。后来，四个裹着白被单，浑身湿淋淋的幽灵静悄悄地溜进了屋子，透过面纱瞧着他。那是来给死人净身装殓的人。荷尔顿离开了屋子，到院子里去看他的马。他来的时候，是踩着漫过脚背的尘土，在一片死寂的闷热中到这儿的。现在院子里却成了一片雨水扫击着的水塘，到处是雨声蛙鸣；大门下边冲出了一条黄浊的滚滚流水的小河，呼啸的狂风，扫得雨水像鸟枪子弹一样撞击着泥墙。皮尔汗待在他那间大门边的小屋里发着抖，马儿在水里不安地甩着蹄子，踩着地。

"我已经接到了先生的命令，"皮尔汗说，"这样很好。这所房子现在太凄凉了。我也要走，要不然我这张猴子脸会勾起过去的事情来的。我明天早晨会把那张床送到你那边的屋子去；不过请先生记住，它会像一把尖刀搅动着新鲜的伤口。我打算去进香，你不用给我钱。我在先生的庇护下已经养肥了，你的悲痛也就是我的悲痛。让我最后一次为你扶住马脚镫吧。"

他伸出双手摸了摸荷尔顿的脚，马儿一跃便上了大路，大路两边的竹林噼啪地响着，仿佛在鞭打着天空，青蛙全都在咯咯地笑。雨水打在荷尔顿脸上，使他什么也看不清了。他伸手捂住眼睛，喃喃自语道：

"噢，你这畜生！你这该死的畜生！"

他遭到不幸的消息已经传到了平房那边。当他的男仆阿赫梅德端上饭来的时候，从他的眼里可以看出，他已经知道了这个消息。他平生第一次，也是最后一次，用手抚着他主人的肩头说："吃吧，先生，吃吧。吃点肉就能扛得住悲伤。我曾经也悲伤过。再说，黑暗总会过去的，黑暗总会过去的。请尝点咖喱烧鸡蛋吧。"

荷尔顿吃不下饭，也睡不着觉。那天晚上，老天降下了八英寸深的雨水，把大地冲洗得干干净净。大水冲垮了墙壁，冲坏了道路，把穆斯林教徒墓地上的那些埋得浅浅的坟墓都冲开了。第二天又下了一整天雨，荷尔顿静静地坐在屋子里，沉浸在悲痛中。第三天早晨他收到了一封电报，上面只写着："里凯兹·梅多尼病危，由荷尔顿接替。速来。"于是他想到，在他离开以前，他得去看看那幢他曾经当过一家之主的房子。天气暂时晴了，潮湿的土地冒着热腾腾的水汽。

他发现大雨冲塌了那扇大门的泥柱，曾经守护过他最宝贵的人的那扇沉重的木门，现在懒洋洋地挂在门框上的一根铰链上。院子里的草足有三英寸高；皮尔汗的看门人小屋已经空空如也，浸饱了雨水的茅草屋顶塌陷了，露出了房梁。一头灰色的松鼠占据了游廊，仿佛这座房屋没有人居住不是刚刚三天，而是整整三十年了。阿米娜的母亲搬走了全部东西，只留下一床长了霉的草垫子。整座房屋寂静无声，只有一些小小的蝎子匆忙爬过地板，发出窸窣的响声。阿米娜的房间和托塔住过的房间都发了霉，通往屋顶的狭窄扶梯上面斑斑点点，尽是大雨带进来的污泥。荷尔顿上上下下看过这座房屋以后，便走了出来。他在大路上遇见了房东杜尔加·达斯。他身躯肥胖，为人和蔼，身穿白布衣服，赶着一辆"C"字形弹簧的两轮马车。他是来视察房子的，他要看看屋顶是不是经受住了第一场雨的压力。

"我听说了，"他说，"这所房子你不打算再租下去了吧，先生？"

"你打算怎么处理它呢？"

"我也许再租给别人。"

"那么在我离开的这段时间里，我还是继续租下它吧。"

杜尔加·达斯沉默了很久。"你不用继续租它了，先生，"他说道，"我年轻的时候，也曾经……可是今天我当了市政府的议员。嗬！嗬！不。鸟儿已经飞了，留着窝有什么用呢？我打算把这座房子拆掉——木料总可以卖些钱的。这座房子一定要拆掉，市政府会在这里修一条路，他们早就打算这么做了，从河边的火葬场，一直修到城墙底下。以后，谁都不会知道这儿原来有座房子了。"

通道尽头

铅灰色的天空，我们的脸孔通红，

地狱的大门劈开了，敞得大大的，

地狱的狂风劲吹，

灰尘扬起，直达天堂，

厚厚的云朵凶猛地压将下来

抬不起也掀不动，压得人难以忍受。

人的灵魂不再关心区区温饱，

他病魔缠身，心情沉重，

看破了人间追逐蝇头小利的虚妄，

他的灵魂像街头的尘土向上飞起，

挣脱了他的肉体，从此离去，

就像那宣告霍乱的号角，声声昂扬，一去不复返。

——《喜马拉雅人》

四个理应享受"生存、自由和追求幸福"权利的男人，正坐在桌子旁边打惠斯特牌。温度表指着——对于他们来说——一百〇一华氏度的高温。窗子被遮得严严实实的，屋里暗得只能分辨出纸牌上的点数和玩牌人极端苍白的面孔。一台粉刷成白色的破烂布制吊扇在扇动着灼热的空气，每摇晃一下就发出悲哀的呻吟。屋子外边一片朦胧，就像伦敦十一月的天气。看不见天空、太阳和地平线——只有一团棕红的炎热雾气。大地似乎患了中风，马上就要断气了。

有时，在静止的空气中，一团黄褐色的灰尘突然从地面升起，像一块桌布那样撒开，蒙到烤焦了的树梢上，然后又落到地上。而后，一阵魔鬼似的灰尘旋风就刮到方圆两英里的平原上，然后，风势减弱了，尘土四处散开。其实在平原上并没有什么东西挡住风的去向，只有一长排低低的火车车厢堆放在那里，还有一些泥砌的小屋，废弃的铁轨、帐篷，以及一幢有四个房间的带游廊的低矮平房，这幢平房里住的是负责这条正在施工的哥达里国家铁路支线的副工程师。

四个人都脱去了衣服，只穿着薄薄的睡衣，满肚子不高兴地玩着惠斯特牌，他们常常为了该谁先出牌和该谁出同样的牌而发生小小的争执。这场惠斯特牌打得并不愉快，但是他们为了到这里来打这场牌，却费了不少力气。印度测量局的莫特拉姆是昨天晚上从他沙漠里孤零零的工作岗位上骑马赶了三十英里路，又坐火车赶了一百英里路来到这里的。民政部政治处特派员朗兹也是赶了同样远的路来的，这样他就可以暂时躲开他那儿的那个穷困的土邦里钩心斗角的卑鄙政治活动。那个土邦王公不停地变换着手法，一会儿奉承讨好，一会儿又威迫恐吓，为的是想从受尽压榨的农民和走投无路的养骆驼人缴纳的那点可怜的捐税里榨出更多的钱来。斯珀斯托是这条铁路线上的医生，他扔下了营地里一队染上了霍乱的苦力，让他们自己照顾自己，好让自己有机会回到白种人中间来度过四十八小时。副工程师休米尔是东道主。他坚守着岗位，每星期日，只要他的朋友们能来，他就这样招待他们。如果哪一个没有来，他就发个电报到他上一次住的地方，好了解缺席者是死了还是活着。在东方的许多地方，如果你的熟人短短一个星期不出现，你也不能不过问，不过问是不行的，也是不仁慈的。

玩牌的人彼此间并没有什么深厚的感情。他们碰到一起就要吵嘴；但是他们仍然迫切地渴望见面，就像缺水的人想喝水一样。他们都是孤独的人，很懂得孤独的可怕含义。他们都还不到三十岁——在这种岁数上就懂得了这种滋味，未免太早了。

"来点儿皮尔塞纳啤酒？"打完两局以后，斯珀斯托抹了抹额头说。

"我很抱歉，啤酒喝完了，苏打水也不够今天晚上喝的了。"休米尔说道。

"糟透了的行政管理！"斯珀斯托咆哮起来。

"没办法。我又是写信，又是打电报，可是火车没法按时到达。上星期是冰块用完了——朗兹知道。"

"幸亏我没来。不过，我要是早知道，倒可以给你们送点冰块来。呸！这么热的天气，玩牌不按规矩可不行。"这句话是恶狠狠地皱起眉毛冲着朗兹说的。朗兹笑了笑，他是个犯规的老手。

莫特拉姆站了起来，从百叶窗的缝隙里朝外望去。

"多可爱的天气呀！"他说道。

在座的人全都打了个呵欠，漫无目的地研究起休米尔的全部家当来——枪支、翻破了的小说、马具、踢马刺和诸如此类的东西。他们以前已经把这些东西摆弄过不下二十次了，但是他们实在没有别的事可做。

"有什么新鲜玩意吗？"朗兹问道。

"有上星期的《印度报》，还有一张美国报纸上剪下的文章。是我父亲寄来的。挺有趣。"

"又是一位自称为'下院议员'的教区委员，是吗？"斯珀斯托问道。只要能弄到报纸，他总是要读读的。

"是的。听听这篇东西吧。它是冲着你讲的，朗兹。那家伙是在对他的选民演讲，讲得真够夸张的。你听听这句话吧：'我毫不犹豫地断言，印度民政部已经成了美国贵族的领地——独占领地。虽说我们用欺骗手段逐步兼并了那个国家，可是民主制度——群众——从那个国家得到了什么呢？我的回答是，什么也没得到。这个国家被一些贵族家族从他们自己的利益出发加以经营。他们竭力保持自己的巨额收入，禁止和扼杀任何人调查他们行政机构的性质和管理方法的企图，可是他们自己为了维持奢侈生活，却逼着可怜的农民为他们累死累活地劳动。'"休米尔把剪报高高举过头顶挥舞着。"好哇！好哇！"他的听众喊道。

朗兹接着沉思着说道："我愿意——我愿意拿出三个月工资，只要那位先生能来跟我一块生活一个月，看看那些自由的、独立的王公是怎样干的。老'木头腰杆'（这是他给一位得过勋章、受人尊敬的封建王公起的有失敬意的绰号）这星期为了钱的事把我缠得快送命了。天哪，他最新的一手是把他的一名妃子送给我作为贿赂。"

"你倒真美呀！你收下了没有？"莫特拉姆说道。

"没有。这会儿我倒希望当时我把她收下了。她是个可爱的小家伙。她对我闲扯了好多关于王公的妃子们穷得要命的情况。那些小宝贝有将近一个月没有添置新衣服了，老头儿想从加尔各答买一辆四匹马拉的大马车——有纯银扶手、银灯和诸如此类的小玩意的那种马车。我费尽唇舌想告诉他，过去二十年里他已经把国库收入搞得一团糟，今后得收敛一点才行。可他就是不明白。"

"不过，他还可以依靠他祖先窖藏的财宝。在他的王宫下面，少说也埋着价值三百万的珠宝和钱币。"休米尔说。

"有哪个王公会去碰他家族的财宝！祭司们禁止他们动用，除非是在他们实在走投无路的时候。老'木头腰杆'在他统治期间已经给这笔财富添上了大约二十五万。"

"他是从哪里搞到这么多钱的呢？"莫特拉姆说。

"从国内。老百姓的情况真让人觉得恶心。据我所知，有的税务员干脆等在一头临产的骆驼旁边，小骆驼一生下来，他们就把母骆驼拉去抵偿拖欠的税款。我又能帮什么忙？我没法叫法庭的办事员把账簿交给我；部队的军饷已经拖欠了三个月，可是我从司令官那里除了一张笑脸，什么也要不到，老'木头腰杆'一见我找他谈话就哭哭啼啼。他现在又喝上了香槟白兰地——用利久白兰地代替了威士忌，用海德西克酒代替苏打水。"

"朱贝拉的拉乌也喝上了这玩意儿。就连当地人这么喝下去也是活不长的，"斯珀斯托说，"他会翘辫子的。"

"那倒是件好事。那样我们就可以成立一个摄政委员会，并且给小王子找个教师，十年以后再把他的王国和十年的积累交还给他。"

"而那位年轻的王子，由于学会了英国人所有的毛病，就会拿钱打水漂，用不了十八个月就会使十年的成果付诸东流。这种事我见得多了。"斯珀斯托说，"我要是你的话，朗兹，我就会对那位王公讲究点手腕。不过，他们无论如何，都会痛恨你的。"

"你说的这一切都不错。作为旁观者，说什么讲究点手腕总是容易的，可是你没法用一支沾了玫瑰香水的笔去打扫猪圈。我知道我冒着什么样的危险，不过到目前为止还没有出什么事。我的仆人是个帕坦人老头，他给我做饭。他们不大可能收买他，而那些自称是我的真正朋友的人送来的食物，我是从来不接受的。唉，这种工作真叫人厌倦！我宁愿跟你一块干，斯珀斯托。在你的营地附近还可以打打猎。"

"你愿意吗？我倒并不如此认为。一天差不多要死掉十五个人，这叫人什么东西都不想射击了，除非是射击他自己。最惨的是，那些可怜虫就那样眼巴巴地望着你，仿佛你本该救他们的命。天晓得，我什么办法都试过。最后我连庸医的办法都用上了，居然救活了一个老头子。他被抬来的时候显然是治不好的了，于是我给他喝杜松子酒和掺了辣椒面的辣酱油。这办法治好了他，不过我是不主张用这种办法治病的。"

"病人的进展情况一般怎么样？"

"非常简单。氯丁①、鸦片、氯丁、虚脱、硝石、砖头垫脚，然后——火葬场。看来只有火葬场才能结束一切烦恼。你要知道，那是黑色霍乱呀。可怜的家伙们！不过我得说，我的药剂师小邦西·拉尔干起活来真卖命。要是这次他能活下来，我一定推荐他晋升一级。"

"你自己能活下来吗，伙计？"莫特拉姆说。

"不知道，也不大在乎；不过我已经把推荐信交上去了。你自己天天在干些什么呢？"

"待在帐篷里，坐在桌子底下，朝六分仪吐唾沫，好叫它凉一点，"那位测量局的职员说道，"为了不害结膜炎，我不停地洗眼睛，不过，我还是会害结膜炎的。我还有一件事可做，就是让一位副测量员明白，计算的时候把角度弄偏了五度并不是什么小错误。现在我完全是在孤军作战，你知道，一直要到酷暑结束的时候。"

"休米尔是个走运的家伙，"朗兹坐到一把长椅上说道，"他的头顶上好歹总算有个屋顶——虽说天花板的顶棚布撕破了一些，总还是屋顶呀。他每天可以看见一列火车到达。要是老天发慈悲，他还能搞到啤酒和苏打水，还有冰块去冰镇它们。还有书看，有画儿看。"——画儿是从《画刊》上头撕下来的——"不但每周可以款待我们，还荣幸地和杰出的副承包人杰文斯做伴儿。"

休米尔苦笑了一下。"是的，我是个走运的家伙。杰文斯比我更走运。"

---

① 含有鸦片、氯仿、印度大麻等成分的止痛麻醉药。

"怎么？不会是……"

"正是。死了。就在这个星期……"

"自杀的？"斯珀斯托急忙问道，他的话道出了在场所有人心里的疑问。在休米尔这块地区附近并没有霍乱，就连热病，至少也给人一星期的时间。突然死亡一般都意味着自尽。

"在这样的天气里，我不怪罪任何人。"休米尔说，"我看他是中了点暑；因为上星期你们走了以后，他来到走廊上对我说，就在当天傍晚，他要回家去看他住在利物浦市场街上的妻子。

"我叫来药剂师给他看了病，我们想法让他躺下。过了一两个小时，他揉揉眼睛，说他一定是犯了病，他希望他没说什么失礼的话。杰文斯的雄心壮志是进入上流社会。他说起话来很像查克斯。"

"后来呢？"

"后来他回到自己住的平房，动手擦一支步枪。他对仆人说，第二天早上他要去打公鹿。当然，他在摆弄枪栓的时候走了火，射中了自己的头部——是无意的。药剂师给我的上司写了一份报告，杰文斯就埋在外面。斯珀斯托，假如你当时能帮什么忙的话，我一定会打电报给你的。"

"你真是个古怪的家伙，"莫特拉姆说，"瞧你那保密的劲儿，哪怕是你亲手杀了他，对这件事你也不可能这样守口如瓶。"

"老天！那又有什么关系？"休米尔平静地说，"我除了自己的工作，还得把他的大部分管理工作接下来。我是唯一的受害者。杰文斯是解脱了——当然，完全出于偶然，可是，他是解脱了。药剂师打算写一篇论自杀的大文章。你瞧，巴布①一有机会就想露一手。"

"你为什么不把它作为自杀事件向上面打报告？"朗兹问道。

"没有确凿证据。在这个国家里，人是没有多少特权的。但是他至少有权瞎摆弄他自己的步枪。再说，有那么一天，我也许需要别人来掩盖我自己的意外事件呢。自己活，也让别人活。自己死，也让别人死。"

"你吃片药吧。"斯珀斯托说。他一直在注意地观察休米尔苍白的脸孔。"吃片药，不要当蠢驴。这类话毫无意义。无论如何，自杀就是规避你的工作。假如我是个地道的约伯②，对于下一步要发生的事我会很感兴趣，而且会留下来等着瞧的。"

"唉，我已经没有那种好奇心了。"休米尔说。

"肝脏有点儿毛病，是吗？"朗兹同情地问道。

"不是。是睡不着。所以更糟。"

"天哪，那确实更糟！"莫特拉姆说，"我有时也睡不着，总得熬到这种毛病过去为止。你吃过什么药吗？"

"什么也没吃过。吃了有什么用？从星期五上午到现在，我总共只睡着了不到十分钟的时间。"

"可怜的家伙！斯珀斯托，你得想想办法。"莫特拉姆说，"听你说了以后，我倒真注意到，你的眼睛有点肿。"

斯珀斯托仍然注意地观察着休米尔。他淡淡地笑了。"我待会

---

① 对英国化的印度"绅士"的蔑称，此处指那位药剂师。
② 约伯，《圣经》中的人物。希伯来人的族长，刻苦耐劳的典型。

儿会把他治好的。你看出去骑骑马是不是太热？"

"到哪儿去？"朗兹疲乏地说，"我们八点钟就得离开，到那时我们还得骑好一会子马呢。每逢骑马成为一种不得已的必需办法时，我真恨马。噢，天哪！我们干什么好呢？"

"我们再打一盘惠斯特吧，一只小鸡算一点（'一只小鸡'相当于八先令），每局赌一个金莫赫①。"斯珀斯托立刻说。

"还是玩扑克吧。每人拿出一个月的工资作为赌注——赌多少钱都不限——每加一注是五十卢比。我看不等打完一局，就会有人破产的。"朗兹说道。

"我可不敢说咱们这儿谁破了产会使我得到多大快乐。"莫特拉姆说，"这种赌法并没有多少刺激性，而且相当愚蠢。"他走到那架破烂不堪的折叠式小钢琴旁边——这是曾经在这幢平房住过的一对夫妇留下的家庭残迹——打开了琴盖。

"这玩意早被弄坏了，"休米尔说，"用人们把它搞得散了架。"

这架钢琴确实坏得厉害。但是莫特拉姆把那些不听话的音调调得稍稍和谐了一些，于是从破烂的琴键上奏出了一首曾经流行于音乐厅的歌曲。

"很不错！"朗兹说道，"天哪！我最后一次听见这首歌是在1879年左右，那是在我快要离开英国到这儿来的时候。"

"嗬！"斯珀斯托得意地说，"我在1880年回过国。"他还提起了一首当时流行的街道歌曲。

---

① 莫赫：印度旧金币名，值十五卢比。

莫特拉姆随手弹出了这支曲调。朗兹对之提出了批评，指出一些该纠正的地方。莫特拉姆顺手弹起了另一支曲子，这支曲子不属于音乐厅歌曲之列。然后他仿佛想住手不弹，打算站起来。

"坐下，"休米尔说，"我不知道你居然有音乐才能。弹下去，弹到你想不起调子可弹的时候。下次你来以前，我要叫人修修这架钢琴。弹点欢乐的曲子吧。"

由于莫特拉姆的技巧并不高明，加上这架钢琴的局限性，弹出的调子都极其简单，但是几个人都愉快地听着，在音乐停顿片刻的时候，他们不约而同地谈起了自己上次回国时的所见所闻。屋子外边卷起了一场浓密的尘土风暴，它呼啸着刮过这幢房屋，使房屋笼罩在一片令人窒息的午夜般的黑暗中，但是莫特拉姆不闻不问地弹着琴，那疯狂的叮咚声压过了破烂的天花板顶棚被风刮得啪啪响的喧闹声。

风暴停息了，一切寂静下来。刚才他一边弹着一些直接抒发个人感情的苏格兰歌曲，一边嘴里哼唱着。这时，他弹起了晚祷歌。

"星期日。"他点点头说。

"弹下去，不必道歉。"斯珀斯托说道。

休米尔狂笑起来，笑了好一会儿。"弹吧。你今天不断地叫人惊奇。我还不知道你有这样微妙的讽刺天才呢。那支曲调是怎么弹的？"

莫特拉姆弹起了那支曲子。

"太慢了。你没有把感恩的调子弹出来。"休米尔说，"应该照'蚱蜢波尔卡'弹——是这样的。"他用乐谱上标出的"极快"的速度吟唱起来：

"今天晚上，光荣归于你，我的上帝，

　　　为了你赐给的一切光明。

　　"这就表明，我们真正体会到了赐给我们的恩惠。底下是怎么唱的？

　　　"如果我晚上辗转不能入眠，

　　　请向我的灵魂灌输神圣的思想。

　　　别让噩梦打扰我的安息。

　　"再快一点，莫特拉姆！——
　　"也别让魔鬼把我欺凌！
　　"呸！你真是个虚伪的老家伙！"
　　"别当蠢驴了，"朗兹说道，"你完全有自由取笑任何别的东西，但是别去取笑那首赞美诗。在我的头脑里，它是和最圣洁的回忆联系在一起的……"
　　"村庄里的夏日傍晚——彩色玻璃窗——光线昏暗下来，你和她两个人，头挨着头挤在一起，合看一本赞美诗集。"莫特拉姆说道。
　　"是啊，还有，当你走回家去的时候，一只肥大的金龟子撞到你的眼睛上。稻草的芳香，月亮像个大帽盒子，蹲在干草堆顶上；蝙蝠、玫瑰、牛奶和蚊蚋。"朗兹说道。
　　"还有母亲。我还记得，我是个小娃娃的时候，我妈妈就是唱着那支歌哄我睡觉的。"斯珀斯托说道。

房间已经沉没在黑暗中。他们听得见休米尔在椅子里扭动身子的声音。

"所以，"他烦躁地说，"你们落进十八层地狱的时候就唱它！装出一副根本不是受苦受难的叛逆者的样子，这是对上帝的智力的侮辱。"

"你还是吃两片药吧，"斯珀斯托说，"你的肝痛犯了。"

"休米尔平常很温和，今天的脾气却这么坏，明天我很替他的苦力们担心。"朗兹说。这时仆人们端进了灯盏，摆好了餐桌。

他们围着难吃的山羊腿和煮煳的木薯粉布丁，在餐桌旁边坐了下来。斯珀斯托趁机对莫特拉姆低声说道："干得好，大卫①！"

回答是："那么你就好好照顾扫罗吧。"

"你们两人在嘀咕些什么？"休米尔多疑地问道。

"我们只是在说，你是个糟透了的主人。这只鸡用刀都切不动，"斯珀斯托和蔼地微笑着说道，"这能算作晚餐吗？"

"我也没办法。你总不能要求我摆一桌酒席吧？"

在这顿晚餐的整个过程中，休米尔竭尽全力露骨地直接辱骂他的每一个客人。他每骂一句，斯珀斯托就在桌子底下用脚踢踢那个受气包；但是他不敢对他们使眼色。休米尔脸色苍白，容颜消瘦，眼睛显得异常的大。在座的人谁都不敢对他的粗暴态度表示愤慨，

---

① 大卫，《圣经·旧约》中的人物，以色列国王。幼年曾为以色列王扫罗弹琴，他弹竖琴声音优美，使扫罗感到无比舒畅。后来扫罗因嫉妒而多次想加害于他，但都未成功。扫罗死后，大卫统一犹太各部落，成了犹太以色列王。

但是他们一吃完了饭便赶紧准备离开。

"别走。你们这些家伙这会儿刚刚变得有趣起来。我想我没说什么惹恼你们的话吧？你们真是些惹不起的鬼东西。"接下去，休米尔的语调变得低声下气，对他们哀求起来："喂，你们难道真打算走？"

"我呀，照神圣的乔罗克斯的话说，我在哪儿吃，就在哪儿睡，"斯珀斯托说，"我明天打算给你的苦力们检查一下身体，如果你不反对的话。你能赐给我一块地方让我躺下吗？"

其他人都说第二天他们有要紧的工作，于是他们备好鞍子，一块儿离开了。休米尔乞求他们下星期日再来。在骑着马缓步离开的时候，朗兹对莫特拉姆坦白说：

"……我这辈子从来没有这么想踢一个做东道主的人。他说我打惠斯特牌的时候做了手脚，还揭我的短，说我欠着别人的债！他简直是当着你的面，骂你是个撒谎的家伙！我看你倒不怎么生气。"

"我并不生气。"莫特拉姆说道，"可怜的家伙！过去你可曾见到老休米尔有一丁点儿像今天这样子吗？"

"那不是理由。斯珀斯托一直在踢我的脚脖子，我才克制住了。要不我一定会……"

"不，你不会的。你也会像休米尔对待杰文斯那样，在这种天气里不要怪任何人。天哪，我的马勒上的扣环摸起来都发烫了！我们小跑一会吧，小心田鼠洞。"

小跑十分钟以后，朗兹拉住了马缰，全身每个毛孔都冒出了汗珠，这时从他嘴里说出了一句很有洞察力的话：

"今晚亏得有斯珀斯托陪着他。"

"是啊。斯珀斯托是个好人。我们该在这里分手了。下星期日再见，如果我没被太阳晒死的话。"

"再见，如果老'木头腰杆'的财政大臣没有想法子给我的饭里撒点作料的话。晚安……上帝保佑你！"

"怎么，又有什么事情不对头了吗？"

"噢，没什么。"朗兹收拢了他的鞭子。他在莫特拉姆骑的母马胯上轻轻抽了一鞭，加了一句："你倒不是个坏小伙子——就这样。"那匹母马不等他说完这句话，就在沙土地上一下子蹿出去半英里远。

在副工程师的平房里，斯珀斯托和休米尔两人沉默地抽着烟斗，互相仔细地观察着对方。单身汉家里的容量是很有弹性的，安排起来也很简单。一个仆人进来收拾干净了餐室的桌子，搬进两张当地人用的床，那是用布条绷在一张轻便的木框上做成的，床上铺着凉爽的加尔各答床垫。仆人把两张床并排放好，在吊扇上面别上两块毛巾，毛巾边缘垂下来离睡觉的人的鼻子和嘴巴只差一点点，然后禀报说床已铺好了。

两人躺了下来，命令拉吊扇的苦力使劲儿拉。屋里的所有门窗都关得严严的，因为外面的空气就像火炉一样烤人。从温度计上看，屋里的温度只有一百〇四华氏度，屋里充满了没有修剪灯芯的煤油灯又闷又难闻的气味；这种臭气，加上当地烟草的气味、烤热了的砖头气味、干燥泥土的气味，简直会使许多强壮的男子汉的心陷进绝望之中，这就是大印度帝国的气味。每年有半年时间，她变成了一座苦役营。斯珀斯托灵巧地垫高了枕头，于是他不是躺着，而是稳稳当当地靠着，他的头放得比脚高。在炎热的天气里，如果你是个粗脖根的大个子，那么，睡在低矮的枕头上是不行的，你很可能一面打着呼噜，一面就从自然的睡眠进入了受暑中风的深沉的长眠中。

"垫高你的枕头。"医生看见休米尔正打算直挺挺地躺下去，就严厉地对他说。

灯芯已经修剪过了。吊扇的影子在室内来回摆动。吊扇上的毛巾发出了簌簌的响声，穿在墙洞里的吊绳的吱吱声在和它相互应答。吊扇的摆动渐渐缓慢下来，几乎静止不动了。汗珠滚下了斯珀斯托的额头。他是不是该出去训斥那苦力一顿？吊扇突然被人狠命一拽，又摆动起来，毛巾上的一只别针掉了下来。等到别针又别上去以后，苦力营地里有面大鼓咚咚地敲响起来，就像个得了脑膜炎的人，脑子里有根肿胀的动脉在不停地跳动。斯珀斯托侧过身躯，轻声诅咒着。休米尔那边一点没有动静。这人僵直得像死尸一样，放在身体两边的手紧紧握着拳头。他的呼吸太急促了，不可能是睡着了的样子。斯珀斯托看了看那张凝固不动的脸孔，那牙关咬得紧紧的，颤动的眼皮四周显出一道皱纹。

"他在拼命地控制着自己，"斯珀斯托想道，"他到底是怎么回事？——休米尔！"

"嗯。"声音是沙哑的，紧张的。

"你睡不着吗？"

"睡不着。"

"脑袋发热？嗓子发堵？还是别的毛病？"

"都不是，谢谢。你知道，我睡得很少。"

"觉得非常难受吧？"

"非常难受，谢谢。外面是在敲大鼓吧？我起先还以为是我脑袋……噢，斯珀斯托，给我吃点药，让我睡一觉吧——好好睡一觉，哪怕只睡六个小时！"他跳了起来，全身颤抖。"我已经有好多天没法自然地入睡了，我实在受不了了——我实在受不了了！"

"可怜的老伙计！"

"说话不管用。还是给我点药让我睡觉。告诉你，我快要发疯了。我常常不知道自己说了些什么。三个星期以来，我得先把我要说的话想好，又一个字母一个字母地拼出，才敢说出来。这还不够叫人发疯的吗？我看东西也看不准了。还有，我的触觉也失灵了。我的皮肤疼极了——我的皮肤疼极了！让我睡觉吧。噢，斯珀斯托，为了上帝的爱，让我好好睡一觉。只让我做梦还是不够的，让我睡一觉吧！"

"好的，老伙计，好的，慢慢来；你的情况并不像你想的那样糟。"

自我克制的闸门一旦打破，休米尔就像一个吓坏了的孩子那样紧紧拉住他不放。"你把我的胳臂都要掰断了。"

"你要是不帮我的忙，我就要拧断你的脖子。噢，我不是那个意思。不要生气，老伙计，"他抹去自己身上的汗，努力恢复镇静，"我有点烦躁，情绪不太好，也许你能告诉我该吃点什么安眠药——比如溴化钾之类。"

"胡扯！你为什么不早告诉我？放开我的胳臂，让我看看我的烟盒里有什么能治你的毛病。"斯珀斯托在他白天穿过的衣服里翻找着，把灯火旋亮了一些，打开了一个小小的银烟盒，拿出一支极其精巧的小注射器，向满怀期待的休米尔走去。

"文明制度的最新产品，"他说道，"也是我不愿使用的东西。伸出你的胳臂。好的，失眠症还没有损害你的肌肉，多厚的皮呀！还不如给一头水牛做皮下注射。过几分钟吗啡就会起作用了。躺下等着吧。"

一丝白痴似的，毫不掺假的欢乐微笑开始布满休米尔的脸庞。"我觉得，"他悄声说道，"我觉得，这会儿我马上就要睡了。天哪！真太美了！斯珀斯托，你一定得把那烟盒交给我保管，你……"脑袋耷拉下去，声音停止了。

"说什么也不能交给你，"斯珀斯托对那个已经沉入睡乡的人说道，"现在，我的朋友，既然像你这种失眠症常常会在生与死这类小事上使你放松了道德原则，那么我就要擅自行动，以防万一了。"

他光着脚摇摇晃晃地走进休米尔放鞍具的屋子，从枪匣里拿出一支十二毫米口径的步枪、一支快枪和一把手枪。他卸下了步枪的火门，把它藏到一只鞍具箱的最下面；他又把快枪上的瞄准仪取下，一脚把它踢到一个大衣橱后面；至于手枪，他仅仅只打开了枪机，用一只马靴敲掉了枪柄上的小头枪栓。

"一切妥当了，"他甩掉手上的汗说道，"这些小小的预防措施至少能给你一个考虑的机会。你对于枪支走火之类的意外事件太感兴趣了。"

他正要站起身，门口传来了休米尔模糊不清的声音："你这个傻瓜！"

人们只有在临死前从昏迷中清醒过来片刻的时候，才会用这种口气对他们的朋友说话。

斯珀斯托吃了一惊，手枪跌落到地上。休米尔站在门口，笑得直摇晃。

"你真太好了，"他慢吞吞地寻找着恰当的字眼说道，"目前我还不想用自己的手结束生命。我说，斯珀斯托，这种办法是解决不了问题的。我该怎么办？我该怎么办？"他的眼里充满了惊恐。

"躺下试试看。马上躺下。"

"我不敢。这只能使我半睡半醒，而这次我就逃不掉了。你知道吗？刚才我险些逃不出来了。平常我总是快得像闪电，可是你害得我腿脚不灵便了。我差点儿被抓住。"

"噢，是的，我理解。去吧，躺下。"

"不，这不是说胡话，可是刚才你真的差点儿害了我。你知道我可能死掉吗？"

正像一块海绵把石板擦拭得干干净净一样，某种斯珀斯托所不知道的力量，把休米尔脸上一切足以证明他是个男子汉的东西都擦拭得干干净净，他这时站在门口，脸上是一片迷惘的天真表情。他在睡梦中又回到了惊恐万状的童稚时期。

"难道他这会儿就会死掉？"斯珀斯托心里想道。然后他大声说："好吧，我的孩子，回到床上去，把一切都告诉我。你睡不着，可是其他那些傻话都是怎么回事呢？"

"有个地方……在那边有个地方……"休米尔丝毫没有做作地说道。麻醉剂在他身上一阵一阵地起着作用，随着他的感官的时而清醒时而糊涂，他的恐惧，有时像个壮汉子的恐惧，有时又像个吓坏了的孩子的恐惧。

"天哪！几个月来我一直害怕发生这种情况，斯珀斯托。它害得我每天晚上都像下地狱一样，可是我并不觉得自己做了什么坏事。"

"不要动，我再给你打一针。我们一定能止住你的噩梦，你这个大笨蛋！"

"好的，不过你得给我多打一些，好叫我索性跑不掉。你得让我非常瞌睡——不能只是有点儿瞌睡。那样子我跑起来真困难。"

"我明白，我明白。我自己也有过这种感觉。症状正像你说的那样。"

"噢，别取笑我了，去你的吧！在我还没有感觉到这种可怕的失眠状态之前，我总是用胳臂支着，斜靠在床上，旁边放一只踢马刺，我一往后倒，它就扎我一下。瞧！"

"啊！这家伙身上被扎得像一匹马那样了！这噩梦缠得他够苦的！我们大伙还以为他很理智呢。老天让我们更懂事一些吧！你想谈谈，是吗？"

"是的，有时想谈。不过当我害怕的时候就不想。那时我只想逃开。你呢？"

"我也总是那样。在我给你打第二针以前，你对我具体讲讲，你的毛病到底是什么？"

休米尔断断续续地低声讲了将近十分钟，斯珀斯托一面听，一面瞧着他的瞳孔，又用手在他的瞳孔前面来回晃了一两次。

等到休米尔讲完以后，银烟盒又被取了出来。休米尔第二次往床上倒下的时候说的最后几句话是："让我睡熟些吧，因为，我要是被抓住，我就没命了——我就没命了！"

"是的，是的。我们大家迟早都会走这条路的——感谢老天，让我们的痛苦有个结束的时候。"斯珀斯托把枕垫塞到他脑袋下面，说道，"我看我要是不喝点什么，我倒真会提前离开人世。我身上不出汗了，而且……我的领圈是十七英寸的。"他为自己煮好了滚烫的茶。一个人如果能及时地喝这么三四杯茶，就可以非常有效地防止暑热中风。然后他观察着那个熟睡的人。

"一张瞎了眼的面孔，它哭泣着，可是没法擦它的眼睛；一张瞎了眼的面孔，沿着走廊追他！哼！休米尔确实应该尽早去休假了；不论他的精神是否正常，他把自己扎得可真够狠的。唉，但愿老天让我们懂得这一切吧！"

休米尔睡到中午才醒来，他下了床，嘴里有一股苦味，但是眼光清澈，心情欢畅。

"昨晚我病得相当厉害，是吗？"他说道。

"我还没有见过比你更健康的人。你一定是有点中暑了。喂，假如我给你开一张非常有力的医生证明，你愿不愿意马上就申请休假？"

"不行。"

"为什么不行？你需要休假。"

"是的，不过我可以坚持到天气凉快一点的时候。"

"干吗要等以后，你可以马上找个人来接替你呀。"

"他们只能派伯克特来接替我，可是那家伙是个天生的笨蛋。"

"唉，你管它铁路线的事干什么，你也不是什么重要角色。有必要的话，就打个电报请求休假。"

休米尔看起来很不自在。

"我可以坚持到雨季。"他含糊地说。

"你没法坚持。打电报到部里去调伯克特来。"

"我才不打呢。假如你一定要知道为什么,那是因为伯克特已经结了婚。他的妻子刚刚生了孩子,她现在在西姆拉,在凉快的地方,而伯克特有个很不错的工作,正好每星期从星期六到星期一可以待在西姆拉。他那年轻的妻子身体很弱。伯克特如果调工作,她一定会跟他一块来。她要是不带上婴儿,就会伤心得要命。而她如果来了——伯克特是那种自私透顶的畜生,口口声声说什么妻子应该跟随丈夫——她也会送命的。在这种时候,让一个女人到这里来,那简直是蓄谋杀人。伯克特的身体还没有一只耗子强壮。他如果到这里来,一定会死的;我知道她没有钱,所以我敢肯定她也会死的。我自己久经考验,又没有成家。还是等到雨季吧,那时可以让伯克特到这里来减减肥,那对他会大有好处的。"

"你是说,你打算面对……你现在面对着的东西,直到雨季来临?"

"噢,事情不会那样糟,你已经教了我一条好的解决办法。我完全可以打电报给你。再说,我一旦能够睡觉了,一切就迎刃而解了。无论如何,我不打算提出休假。不用再说了。"

"老天爷!我还以为这类壮举现在没人干了。"

"瞎说。你自己也会这么干的。谢谢那只烟盒,我现在完全像换了一个人。你这会儿要到营地去看看吗?"

"是的,不过,只要有可能,我隔一天就来看看你。"

"我还没有糟到那种地步。我不想麻烦你。去给那些苦力喝点加了番茄酱的松子酒吧。"

"那么你觉得一切都好吗？"

"好得可以为我的生命去战斗，不过并没有好到能够站在太阳地里跟你闲扯。去吧，老伙计，祝福你！"

休米尔转身回去对付自己平房里那寂静得发出回声的冷清。他看见的第一件东西，就是他自己的身形站在游廊上。以前他也曾经遇到过类似的幻象，那是因为有一次他工作过于劳累，再加上暑热的折磨而引起的。

"这可有点不妙……来得真快呀，"他揉了揉眼睛说道，"如果那个东西像鬼魂一样，顷刻就消失了，那就只是我的眼睛和肠胃出了毛病。假如它会走路……那就说明我的头脑不正常了。"

他朝那个身形走过去，而那个身形当然也和他保持着不变的距离，所有由于工作过于劳累而引起的幻象都是这样的。它溜过屋子，碰上了花园里灼热的阳光，就化为叫人眼花缭乱的斑点，消失在他的眼球里面。休米尔照常工作起来，一直到傍晚。他进房去吃晚饭的时候，看见他自己正坐在桌子旁边。接着，这个幻象急忙站起身来走了出去。这个幻象，除了背后没有影子，一切都跟真人一个样。

没有人能想象出休米尔是如何度过这个星期的。由于传染病人增加了，斯珀斯托不得不待在营地上的苦力们那里。他能够做的事仅仅是打个电报给莫特拉姆，叫他到平房去，并且在那里过夜。可是离莫特拉姆最近的一架电报机是在四十英里外，因此莫特拉姆除了测量局的工作，什么也不知道，直到星期日早晨，他遇见了到休米尔那儿参加每周聚会的朗兹和斯珀斯托。

"但愿这家伙脾气好了一点，"莫特拉姆来到门口，跳下马来说，"我想他大概还没有起床吧。"

"我去瞧瞧，"医生说，"如果他还在睡着，我们就不必喊醒他。"

片刻之后，斯珀斯托叫他们快进来，从他的声调，这两人知道出了事。已经没有必要叫醒他了。

吊扇仍然在床的顶上扇动，然而，休米尔至少在三个小时前就离开了人间。

尸体仰面躺着，双手紧紧握着拳头，放在两侧，就像斯珀斯托七天前看见他躺的那个样子，在他那呆瞪着的眼睛里，充满了任何笔墨都无法表达出来的恐惧。

莫特拉姆跟在朗兹后面走了进去。他弯下腰朝着死者，用嘴唇在他前额上轻轻吻了一下。"噢，你这个幸运的、幸运的家伙！"他喃喃低语道。

但是朗兹看见了死者的眼睛，他发着抖，退缩到屋子的另一头。

"可怜的家伙！可怜的老家伙！上次我们见面的时候我生气了。斯珀斯托，我们本来应该好好照顾他的。他是不是……？"

斯珀斯托继续熟练地进行着调查，最后又在屋子四周搜寻了一番。

"不，他不是。"他怒冲冲地说道，"什么也没有发现。去把仆人叫来。"

仆人们来了，一共有八九个。他们交头接耳，窃窃私语，从别人背后探头窥望。

"你们的先生是什么时候上床的？"斯珀斯托问道。

"大概是十点或者十一点。"休米尔的贴身仆人说。

"他那时还是好好的吧？不过你们能够知道吗？"

"他没有生病，至少，据我们看，他没有生病。但是他已经有三个晚上没有好好睡觉了。我知道他没睡着觉，因为我看见他不停地来回走动，特别是在深夜。"

正在斯珀斯托整理床单的时候，一只笔直的大号猎靴靴刺滚到了地上。医生发出了一声呻吟。贴身仆人瞧了尸体一眼。

"你认为是怎么回事，楚玛？"斯珀斯托注意到了那张浅黑脸孔上的表情，问道。

"老爷，据小人看，我家主人是坠入地狱了。因为他跑得不快，所以他在那里被抓住了。这只靴刺就是证明：他一直在克制自己的恐惧。我们当地人用的是刺蒺藜，我见过。他们中了邪以后，一睡觉就会被摄走，所以他们不敢睡觉。"

"楚玛，你是个糊涂虫。到外面去准备封条，把先生的财产都封上。"

"老爷是上帝造的。我也是上帝造的。我们怎敢怀疑天意呢？您去检查先生的财产吧。我会让仆人们都避开。他们全是些贼骨头，会偷东西的。"

"就我所知，他的死亡很可能由于任何一种原因：比如心脏停止跳动啦，暑热中风啦，或是其他的灾祸，"斯珀斯托对他的同伴们说，"我们得把他的财产列一份清单，还得料理其他一些后事。"

"他是吓死的，"朗兹坚持说，"瞧他的眼睛！千万别让他睁着眼睛下葬！"

"不论是什么原因，他现在什么烦恼也没有了。"莫特拉姆轻声说道。

斯珀斯托窥察着死者睁开的眼睛。

"到这边来，"他说，"你们看看这里面有些什么？"

"我没法看！"朗兹呻吟道，"快盖上他的脸！人世间有什么东西竟能使人恐怖成那种样子？太可怕了。唉，斯珀斯托，盖上他的脸！"

"这种恐怖——不存在于人世间。"斯珀斯托说道。莫特拉姆从他肩后探过头去，仔细地观察着。

"我什么也看不见，只是在瞳孔里有些灰色的斑点。你要知道，那里是不可能有什么东西的。"

"说得对。好吧，让我想想。拼凑起一副棺木来，至少要用半天工夫；他一定是半夜死去的。朗兹，老伙计，出去告诉苦力们，在杰文斯的墓旁再掘一个墓穴。莫特拉姆，你和楚玛在屋里转一圈，把东西都贴上封条。打发两个仆人来找我，我会安排的。"

那两个膂力过人的仆人回到同伴们那里，讲起了他们看到的奇怪事情：医生老爷想用魔法召唤他们的主人，让他复活过来，但是没有成功——他握住一只小小的绿匣子，对着死者的每只眼睛咔嗒了一声，后来，医生又疑惑不解地喃喃自语着，把小绿匣子带走了。

乒乒乓乓钉棺材盖的响声并不是什么愉快的声音，但是有经验的人认为，床单轻柔的窸窣声、绷床布条缠裹死尸的沙沙声更为可怕。倒毙路旁的人就是被裹上被单，用布条缠紧，然后送进坟墓的。布条愈缠愈紧，尸体逐渐下沉，直到最后，尸体接触到了地面。对于这样不体面的、匆匆忙忙的埋葬方式，它一点也不表示反抗。

在最后一刻，朗兹突然受到了良心的责备。"是不是应该由你念一遍葬礼祷文——从头到尾！"他对斯珀斯托说。

"我准备这么做。你是个文职人员，地位比我高。要是你愿意的话，可以由你来念。"

"我一点也没有那个意思。我只是在想，我们是不是可以从什么地方找一位牧师来——我愿意骑马去请——让可怜的休米尔有个更好的机会。我就是那个意思。"

"傻话！"斯珀斯托说。他已经做好了准备要在葬礼上念出祷文开头那些至关重要的字句。

★　★　★　★　★　★　★

吃完早餐后，他们在一起沉默地吸着烟斗，思念着死者。后来斯珀斯托心不在焉地说道：

"这在医学里是没有的。"

"什么？"

"死人眼睛里的东西。"

"天哪，再不要提那可怕的东西了！"朗兹说道，"我见过一个被老虎追逐的当地人，他是活生生地被吓死的。我知道是什么害死了休米尔。"

"你知道个鬼！我倒要试着看一看。"医生拿着一部柯达牌相机走进了浴室。过了几分钟，有什么东西在浴室里被砸成了碎片。医生面色苍白地走出了浴室。

"你洗出相片来了吗？"莫特拉姆说道，"那东西是什么样的？"

"什么也看不出来。这也在意料中。你不必看了，莫特拉姆。我把胶卷撕碎了。上面什么也没有。什么也看不出来。"

"你在撒谎。"朗兹一字一顿地说道，他注视着医生用颤抖的手想去点燃熄灭了的烟斗。

莫特拉姆不自然地笑了笑。"斯珀斯托说得对，"他说，"我们的神经现在都太紧张了，对什么都会信以为真。不管怎么说，我们应该尽量理智些。"

许久没有人说话，炎热的风在屋外呼啸，枯干的树哀泣着。不久，每天一趟的火车，闪着亮晃晃的铜和擦得明光锃亮的钢，喷着蒸汽，喘吁吁地在炽热的阳光下停住了。"我们最好搭这趟车走，"斯珀斯托说道，"回去工作吧。我已经写好了死亡证明。我们待在这里没有什么用处了。只有工作才能使我们头脑清醒。来吧。"

没有人动。在六月的正午坐火车并不是一件愉快的事。斯珀斯托拿起自己的帽子和马鞭，在门口转过身来说：

"也许有天堂……肯定有地狱。

"总之，我们的生活就是这样。是吗？"

不论是莫特拉姆，还是朗兹，对这个问题都无法回答。

野兽的烙印

你有你的神，我有我的神——你和我，又有谁能知道
哪个神更加威力无穷？

——土著谚语

有人说，苏伊士以东的地方，不再归上帝直接管辖；那儿的人
全都转到亚洲的神和亚洲的魔鬼掌握之下，英国国教的上帝只是有
时候才偶尔对英国人略加照顾而已。

这条理论就解释了印度生活里有些并不那么必要的恐怖现象。
我们可以把它引申一下，用来解释我要讲的故事。

我的朋友，对印度当地老百姓有足够了解的警官斯垂克兰，可
以为这件事的事实做证。我们的医生杜莫瓦目睹了我和斯垂克兰看
见的事实。他从目睹的证据中得出的结论是完全错误的。现在，他
已经去世了；他去世的情况相当奇特古怪，我在另一个故事里写到
过这件事。

弗利特最初来到印度的时候，有一笔不多的钱财和一块地产，
这块地在喜马拉雅山的达姆萨拉附近。这笔钱和这块地都是他的伯

父遗留给他的。他来到印度就是为了经营这份产业。他是个身材高大、举止笨拙、性情和蔼、与世无争的人。他对当地老百姓的了解自然是极其有限的。他抱怨说他们的语言难懂。

为了度过新年，他从山里的住所骑马来到驻屯地，就在斯垂克兰那里寄宿。除夕晚上，俱乐部举办了隆重的晚宴，大家都情有可原地喝得酩酊大醉。的确，当人们从帝国最偏僻的边远地区来到这里，聚会在一堂时，他们确实有权利放肆地欢饮喧闹一场。边防部队派来的是一支剿匪分队，这些人一年到头连二十张白人的面孔都见不到，他们经常要冒着危险骑马奔驰十五英里路，到邻近的要塞去吃一顿晚饭，随时都有可能飞来一颗凯比里人的子弹，打在他们准备盛放美酒的地方。现在他们充分享受着目前的安全感。他们正试着用一只在花园里找到的卷成一团的刺猬来打台球，他们中间的一个人，嘴里衔着记分牌，在屋里来回奔跑。六个来自南部的农场主正在跟亚洲第一谎话大王比赛吹牛。这位谎话大王正在想法压倒所有别人的故事。所有的人都来了，这简直像是在集合点名，清点我们过去一年中的伤亡人数。这晚人人都放量畅饮，我记得大家喝到酒酣耳热之际，唱起了"昔日的美好时光"，人人的脚全伸进了马球冠军奖杯，而我们的脑袋都升上了天空，和星星做伴，我们相互发誓说，我们永远是知己好友。后来，我们这些人，有的离开了印度，去吞并缅甸；有的想攻开苏丹，结果在萨瓦金城下那场残酷的激战里被苏丹民兵打开了膛；有的人得到了星章和奖章；有的人结了婚，那并不是件好事；还有的人干了些别的事，比结婚还要糟；剩下的人，还是套在枷锁里，努力靠不多的经验来挣点钱。

那天晚上，弗利特一上来喝的是掺了黑啤酒的白葡萄酒，接着他不停地喝着香槟，一直喝到吃饭后点心的时候。然后是纯粹的、嗞嗞响的、带着十足的威士忌劲头的卡普里酒。喝咖啡时加的是班尼迪克丁甜酒，再加上四五杯掺苏打水的威士忌，用来加强他打台球的手劲。凌晨两点半钟的时候，喝的是啤酒，最后喝的酒是陈年白兰地。因此，当他在凌晨三点半钟走出大门，进入十四华氏度的霜冻里的时候，他便不禁对自己那匹马儿的咳声勃然大怒，并且想用儿童做跳背游戏的办法跳上马背去。马儿挣脱了，跑回了自己的马厩；于是斯垂克兰和我便组成了一支仪仗队，把弗利特护送回家。

途中我们要穿过市场，紧挨着市场，是一座小小的猴王哈努曼庙宇。这是一位受人尊敬的重要的天神。一切神明，就像一切祭司一样，都有他的美德。拿我来说吧，我是非常尊重哈努曼的，并且对他的子民——山区里巨大的灰猿，也表示友善。谁也不敢说他在什么时候会需要朋友的帮助哩。

从庙里射出了一线灯光。我们走过的时候听见庙里有男人们诵经的声音。在当地的庙宇里，祭司们总是还在夜里就早早地起床去供奉他们的神明。突然间，我们还来不及阻拦，弗利特就噌的一下迈上了台阶。他拍了拍两个祭司的脊背，一本正经地把他的雪茄烟蒂搽在红石雕塑的哈努曼神像的前额上，蹭掉了烟蒂上的烟灰。斯垂克兰想把他揪出来，但是他却坐了下来，摆出庄严的样子说道：

"瞧见了吗？野——野兽的烙印！是我打的。挺漂亮的吧？"

只有半分钟工夫，庙里就人声嘈杂，活跃起来。斯垂克兰完全明白亵渎神明会引起什么样的后果，他说，这下可要出事了。他是个担任公职的人，又在印度居住了多年，喜欢和当地老百姓来往，祭司们都认识他。因此他觉得非常不安。弗利特坐在地上拒绝挪动。他说"好心肠的老哈努曼"是只非常轻柔的枕头。

突然间，没有预先的警告，从神像背后的暗室里走出一个"银人儿"来。在那样凛冽寒冷的天气里，他赤身露体，一丝不挂。他的身体像结了白霜的银子一样闪闪发光。原来他就是一个在《圣经》上被称作"雪一般白的麻风病人"。他也没有脸孔，因为他患麻风病已有不少年头，已经受到麻风病的严重毁蚀。我们两人弯下腰去拉弗利特起来，庙宇里一下子挤满了人，他们仿佛都是从地底下冒出来的。这时，"银人儿"从我们的胳臂下面钻了过去，嘴里发出哼哼的声音，完全像一头水獭在呼叫。我们还来不及拉开他，他就拦腰一把抱住了弗利特，低下了头，把它搁在弗利特胸前。然后，他退到一个角落里坐下，嘴里仍然发出哼哼的叫声。这时所有的庙门都被人群堵死了。

在"银人儿"触摸弗利特之前，祭司们是非常愤怒的。但是他那么用鼻子碰了碰弗利特，似乎倒叫他们冷静下来了。

经过几分钟的沉默以后，有个祭司走到斯垂克兰跟前，用纯熟的英语说："把你的朋友带走吧。他和哈努曼算是完事了，可是哈努曼和他还没有完事呢。"人群让开了路，我们把弗利特抬到大路上。

斯垂克兰简直火冒三丈。他说我们三个都差点被人宰掉，弗利特应该感谢他的好运气，没有受一点伤就逃出来了。

弗利特却根本不感谢任何人。他说他想上床睡觉。他实在醉得够厉害的。

我们就这样往前走着。斯垂克兰满腹怒气，沉默不语。弗利特突然发作了一阵阵剧烈的颤抖，浑身大汗淋漓。他说市场上的气味太难闻了，他真奇怪为什么允许屠宰场开在离英国人居住区这么近的地方。"难道你们没有闻见血腥味？"弗利特问道。

天快亮的时候，我们终于送他上了床。斯垂克兰邀请我再来一杯威士忌加苏打水。我们喝酒的时候，他谈起了庙里发生的麻烦事情，他承认这件事使他完全迷惑不解了。斯垂克兰最讨厌被当地老百姓弄得莫名其妙，因为他的任务就在于利用他们的武器来压倒他们。在这一点上，他还没有获得成功，不过，也许再过十五年或者二十年，他会得到一点小小的进展的。

"他们应该揍我们一顿，"他说，"而不应该朝我们哼哼叫呀。他们到底是什么打算？这事真叫我不放心。"

我说，寺庙管理委员会很可能会向我们提出刑事诉讼，控告我们侮辱他们的宗教。在印度刑法里，有一条规定正好适用于弗利特犯的罪过。斯垂克兰说他只能祈祷上苍，希望他们会这样做。我在回家以前，到弗利特的房间去看了看。他侧身朝右边躺着，正在抓搔他的左胸。然后，在早晨七点钟的时候，我浑身冰冷、垂头丧气、闷闷不乐地上了床。

下午一点钟，我骑马来到斯垂克兰的住宅，想打听一下弗利特的脑袋怎样了。我猜想他的脑袋一定痛得厉害。弗利特正在吃早餐，看起来似乎有病。他的好脾气不知哪儿去了，因为他正在大骂厨子，问他为什么不给他端一盘嫩些的排骨来。昨天晚上喝了那么多酒，今天还吃得下生肉，这样的人实在少见。我对弗利特发表了这样的见解，他大笑起来。

"你们这儿的蚊子真奇怪，"他说，"我被叮得惨透了，不过，叮的全是一个地方。"

"让我们瞧瞧叮的地方，"斯垂克兰说，"也许过了一上午，它已经消了肿。"

趁着厨子在煎排骨的工夫，弗利特掀起衬衫让我们看，在他的左胸上有一个斑块，和豹子身上玫瑰花瓣形状的黑色斑块——由五六个不规则的疙瘩组成的圆形——简直一模一样。斯垂克兰瞧了瞧，说道："今天早上它还是浅红色的，这会变成黑色的了。"

弗利特奔到一面镜子前。

"哎呀！"他说，"这可不妙。这是什么？"

我们都没法回答。这时排骨端上来了，鲜红的，还带着血水。弗利特以一种令人厌恶的贪婪姿态一口气吞吃了三块排骨。他咀嚼时只用右边牙床，一面大口吞咽着肉，一面掉过头去朝着左肩后面。他吃完以后似乎觉出自己的举止有点古怪，于是便道歉似的说："我这辈子从来没有觉得这么饿。我刚才那么狼吞虎咽，简直像只鸵鸟。"

吃罢早饭，斯垂克兰对我说："你别走。留下吧，今晚就睡在这儿。"

其实我的住所离斯垂克兰的住宅还不到三英里，所以他的要求是荒唐的。但是斯垂克兰再三坚持。他正要对我说点什么，弗利特打断了我们的话。他面带愧色地宣称，他的肚子又饿了。斯垂克兰派一个仆人到我的住所去取我的被褥和马匹。我们三个人便到斯垂克兰的马厩去消磨几个小时，以便到时三人一同骑马出去。喜欢马匹的人是永远也看不厌它们的。当两个人用这种方法消磨时间的时候，他们彼此获得了知识，也听到了谎话。

马厩里有五匹马。正当我们打算视察它们的时候，出现了我永远不会忘记的景象。马儿们仿佛发了疯。它们直立起来，高声嘶鸣，狂暴得差点儿扯断了系马桩；它们汗流浃背、浑身颤抖、嘴吐白沫，恐惧得发了狂。斯垂克兰的马匹过去对于他和他的狗群都很熟悉，因此这事就更令人奇怪了。我们害怕这些畜生在惊惶失措的当儿会摔伤自己，便离开了马厩。随后，斯垂克兰又返回马厩，并且叫我也去。马儿们仍然惊惶不安，但是它们容许我们"驯服"它们，爱抚它们，并且把头埋进我们的怀抱里。

"它们不是怕我们，"斯垂克兰说，"你知道吗，如果奥特瑞治这匹马能说话，我真愿意拿出三个月薪金来。"

但是奥特瑞治是匹哑巴牲口，只会朝主人偎依过去，打着响鼻。每当马儿们想解释一些事情而又无法解释的时候，它们都是这样的。我们在马厩里的时候，弗利特走了过来。马儿们一看见他，立刻又陷入惊恐之中。我们差点被马匹踢倒，只得赶快逃出马厩。斯垂克兰说："它们看来很不喜欢你啊，弗利特。"

"瞎说，"弗利特说，"我的母马总是像只狗一样乖乖地跟在我后面。"他朝着他的母马走去，它是在一个单独的马厩里。他刚刚抽开门闩，它就倒立起来，把他撞倒在地，然后它就挣脱缰绳，逃进了花园。我大笑起来。斯垂克兰却一点也不想笑。他使劲揪住自己的胡子，差点把胡子连根拔了下来。弗利特并不去追他的马，反倒打了个呵欠，说他困了。于是他走进屋子去睡觉。用这种方式度过新年实在是太蠢了。

斯垂克兰和我走进马厩坐了下来。他问我是否注意到弗利特的举止有什么特别的地方。我说他吃起东西来像一头野兽；不过，那也可能因为他与世隔绝，住在深山里，没有机会接触，比如说，像我们这样的文明高雅的人士。斯垂克兰听了并不觉得可笑。看来他并没有在听我的话，因为他接着便提到了弗利特胸前的那块斑痕。我说，它可能是脓疱蝇叮过后留下的，也可能是一块新出现的胎记，直到现在才显露出来。我们两人都觉得它看起来很讨厌，斯垂克兰还说我是个傻瓜。

"我现在还不能把我的想法告诉你，"他说，"不然你会说我是疯子；但是，只要你抽得出时间，你一定得在我这里住几天。我希望你看守住弗利特，不过，在我还没有打定主意之前，别把你的想法告诉我。"

"可是今天晚上我打算出去吃饭呢。"我说。

"我也一样，"斯垂克兰说，"弗利特也一样。至少，假如他还没有改变主意的话。"

我们吸着烟，在花园里溜达着，两人都沉默无语——因为我们是朋友，谈话就糟蹋了上等烟草——直到我们的烟斗熄灭为止。然后我们去叫醒弗利特。他已经完全清醒了，正在屋里坐卧不安地晃来晃去。

"喂，我还想吃些排骨，"他说，"行吗？"

我们笑了起来，对他说："去换衣服吧，马匹马上就要牵来了。"

"好吧，"弗利特说，"我吃了排骨就换衣服——可一定要煎得嫩一些呀。"

他一点不像在开玩笑。当时是四点钟，而我们一点钟刚刚吃完早饭；然而他不停地闹着要吃半生的排骨，磨蹭了好久。后来他终于换上了骑装，来到门外走廊上。他的小马——那匹母马没有抓回来——不肯让他靠近。三匹马全都无法驾驭——畏惧得发了狂一般。最后，弗利特说，他宁愿留在家里，搞点东西吃。斯垂克兰和我满腹狐疑地骑上马动了身。我们经过哈努曼神庙的时候，"银人儿"走了出来，向我们发出哼哼的叫声。

"他不是庙里的正式祭司，"斯垂克兰说，"我真想抓住他。"

那个傍晚，我们在赛马场上的奔驰是无精打采的。两匹马都毫无精神，似乎已经跑了许多路因而疲惫不堪了。

"早饭后它们受了惊，给吓坏了。"斯垂克兰说。

剩下的那段路程中他只说了这一句话。有一两次我仿佛听见他在低声咒骂什么，不过那不算说话。

我们到家时是七点钟，天已经黑了，那幢平房里一片漆黑。"我的那些仆人全都是粗心大意的懒骨头！"斯垂克兰说。

马车道上躺着什么东西，吓得我的马竖立起来。这时，紧挨着马鼻子下面，弗利特站起身来。

"你在花园里爬来爬去干什么？"斯垂克兰问道。

可是两匹马突然蹿了开去，差点把我们扔下了马。我们在马厩旁下了马，回到弗利特身边。他正趴在橘子树丛里。

"真见鬼，你怎么啦？"斯垂克兰说。

"没事，什么事情也没有，"弗利特说，他说得很快，含混不清，"我在种花——在研究植物。泥土的气味真叫人愉快。我打算散步去——散很久的步——散步一晚上。"

这时我看出情况相当不对头，就对斯垂克兰说："我不出去吃饭了。"

"上帝赐福给你！"斯垂克兰说，"来吧，弗利特，站起来，不然你会得热病的。进屋来吃晚饭，我们把灯点起来。我们都在家里吃晚饭。"

弗利特不太情愿地站起来，说道："别点灯——别点灯。这里舒服得多。我们就在外边吃晚饭吧，再吃些排骨——好多好多的排骨，煎得半生——鲜红的，带脆骨的排骨。"

"进去，"斯垂克兰严厉地说道，"马上给我进去。"

弗利特进了门。灯火送上来后，我们发现他从头至脚，全身裹满了污泥。他肯定在花园里打了滚。他避开灯光，走进他的房间。他的眼睛看上去十分可怕。眼睛后面发出一道绿光，你要知道，不是眼睛里面，而是眼睛后面。而且这人的下嘴唇也耷拉下来了。

斯垂克兰说："今天晚上要出事情了，非常严重的事情。不要脱掉你的骑装。"

我们一等再等，等待弗利特出来，同时吩咐仆人准备晚餐。我们听见他在屋子里面走动，可是屋里没有灯光。不久，屋里传来一声长长的狼嗥声。

人们常常随便写到和谈到血液凝结啦，毛骨悚然啦以及诸如此类的感觉。这两种感觉都太可怕了，不应该轻易乱说。我的心脏停止了跳动，好像被人插进了一把刀。斯垂克兰的脸色变得像桌布一样煞白。

又是一声狼嗥。从遥远的田野那边，传来应答的嗥叫声。

霎时间，恐怖升华到了顶点。斯垂克兰冲进弗利特的房间，我也跟了进去。我们看见弗利特正要爬出窗口。他的喉咙里发出低沉的野兽吼叫声。我们朝他吆喝，他已经不会回答我们了。他只发出了一声怒吼。

我已经记不清后来发生的事情了。看来斯垂克兰用一根长长的鞋拔子把他打昏了，否则我是绝对不可能骑在他的胸膛上面的。弗利特说不出话，只会咆哮，那不是人，而是一只狼在咆哮。他的人性，在那一整天里，一定是一点点地泯灭下去，直到傍晚来临，他的人性终于完全消失了。

人的经验和理智实在无法理解这件事。我想说这是"狂犬病"，但是说不出口，因为我知道这不是真话。

我们用吊风扇的皮条把这只野兽捆缚起来，把它的大拇指和脚趾捆在一起，用一只鞋撑当马嚼，只要你知道捆绑的方式，这倒是一只很有效的马嚼子。然后我们把它抬进餐厅，打发仆人去给杜莫瓦医生送信，请他马上到这里来。我们派走信差以后，喘了一口气，斯垂克兰说："毫无用处。医生治不了这种病。"我明白，他说的是实话。

我们没有捆住这只野兽的头，于是它就不停地把头向左右两侧摆来摆去。这会儿要是有谁走进屋子里来，准会以为我们在鞣制一张狼皮。这是整个事件里最叫人恶心的一点。

斯垂克兰用拳头顶住下颏，坐在那里，凝视着在地上扭动着身躯的野兽，但却什么话也不说。它身上的衬衣在扭打中撕破了，露出左胸上黑色玫瑰花瓣形的斑块。这块斑痕已经肿胀起来，像烫伤的水泡。

我们正沉默地看守着，忽然听见外面传来像只雌水獭发出的哞哞叫声。我们两人都立即跳了起来。我觉得恶心，我不知道斯垂克兰觉得怎样，反正我自己是感到真正的生理上的恶心。我们就像剧本《皮纳福号》①里的水手一样，互相安慰，说那只不过是只猫。

杜莫瓦来了。我从来没见过如此小个子的人会这样违反职业习惯地大吃一惊。他说这是一件极其可悲的狂犬病例，他表示束手无策。即使采取任何可能的缓解疗法，也只会延长患者的痛苦。这只野兽嘴边冒出了白沫。我们告诉杜莫瓦，弗利特曾被狗咬过一两次。家里养着六条狗的人，有时难免被狗咬一下的。杜莫瓦无法提供援助。他只能出具证明书，说明弗利特因患狂犬病而濒临死亡。这时，那只野兽嚎叫起来，它已经想法子把鞋拔子吐了出来。杜莫瓦说，他可以开一张死因证明，并且说，死亡即将到来。他是个善良的矮个子，他表示愿意留下来陪伴我们；但是斯垂克兰拒绝了他的好意。他不想破坏杜莫瓦的新年。他只要求杜莫瓦不要向公众宣布弗利特的真正死因。

于是杜莫瓦非常激动地离开了。他的车轮声刚刚消失，斯垂克

---

① 英国剧作家吉尔伯特的喜歌剧《皇家皮纳福号》（1878）里，有一段情节，写水手们听见船长的脚步声，便安慰自己说，那只不过是只猫。

兰就低声对我道出了他的怀疑。他的怀疑太不近情理了，所以他不敢高声把它讲出；而我和他想的完全相同，可是我也羞于承认，于是就装作不相信的样子。

"就算是'银人儿'因为弗利特亵渎了猴王哈努曼的神像而对他施了法术，惩罚也不会降临得如此迅速的。"

正当我悄声说这句话的时候，屋外又一次传来了呼叫声，那只野兽也重新挣扎起来，使我们害怕它会把捆住它的皮条挣断。

"注意！"斯垂克兰说，"这种情况如果再重复六次，我就要自己来采取措施了。我命令你协助我。"

他走进自己的房间。过了几分钟，他就回来了。他带来了一根旧猎枪的枪筒、一根钓丝、几条粗大的绳索，还有他的沉重的木制床架。我报告说，屋里每一次痉挛都是发生在屋外响起呼叫声两秒钟之后，这只野兽看起来显然更加虚弱无力了。

斯垂克兰喃喃地说："可是他不该夺走生命哪！他不该夺走生命！"

我虽然知道，自己说出的话连我自己也不信，但还是说："那一定是一只猫。那一定是一只猫。假如是'银人儿'干的，他怎么敢跑到这里来呢？"

斯垂克兰把木柴码放在炉边，把枪筒搁在熊熊火焰上，把麻绳在桌上铺开，又把一根手杖折成两截。那根有一码长的钓丝，是金属线包着挂丝，用来钓马西尔鱼的。他把钓丝两头弯过来挽了个活扣。

然后他说："我们怎样才能抓住他呢？一定要抓活的，不能伤了他。"

我说，我们应该相信上帝的安排，拿着马球棒轻悄悄地走出屋子，钻进房子前面的灌木丛。那个发出呼叫声的人或者动物，显然是在绕着屋子转圈，像个守夜人那样分秒不差。我们只要在矮树丛里等着他，然后把他打倒在地就行了。

斯垂克兰同意了我的建议，我们便从浴室窗口爬到屋外的走廊上，然后穿过屋子周围的环形马车道钻进矮树丛里。

在月光下，我们看见那个麻风病患者从屋角拐了过来。他浑身赤裸，一丝不挂。每隔一会儿，他就发出哼哼的叫声，并且停下来和自己的影子跳舞。这幅景象实在可憎。当我想到这么一个丑恶家伙，竟害得可怜的弗利特堕落成那般模样，便打消了心里的一切犹疑，决心协助斯垂克兰，从烧红的枪筒到打着活扣的钓丝——从腰部到头部，再从头部到腰部——有必要的话，不论上什么刑都成。

麻风病患者在门廊上停了一下，我们抢起棍棒向他扑了过去。他的力气大得惊人，我们真怕抓不住他，被他挣脱逃走，或是使他受了致命伤。我们一向以为麻风病人脆弱无力，事实证明并非如此。斯垂克兰飞起一脚，把他绊倒在地，我立刻用脚踩住他的颈脖。他狠命地哼哼叫起来，甚至透过马靴，我还能感觉到，他的肉体和洁净的人的肉体不一样。

他用残缺了手指和脚趾的手脚残肢敲打着我们。我们用一根狗鞭的绳结套住他的胳肢窝，把他倒拽进了门厅，拖进那只野兽躺着的餐厅。我们用衣箱上的皮带把他捆了起来。他只是哼哼地叫着，并不打算逃走。

当我们让他和野兽面面相对时，那场面真令人无法描述。那只野兽脊背像一张弓似的朝后翻了过去，就像中了番木鳖碱的毒似的发出凄楚的呻吟。此外还发生了其他一些现象，但是我无法用笔墨写出来。

"看来我想对了，"斯垂克兰说，"现在我们就请他来治病。"

可是麻风病人光是哼哼地叫着。斯垂克兰拿了块毛巾缠住手，从火里取出了枪筒。我用半根截断的手杖穿进钓丝的活扣里，把麻风病患者结结实实地扣在斯垂克兰的床架上面。这时，我才理解那些男人、妇女和幼小的儿童为什么能够狠心地眼看一个女巫被活活烧死；因为那只野兽正在地板上呻吟。虽说"银人儿"没有脸孔，但是，当滚烫的铁块——例如枪筒之类——上面冒出阵阵热气的时候，你可以看见在他那块原来是脸孔的平面上晃过令人恐惧的表情。

斯垂克兰用双手掩住眼睛，呆了一会儿。然后我们就干了起来。这一部分经过无法诉诸笔墨。

* * * * * *

当麻风病患者开口说话的时候，天边已露出一线曙光。在此以前，他的哼哼声并没有使我们感到满意。那头野兽已经筋疲力尽，晕过去了。屋子里一片静默。我们松开麻风病人的绑缚，命令他把恶魔带走。他爬到野兽身边，把手放在它的左胸上。只此而已。然后他倒吸了一口气，脸朝下扑倒在地上，呜咽起来。

我们察看着那只野兽的脸，看见弗利特的灵魂回到他的眼睛里来了。然后，前额上渗出汗珠，眼睛——它们这时是人的眼睛了——闭上了。我们守候了一个小时，弗利特还在酣睡。我们把他抬进他自己的房间里，让麻风病患者离开。我们把床架给了他，又把床架上的被单给他遮住赤裸的身躯，还把我们接触他时用过的手套、毛巾，以及用来套他的鞭绳都给了他。他用被单包住身体，没有说话，也没有哼叫，就这样向着清晨走了出去。

斯垂克兰擦拭着面孔，坐了下来。从城里远远地传来了巡更的锣声，已经是七点钟了。

"整整二十四小时！"斯垂克兰说，"我干的事完全足够使警察局把我撤职，并且送到疯人院长期禁闭起来。你相信不相信我们是清醒的？"

那根通红的枪筒跌落到地上，烧焦了地毯。这股煳焦的气味完全是真实的。

那天上午十一点的时候，我们两人一块去叫醒弗利特。我们察看他胸前，那块黑色的豹皮花斑已经消失了。他非常困倦，非常疲乏，但是他一看见我们，就说道："嗨，伙计们，新年愉快！奉劝诸位再别喝混合酒，害得我差点送了命。"

"谢谢你的好意，不过你可说晚了，"斯垂克兰说，"现在已经是一月二号的早晨了。你足足睡了一整天。"

门开了。矮小的杜莫瓦伸进头来。他是徒步来的，他还以为我们正打算装殓弗利特呢。

"我带来了一个护士，"杜莫瓦说，"我想她可以进来装……干那件需要干的事。"

"叫她来吧，"弗利特在床上坐了起来，乐呵呵地说，"把你的护士都请进来吧。"

杜莫瓦瞠目结舌，说不出话来。斯垂克兰把他拉了出去，对他解释说，他的诊断一定是出了差错。杜莫瓦仍然无言以对，匆忙离开了这座房子。他认为自己的职业名誉受了损害，并且把这次痊愈看作了和他私人有关的事件。斯垂克兰也出去了一趟。他回来后说，他去拜访了猴王神庙，表示愿意为了亵渎神像的罪过进行赔偿。但是他得到的是十分严肃的回答，向他保证说从来没有任何白人碰过这座神像，并且说他这位道德高尚的大人一定是误会了。"你的看法如何？"斯垂克兰问道。

我说："这里大有文章……"

但是斯垂克兰不喜欢听这句话。他说我这句话已经说得老掉了牙。

另外又发生了一件奇怪的事，和那天晚上的所有事件一样，也使我惊骇不已。当弗利特穿上衣服后，他来到餐厅，用鼻子嗅了嗅。他嗅东西的时候有一种掀动鼻孔的特别的动作。"这儿有股难闻极了的狗的臭味，"他说，"你应该想办法把你的狗弄得干净些。用硫黄熏熏看，斯垂克兰。"

可是斯垂克兰没有回答。他抓住椅背，突然歇斯底里地狂笑起来。一个那么强壮的男子汉犯歇斯底里症的景象，实在太可怕了。接着我想起了，我们正是在这间屋子里，为了弗利特的灵魂，和那个"银人儿"进行斗争的，我们彻底玷辱了我们作为英国人的名誉。想到这里，我也禁不住像斯垂克兰那样，哽噎着、抽搭着，狂笑起来。而弗利特却认为我们两人都发疯了。我们此后从来没有把我们做的事告诉他。

几年以后，斯垂克兰结了婚，为了妻子，他成了一个经常上教堂的社会人士。我们不带感情地回顾了这个事件。斯垂克兰建议我把这件事公之于众。

就我自己说，我并不认为这样做能够澄清其中的奥秘。因为，首先，谁也不会相信一个相当不愉快的故事；其次，任何一个有正常理智的人都知道，土著的神只不过是石雕铜铸的，任何别种对待它们的办法，都要理所当然地受到谴责。

伊姆雷的归来

一扇扇大门敞开着，故事里这样说，

从黑夜里走来了那个锲而不舍的幽灵，

他无声无息，吹拂不动

老男爵白毛皮礼服上的一根毛——

他默默无言、浑身无力，一个瘦削的影子，

在城堡里游荡，寻找他的同类。

噢，看哪，真可怜，

那沉默的鬼魂尾随着他的仇人！

——《男爵》

    伊姆雷干了一件不可能办到的事。正当他青春年华，处在事业开端的时刻，他没有打招呼，也没有明显的动机，就突然在世界上失踪了——也就是说，在他居住的那个小小的印度驻屯地上失踪了。

    头一天他还生活得好好的，既幸福又满足，活跃在他的俱乐部的台球桌旁。到了早上，他就消失了，不论怎么找，也找不到他的下落。他离开了他的住处；到了上班时间，他没有在办公室出现，他的马车也没有出现在大路上。由于以上原因，同时也由于他小小地妨碍了印度帝国的行政工作，帝国便停顿了极其短暂的一瞬间，来调查伊姆雷的下落。池塘被挖干了，水井被掏空了，一封封电报打到铁路沿线各站，直到一千二百英里外——那是离这里最近的一座港口城市；但是伊姆雷并不在井绳的顶端，也不在电报线的另一端。他消失了，不再回到他的住处。于是大印度帝国的工作又继续进行下去，因为工作是耽误不得的。伊姆雷本来是一个人，现在变成了一件悬案——像这类悬案，人们在俱乐部的桌上能议论上一个月，然后就会把它完全忘记。他的枪支、马匹和马车都被卖给了出价最高的人。他的上级写了一封十分荒唐的信给他的母亲，说伊姆雷不知什么缘故失踪了，他的平房空无一人。

酷热的暑天又过了三四个月，我的朋友，警官斯垂克兰，从本地人房东那里把这幢平房租了下来。这还是在他和约尔小姐订婚以前——这件事我在另一个地方写过①——当时他正在对当地人生活进行考察。他的生活方式是够奇特的，人们对他的作风和习惯都颇有怨言。他的屋子里总是存放着一些食物，但是他从来没有固定的用餐时间。他总是在食橱里找见什么就吃什么，有时站着吃，有时边走边吃。这种吃法对人显然是有害无益的。他家里的财产只有六支步枪、三支猎枪和五副马鞍，还有一套比最大号的鲑鱼钓竿还要粗大结实的，接头加固了的马西亚鱼竿。这些装备占了他的平房的一半面积，另一半面积则容纳了斯垂克兰和他的狗蒂金斯。蒂金斯

---

① 见本书收入的《约尔小姐的马夫》。

是条巨大的兰姆普尔产母狗，它一天要吃掉两个人的口粮。它总是用自己独特的语言和斯垂克兰交谈。每次出门，只要看见什么使这位女皇陛下心烦的事，它就会回到主人那里去报告。斯垂克兰便会立刻采取行动。只要惊动了他的大驾，结果总是给别人带来灾难、罚款和监禁。当地人认为蒂金斯是个妖精，又恨它，又怕它，对它敬而远之。平房里有间屋子是专门拨给它居住的。它有一张床、一条毛毯、一个水槽。如果夜里有人进入斯垂克兰的房间，它的习惯是先把闯入者打翻在地，然后大声吠叫，直到有人端着灯赶来为止。有一次是它救了斯垂克兰的命。斯垂克兰到边境上去搜捕当地的一名杀人犯。那个杀人犯在灰蒙蒙的黎明时分来了，他要把斯垂克兰打发到比安达曼群岛更远的地方去。那人嘴里衔着一把匕首，正要爬进斯垂克兰的帐篷，就被蒂金斯一下子抓住了；司法部门证实了他的罪行，于是他被判了绞刑。从那以后，蒂金斯的脖颈上就戴上了一个粗糙的银项圈，它的毯子上也缀上了它名字的头一个字母；这是床加厚的克什米尔毛毯，因为它是条娇嫩的狗。

它总是形影不离地跟随着斯垂克兰，有一回在斯垂克兰发着高烧的时候，它给医生们造成了极大的麻烦，因为它自己不知道怎样去帮主人的忙，可又不许任何人去帮忙。印度军医处的麦卡纳特只好举起枪托朝它头上砸下去，它这才懂得，自己应该让位给那些能用奎宁治病的人。

斯垂克兰租下伊姆雷的平房后不久，我出差经过他那个驻屯地。由于俱乐部的房间总是住满了人，我理所当然地住进斯垂克兰家里。这是一幢很不错的平房，有八个房间，房顶上铺着厚厚的一层稻草，完全不用害怕屋子漏雨。屋顶下面铺着一块顶棚布，看起来跟粉刷得洁白的天花板一样整洁。斯垂克兰租下平房后，房东把它又重新粉刷了一遍。如果你不了解印度平房的建筑特点，你做梦也不会猜出，顶棚布上面就是黑洞洞的三角形屋顶空间，房梁和稻草屋顶成了各式各样的鼠类、蝙蝠、蚂蚁以及别的毒虫的藏身之处。

在游廊上，蒂金斯用一声像圣保罗教堂的钟声那样响亮的吠叫迎接了我，它的前爪按在我肩膀上，表示它很高兴见到我。斯垂克兰为我拼凑出了一顿他称之为"午餐"的饭食，吃完后他就又出门去忙他的工作了。留在家里的只有我自个儿，还有蒂金斯以及我自己的工作。炎热的夏天过完了，温暖潮湿的雨季已经开始。闷热的空气呆滞不动，巨大的雨点像枪通条一样降落到大地上，又溅了回来，扬起一片蓝色的雾气。竹林、番荔枝、猩猩木和芒果树在花园里静立不动，任凭温暖的水流洗刷着它们。青蛙开始在芦荟树篱中间嘈鸣。天快黑了，雨下得正猛，我坐在屋后游廊上，倾听着屋檐上雨水的喧闹声，一边搔着痒，因为我身上布满了被称作痱子的玩意儿。蒂金斯走出屋子来到了我身边，把它的脑袋搁在我的膝盖上。它看起来非常忧伤，所以，在喝茶的时候我给了它一些饼干。我是在屋后游廊上用茶的，只有那里还稍稍凉快一点。在我背后，这幢平房的每一个房间都是昏暗的。我嗅到了斯垂克兰的鞍具气味和他的枪支的油腻味。我才不高兴坐在这堆东西中间呢。我的贴身仆人在暮色中向我走来，他的布衣服紧紧贴在被汗湿透的身上。仆人告诉我，有位先生登门拜访。大概因为屋里那么黑吧，我很不情愿地走进空荡荡的客厅，叫仆人拿盏灯来。屋里似乎有个客人等在那里，也可能没有——我仿佛看见有个人站在一扇窗子旁边——但是当仆人拿来灯以后，屋里什么人也没有，只有屋外唰唰的雨声和扑进我鼻子的潮湿泥土气味。我对我的仆人说，他不应该那样笨，便又回到游廊上去和蒂金斯聊天。它已经跑进大雨里，我拿抹了糖汁的饼干哄它，也没法把它哄回来。晚饭前，斯垂克兰浑身湿淋淋地回到家里，他开口就问：

"有客人来过吗？"

我很抱歉地向他解释说，大概是我的仆人谎报了军情，害得我白跑一趟客厅；要不然就是哪个游手好闲的家伙来拜访斯垂克兰，通报姓名以后，又打消了这个念头，一声不响地溜走了。斯垂克兰没有作声，吩咐开饭。这是一顿铺了洁白桌布的正式晚餐，因此我们都规规矩矩坐下吃饭。

九点钟的时候，斯垂克兰准备上床睡觉去，我也觉得疲倦了。蒂金斯本来一直躺在桌底下，一看见他的主人走向自己的房间，就站了起来，往游廊上一块比较不那么受风吹雨打的地方跑去。主人的房间正在为蒂金斯准备的那间富丽堂皇的卧室隔壁。假如哪位主妇甘愿睡在露天里挨大雨浇淋，那倒也没什么关系；可是蒂金斯是只狗，因而，是只更聪明的动物。我瞧了瞧斯垂克兰，以为他准会用鞭子抽它一顿。他很古怪地微笑了一下，人们只有在讲述了一件不愉快的家庭悲剧以后才会那样微笑。"从我搬进来以后，它一直这样，"他说道，"让它去吧。"

这只狗是斯垂克兰的狗，所以我什么话也没有讲。可是我很能体会斯垂克兰在受了这样的怠慢以后的心情。蒂金斯在我的卧室窗外安下了营寨，暴雨一阵又一阵呼啸着打在屋顶上，又渐渐平静。闪电划破长空，像扔向畜栏的鸡蛋，蛋黄四溅；只不过闪电是淡蓝色，而不是黄色的。我透过竹窗帘向外看出去，只见那只大狗并没有睡觉，而是站在走廊上，背上的毛高高耸起，四条腿就像吊桥上的钢索，绷得紧紧的，牢牢地钉在地上。在雷声停顿的短暂时间中，我努力想闭目入睡，但是仿佛有个人正在焦急地找我，不管这人究竟是谁，他似乎是想呼唤我的名字，可是他的声音沙哑得像是低低的耳语。雷声停了，蒂金斯跑到花园里，对着低垂的月亮咆哮起来。有人想打开我的门，他在屋子里到处走来走去，在游廊上沉重地喘着气，我刚刚进入梦乡，就仿佛听见脑袋上面或者门上发出了一阵疯狂的敲击声和喧闹声。

我跑进斯垂克兰的屋里，问他是不是生病了，是不是在叫我。他宽了衣服躺在床上，嘴里衔着烟斗。"我知道你会来的，"他说，"刚才我是不是在屋子里到处走来走去？"

我对他解释说，他刚才用沉重的脚步在餐厅里、吸烟室里以及其他两三间屋子里走来走去。他笑起来，叫我回到床上去。我回到床上，一觉睡到了早晨，但是我做了许多乱七八糟的梦：我一直觉得我对不起某人，因为我没有关心他的要求。他到底要什么，我也说不清；不过，有个飘忽不定的人一直在喃喃低语，摸索着门把手，探头探脑地踅来踅去，责备我松懈怠慢。我半醒半睡地听见蒂金斯在花园里咆哮，还听见外边唰唰地下着雨。

我在这幢房子里住了两天。斯垂克兰每天白天都到办公室去，留下我独自一人待上八个或者十个小时，只有蒂金斯和我做伴。只要天还亮着，我就觉得舒服自在，蒂金斯也一样；但是一到黄昏，我和它就转移到屋后游廊上，紧紧挤在一起就伴儿。除了我们，屋里没有别人，然而，屋子却仿佛被一个房客占得满满的，我一点也不想去干涉这位房客。我从来没有见过他，但是他走过去的时候，我看见两间房中间挂的帷幕在抖动，我还听见竹椅吱呀的响声，像是有个沉重的身躯刚刚离开这把椅子；我到餐厅去取一本书的时候，觉得有人在屋前游廊的阴影处徘徊，等我走开。到了傍晚，蒂金斯总是瞪视着暗下来的屋子，眼光随着某个看不见的物体移动，全身毛发都耸立起来，这使得傍晚充满了意趣。蒂金斯从来不走进屋里，但是它的眼光总是很专注地移动着：这就足够了。当我的仆人进屋修剪灯芯，拨亮灯火，使屋子变得像有人住的样子，它才跟我一块进屋，蹲在地上，注视着我背后某个看不见的闯入者走动。狗确实是一种使人愉快的动物。

　　我尽可能委婉地对斯垂克兰解释说，我想搬到俱乐部去住。我很欣赏他的慷慨好客，很喜欢他的枪支和钓竿，我只是不太喜欢他的房子和房子的气氛。他耐心地听我把话说完，才疲倦地微笑着——笑里一点没有轻视，因为他是个很懂事理的人——说道："留下吧，看看这到底是怎么回事。你说的种种情况，我从租下这幢平房以后全都经历过。留下来，等一等吧。蒂金斯已经抛弃了我，你也要走吗？"

　　我曾经陪着他处理过一件涉及当地神像的小小事件，[1]那件事差

---

① 指在《野兽的烙印》里写的事件。这篇小说已收入本书。

点把我送进了疯人院，我可不愿再奉陪他去处理这类事件了。像他这样的人，碰上不愉快的事可说是家常便饭。

于是我更加明确地对他解释说，我非常喜欢他，我很高兴在白天见到他，可是我一点也不愿意在他的屋顶下面睡觉。这时，我们已经吃完晚餐，蒂金斯已经出去躺在游廊上了。

"我对天发誓，这事说怪也不怪，"斯垂克兰眼光移到头顶上的顶棚布，说道，"快瞧！"

两条褐色的蛇尾巴从顶棚布和墙壁中间的缝隙里垂了下来，在灯下投射出长长的黑影。

"你要是怕蛇的话，当然……"斯垂克兰说。

我恨蛇，也怕蛇，因为你不论朝哪条蛇的眼睛里瞧，都可以看出，它了解人类堕落的全部秘密。当亚当被逐出伊甸园的时候，它就像魔鬼一样对他报以极端的轻蔑。而且，它咬起人来往往足以使人致命，它还爱缠着人的裤腿往上爬。

"你该把屋顶修一修了，"我说，"递给我一根马西亚鱼钓竿，我们一下子就能把它们捅下来。"

"它们会躲到房梁中间去，"斯垂克兰说，"我要是把它们抖了下来，你就拿根通条等着，好打断它们的脊梁。"

我并不太热衷于帮助斯垂克兰干这件事，但是我还是拿了根通条等在餐厅里。斯垂克兰则到游廊上搬来了花匠用的梯子，把它靠在屋里的一面墙上。蛇尾巴缩了回去，消失了。我们听见那长长的身躯滑过松垮垮的顶棚布，发出干巴巴的窸窣声。斯垂克兰带来了一盏灯，而这时我则竭力想让他明白到顶棚布和房顶之间搜寻藏在屋顶里的蛇的危险性，何况撕开顶棚布是一种毁坏房屋的行为。

"胡说八道！"斯垂克兰说道，"它们一定是躲在靠墙的顶棚布旁边。它们嫌砖头太凉，屋里的温度对它们最合适。"他伸手拉住顶棚布的一角，把它从墙檐边撕开。哗啦一声巨响，顶棚布被撕了下来，斯垂克兰从撕开的地方把头伸进屋梁构成的三角形空间里。我咬紧牙关，举起通条，因为我完全不知道会掉出什么东西来。

"哼！"斯垂克兰的声音在屋顶里发出闷雷般的轰响，"上面地方大得很，可以再放进一套房间。天哪，这里真有住房呢！"

"是蛇吗？"我在下面问道。

"不，是一头水牛。把马西亚鱼钓竿的最后两截递上来，我捅捅它。它就躺在大梁上面。"

我递上了钓竿。

"真是个猫头鹰和蛇筑窝的好地方！怪不得蛇住在这里。"斯垂克兰说道，他爬进了屋顶。我看见他拿着钓竿往前探。"出来，不管你是什么东西！喂，下面小心脑袋！它掉下来了。"我看见几乎就在房间正中，那里的顶棚布被一件东西压得垂了下来，它正朝着桌子上的灯压下来。我抓起灯往后退，免得砸坏了灯。接着顶棚布撕开了，离开了墙壁，它晃动着，有件东西砸在桌子上，我不敢正眼看它，直到斯垂克兰滑下梯子，来到我的身边。

他平常就不爱多话，这时也没说什么；但是他拉起桌布，盖住了桌上的遗骸。

"看来，"他放下灯说，"我们的朋友伊姆雷已经回来了。噢！你想回来，是吗？"

桌布动了一下，一条小蛇蜿蜒爬出，一下子就被马西亚鱼钓竿的竿柄打断了脊骨。我觉得恶心，没有说什么值得记下来的话。

斯垂克兰喝着酒，沉思起来。桌布底下的东西再没有显出想动弹的意思。

"是伊姆雷吗？"我问道。

斯垂克兰把桌布掀开，瞧了瞧。

"是伊姆雷，"他说道，"他的喉咙被人割开一直到耳朵根底下。"

我们两人接着异口同声地对自己说："那就是为什么他在屋子里到处哑声哑气地说话的缘故。"

花园里，蒂金斯开始猛烈地吼叫起来。过了一会儿，它的大鼻子拱开了餐厅的门。

它嗅了嗅，便沉默了。那扯成破片的顶棚布几乎垂到桌子那么低，所以屋里拥挤得谁也躲不开那件被发现的东西。

蒂金斯跑进屋子，坐了下来；它露出了牙齿，前爪撑地，瞧着斯垂克兰。

"事情很糟，老太婆①，"他说道，"人们不会自己爬上他们平房的屋顶里面去死，也不会把他们背后的顶棚布再钉好。让我们琢磨琢磨这件事吧。"

"我们还是找个别的地方去琢磨吧。"我说道。

"好主意！把灯熄掉，到我的屋里去。"

我没去熄灯，就领头进了斯垂克兰的屋子，让他自个儿去摸

---

① 因为蒂金斯是条母狗，所以斯垂克兰不叫它"老伙计"，而叫它"老太婆"。

黑。他跟着我来了，我们点着了烟，思索起来。其实是斯垂克兰在思索，我在拼命地抽烟，因为我害怕。

"伊姆雷回来了，"斯垂克兰说，"问题是——谁杀死了伊姆雷？别说话。我有自己的一点想法。我租下这幢平房时，也接受了伊姆雷的大部分仆人。伊姆雷是个没有心眼，从不招惹是非的人，是吗？"

我同意了，虽说桌布底下那堆东西看起来既不像是没心眼，又不像是从不招惹是非的样子。

"假如我把所有的仆人都叫来，他们会抱成一团，像雅利安人那样撒谎。你说该怎么办？"

"把他们一个一个地叫来。"我说。

"他们会跑去把消息告诉他们所有的同伴，"斯垂克兰说，"我们必须把他们隔离开。你看你的仆人是不是知道些什么？"

"他可能知道点什么，不过我看不大可能。他才来两三天。"我回答道，"你的想法是什么？"

"我不大好说。真见鬼，这人是怎么搞到顶棚布上面去的呢？"

斯垂克兰的卧室外面响起了沉重的咳嗽声，这说明他的贴身仆人巴哈杜尔·汗已经睡醒了，现在正想服侍斯垂克兰上床睡觉。

"进来，"斯垂克兰说，"今晚很热，是吗？"

巴哈杜尔·汗是个身高六英尺，头缠绿色头巾的大个子伊斯兰教徒。他说，今晚很热，但是还会下雨的，那么，托老爷的福，我们这块地方就会好受些了。

"只要上帝高兴，就一定会这样，"斯垂克兰一面扯下他的皮靴，一面说道，"巴哈杜尔·汗，我觉得我让你干活受累，已经有不少日子了——打从你来给我干活的时候开始。你是什么时候来的？"

"老爷难道忘记了？那是在伊姆雷先生没有通知就秘密动身去欧洲的时候；我就——正是我呀——就到您这位穷人的守护者家里来干活了。"

"那么伊姆雷先生去欧洲了？"

"那些在他手下当差的仆人都是这么说的。"

"他回来以后你还愿意给他干活吗？"

"当然，先生。他是个好主人，对下人很体贴。"

"这话不假。我很累了，不过明天我要去打公鹿。把我打黑鹿的那支小快枪给我，它在那边的枪匣子里。"

仆人朝匣子弯下身，把枪筒、枪托和前把一件件递给斯垂克兰，斯垂克兰愁眉不展地打着呵欠，把枪拼装起来。然后他把手伸进枪匣，取出一个整体拉伸成的弹药筒，把它装进那支 36 毫米的快枪枪栓里面。

"伊姆雷先生秘密地去了欧洲！真奇怪，巴哈杜尔·汗，是不是？"

"白人的事我能知道些什么呀，老爷？"

"的确，你知道得很少。不过你马上就会知道得多一些了。我听说伊姆雷先生在漫长的旅行以后已经回来了，他此刻正躺在隔壁房间里，等着他的仆人。"

"先生！"

枪筒竖了起来，灯光沿着枪筒闪烁着，枪口对准了巴哈杜尔·汗的宽胸膛。

"去看看！"斯垂克兰说道，"拿盏灯去。你的主人累了，他正在等着你，去吧！"

仆人拿起一盏灯，走进了餐厅，斯垂克兰紧跟在后面，几乎是用枪口把他往前推。他先看了看顶棚布里面那黑洞洞的空间，又看了看还在地上扭动的蛇，最后，他看了桌布下的东西，他的脸上蒙着一层呆滞的灰色。

"你看见了吧？"停了一会儿，斯垂克兰问道。

"我看见了。我听白人老爷的吩咐。老爷打算怎么办？"

"在这个月的月底以前把你绞死，怎么样？"

"因为杀死他？不，先生，请考虑一下吧。他在我们仆人中间走来走去，看见了我的孩子，我那只有四岁的孩子。他给孩子施了巫术，十天以后，我那孩子，他就害热病死了——我的孩子啊！"

"伊姆雷先生说了些什么？"

"他说他是个漂亮孩子，还拍了拍他的脑袋，于是我的孩子就死了。所以在天快黑的时候，当伊姆雷先生从办公室回来，睡着了的时候，我就把他杀了。然后我把他拖到屋梁上，把顶棚布收拾好。大人是无所不知的。我听从大人的吩咐。"

斯垂克兰端着枪抬头望望我，用当地话说道："你是这些话的见证人。他杀了人。"

巴哈杜尔·汗脸色灰白地站在屋里唯一的那盏灯底下。他马上就觉得需要为自己辩解一下。

"我上了当。"他说道，"不过，这都是那个人的过错。他用毒眼瞧了我的孩子。我就杀了他，把他藏了起来。只有那些能驱使小鬼干活的人，"他瞪眼瞧着不动声色地蹲在他对面的蒂金斯说道，"只有那样的人，才会知道我干的事。"

"干得很聪明。不过，你本来应该用根绳子把他牢牢地捆在大梁上的。现在你自己得让绳子把你绞死了。卫兵！"

一个昏昏欲睡的警察应声而来。在他背后还有另一个警察，蒂金斯坐着不动，安静得出奇。

"把他带到警察局去，"斯垂克兰说道，"准备审问。"

"那么我会被绞死吗？"巴哈杜尔·汗说道，他垂下眼睛朝着地上，一点也没有想逃跑的样子。

"正像太阳会大放光明，水会潺潺流淌一样——是的！"斯垂克兰说道。

巴哈杜尔·汗往后退了一大步，身子抖了一下，便静止不动了。两个警察等待下一道命令。

"走吧！"斯垂克兰说道。

"不，不过我很快就要走了，"巴哈杜尔·汗说道，"瞧！我马上要死了。"

他抬起一只脚，那条半死不活的蛇的脑袋紧紧贴在他的小脚趾上，在死亡的痛苦中牢牢贴住，一动不动。

"我出生在有产业的人家，"巴哈杜尔·汗站在那里，晃动着身躯说，"我要是死在绞架上，就辱没了家声，所以我决定走这条路。请不要忘记，先生的衬衫一件也不缺，全在那里。在他的脸盆里还有一块剩余的肥皂。我的孩子中了妖术，所以我杀死了那个巫师。你们为什么要判我绞刑？我挽救了自己的名声，我……我……要死了。"

一小时后他死了。凡是被褐色的小卡瑞蛇咬过的人，都是这样死的。警察把他和桌布下的那件东西送往指定地点，为了搞清伊姆雷的失踪案件，这一切都是必要的。

斯垂克兰在上床睡觉的时候十分平静地说："这就叫十九世纪。你听见那人说了些什么吗？"

"我听见了，"我回答说，"伊姆雷犯了个错误。"

"错误仅仅在于，也完全在于他不了解东方人的天性，加上正巧遇见了一场小小的季节性热病。巴哈杜尔·汗已经跟了他四年。"

我不禁毛骨悚然。我自己的仆人跟随我的时间正好也是四年。当我回到自己房间的时候，我的仆人就在那里，脸上就像一便士钱币上的青铜头像一样毫无表情。他正等着给我脱靴子。

"巴哈杜尔·汗怎么样啦？"我说。

回答是："他被一条蛇咬了。他死了。余下的事先生都知道了。"

"这件事你知道多少？"

"每天黄昏都有个人来要求复仇，从这里就能让人猜出个大概了。别动，先生。让我把靴子脱下来。"

我刚刚沉入疲惫不堪的梦乡，就听见斯垂克兰在他那间屋子里高喊起来：

"蒂金斯回到它的窝里来了！"

它确实回来了。这条巨大的猎鹿犬正神气十足地躺在它自己的床上，身下垫着它自己的毛毯。在隔壁房间里，那懒洋洋、空荡荡的顶棚布正垂在桌子上，来回摆动着。

越过火焰

　　警官骑马穿过喜马拉雅山的森林，走在布满斑斑苔藓的橡树下面，他的卫兵迈着快步跟在他身后。

　　"这是件骇人听闻的事情，贝尔·辛格，"警官说道，"他们现在在哪里？"

　　"这的确是件骇人听闻的事情，"贝尔·辛格说道，"至于他们嘛，毫无疑问，现在正被比云杉树枝火堆更灼热的火烧烤着①。"

　　"但愿不是这样，"警官说道，"因为这活脱脱是弗兰齐丝嘉·达·里米尼故事②的再版，只不过发生在不同的民族而已，贝尔·辛格。"

　　贝尔·辛格从没听说过弗兰齐丝嘉·达·里米尼，因此他没有吭声，直到他们来到烧炭夫的空地上。快要烧完了的火堆在那儿闪动着，发出"咴，咴，咴"的声音，仿佛在对那些白色的灰烬悄声絮语。这堆火在烧得旺旺的时候一定是非常壮观的。住在山谷对面

----

① 意指地狱的烈火，也就是说，他们下了地狱。
② 这是一个著名的爱情故事。弗兰齐丝嘉·达·里米尼奉父母之命嫁给贵族贾乔托为妻。她和贾乔托之弟保罗陷入热恋，不能自拔，后为贾乔托发现，贾乔托将二人杀死。英国作家弥尔顿在长诗《失乐园》中写了这个故事。

唐·加帕村的居民看见火堆在黑夜里熊熊燃烧，都说科德鲁村的烧炭人一定是喝醉了。实际上，火堆里烧的只不过是旁遮普土著步兵团一〇二团的一名土著士兵苏凯特·辛格和一名妇女阿西拉。

底下是事情的原委。警官的日志可以为我做证。

阿西拉是烧炭人马杜的老婆。马杜是个凶狠暴躁的独眼龙。结婚刚刚一个星期，他就抡起一根大棒揍了她一顿。一个月以后，士兵苏凯特·辛格从他的兵团来到凉爽的山里度假。他给科德鲁村民讲了许多军队里的故事，例如给政府当兵是如何光荣，上校巴哈杜尔先生又是如何器重他苏凯特·辛格，等等。这些故事使村民们听得目瞪口呆。村里的苔丝德蒙娜①，也像全世界的苔丝德蒙娜一样，倾听着奥赛罗的故事，听着听着，她就坠入了情网。

"我已经有了妻子，"苏凯特·辛格说道，"不过，仔细想想，那倒也没什么关系。我过一些时候还得回团队，我可不愿意当逃兵——况且我还想当军曹呢。"喜马拉雅山民们不会讲什么"我爱你，我更爱自己的名誉"之类的话，但是苏凯特·辛格已经说出了和这差不多的话。

"没关系，"阿西拉说，"留下来和我在一起吧，要是马杜想揍我，你就揍他。"

"好极了。"苏凯特·辛格说道，于是他狠狠地揍了马杜一顿。这使得科德鲁村所有的烧炭人都大为高兴。

---

① 莎士比亚悲剧《奥赛罗》中的女主人公，她听奥赛罗讲述了自己的遭遇以后就爱上了他。

"这就够了，"苏凯特·辛格一脚把马杜踢下山去以后说道，"今后我们可以高枕无忧了。"可是马杜又爬上了铺满青草的山坡，怒气冲冲地在他的草屋四周徘徊。

"他会杀死我的，"阿西拉对苏凯特·辛格说，"你把我带走吧。"

"那会在我的队伍里造成麻烦的。我的老婆会拔掉我的胡子。不过，没关系，"苏凯特·辛格说，"我带你走。"

这事果然在队伍里引起了很大的麻烦。苏凯特·辛格的胡子被扯掉了，他的老婆带上他们的孩子回娘家去了。"没关系，"阿西拉说。于是苏凯特·辛格也说："是的，没关系。"

就这样，在唐·加帕村对面山谷的小屋里，只剩了马杜一人独守空房；自古以来，人们对于马杜这样的倒霉丈夫，是从不同情的。

他去找乔孙·达泽，那个拥有"会说话的猴头"的巫师。

"帮我把老婆搞回来。"马杜说。

"我帮不了你，"乔孙·达泽说，"除非你能叫山谷下的苏特列河水向上流进唐·加帕村。"

"别跟我猜谜语。"马杜冲着乔孙·达泽白发苍苍的脑袋摇晃他的斧头，说道。

"把你所有的钱送给村长，他们就会召开一次村民代表会议，同时他们会派个人去叫你老婆回来。"

于是马杜把他的全部财产，共值二十七卢比三安那三皮斯，还有一条银链，全部交给了科德鲁村代表会议。事情果然像乔孙·达泽说的一样。

他们派了阿西拉的兄弟到苏凯特·辛格的团队里去叫阿西拉回

家。苏凯特·辛格在部队里揍了他一通，把他交给军曹，军曹拿皮带又抽了他一顿。

"回家去。"阿西拉的兄弟喊道。

"回哪儿？"阿西拉问道。

"回马杜那儿去。"他说。

"决不。"她说。

"那么，乔孙·达泽会诅咒你，你就会像春天里一棵剥了皮的树那样枯萎下去。"阿西拉的兄弟说。阿西拉带着这个问题上了床。

第二天早晨，她犯了风湿关节炎。"我开始像春天里一棵剥了皮的树那样枯萎下去了，"她说道，"这是乔孙·达泽在诅咒我。"

她当真干枯下去，因为她心里充满了畏惧。凡是相信诅咒的人，就会死于诅咒。苏凯特·辛格也害怕了，因为他爱阿西拉胜过他自己的生命。两个月过去了。阿西拉的兄弟又来到兵团营房门口，喊道："哈哈，你已经在枯萎了。回家去。"

"好的，我回去。"阿西拉说。

"你还不如说，我们回去。"苏凯特·辛格说。

"哎，什么时候？"阿西拉的兄弟说。

"有一天的清早。"苏凯特·辛格说，于是他跑去向上校巴哈杜尔先生请一星期事假。

"我开始像春天里一棵剥了皮的树那样枯萎下去了。"阿西拉呻吟道。

"你会很快好起来的。"苏凯特·辛格说道，他把自己的打算告诉了她，两人轻声笑了，因为他们彼此相爱。从那时起，阿西拉逐渐恢复过来。

他们一同出发了，按照规章，他们坐的是三等车，然后坐大车到近山区，接着徒步进入远山区。阿西拉嗅着自己的家乡——潮湿的喜马拉雅山区——山里的松树香味。"活着真美好。"阿西拉说。

"嘿！"苏凯特·辛格说，"往科德鲁村去的大路在哪儿？森林看守人的房子在哪里？"

"十二年前，这支枪要卖四十卢比呢。"森林看守人递过那支枪说道。

"这是二十卢比，"苏凯特·辛格说，"你一定得给我最好的子弹。"

"活着真美好。"阿西拉嗅着布满松林的小山头吹过来的香气，黯然神伤地说道。他们一直等到黑夜降临到了科德鲁村和唐·加帕村的时候。马杜已经在屋后山坡上堆好了第二天烧炭用的干柴。"马杜倒挺照顾我们，给我们省了好些麻烦。"苏凯特·辛格一面爬上那堆足有十二英尺见方、四英尺高的木柴，一面说道，"我们得等到月亮升起的时候。"

月亮升起了。阿西拉在柴堆上跪下了。

"这要是政府发的施奈德枪就好了。"苏凯特不无惋惜地说。他端起看林人的枪，眯起眼朝那用铁丝缠住的枪筒里瞧去。

"快点。"阿西拉说。苏凯特·辛格的确很快，不过阿西拉从此再也不会快了。接着他把柴堆四角点燃，爬了上去，重新给枪上了子弹。

柴堆上的大木头中间开始冒出了小小的火焰。"当初政府应该教会我们用脚指头扣动扳机。"苏凯特·辛格板起脸对月亮说。这是士兵苏凯特·辛格的最后一句公开宣言。

★　　★　　★　　★　　★

那天清晨，马杜来到火葬堆旁，他满腹怨恨地尖叫起来，急忙跑去找正在这个地区巡逻的警官。

"这贱种糟蹋了我值四卢比的木炭柴火，"马杜气喘吁吁地说道，"他还杀死了我的老婆，留下一封系在松枝上的信。可是我不识字。"

士兵苏凯特·辛格用他在兵团里学会的方方正正、一笔不苟的字体写道：

"如果我们剩下遗骨，请把我俩一块儿火化，因为我们已经按规矩做了祈祷。我们诅咒马杜和阿西拉的兄弟马拉克——这两个都是邪恶的家伙。请代向上校巴哈杜尔先生致敬。"

警官充满好奇心久久地注视着这张铺着红红的和白白的灰烬的婚床，上面躺着看林人乌黑的枪管。他的带着踢马刺的靴跟心不在焉地踩在一根半焦的木柴上，火星迸起，发出咔嗒咔嗒的响声，飞上天空。"真是些奇怪的人。"警官说。

"咴，咴，噢。"小小的火焰说。

警官只是记录下了案件干巴巴的要点，因为旁遮普政府不赞成他在日志里讲浪漫的故事。

"可是谁赔我四个卢比呀！"马杜说道。

死心眼儿的水手头目帕姆别

如果你考虑了这件事的前因后果，一定也会认为，他只能这么干。可是，水手头目帕姆别却被判了绞刑，而努尔基德也送了命。

三年前，从埃尔萨斯－洛特林根来的轮船"萨尔布鲁克"号正在亚丁①装煤。天气热极了。在三十英尺深舱底的右边第二号锅炉，管烧火的司炉是个桑给巴尔人，长得又高又胖，名叫努尔基德。他告假上岸。去的时候，他还只是个被人称为"穷酸小子"的司炉，他回来的时候手握酒瓶，成了地道的桑给巴尔苏丹王赛义德·布尔加西陛下。他在前舱口坐了下来，磨着牙根，嚼起了咸鱼和洋葱，高唱着遥远国度的歌。这些食物是帕姆别的，他是船上印度水手们的"塞朗"，意思就是"水手头目"。他刚刚为自己煮好一顿饭，转身去借一撮盐。可是他回来一看，努尔基德又脏又黑的手指头已经伸进了他的米饭。

"塞朗"是有身份的人物，地位比司炉高得多，虽说工资没有司炉高。每当船长的轻便快艇被扯上吊艇架的时候，总是由他带头

---

① 在亚洲西南部，也门港口城市。

唱起"嗨！喔啦！嗨呀！咳！"的调子。船上的测深锤也由他拽上来。有时，当船上的人都在懒洋洋地休息时，他就穿上他最洁白的白布衣服，头上缠一块大红头巾，去和后甲板上乘客的小孩们玩。于是，乘客们便会给他一点钱。他把钱都积攒起来，等到了孟买、加尔各答或者槟城①，他就上岸去狂欢滥饮一番。

"吓！你这乌黑的胖家伙，你把我的饭吃掉了！"帕姆别说的是一种混杂的法兰克语。在东方语种不通行的地区，从塞得港以东一直往西去，用的都是这种语言，就连千岛群岛捕海豹船的水手，也能用这种语言和偶然迷路到那里的函馆②帆船上的人聊聊天。

"埃布利斯的小崽子，猴子脸，干鲨鱼肝，猪崽，我乃是赛义德·布尔加西苏丹王，是全船的统领。把你的猪食拿去。"努尔基德说罢便把装米饭的空锡蜡盘子塞进帕姆别手里。

帕姆别拿起盘子朝努尔基德长着卷毛的头上砸去，盘子砸成了脸盆。努尔基德从刀鞘里拔出了刀，砍在帕姆别腿上。帕姆别也拔出了他的刀；可是努尔基德跳进了黑洞洞的船舱里，隔着格子门向帕姆别吐了一口唾沫。帕姆别的血染红了清洁的前甲板。

只有洁白的月亮看见了这一切；船上的高等船员正在主持装煤事宜，乘客们正在闷热的船舱里的床上辗转反侧。"好吧，"帕姆别到前边去包扎伤腿，说道，"我们以后再算账。"

他是个马来人，出生在印度。他在缅甸结过一次婚，妻子在施

----

① 马来西亚港口城市。
② 日本沿海城市。

韦－达冈街上开了一家卖雪茄烟的店铺；他在新加坡也结过一次婚，娶的是个中国姑娘；他还在马德拉斯结过一次婚，娶的是一个卖鸡的伊斯兰教女人。由于邮政和电讯的便利条件，英国水手没法像他那样一次又一次地结婚；但是土著水手是可以不受西方野蛮人那些野蛮的发明限制的。只要帕姆别偶尔记起他的某个妻子时，他还是一个好丈夫；可是，他同样是一个非常好的马来人。谁都最好别去招惹马来人，因为他从来不会忘记任何侮辱。何况这次帕姆别既流了血，他的饭也被糟蹋了。

第二天清早，努尔基德醒来，什么也记不起了。他不再是桑给巴尔的苏丹王，而只是个热得要命的司炉。于是他跑到甲板上面，迎着晨风掀开他的外套。正在这时，一把出鞘的尖刀像条飞鱼，嗖地扎进厨房的木板墙上，离他右胳肢窝只有半英寸。他没到值班时间就跑进舱底，竭力回忆他对那把刀的主人说过些什么话。到了中午，当船上所有的印度水手都在吃饭的时候，努尔基德走到他们中间。他终究只是个性格温和、胆小怕死的人，于是他开始进行磋商，他说道："船上的人们，昨晚我喝醉了，我知道我侮辱了你们当中的某一位。那一位是谁，可不可以站出来，让我告诉他我是喝醉了呢？"

帕姆别量了一下努尔基德赤裸的胸膛离他有多远。如果他向努尔基德扑过去，可能会被人绊倒；而对准胸膛盲目来一下，有时只会在胸骨上划开一条口子，如果对方不是睡着了的话，常常很难扎进肋骨中间。所以他什么也没有说，别的印度水手也什么都没有说。他们的脸一下子变得毫无表情，这是东方人的习惯，凡是要发生命案或者出什么麻烦的时候，他们都是这样的。努尔基德仔细地看着那些白眼球。他只是个非洲人，他无法了解人的性格。他不由自主地发出一声叹息——几乎是呻吟——然后回到炉前。印度水手们接着谈被他打断了的话题。他们在谈论煮米饭的最好方法。

在轮船开往孟买的路途中，努尔基德充分感到了新鲜空气的匮缺。他只是当人们全都在甲板上的时候，才敢到甲板上去呼吸空气；就连那样，有一次一块沉重的大木头从船上的起重吊杆上砸了下来，离他的脑袋只有一英尺远。还有一次，他刚刚踏上一块似乎牢牢系住了的格栅门，它却在他脚下翻开，几乎使他跌进下面十五英尺深的货箱上。除此以外，在一个难以忍受的夜晚，一把出鞘的刀从前甲板扔进船舱，这次他受了伤，流了血。于是努尔基德提出了控诉；当"萨尔布鲁克"号抵达孟买后，他立刻逃上岸去，混迹于八十万居民之中，直到这条船离开港口一个月，才另外签约去了另一条船上工作。帕姆别也在等待，但是他的孟买老婆不让他得到安宁，于是他就签了约到一条驶往香港的轮船"斯派切雷"号上去干活，因为他明白，"只玩不干活，日子不好过"。在雾茫茫的中国海上，他经常想到努尔基德。每当"斯派切雷"号在港口遇见埃尔萨斯－洛特林根来的船只，他就打听努尔基德的下落。他听说努尔基德已经坐上"格雷弗洛特"号，绕过好望角到英国去了。帕姆别便坐上"沃思"号来到英国。这条船在诺尔·莱特和"斯派切雷"号迎面相遇。努尔基德已经上了"斯派切雷"号，这条船正开往加里喀特海岸。

"你是在寻找一个朋友，是吗，守口如瓶的煤篓子？"一位在商务机构任职的先生说道，"容易极了。等在奈恩查码头那儿，一直等到他来到为止。不论谁都会到奈恩查码头来。等着吧，可怜的异教徒。"这位先生说的是真话。世界上有三座人人必经的大门，你只要耐心等待，就可以在这里看到你要找的人。一扇大门是苏伊士运河的河口，不过死神也会光顾那里的；第二扇大门是查林·克罗斯车站①——那是所有走陆路的人必经之地；第三扇大门就是奈恩查码头了。在这三处地方，每处都有男男女女在等待着一定会到那里去的人。于是帕姆别开始在码头那里等待。时间对于他来说不成问题，他的妻子也会像他那样，一星期又一星期地，一个月又一个月地等下去。他有时等在"蓝钻石"号的烟囱旁边，或者等在"红朵特"号的烟囱旁、"黄斑纹"号旁，以及那些老是在雾气弥漫的海边装货卸货，挤撞着、呼啸着、咆哮着的无名的、破烂的海上流浪汉轮船旁边。他的钱花完了。这时，有个好心的先生叫帕姆别皈依基督教，帕姆别马上就成了基督教徒，他抓紧等船的工夫学宗教教义，并且向船员们分发宗教小册子，每星期可以拿到六七个先令。帕姆别一点也不在乎他信的是什么教，但是他明白，只要他向穿黑色长外衣的先生们说一句"我是个土著基督教徒，先生"，他就能得到几个铜板。他还可以把宗教小册子拿到一家小酒店去卖，这家小酒店卖板烟论"撮"，也就是说，比"半包"还少，而"半包"呢，又比"半英两"少，因此，这家小酒店的零卖生意十分兴隆。

可是像这样过了八个月，由于老是一动不动地站在泥泞地里，

---

① 英国伦敦的著名车站。

帕姆别患了肺炎；他十分不情愿地躺倒在他那间租金两先令六便士的房间里，怒气冲冲地咒骂命运。

那位好心的先生坐在他的床边，他发现帕姆别叽叽咕咕说着他听不懂的语言，也不肯听自己向他朗读向善的书，简直像是又变成了一个愚昧的异教徒，这使好心的先生感到痛心。可是有一天，半昏迷的帕姆别被码头附近街上传来的一个声音唤醒了。"我的朋友——他，"帕姆别低声说道，"快叫他——叫努尔基德来。快呀！是上帝把他送来的！"

"他想见见自己同种族的人。"好心的先生说。他走了出去，放开嗓门高声呼唤："努尔基德！"一个肤色漆黑的人转过身来，他穿的是一件刺眼的白衬衣、一件崭新的外衣，戴一顶光耀夺目的帽子，还别着一枚胸针。努尔基德积累了多次航海的经验，很知道如何花钱和如何把自己打扮成一个世界公民。

"嗨！是的！"他听完了解释以后说道，"我在'萨尔布鲁克'号上指挥过他，可怜的黑家伙！老帕姆别，善良的老帕姆别。印度水手。请带我去见他，先生。"他跟在那位先生后面走进了房间。这位司炉一眼就看出那位好心的先生没有注意到的事：帕姆别穷得要命。努尔基德便把两只手伸进口袋，拳头攥得紧紧地向病人走去，嘴里喊着："嗨，帕姆别，嗨！嘻！嘿啦！嗳！塔基诺！塔基诺！拴牢船尾，帕姆别。你认识的，帕姆别。你认识我。德种①，嘻！瞧瞧！你这又肥又懒的大个子印度水手！"

---

① 军队俚语：看一眼。

帕姆别伸出左手招呼他过来。他的右手放在枕头下面。努尔基德摘下了他华丽的帽子，朝帕姆别弯下腰去，他听见一声悄悄的低语。

"多美呀！"那位好心的先生说，"东方人彼此就像赤子一般相爱！"

"大声说吧。"努尔基德往帕姆别身边更凑近一些说道。

"是关于那些鱼和洋葱的事……"帕姆别说道，他手中的尖刀沿着肋骨下面深深地扎了进去。

只听见一声沉重的呛咳，那个非洲人的身躯便慢慢地从床边出溜下去，他紧握的拳头松开了，撒下满满两把银币，滚得满屋都是。

"这下我可以死了。"帕姆别说。

但是他没有死。他受到了用金钱能买到的最好的医疗，他被救活过来，因为他还得上法庭受审；最后，他的健康恢复到了足以被绞死的地步，他就经过正式程序，被判了绞刑。

帕姆别倒不怎么在乎，只是那位好心的先生受到了沉重的打击。

祖　宅

朋友，假如偶尔有一天
你不再为愚行而苦恼，
远离了你旧日的相识，
投进了田园的怀抱……
那就感谢上帝的恩赐，
坐下来，罗宾，好好休息吧。

——托玛斯·特瑟

他正要动手摧毁霍尔茨与冈斯伯格联合企业的时候，却突如其来地病倒了。纽约的医生们诊断说这是由于过度疲劳。他只得躺在一间遮住了光线的黑屋子里，一只脚搭在另一只脚上面，舌头抵住上腭，心里琢磨着，不知道脑子里再这么针刺火燎似的闹腾一番，自己的灵魂是不是就会被打发到那谁也不知道的地方。医生们终于下了结论。如果多加小心，两年以后他也许能回到企业界来，但是目前他必须远渡重洋，完全休息，什么工作也不许做。他接受了这个条件。这实际就是投降，但是曾经在他的刀下颤抖过的联合企业给了他一个战败者所能享受的全部恩典。冈斯伯格本人特地来到轮船上向他表示亲切的慰问，并且送来大量的鲜花，把蔡平夫妇包下的一套客舱塞得满满的。

"圆叶菝葜，"乔治·蔡平看见那些鲜花以后说道，"菲茨做得对。我已经死了；不过，奇怪的是，他为什么不在缎带上写上'悼念'两个字呢？"

"瞎说！"他的妻子一边回答，一边倒出药水递给他，"你很快就能回来的。"

他瞧了瞧镜子里的自己，过去三个月里他经历的种种痛苦折磨，居然没有在他的脸上留下痕迹，这使他感到诧异。甲板上的喧闹声使他感到心烦，他躺了下来，舌头稍稍抵着上腭。

一小时以后，他说道："索菲，我真抱歉像这样拉着你远离了一切。我……我想，今晚我们两人大概是世界上最孤独的人了。"

他的妻子索菲吻吻他，说道："难道你不高兴，我们是两个人一块儿去旅行吗？"

几个月来，他们漫无目的地在欧洲游荡——有时只有他们两人，有时和他们偶尔遇见的、到处流浪的本国同胞一块。他们从诺尔辰角①漫游到卡普里岛的蓝色洞窟，只不过因为下一班轮船正好开往那里，或是因为某人陪着他们上了路。医生们曾经警告索菲

---

① 诺尔辰角，位于挪威北端的海岬。

说，就连别人的事情，也不能让蔡平产生兴趣；不过，有次他和一位诺海默德的铁路巨头促膝长谈一小时以后，后脑根就产生了一种熟悉的不祥感觉，这给她倒省了不少麻烦。他烦恼得差点哭了。

"我已经三十多岁了，"他喊道，"我还有那么多想做的事情！"

"我们就算是去度蜜月吧，"索菲说道，"你知道吗，我们结婚六年，你还从来没告诉过我，你这一辈子打算做什么。"

"我这辈子？谈有什么用？我这辈子算完了。"凝视着那不勒斯湾的索菲飞快地朝他瞧了一眼。"说到我的生意吗，以后我只好像圣莫里兹的那个工程师那样，靠吃定息度日了。"

"你要是不那么着急，病就会好得快些；哪怕养病要花费些时间，也不至于糟到……你的财产有多少？"

"四五百万吧。不过问题不在于钱。你很明白这一点。要紧的是原则。今后你怎么能再尊重我呢？我们结婚的第一年，你就没有尊重过我，直到我也跟别人一样投入了工作为止。我们的传统和教养都反对游手好闲。我们无法接受那种理想。"

"是呀，我当时嫁给你，是怀着某种理想的。"她回答道。于是他们走回了他们逗留的第四十三家旅馆。

在英国，他们再也听不到欧洲大陆国家街道上种种陌生的语言，这些语言曾经使他们回忆起了自己的多语种的城市。在英国，所有的人说的是同一种语言，听起来像美国话，但仔细研究一下，却又听不太懂。

"噢，你还没有看见英国呢。"一位铁灰色头发的夫人说道。他们在维也纳、拜罗伊特①、佛罗伦萨都遇见了她。如今在英国，他们又在克拉里奇商店碰上了她，觉得非常高兴，因为她到处都应付自如，并且知道什么地方配药方最仔细周到。"你应当多关心一下我们先辈的故乡——像我这样。"

"我这星期一直在关心呢，肖恩茨太太，"索菲说道，"可是，除了给德国侍者付小费，我一点进展也没有。"

"这些人不是真正的典型，"肖恩茨太太接着说道，"我知道你该去什么地方。"

蔡平竖起了耳朵听着。他很愿意逃开这里，不管到哪儿都行。在这儿的街道上，那些身手敏捷，和他同样性格的人正在干着大事业，而他却无法插手。

"我们听见了，我们遵命，肖恩茨太太。"索菲说道。蔡平正在啜饮着他厌恶的英国茶，她已经感到了他的烦躁不安。

肖恩茨太太微微一笑，便把他们的事包揽了下来。她四面八方地发信件，打电报，替他们做安排。最后，他们身上揣着她写的介绍信，被她送进了那片荒凉的地方。他们是从一个像垃圾桶似的、名叫查令十字②的火车站出发到那里去的。他们去的地方叫罗基茨，是一个农庄，位于英国南部，农庄主人姓克洛克。肖恩茨太太说，他们在那里一定能看到民间传说和歌谣里的真正的英格兰。

他们跋涉了好几个小时，终于找到了罗基茨。这地方离火车站

---

① 德国东部城市。
② 伦敦著名火车站。

有四英里远。从他们在黑夜里受到的颠簸来看，这地方离一条正经的大路至少有八英里远。他们在昏暗中下了车，树木、牛群和谷仓的轮廓都模糊一片，若隐若现。克洛克先生和太太站在铺着石板的幽深厨房门口，老成持重地表示了欢迎。他们被安排在一间阁楼里休息，倾斜的天花板刷得雪白。外面下起了雨，于是在屋里砖灶台上的一只铁筐子里点燃了一堆柴火。他们就在吱吱的鼠叫声和呜咽的火焰声中沉入了梦乡。

他们醒来时，天气晴朗，鸟儿啁啾，空气里充满了黄杨、薰衣草和煎咸肉的香味，另外还混杂着一种他们从来没有嗅到过的自然的气味。

索菲想伸头看看屋角那边的景致，猛力一推，差点把单薄的窗扇推掉下去。她说道："这儿真像出租马车夫对车站搬运夫讲到我的大衣箱时说的那句话——简直'呱呱叫'，他是这样讲的吧？"

"不，他说的是'够意思'。我这辈子从来没有过这种远离尘世的感觉。我们得去找找电报局在哪儿。"

"有谁惦记呢？"索菲说道。她握着发刷子，走来走去，欣赏着糊在门上和碗橱上的画报周刊。

可是那位外地人坚持要搞清楚电报局在哪里，否则他就安不下心。于是他去问克洛克家正在摆设早餐的女儿。而索菲却把脸埋进了低矮的窗口外面的薰衣草丛里。

"您到巴恩牧场顶上边的栅栏梯磴①那儿去，"玛丽说，"朝帕顿

---

① 牧场栅栏两边的阶梯，供人通过之用，但可以拦住牛群。

斯村那一头的尖塔瞧。电报局就在尖塔下边。您一定找得到它，只要顺着小路走。我姐姐在那里当电报员。不过您正好在投递的半径三英里之内，先生。投递员会从帕顿斯村直接把电报送到这儿门口的。"

"看来在这个国家里，人们只好相信他听到的一切了。"他咕哝道。

索菲注视着只留下了昨夜车轮痕迹的厚墩墩的草地，还有围着堆干草的场院转了一圈的两道车辙，以及在这座半木半石结构的房子周围那片静悄悄的果园。

"那有什么关系呢？"她说道，"电报自然要送到阿瓦隆谷的。"她招招手，把一头眼光诚恳、态度殷勤、无所事事的猎狗叫了进来。这条猎狗名叫"游荡汉"，它只是偶尔才回答用这个名字叫它的人。吃过了早饭，它把他们带到屋子后边的山坡上，从那儿可以看见衬托在地平线上的梯磴的轮廓。"我真不知道我们在这里还会发现什么。"她高兴得毫不掩饰地在草地上蹦跳起来。

这是一片断断续续地围着树篱的倾斜的田野，田野中间长着一簇一簇的荆棘。篱笆门已经没有了，桩子东倒西歪，兔子在桩子下面挖了洞，牛群在桩子上面蹭痒痒。一条窄窄的小道从矮树丛里弯弯曲曲地延伸出去，在奔跑的猎狗前面，闪现出几十条白色的尾巴，一头鹰尖声呼啸着飞向天空。

"没有大路。什么也没有！"索菲说道，她的短裙被荆棘钩住了。"我觉得整个英格兰是个大花园。你的尖塔就在那里，乔治，在山谷那边。真奇妙呀！"

他们穿过一片荒芜的土地，向尖塔走去。有时，他们在这里发现一块不肯自生自灭的紫苜蓿；那里又是一片长满了高高的蓟草的荒芜的休耕地；而这里则是一大片繁茂的防风草，想冒充正经的庄稼。在没有牛羊的牧场上，一行行枯枝败叶缠住了他们的脚，脚下的土地泌出了颗颗闪闪发亮的水珠。山谷底下，一条小溪，冲坍了溪上架设的小桥，溪水冲击着小桥的残骸，激起洁白的水沫。但是，在倾斜的坡地后面耸立着一片黑压压的树林——古老、巍峨而卓绝超群，就像挂在一座房屋的废墟墙壁上的，丝毫没有褪色的挂毯。

"这一切离伦敦只有一百英里，"他说道，"看起来它似乎也患了神经衰竭症。"小路沿着斜坡转了弯，穿过一丛茂密的杜鹃花，然后横穿过一条马车道。这条车道的终点消失在两棵巨大的槲树的阴影下。

"一座宅子！"索菲悄声说道，"一座殖民地时期的老宅子！"

在这对槲树的绿荫后面，出现了一幢乔治王朝风格的深蓝色砖砌建筑物，大门的砖柱上砌着一扇贝壳形的气窗。那条猎狗已经跑开去干什么蠢事了。除了枝叶在轻微地颤动，以及四只喜鹊吃惊地飞开，这幢四方形的宅子既没有动静，也没有生气，然而它却仿佛非常友好地从它的长窗中向外窥望。

"非常高兴见到您。"索菲行了一个几乎挨着地面的屈膝礼，说道。"乔治，这是我能够理解的历史。我们就是在这里开端的。"她又一次行了个屈膝礼。

六月的阳光射出了灿烂的光辉。它仿佛是一位集中了三代人经验的贤明的老太太，这会儿没有参加跳舞，正低头听着她那激动得满颊绯红的孙儿说话。

"我一定得瞧瞧！"索菲踮起脚跟，走到一扇窗户前面，用手遮住了眼睛。"噢，这间屋子里足足装了半屋子的棉花包——我看是羊毛！不过我能看见一点儿壁炉架。乔治，来呀！是有人来了吗？"

她缩到丈夫身后。大门慢慢地开了，那头猎狗，鼻头被牛奶染得白白的，走在前面。一个老者牵着它。这位老者穿的是一件胸前和肩膀上打着奇特的折皱的蓝布披肩。

"毫无疑问，"乔治说出了声，"这就是时间老人。他就住在这里，索菲。"

"我们是来……"索菲怯生生地说，"我们可以看看这幢房子吗？那大概是我们的狗。"

"不，它是'游荡汉'，"老人说道，"它又跑到我的泔水桶那里去了。你们是暂住在罗基茨的吧？请进。咳！你这瘪三！"

猎狗挣开他跑掉了，他沿着车道蹒跚地追着狗。他们走进了前厅——前厅又宽敞又豁亮，只有这样的住宅，才会有这样的前厅。在一扇长长的椭圆形窗户下面，一座有着纤细栏杆的、又宽又低、曾经是乳白色的楼梯向上延伸开去。前厅两边是雕刻精美的门，通到堆放着羊毛捆的房间，房间里海绿色的壁炉架上装饰着仙女、涡卷形花纹和爱神的低浅的浮雕。

"制作这些装饰的公司叫什么？"欣喜若狂的索菲喊道，"唉，我忘记了！这一定是真货。是亚当斯公司的产品吧？我做梦也没有见过这种雕花的钢制火炉围栏。他的意思是让我们随便哪里都能去吗？"

"他正在抓那只狗，"乔治朝外边望了望，说道，"他没把我们放在心上。"

他们考察了一楼，也就是底层，就像玩小偷游戏的孩子一样高兴。

"这里跟整个英国一样，"最后，她说道，"美妙极了，但是却没有任何说明。人们认为你应当事先就把一切了解清楚了。我们上楼去看看吧。"

楼梯在他们脚下丝毫没有发出嘎吱的响声，在宽阔的楼梯口，他们走进一间嵌着绿色墙板的屋子，有三扇敞亮的落地长窗，可以眺望一座孤寂荒废的草坪花园，以及远处林木繁茂的斜坡。

"这当然是客厅啰，"索菲轻捷地来回走动着，"那只壁炉架——雕着俄耳甫斯和欧律狄刻①——是这些壁炉架里最美的一个。简直是不可思议！奇怪的是，这间屋子里并没有一件家具，却似乎已经设备齐全了似的！这是怎么回事呢，乔治？"

"那是因为它的比例相称。我已经注意到了这一点。"

"我有次看见一张赫普怀特②式躺椅，"索菲用手指按着发红的面颊，沉思着，"只要两张躺椅，一边一张，你就再也不需要什么别的家具了。不过，在那个壁炉架上一定得挂一面最美的镜子。"

"快瞧那儿的景致。简直是一幅嵌在画框里的康斯太布尔③的画。"她的丈夫喊道。

"不，那是一幅莫兰④的画——是模仿莫兰的游戏之作。还是

---

① 俄耳甫斯：希腊神话中的伟大歌手，为了找回被毒蛇咬死的妻子，亲身下到冥界，用音乐感动了冥界女王，允许他带回妻子欧律狄刻。传说俄耳甫斯在走出冥界时，由于爱妻心切，回头望了一下欧律狄刻，违反了冥界女王的话，因而永远失去了妻子。
② 赫普怀特：十八世纪末英国著名家具商店。
③ 康斯太布尔（1776—1837），英国著名风景画家。
④ 莫兰（1763—1804），英国风俗画家，善画田园风景、乡村小店以及家畜。名作有《马厩内》（1791）等。

谈谈那张躺椅吧，乔治。你说帝国式是不是会比赫普怀特式的更好些？暗金色衬托浅绿色？可惜现在他们不制造那种古式钢琴了。"

"我相信你还能买到它。看看松树林背后的那片橡树吧。"

"而你就可以坐在古式钢琴前面庄严地弹奏托卡塔曲了。"索菲哼起了曲子，偏着脑袋向应该悬挂那面最美的镜子的地方点了点头。

然后，他们找到了卧室、化妆室、女盥洗室，还有通到上面和下面的阶梯……各式各样的小房间，有圆形的、方形的，还有八角形的，屋顶的天花板装饰精美，门上安着雕花的锁。"现在该轮到仆人了。噢！"她跨了最后几级阶梯，走进漏光的黑暗顶楼。散乱的瓦片和断裂的板条堆在一起，墙上涂满了人名、感想和跳舞会的记录。"他们在这里养了鸽子。"她喊道。

"这屋顶上的窟窿大得能赶过去一辆轻便马车。"乔治说道。

"我也是这么说的，"老人在他们下面的楼梯上喊道，"我的鸽子都找不着一块干燥的地方了。"

"可是为什么眼看着这里变成这个样子，却没人管呢？"索菲说。

"房子就像牙齿一样，"他回答道，"你让它烂下去，到后来就没法补了。他们曾经打算卖掉它，可是没人买。它太偏僻了。他们还想自己来这儿住，可是后来他们都死了。"

"死在这儿？"索菲挪到屋顶上的一个洞射下的一圈光线里。

"不——没有人死在这里，除非是从干草堆上摔下来死掉。他们都是在伦敦死掉的。"他从蓝罩衫上摘下一撮羊毛。"他们家人丁不兴旺——不管是埃尔菲克家还是穆恩家。他们全都身体单薄，经不起摔打。他们死了十七年了，我在这里看房子也已经二十五年了。"

"楼下那些羊毛是谁的？"乔治问道。

"是这片庄园的。如果你们想看看，我可以带你们上房子后边去。你们是从美国来的吧？我有个儿子去过美国。"他们跟着他从正面的大楼梯走下楼去。他在楼梯转弯的地方站住了，冲着墙壁伸出一只手。"这儿有足够的地方让你们的棺材抬下来。七英尺长的棺材，一边三个人抬，也不会蹭掉油漆。要是我死在自己的床上，他们就只好把我像牛奶桶那样竖起来，才能抬出去。这呀，都是运气，您说呢？"

他领着他们走呀走，穿过一串迷宫似的后厨房、牛奶棚、储藏室、洗碗间，顺着走廊来到一栋农场住宅，看来它显然比正屋建筑还要古老。然后，从这里又伸展出去，有谷仓、牛棚、猪圈、畜栏、马厩，直到后面废弃的田野。

"我觉得，"索菲精疲力竭地坐在一座古老的井栏上说道，"把这么美的老房子堆满稻草是一种亵渎。"

乔治注视着一列长长的石墙，墙面贴着银白色的橡木护壁板；燧石和砖头筑成的扶壁；一层层拱形石块筑成的室外阶梯；长着青草的弯曲的茅屋顶；贴着绘有石莲花的瓷砖的圆形棱堡，还有一座巨大的铺了石板的院落，里面只有两头母牛，和已经悔过自新的"游荡汉"。他已经有足足两个半小时没有想到自己或是电报局了。

"不过，"当他们穿过那片荒芜残破的田野，踩着地上的凹洼走回家去的时候，索菲说道，"为什么人们认为我们理所当然地应该知道有关英格兰的所有事情？他们为什么总不肯告诉我们呢？"

"你是指关于埃尔菲克家和穆恩家的事吗？"他回答道。

"是的……还有关于律师们和这所庄园的事。他们是谁呢？我在想，那间绿屋子里油漆过的地板不知道是不是真正的橡木地板。你喜欢我们这样一块去发现新的东西吗？……难道这不比庞贝①更好？"

乔治再一次眺望着那片景色。"跟这幢房子一块还有八百亩土地——那老人告诉了我。一共是五座农庄。罗基茨就是其中的一个。"

"我喜欢克洛克太太。不过，这幢老房子叫什么呀？"

乔治笑了。"那正是他们认为你应该知道的事情之一。他根本没有告诉我。"

克洛克夫妇比较起来更爱说话一些。在当天晚上和以后的一个星期，他们对蔡平夫妇讲述了弗赖厄斯·帕顿这座老宅子和它的五座农庄的官方历史，就像人们讲给房客们听的那样。可是索菲提了那么多的问题，乔治表现出的兴趣又是那么充满了人情味，于是克洛克夫妇对他们越来越放心，开始讲起了埃尔菲克家、穆恩家以及他们旁系亲属海林家和托里尔家的生平事迹、婚丧嫁娶、所作所为，加上自己亲眼看见和道听途说的细节。这个故事是分段讲述的，克洛克是在谷仓里讲，他的妻子则在牛奶棚里讲，最后的章节则放到晚上，在厨房里的熊熊炉火旁边讲。两人在白天总是用半天的时间在宅子里到处察看，穿蓝罩褂的老伊古尔顿见到他们，总是笑眯眯地絮叨些什么。这个故事里人物行为的动机是他们无法理解的，他们也从未遇见过决定那些人物命运的神明，克洛克太太讲到

---

① 庞贝：意大利古城，维苏威火山喷发时被埋在火山灰烬下，后来城市废墟被发掘出来，供人游览。

某些行为和事件时偶然作的一些说明更是奇特无比。因此蔡平夫妇听得津津有味，对肖恩茨太太感激不尽。

"可是为什么……为什么……为什么某某人做了那么件事呢？"索菲坐在挂锅的钩子旁边，往往会这样发问。而克洛克太太则抚平膝盖上的衣裙，回答说："为了这座庄园。"

"我一点也不懂，"一天晚上，在他们自己的房间里，乔治说道，"在这个国家里，人还没有他们住的房子重要。照她的说法，弗赖厄斯·帕顿简直成了莫洛克神①了。"

"可怜的老东西！"他们正像平日那样，喝茶以前在农庄周围散步。"无怪乎他们要爱它了。只要想想他们为它做出了多少牺牲。简·埃尔菲克就是为了使它仍然能属于这个家族，才嫁给了年轻的托里尔。大卧室隔壁那间八角形的、有带花边的天花板的屋子就是她的房间。喂，他在喂猪的时候对你讲了些什么？"索菲说道。

"讲了托里尔表亲的事，还有那个在爪哇死掉的叔叔。他们住在伯恩特公馆——在上帕顿斯背后，就在那条堵死的小溪那儿。"

"不，伯恩特公馆是在上帕顿斯树林下边，比盖尔·安斯蒂要离得近些。"索菲纠正他道。

"好吧，反正克洛克老头说……"

索菲打开了门，冲着正在厨房里封火的克洛克夫妇喊道："克洛克太太，伯恩特公馆是不是在上帕顿斯底下？"

"是的，亲爱的，当然是啊。"那个低柔的声音心不在焉地回答

---

① 古代腓尼基人信奉的火神，要求以儿童作为祭品。

道。接着是一声咳嗽。"对不起，夫人。你刚才说什么？"

"没说什么。另外那样就挺好。"索菲笑了。接着，乔治对坐在床上的索菲重述了她没听到的那一节故事。

"他们今天在这儿，明天就到那儿去了，"克洛克告诫说，"他们付了头个月的房租，可是我们只有肖恩茨太太的那封信作为担保。"

"她还从来没有骗过我们。我没有注意就脱口说出来了。她是位最厚道的年轻太太。反正他们不久就会走的。而且你自己也讲了好多，阿尔弗雷德。"

"是的，不过埃尔菲克家的人全都死了。没人会拿我讲的闲话怪罪我。可是，他们为什么老待在这里不走呢？"

终于，乔治和索菲彼此也相互提出了同样的问题，但是，接着又把这问题撇到一边。他们辩解说，这儿的气候对他们正合适，冷热适中，结合得十分完美，不像他们家乡的气候，热起来热得要死，冷起来又冷得要命，而且那万籁俱寂、幽深静谧的夜晚，对乔治是再合适也没有了。再说，他在这儿，也省得看见任何一条铁路线了。铁路线既然是通向事务的，它就会在人的心里唤起欲望；而弗赖厄斯·帕顿村里的电报局——在那里出售图画明信片和陀螺——要在田野和树林里走上两英里才能走到。于是，对于那些和他过去有过来往的、偶尔想起他的熟人来说，他简直像是到了另一个星球上了；过去，索菲经常是在一堆有崇高目标的、丈夫不在身边的妻子中间消磨时间，所以她一点也不想放弃目前这种上天赐给的美好时光。他们不慌不忙地用餐，因为他们知道自己拥有那么多美妙的空闲时刻。他们漫游在辽阔宁静的天空下面，只在感到饥渴的时刻才注意到时间；他们脚下的绿茵，使他们忘记了步行的疲劳。他们总是一块去那几个农庄——格里丰斯、罗基茨、伯恩特公馆、盖尔·安斯蒂和本宅农庄，到那里去探索考察。穿蓝罩衣的伊古尔顿总是在老宅农庄拦住他们问好，他们便又一次去老宅做一番彻底的搜索。在漫长的阴雨天下午，他们两人就坐在高过苹果树树梢的卧室的宽阔窗台上，双脚蜷缩到身下，谈了起来。他们从来没有过这样倾谈的机会。他们谈了许多事情，使得她的心灵感到无比满足，她的身体也更加强壮。

"你想到过没有，"一天早上她问道，"我们完全单独地待在这里，已经待了三十四天了？"

"你数过天数了吗？"他问道。

"你喜欢这些天的生活吗？"她反问道。

"我大概是喜欢的。我根本没有想到它们。是的，我喜欢它们。要是在六个月以前，这样的生活一定会使我烦闷得病倒的。你还记得在开罗那回吗？我只有两三次感到不舒服。这难道是说我的病好多了，或是说我变得衰老迟钝了？"

"气候，全是因为气候。"索菲坐在克洛克家谷仓后面的梯磴上，从那里可以俯瞰弗赖厄斯·帕顿，她摇晃着脚上的刚买来的英国靴子，说道。

"不过，我们还是应该经营点事务，"他说道，"至少，也免得把业务荒废了。"现在，他眺望着空荡荡的田野时，眼睛不再眨巴了。"你说是不是应该？"

"那么，你想在盖尔·安斯蒂修建一座汤姆·莫里斯式的高尔夫球场吗？我敢说他们会让你把它租下来的。"

"不，我的英国人气质还没有那样浓……也不想建汤姆·莫里斯式的球场。克洛克说，这里所有的农庄，只要经营得法，全都能赢利。"

"噢，我就像《弗朗查德的宝藏》里的阿纳斯塔西娅，只要能活着，能高高兴兴，我就心满意足了。什么事都可以慢慢来，不用急。"

"说得对。"他微笑了，"不过，我还得去看看有没有我的信件。"

"你答应过不让人给你写信的。"

"我在着手一点小事务作为消遣。真的。它一点也不影响我的神经。"

"需要一个秘书吗？"

"不，谢谢，老伴儿！这话够英国味吧？"

"太英国味了！去吧。"不过，她还是在光天化日之下回了他一个吻。"我要上帕顿去。我有将近一个星期没去那座宅子了。"

"你已经决定了要把简·埃尔菲克的卧室布置起来吗？"他哈哈笑了，因为这件事已经成了他们心目中永恒的"西班牙城堡"①。

"漆黑的中国式家具，加上黄色锦缎。"她一面向山下跑去，一面回答道。在树篱间的一个空隙里，她挥舞起老伊古尔顿一星期以前为她砍下的一根白蜡树枝条，吓跑了几头母牛，唱着歌儿从槲树下走过，直奔弗赖厄斯·帕顿背后的农庄而去。她没有见到老人，便敲了敲他半掩的房门。因为她需要他的帮助，来打发掉这个清闲

---

① 意即空中楼阁。

的下午。屋里爬出了一头蓝眼睛的牧羊犬，它是她新交的朋友，也是"游荡汉"的老对头，它恳求她进屋去。

伊古尔顿坐在炉火旁的椅子上，两膝中间夹着一把锄蓟的草铲，脑袋耷拉着。虽说她从没见过人死的样儿，但她的心跳停顿了一下，她知道他已经死了。她没有说话，也没有喊叫，只是静静地站在门外边，而那条狗则舔着她的手。当那条狗扬起了鼻头的时候，她听见自己说："别嚎叫！请你一定别嚎叫，司各蒂，不然我就要跑开了！"

干草场里的日影移动到了正午，她仍然坚守在那里；过了一会儿，她就在门前的台阶上坐了下来，胳膊抱着狗的脖子，等着人来。她注视着弗赖厄斯·帕顿的那些不冒烟的烟囱横在房顶上的影子，而伊古尔顿屋里最后一堆炉火的青烟也逐渐淡薄，最后终于消失了。她不由自主地思索着，究竟有多少个穆恩、埃尔菲克和托里尔，是从大厅的楼梯拐角那儿抬下去的。接着，她记起老人说的"像牛奶桶那样竖起来"，不由得把脸埋进司各蒂的脖子里。终于在石板地上响起了一匹马的马蹄声，干草场上陈旧的稻草也沙沙作响。教区牧师来到了她面前——她曾经在教堂里看见这位人物用不自然的声音激昂慷慨地否定不可能发生的事情（索菲本人是个唯一神教徒）。

"他死了。"她没打招呼就开口说道。

"老伊古尔顿吗？我正是来找他谈谈的。"教区牧师摘下帽子走进屋里。"哎！"她听见他说，"心力衰竭！你在这里待了多久？"

"从十一点差一刻起。"她认真地看了看手表，发现她的手并没有颤抖。

"我在这里陪着他，等医生来。你能去告诉医生吗？……还有铁匠铺隔壁的那幢长着紫藤的小屋里的贝茨太太？恐怕你有点受惊了吧？"

索菲点了点头，便急忙向村里走去。她的身体突然不听使唤了；她便在一片树篱底下坐了下来，回过头去望着那幢大屋子。那幢大屋子的沉默和不动声色帮了她的忙，使她镇定下来去干她的差事。

小巧玲珑、黑眼睛和黑皮肤的贝茨太太，几乎和弗赖厄斯·帕顿一样对此事漠不关心。

"是呀，是呀，当然啰。天哪！嗯，伊古尔顿在我爹活着的时候也有过一段快活日子——穆丽尔，把我的蓝色小提包拿来——是的，太太。他们往往就像榆树枝一样，没有刮风也没有下雨，他们就倒下了。事先没有一点迹象——穆丽尔，我的自行车在养鸡场背后——我去告诉达拉斯医生吧，太太。"

她像只棕色的蜜蜂，蹬着她的自行车去了，而索菲仿佛觉得头上的天空和脚下的大地都变了样。她费劲地走回了家，一下子倒在正在写信的乔治身上，又是笑，又是哭。

"对于他们来说，这是非常自然的事，"她气喘吁吁地说，"'是的，太太。他们往往就像榆树枝一样，没有刮风也没有下雨，他们就倒下了。'不，这事情并没有半点可怕，只不过……只不过……噢，乔治，他把那可怜的亮闪闪的草铲的棍子夹在他的可怜巴巴的干瘦膝盖中间！假如司各蒂嚎叫起来，我一定会受不了的。我还不知道那位教区牧师感情这么细致。他说，他担心我有……有点受惊了。贝茨太太叫我回家，而我简直想瘫倒在她的地板上。不过，我没有给自己丢脸。我……我本来是可以扔下他不管的……是吗？"

"你真的没有受惊吗？"克洛克太太叫嚷道，她已经通过农庄的电报系统得到了消息，这种电报系统比马可尼①的更加古老，但也更加迅速。

"没有。我身体很好。"索菲分辩道。

"你去躺下，躺到喝茶再起来。"克洛克太太拍了拍她的肩膀，"他们一定很高兴，虽说他懵懵懂懂，已经痴呆了二十年了。"

"他们"在夜幕四垂以前来了——一个穿着鼹鼠皮外衣的黑胡子男人和一个患中风症的老妇人。这位老妇人说起话来叽叽喳喳，活像一只鹪鹩。

"我是他儿子，"这个男人站在薰衣草丛里对索菲说道，"我们吵了架——在二十年前——从此我们就彼此不说话了。不过，我终归是他的儿子，我们谢谢你守在他身边。"

"我只是高兴我刚好在那里。"她回答道。这句话她是打心眼里说出来的。

"我们听说他讲了很多关于你们的事——自从你们来了以后，他讲了不止一次。我们诚心诚意地谢谢你。"那个男人又说。

"你是他那个到过美国的儿子吗？"她问道。

"是的，太太。当时我住在我叔父的农庄上，在康涅狄格州。他在那里是他们所说的修路师傅。"

---

① 马可尼（1874—1937），意大利人，无线电报的发明者。

"康涅狄格州的什么地方？"乔治在她背后问道。

"那地方叫维宁·霍勒。我在那里跟叔叔待了六年。"

"世界真小啊！"索菲喊道，"哎，我母亲娘家的人就住在维宁·霍勒。直到现在，那儿还有我母亲娘家——拉什玛尔家的一些亲戚。你听说过这家人吗？"

"我好像听说过这个名字。"他回答道，但是他的脸上毫无表情。

将近黄昏时分，一个穿灰衣服的女人，胳臂上挎着一根长长的杆子，像个步兵那样迈着大步，闯进了果园，一迭声地喊叫，让人给她拿点吃的来。对于乔治，这位不请自来的英国人在他身上仿佛起着神秘的作用。他立刻逃进了起居室。但是克洛克太太却满面春风地迎了出来。索菲也没法躲开了。

"我们刚刚听到这个消息，"陌生女人对她说，"我带着打水獭的猎狗出去打了一整天猎。那是个了不起的仁义厚道的行为……"

"你……呃……打到了猎物吗？"索菲说道。她从书本上读到，这样说话绝不会出什么错。

"打到了。是一头不带崽子的母獭……十七磅重。"这是她听到的回答，"你干了一件了不起的仁义厚道事情。可怜的老伊古尔顿……"

"哦……是那件事呀！"索菲这才明白了。

"要是帕顿那里有人住的话，这种事是绝不会发生的。他一定会得到照顾的。可是，一伙伦敦的律师，你又能指望他们干出什么来呢？"

克洛克太太喃喃地说了些什么。

"不。我的膝盖下面全湿透了。再待下去我会着凉的。来杯茶吧，克洛克太太，我吃一块你的三明治就走。"她用一块黄绿色的绸手帕擦了擦她那饱受日晒雨淋的脸颊。

"是的，夫人！"克洛克太太迅速跑开了，立刻又跑了回来。

"我家的土地在南面有一英里长是和帕顿紧挨着的，"她晃着满满的杯子，解释道，"不过我们照顾自己家的底下人就够忙的啦，犯不着管别人家的闲事。当然，我要是早知道，一定会打发朵拉去的。你今天下午见着她了吗，克洛克太太？没有？奇怪，是不是那个女孩子当真扭伤了脚脖子。谢谢你。"克洛克太太呈献给她的是一块厚得令人生畏的面包夹咸肉。"我刚才就说了，帕顿实在是社会的耻辱！竟让人像狗一样死掉。那儿应该有人负起责任来。你已经尽了你的本分，虽说你一点也没有必要尽这份义务。晚安。假如朵拉来了，请告诉她，我走了。"

她嚼着干面包皮，大踏步地走开了，索菲气喘吁吁地、蹒跚着走进了起居室，她摇晃着已经受惊不浅的乔治。

"你干吗老躲在百叶窗背后对我使眼色？你为什么不出来尽你的职责？"

"因为我出来一定会忍不住扑哧笑出来。你没瞧见她脸上的污泥？"他说道。

"瞧了一眼。我不敢再瞧了。她是谁呀？"

"上帝。至少也是当地的神。反正她是另外一件他们认为你凭着本能应该知道的事情。"

克洛克太太对他们开的玩笑感到吃惊。她告诉他们，这就是科南特夫人，瓦尔特·科南特爵士的妻子。科南特是位男爵，附近的一位大地主，他虽说不是上帝，至少也显然是上帝的代理人。

乔治设法让她花了一小时来谈那家人的事情。

后来，索菲在他们自己的屋子里说道："笑，是野蛮人的标志。你为什么不能控制你的感情呢？这一切对于她全是真实的。"

"这一切对于我也全是真实的。我的烦恼也就在这儿。"他回答的声调改变了，"至少，这一切是够真实的，可以用来消磨时间。你同意吗？"

"你这是什么意思？"她急忙问道，虽然她熟悉他的声调。

"我是说，我已经好多了。我又能踢打了。"

"踢打什么？"

"这个！"他挥手在屋里画了个圈子，"我需要有点东西消遣，直到我能重新工作。"

"噢！"她在床上坐下了，两手紧握，俯身朝前，"不知这是不是对你有益处。"

"我们在这里过得比别处都愉快，"他慢吞吞地说道，"再说，我们随时可以把它再卖掉。"

她一本正经地点了点头，然而她的眼睛却射出了光芒。

"唯一使我担心的，就是今天上午发生的事。我想知道你到底是什么看法。如果你哪怕有那么一点不自在，我们可以把宅后的那栋旧农庄拆掉，它是不是破坏了你心目中的形象？"

"拆掉它？"她喊道，"你太缺乏业务才干了，我们在修理大宅子的时候，正好可以住在那里。它几乎是在同一座屋顶下面的。

不！今天上午发生的事仿佛更……更像是一种预兆。帕顿应该有人住。科南特夫人说得完全对。"

"我考虑得更多的是那些树林和大路。我在六个月里就能使这块产业的价值增加一倍。"

"他们要什么价钱？"她晃晃脑袋，一头松散的头发便披了下来，垂到她的面颊旁。

"七万五千美元，可是，只要六万八千，他们也就肯出手了。"

"那还不到我们结婚时买的那只旧游艇的一半价钱。而我们在那只游艇上从来也没有痛痛快快玩过。你总是……"

"是呀，我发现自己的美国气质太重了，因此没法满足于仅仅当一个富翁的儿子。你怪我吗？"

"噢，不。不过我们的蜜月太事务性了。这场交易你已经进行到什么程度了，乔治？"

"明天早晨我就可以把定钱汇去，这件交易我们在两三个星期里就可以办完——只要你愿意。"

"弗赖厄斯·帕顿——弗赖厄斯·帕顿！"索菲眉飞色舞地唱了起来，深灰色的眼睛开心地瞪得老大，"所有的农庄吗？盖尔·安斯蒂，伯恩特公馆，罗基茨，本宅农庄，还有格里丰斯？你真的都买下了吗？"

"当然。"他微微一笑。

"所有那些树林吗？上帕顿斯树林，下帕顿斯，萨顿斯，杜顿·肖，鲁宾斯·吉尔，马克西斯·吉尔和那两处橡树坡？你真的全买下了吗？"

"一处也没落下。嗬，你对它们了解得跟我一样清楚。"他笑了，"听他们说，仅仅是橡树坡的木材——他们管这叫木料——就值五千——就是一千镑。"

"克洛克太太的炉灶首先得修一修，还有厨房屋顶。我想我得把这儿全粉刷一下，"索菲插了进来，指着天花板说，"这幢房子简直是社会的耻辱，科南特夫人说得对。乔治，你是什么时候开始爱上这幢房子的？是在那间绿屋子里……在第一天吗？我就是那天开始爱上这幢房子的。"

"我不是爱上了它。一个人总得干点事情来打发时间，直到他的身体恢复到能投入工作为止。"

"那么是不是当我们站在橡树下面，门开了的时候？噢！我是不是应该去参加可怜的伊古尔顿的葬礼？"她无比满足地叹了口气。

"他们会不会认为那样是冒昧失礼——在眼下这会儿？"

"可是我喜欢他。"

"然而在他去世的那天，他还不能算是你的底下人。"

"那也不会吓得我不敢去参加葬礼的。不过，他们对于守灵是有许多规矩的，"她屏住了气，"从这方面看，他们可能会认为这是在炫耀。哦，乔治，"她伸出手来拉住他的手，"我们像两个小小的孤儿，在我们尚未领悟的天地里游荡，我们会出一些洋相的。但是我们也会过得非常快活的。"

"我们明天就到伦敦去，试试看能不能催那些英国律师办事快一点。我真想快点干起工作来。"

他们上伦敦去了。他们在那里吃了不少苦头，终于在一个星期六的晚上，坐着一辆出租马车，穿过田野回来了。他们怀里抱着一个二英尺宽、二英尺半长的，装满文件和图纸的匣子，成了弗赖厄斯·帕顿和那五个衰败的农庄的合法主人。

"我诚心诚意地祝你快乐，太太。"克洛克太太在厨房的炉火旁听见这个消息以后，喘着气说道。

"天哪！这又不是婚礼！"索菲喊道，克洛克太太的话使她听了有点害怕；因为他们心目中的这场玩笑，才刚刚开始呢。它对于美国人来说，意味着工作。

"要是按规矩办的话……"克洛克太太的眼光移向她的炉灶。

"明天就叫人来把它修好。"索菲悄声说道。

"自打你们经常往那儿跑开始，"克洛克慢声慢气地说道，"我们就不由得注意到，你和你的太太很喜欢那地方……不过，我们从来没有想到……"他妻子用眼光制止了他。

"想到我们竟会是那种人，"乔治说，"我们自己也还拿不准这一点呢。"

"也许，"克洛克抚摸着膝盖说道，"我只是随便说说，也许你们会把它变成猎园？"

"什么猎园？"

"就像紫罗兰山那儿一样，把这块地方也变成一片漂亮的猎园，"他向西边竖了竖大拇指，"就是桑格列斯先生买下的紫罗兰山。它一共有四个农庄。桑格列斯先生把它们变成了一座漂亮的猎园，养着一群白斑鹿。"

"那样它就不再是弗赖厄斯·帕顿了，"索菲说道，"不是吗？"

"我倒从没听说过帕顿斯除了小麦和羊毛还生产过什么别的东西。只是有些先生说，猎园要比佃户省心一些。"他胆怯地笑了笑，"不过乡绅贵族们都还是照过去那样办。"

"我明白了，"索菲说，"桑格列斯先生的钱是怎样赚来的？"

"我也不太清楚。听说是经营胡椒和香料赚的，也可能经营的是手套。不，经营手套的是马莱别墅的雷金纳德·利斯爵士。经营香料的是桑格列斯先生。他是位巴西绅士，皮肤晒得很黑。"

"你们可以放心，不会有任何麻烦的。"他们去睡觉的时候，克洛克太太说道。

他们把买房子的消息单独告诉克洛克夫妇两人是在星期六晚上的八点钟。直到他们第二天早晨出发到教堂去，并没有人离开农庄。然而，他们到了教堂，正打算悄悄从旁边走进他们平常的座位——那里离洗礼盆不远，他们坐在那里，在敲钟的时候可以看见钟绳的红绒绳梢摇头摆脑地晃动——不料却一边被一位克洛克堵住了（他们根本没有和克洛克夫妇一块走呀）。在众人簇拥下，他们身不由己地被送进一位黑袍堂守^①谦让的怀抱里，这位堂守当即把他们迎进讲坛下面走廊左边的第一排座位，这排座位简直宽大得像一个房间。

他用责备的口气叹息地说："这是帕顿斯家的座位。"然后把他们关了进去。

他们什么也看不见，只能看见圣坛里唱诗班的男孩子们，但是

---

① 教堂里负责看守座位等事务的人。

他们自己的脖根却热辣辣的。他们感觉到教堂里所有的人正在毫无怜悯地死死盯着他们。

"当恶人转身走开的时候……"牧师那响亮的异乡口音震荡着教堂的椽尾梁屋顶，他们在这场不熟悉的英国教会礼拜仪式里寻找着经文的出处时，心里突然产生了从未有过的孤独感。在念主祷文——"我们在天之父"——的时候，这种寂寞感更明显了。索菲不禁想着，如果是在别的国家，他们买房子的消息早就会在十几份报纸上被人从各种角度议论开了。她忘了好几个月以来，医生早已禁止乔治看那些白纸黑字、大喊大叫的头条新闻了。这里却只有沉默——连敌意都没有！一切全看他们了。其他打牌的人都藏起了自己手里的牌等着。她感觉得到四周的焦虑不安。当她的视线豁然开阔以后，她确实看见墙上有块碑石，上面有一只没有脚爪的鸟，它正伏在一条石刻的铭言上孵卵。这条格言是"稍候片刻——稍候片刻"。

做祈祷的时候，乔治膝下的垫子不太稳固，一下子把地毯掀到座位下面去了。索菲把她的地毯也掀了起来，她只觉眼睛发热，泪水仿佛要夺眶而出，她赶忙闭上了眼睛。当她睁开眼睛的时候，看见了她母亲出嫁前的姓名，清楚地刻在座位前面地板上的一块蓝色石板上：

爱伦·拉什玛尔。1796 年逝世，享年 27 岁。

她用胳臂肘轻轻推了推乔治，指给他看。他们跪在那里，比较隐蔽。于是他们开始寻找更多的内容。但是石板上除此以外是一片空白。

"你听人说过她吗？"他悄声说道。

"我从来不知道我们家有人的故乡是这里。"

"这是巧合吗？"

"也许。可是这使我心里舒服些了。"她微微一笑，弹去睫毛上的一颗泪珠，拉起了他的手，他们一同为"即将分娩的妇女"——而不是"正受生产之苦的妇女"——而祈祷；一群麻雀从彩色玻璃窗的窗栏杆里钻了进来，在科南特家褪了色的镀金的雪花石膏家系图上喊喊喳喳地欢叫。

男爵的座位在走廊的右边。做完礼拜以后，这排座位上的人不慌不忙地缓缓走出，同时却又非常有效地堵住了一个皮肤黝黑的人的道路，这人带着一大家子人，不耐烦地跟在他们背后。

"我猜那是做香料买卖的，"索菲看着桑格列斯紧跟在科南特家后面，非常开心地说，"让他们走吧，乔治。"

但是他们走出教堂时，许多人还逗留在教堂墓地的停柩门附近，他们的眼光都朝着一个方向。

"我想看看这儿是不是还葬着其他拉什玛尔家的人。"索菲说道。

"这会儿就算了吧。今天仿佛是展览日。快回家去吧。"他回答道。

聚在一块的几家人让开了一条道，让他们过去，克洛克夫妇稍站得远一点。男人们笨拙地点头致敬，女人们行的是半半拉拉的屈膝礼。只有伊古尔顿的儿子挽着母亲，在索菲走过去的时候掀了掀他的帽子。

"这是你的家人吗？"科南特夫人清晰的声音在她耳边响起来。

"我想大概是的。"索菲脸红了，因为他们离她不到两码远；但是，这显然不是问题。

"那么，那个娃娃看起来像是得了腮腺炎，你应该告诉那个母亲，她不应该带她上教堂。"

"我不敢把她留在家里，夫人，"那个女人说，"她马上就会放火烧房子的，她就是那么爱玩火柴。你是不是呀，亲爱的莫德？"

"达拉斯医生去瞧过她吗？"

"还没有，夫人。"

"一定得让他瞧瞧。你当然又是走不开啰。嗯……嗯！我那个傻瓜侍女明天十二点钟要去治她的牙。她会来把孩子带去的——是在盖尔·安斯蒂吧——十一点钟来。"

"是的，真太谢谢您啦，夫人。"

"这事本来不该我管，"科南特夫人抱歉地对索菲说，"不过，帕顿斯这么久没有主人了，所以你得原谅我多管闲事。你愿意到我家吃午饭吗？教区牧师通常都来的。我在星期天是不坐马车的，"她朝那个巴西人的镀银马车瞥了一眼，"穿过田野，只有一英里路。"

"谢……谢你的好意。"索菲说道，她打心里讨厌自己，因为她的嘴唇不由自主地颤抖了。

"亲爱的，"那咄咄逼人的嗓门降低成了体贴的咕噜声，"你以为我不知道来到一个陌生的地方——应该说，是陌生的国家——远远离开自己的亲人，是什么滋味吗？我刚刚离开自己家乡的时候——我是施罗普郡人——整整哭了一天一夜。可是发愁也解决不了孤单。噢，朵拉来了。她那天确实是扭伤了脚。"

"到现在我还一瘸一拐的，"那位高个子姑娘坦率地说道，"你该跟打水獭的猎狗一块出去打打猎，蔡平太太。我想下星期他们要给你家抽水了。"

瓦尔特爵士已经把乔治拉走了，教区牧师赶上来走在索菲的另一边。她既逃不开这群迈着快步的人，也躲不掉那顿悠闲的午饭。饭桌上低声的闲谈时起时伏，村里的事情是谈话的中心。索菲竟听见教区牧师和瓦尔特爵士泰然自若地把她的丈夫称作蔡平！（她还记得，在她从前的生活圈子里，有许多女人经常称她们的丈夫为某某先生。）午饭后，科南特夫人直截了当地跟她谈起了在偏僻的农舍茅屋里，女人没有产婆帮助，只得自己分娩的具体情况，毫不含糊地指出了做帕顿斯女主人的责任。

在用下午茶以前，他们穿过三重草坪，通过山毛榉树篱上的一扇门，来到南面他们自己的那块荒芜的田地上。

"请把手伸给我，"他们刚刚安全到达了山毛榉树和密密匝匝的冬青灌木丛中间，索菲就说道，"你还记得《天意和吉他》①里的那个老小姐吗？她听见警察所所长骂人的话以后，就再也不能把自己算成是个处女了。我跟她是亲戚，科南特夫人是……"

"你发现了关于拉什玛尔家的什么事情吗？"他打断了她的话。

"我没有问。我先得写信问问西德尼姨妈。哦，科南特夫人在午餐时提到他们家几年前从几个拉什玛尔那里买下了一些土地。我发现，那是在上个世纪的开头。"

———————————

① 英国作家史蒂文生（1850—1894）的小说。

"那么，你说了什么呢？"

"我说：'真的吗，多有意思！'就是这样。我不打算卖弄自己。我已经听说桑格列斯先生在这方面所做的努力了。你呢？你坐在花儿后面，我都看不见你，很困难吗，亲爱的？"

乔治擦了擦已被晒成褐色的额头。

"噢，不——容易极了。"他回答道，"我买下弗赖厄斯·帕顿，是为了防止瓦尔特爵士的鸟到处乱飞。"

一只雄雉鸡在干叶片里扑棱，几乎就在他们脚底下突然蹿了出来，把索菲吓了一跳。

"这就是其中的一只。"乔治平心静气地说道。

"好吧，至少，你的神经已经好多了。"她说道，"你对他们说，你买这玩意是为了玩的吗？"

"没有。正在那时候，我胆怯起来了。我想，我只说了一句不该说的话。我说，我搞不懂的是，把农庄租出去给人种，其实像别的生意一样，不也是经营一种企业吗。"

"他们说什么呢？"

"他们微笑了。总有一天我会知道那种微笑是什么意思，他们从来不浪费他们的微笑。你看见盖尔·安斯蒂旁边那条小路了吗？"

他们站在陡坡上从树林边缘朝着一片杯形的洼地瞧去。穿着星期日的好衣服的人群正三三两两地沿着这些农庄之间的小路慢吞吞地踱着。

"我从来没有见过我们这块地上有这么多人，"索菲说道，"这是干吗？"

"这是在告诉我们，别剥夺他们走小路的权利。"

"就是那些我们用来穿过地头的牲口小路吗？"索菲强调道。

"是的，我们要是禁止人们在这些小路上通行的话，随便哪一条小路打起官司来，都得花掉我们两千镑。"

"我们并不想禁止通行呀。"她说。

"如果我们要禁止的话，这地方上所有的人都会跟我们打官司的。"

"可是，这是我们的地。我们爱干什么都可以。"

"这并不是我们的地。我们只不过买下了它。我们属于它，而它则属于当地的人民——他们把这些人叫作我们的家人。我不是也跟英国人一块吃过午饭了吗？"

他们款步而行，从一块布满蕨草的田地蹚到下一块，满心洋溢着主人翁的骄傲。他们每到一处都商量如何改进，如何修复；他们有时停下来进行辩论，有时分头欣赏两处不同的景色，有时又聚到一起察看同一处景色。一对对路人给他们让开了道，同时对他们暗暗微笑。

"我们会犯几个大错误的。"他最后说道。

"可是，我们要犯错也是在一块儿犯。你不会让别人插手吧？"

"除了包工头。我们这家辛迪加打算用它小小的力量独自经营这个企业。"

"到时候你会觉得需要别人协助的。"她固执地说。

"我会的，不过我需要的是你。这是做生意，索菲，不过，它会非常有趣的。"

"谢谢上帝，"她回答道，一片红晕飞上了她的面颊，她在去喝茶的时候自言自语地说道，"它太值得了，噢，它太值得了。"

修理弗赖厄斯·帕顿，以及搬进去住，都是十分复杂和吃力的事情，但是，一切终于按照英国方式顺利地完成了。需要的只是时间和金钱。其余一切全都交给了从伦敦来的、助人为乐的顾问们，以及克洛克先生和克洛克太太从荒凉的农庄上召唤来的仙人和仙女们。乔治和索菲有点吃惊地站在中间，他们的事务引起了四面八方的关注。

"我并不想说伦敦人的坏话，"克洛克说，他已经自封为室外工程的监工、咨询工程师、移民局局长以及森林监督官，"不过，你自己的底下人只会从你这里赚一份公平合理的利润，绝不会超过的。"

"我怎么知道呢？"乔治说。

"大概在五年以后，你也许会回头察看你头一年的账簿，那时候你已经了解了不少情况，于是你就会说，'嗯，在我还是新手的时候，比利·比尔特普'——或者，也可能是老克洛克——'没有对我耍花招'。谁都不愿意担这种骂名。"

"我好像明白了，"乔治说，"不过，五年的时间，离现在是够长的。"

"我怀疑比利·比尔特普在鲁宾斯·吉尔种下的橡树，七年以内是不是适合做她的客厅地板。"克洛克拉长了嗓门说道。

"是的，那是我的工作。"索菲说道，（格里丰斯农庄的比利·比尔特普生在樵夫家庭，学的也是伐木活计，然而不幸的是，由于婚姻，他变成了一个佃农。一个月以前，他带着他的宽刃斧投奔了她。）"对不起，我害得你要再等一辈子了。"

"而且，不到那时候，我们也没法知道，我们给你修的新的马车道有些什么毛病。"克洛克说道。他总是极力保持中立，但又稍稍偏向索菲一点。四个月来的经验告诉乔治，还是闭嘴的好。那条迂回曲折地盘山而上的马车道，是他目前最关心的。于是他们便一同去看那条路，以及那台进口的美国铲土机。这台铲土机把性格本来就不太乐观的赶车人斯基姆·温什弄得更加垂头丧气。不过现在负责的是年轻的伊古尔顿，在他的驾驭下，那两匹强壮的马，布勒和罗伯茨，简直能把山都搬掉。

"你就像这样掀起它来，然后像这样把它翻转过来。"他对那伙人解释道，"我叔叔在康涅狄格州是修路师傅。"

"在美国那边有路吗？"坐在月桂树下的斯基姆问道。

"那里只不过有专用道路。他们把那种路叫土路。土路对你最合适了，斯基姆。"

"为什么？"斯基姆一点没有多心地问道。

"你在星期六喝醉了，从马车上摔下来的时候，就不会摔伤了。"他回答道。

"上星期六我根本没有醉。"斯基姆吼了起来。

盖尔·安斯蒂的老怀伯恩哈哈大笑，接着他尖着嗓子有气无力地说道，"是啊，不管是不是土路，蔡平很懂得活儿干得好坏。他不是那种今天盖起来，明天又拆掉的人，就像那黑鬼桑格列斯那样。"

"拿主意的是她。"平基说。他是斯基姆·温什的兄弟。这是一个马车夫里的拿破仑，他曾经在绵绵秋雨里穿过田野运来了大钢琴。

"当然应该是她啰，"伊古尔顿说，"嗄，布勒！她是拉什玛尔家的。这家人从来不是三心二意、反复无常的。"

"噢，你打听到了吗？你叔叔回信了吗？"斯基姆对于像美国这样遥远的地方有没有邮局是有怀疑的。

其他的人都轻蔑地看着他。斯基姆的消息永远是不灵通的。

伊古尔顿放下了手里的活。"她是拉什玛尔家的人，一点也不错。我当时就给叔叔写了信——就在她说了她家是在维宁·霍勒以后的那个月。"

"那地方没有路吧？"斯基姆插嘴说，但是没有人笑。

"我叔叔的第二个妻子是个美国女人，她就调查起这件事来，就像……就像个验尸官那样。她是老拉什玛尔庄园里的那个拉什玛尔家族的人，后来，他们把庄园卖给了科南特家。她不是图特山的拉什玛尔家里的，也不是克雷福德那家拉什玛尔家里的。她的先辈是这儿土生土长的，不是从乔克或是福莱斯特来的，而是怀尔迪什的。他们后来去了美国——这些事我叔叔的女人都给我写下来了——是在 1800 年。我叔叔说她们家人丁总是不兴旺。"

"那边现在有没有贵族？"斯基姆问道。

"没有。在美国没有贵族，不论你在那里已经住了多久。那是法律禁止的。那里只容许有富人和穷人。她们家一百年来在那边一直是干律师之类的行业。……不过，不论怎么说，她是拉什玛尔家的。"

"天哪！一百年算得了什么？"怀伯恩说道，他自己已经度过了七十八年。

"他们还写信说——我叔叔的女人写信说——从他们的长相还能看出来。他们家的人，头发仍然是火红的，还有，他们家的人走起路来，总是挺着胸腔，迈着大步。她走路是脚尖朝里，像个吉卜赛人；但是你仔细瞧瞧，就会发现，她走起路来总是昂着头——像匹小马驹子。"

"你的马车的拖索需要收紧一点了。"平基的大耳朵听见了传来的说话声。他们两人钻出月桂树丛的时候，工人们正在卖力地干着活，他们的眼睛却盯着索菲的脚。

她在打听消息这方面却没有伊古尔顿幸运。她那位住在梅里顿的西德尼姨妈（这位姨妈还是一位戴着徽章、持有证明书的革命女儿）对她的询问报以两页信纸的爱国主义说教，几份乡村改革学会的宣传小册子——她的姨妈是这个学会的主席——以及催她补寄一笔赠给工厂女工阅读小组的捐款。索菲把它们全都扔进那个雕着俄耳甫斯和欧律狄刻的壁炉里一烧了之。她决定保守自己的秘密。

"我想知道的是，"当春天即将到来，需要考虑花园的时候，乔治说，"有谁为我的劳动付给我报酬？我已经投进了至少五十万美元。"

"你没有把自己弄得过分劳累吧？"他的妻子问道。

"噢，没有。整个冬天我都没有注意到我自己。"他低头瞧瞧自己英国式的带绑腿的棕色高统靴，微微一笑。"那一切都已成为过去。我相信我已经能够坐下来回忆那一切——回忆我们乘船远航以前那几个月的生活。"

"不要，啊，不要！"她喊道。

"可是我总有一天要回去的。你不想让我永远脱离我的事业吧，是吗？"他用神经质的一笑结束了他的话。

索菲一面从前厅的帽架上取下她自己的白蜡树手杖（那还是老

伊古尔顿给她削的），一面叹了口气。

"你是不是揽得太宽了？你看起来有点疲倦。"他说。

"是你使我疲倦的。我要到罗基茨和克洛克太太谈谈玛丽的事（就是那个电报员的妹妹，现在被提升为帕顿斯做针线活的女仆），你也来吗？"

"我已经约好到伯恩特公馆去看看新打的那口井。哦，还有，在盖尔·安斯蒂有人得了喉炎……"

"那是我的管辖范围。你别插手。怀伯恩家的孩子们老是得喉炎。得了喉炎就能吃糖枣子呀。"

"亲爱的，你先别去盖尔·安斯蒂，等我弄清楚了再说。克洛克应该告诉我的。"

"这些人不会说的。你到现在还不明白吗？不过我听你的，我的老爷。回头见！"

她徒步出发了，因为在围绕庄园的这片大三角形土地的三条主要大路上（就是在夜深人静的时候，人们也简直听不见马车的声音），除了干农活，谁也不坐车。纵横交错的小路便足以满足一切需要了。他们起初还想做一些改进，但是他们很快就被他们无形的王国里的习惯同化了。于是他们也像兔子一样自由自在地在林地、树篱、灌木丛和森林里软绵绵的小路上走来走去。而且，在走路的时候，索菲常常不戴帽子，露出一头浓密的栗色头发；但是最近她时常感到轻微的牙痛，她把这种毛病向克洛克太太说了，克洛克太太又问了她一些问题。索菲自己也不明白事情是怎么样谈起来的。但是过了一会儿，在紧闭的厨房门背后，克洛克太太的胳膊便挽上了她的腰肢，而她的脑袋也靠在了克洛克太太宽厚的胸怀上。

"亲爱的！亲爱的！"这位老妇人几乎是在抽泣，"你是说，你从来没有怀疑？天哪……天哪……别人难道什么也没有教给你？当然是的。我们大家所有的人一直在盼望这件事。我对夫人说过不止一次……"她哽住了话头，"现在我们该有的都有了。"

"可是……可是……"索菲抽抽噎噎地说。

"瞧你这么忙着筑你的窝——钢琴啦，图书啦——可就是忘了要婴儿室！"

"我倒真没想过。"索菲坐得笔直，大笑起来。

"还来得及，"她的手指若有所思地在厚实的膝盖上打着点子，"不过，你那边的亲人的想法一定都是古怪的！你想过把母亲接来吗？她已经死了？天哪，天哪！没关系！她知道了也会高兴的。这是上帝的旨意。我们一直在等着这个消息，因为你还从来没有不尽责任的时候。你不是那种人。你说我家玛丽干了什么？"克洛克太太的下巴贴上了索菲的前额，她的脸板了起来，"如果你的女仆有哪个敢蛮不讲理，我就……不过，她们不会的，亲爱的。我会让她们也尽她们的责。放心，你不会遇到麻烦的。"

索菲穿过田野走回家去，她觉得天空和大地都变了样，就像老伊古尔顿死的那天一样。有一刹那的工夫，她想起了宽阔的楼梯转弯，还有墙上那象牙白的新油漆，那是任何棺材的拐角都蹭不掉的。不过，阴影很快就消散了，随之而来的是使她头晕目眩的惊奇和惶惑。她倚着他们的一扇新的栅栏门，眺望着他们的土地，寻求着其他的支柱。

"好吧，"她无可奈何地自言自语道，"我们一定得想办法使他不觉得他是我们中间多余的人。"接着，她晕晕乎乎、头昏眼花地转了一道弯，来到了能够俯瞰弗赖厄斯·帕顿的地方。

她突然觉得，他们一时高兴买下的住宅，现在出现在她眼前，具有她从没想到的含义。它那低矮的正房、宽阔的厢房，经历了几代人的兴衰，为他们未来丰富充实的生活做好了准备。那时候，在它是一片荒凉的时候，它曾使她镇定下来，而现在，他们在这幢房屋里已经住了几个月，它也变得富有含义，使她心情恬静，获得了美好的希望。她独自走上前去，轻捷地走进大厅，亲吻了两个门柱，喃喃说道："好好待我。你们知道！你们还从来没有不尽责任的时候。"

她把情况对乔治解释了以后，乔治的意思是马上乘船回他们自己的国家。但是索菲不同意。

"我不需要科学，"她说，"我只需要有人爱我。在家乡，人们总是没有时间爱。再说，"她眼睛望着窗外，接着说，"这就好像是开小差。"

乔治只好用电话把弗赖厄斯·帕顿和大不列颠的电报系统连接起来，聊以自慰。电话杆子排了四分之三英里长，是怀伯恩和几个朋友竖起来的。这些朋友中，有一个是从附近教区来的外国人。在拉电话线的时候，他说："我们路上有一棵老榆树拦着。要不要放倒它？"

"托特山教区的老百姓，没模没样没运气，上帝开恩帮他们吧。"老怀伯恩在线路下面第三根柱子上高声念起了当地的俗话。"我们可不能在这里拿刀动斧地砍木头做棺材……我们要等到搞清楚对我们有没有好处才能干。绕过它去，绕个弯儿吧！"

因此，在牧场上横穿而过的电线杆排成的笔直线路突然扭了一个弯，这件事在索菲和乔治心中便成了永远的谜。他们也不懂得，为什么过去每个星期六晚上十点四十五分，那位斯基姆·温什总是像他的父亲一样喝得酩酊大醉地回到自己在杜顿·肖的小屋，现在却不再坐在花园台阶底下放声高唱了。过去，索菲总是担心他会摔断脖子。这条小路显然是一条古老的公用小路，每当星期六晚上十点四十五分的时候，斯基姆总是记起了他有责任保证这条小路的通行权，直到有一天克洛克太太找他谈话了——只谈了一次。她同样也找自己的女儿玛丽、帕顿斯的缝纫女仆谈了话，还找玛丽要好的新朋友，从伦敦雇来的、身高五英尺七英寸的女仆谈了话。这位女仆教会了玛丽给帽子缝上花边。她认为乡村生活有点沉闷。

可是，现在喧闹声消失了——不论什么时刻，都听不见喧闹声了，索菲外出散步的时候，路上见不到一个人影，除非她表示了想见谁。于是她想见的人便会到来，向她说他们一切都好，不论是他们的小孩子、他们的鸡、他们的屋顶、他们的供水系统还是他们在警察局或者铁路局工作的儿子，全都平安无事。

"你觉得无聊吗，亲爱的？"乔治说。时光一个月一个月地过去了，他老老实实地尽量不去发愁。

"我一直忙着布置房子，一点也没工夫想这个。"她说道，"你呢？"

"不……不觉得无聊。我只希望你不觉得无聊。"

她在绿客厅的躺椅（它到底还是帝国式的，而不是赫普怀特式的）上翻了个身，把一张购买被单和毛毯的清单撂在一边。

"这下一切都变了，是吗？"她低声说道。

"噢，天哪，是的。可是我还是在想，假如我们回巴尔的摩……"

"那就会失掉我们两人真正在一块度过的第一个夏天。不，谢谢你，我的老爷。"

"可是我们是完全孤独的。"

"我不是正在尽力补救这一点吗？你别发愁了。我喜欢它——喜欢得神魂颠倒。你不知道一个女人的家对她意味着什么。我们以为，我们去年就已经住进来了，其实我们还没有开始呢。你喜欢你的书房吗，乔治？"

"我更愿意跟你待在这里。"他在躺椅旁边的地板上坐下了，握起了她的手。

"七点，"这时法国钟敲响了，她说道，"前年这时候，你刚刚办完事务回来。"

这段回忆使他怅然若失，然而他立刻笑了。"事务！今天我干了整整十个小时的工作。"

"你在哪里吃午饭的？是在科南特家吗？"

"不，是在杜顿·肖，坐在一根圆木头上，两脚泡在沼泽里。可是我们找到了那口老泉，明年我们打算用管子把水接到盖尔·安斯蒂。"

"我明天也去瞧瞧。哦，请打开门，亲爱的。我想看看过道。那儿楼梯拐角上，太阳照射进来真美呀，是不是？"她眯缝起眼睛，看着那片沉浸在透明的金光里的象牙白和浅绿色的景象。

"在简·埃尔菲克的卧室外面有一级台阶，"她接下去说道，"而他在世上的第一步应该是往上走。我看这级台阶是那些人故意砌上的。乔治，要是生的是个女孩，你会在乎吗？"

他像以前已经回答过许多次那样，回答说他关心的是他的妻子，而不是孩子。

"那么，你是唯一一这样想的人。"她笑道，"别傻了，亲爱的。他们等的是男孩。我知道。那是我的责任。我要是没有做到，就没脸再见我们的家人了。"

"这和他们有什么关系，见他们的鬼！"

"你会明白的。幸好这家的传统是男孩，这是克洛克太太说的，所以我算保了险。你能够理解这些人吗？我永远没法理解。"

"我们买它下来是为了好玩……为了好玩？"他呻吟道，"现在我们在这里不知要耽搁多久了！"

"为什么？你想卖掉它吗？"他不回答。"你还记得第二位蔡平太太吗？"她质问道。

她说的是一个矮个子、黑眉毛、厚颜无耻的女人——是寡妇则更好——她在索菲死后，为了图乔治的钱，用花言巧语诱骗乔治娶了她，一年之内就荡尽了他的家财。由于乔治整天在忙碌，于是索菲在结婚两年后便编出这样一个女人。她发现，在许多妻子中间，只有她这样干。

"你又要提到她了吗？"乔治焦急地问道。

"我只是想说，我对于那些将要买下帕顿斯的人，比对第二个蔡平太太还要加十倍地痛恨。你想想我们两人为它付出了多少心血啊。"

"至少付出了二百万美元。我知道能赚……"他打住了话头。

"那些畜生！"她接着说了下去，"他们一定会在大门口盖起一幢红砖的门房小屋，他们还会把草坪一块块挖起来种到花坛里。你一定得在遗嘱里写下这一条，永远不许他这么干，乔治，你会写吧？"

他笑了，又拉住了她的手，但是直到换衣吃饭，他都没有开口。后来，他终于喃喃自语道："当一个人没法在自己的祖国干事业的时候，他的祖国对他有什么用？"

弗赖厄斯·帕顿确实是忠于它的传统的。在计算好的时刻，果然生下了一个孩子。他不是索菲原来想象的那个应该得到照顾的第三者，而是一位小天神；他容貌俊美，赛过爱神厄洛斯[①]；他的智慧超过了孔子；他给他们带来了无穷的欢乐；他使他们重温了旧日的情谊；他成了命运的解释者。最后这一点，乔治本来没有认识到，直到儿子诞生以后几天，他遇见科南特夫人大步跨过杜顿·肖的时候才知道。

"亲爱的朋友，"她喊道，并且亲切地拍着他的肩膀，"我们大家都高兴极了……噢，她会平安无事的。（帕顿斯的继承人出生从来没有不顺利的。）唉，这玩意儿放到哪里去了？"她在束着皮带的裙子里摸了半天，抽出一只小小的银杯。"我送了一封信给你妻子，写到这个杯子，可是我那笨驴马夫却忘了带上杯子。既然遇见你，正好省得我跑这趟路了，请代我问候她。"于是她便在一群严肃的硬毛猎犬的护卫下快步走开了。

杯子是旧的，布满了刻痕，在互相交缠的两个缩写字母 G.L. 上

---

① 厄洛斯：希腊神话中的爱神，卡俄斯的儿子。

方，有一只没有脚爪的鸟的饰章，以及一句铭言——"稍候片刻——稍候片刻"。

"那是这个谜的谜底。"当他在傍晚见到索菲的时候，她低声说道，"读读她的信。英国人写的信真漂亮。"

　　最热烈地欢迎你的小男儿。我希望，既然他现在回到了故乡，他会欣赏它。虽说你什么也没说，可是我们当然不能把他看成是个小小的陌生人。因此我特地送上拉什玛尔家的古老洗礼杯给他。自从格列高里·拉什玛尔，你的曾祖母的兄弟……

乔治瞪眼瞧着他的妻子。

"读下去。"她靠在枕头上，眼睛闪着光。

　　……曾祖母的兄弟，把他的房子卖给了瓦尔特他们家以后，这个杯子就一直在我们这里。我们家那时似乎还买下了你们家的一些家具，但是却没有保存下来，只有这只杯子和一只旧摇篮，我在装陶器的披屋里找到了摇篮，正在为你把它修理好。我希望小乔治——他也将是一个拉什玛尔，不是吗？——将会活到看见他的孙辈用他这只杯子磨他们的牙齿。

　　　　　　　　　　　　你亲爱的

艾丽丝·科南特

又及：你可真能守口如瓶呀！

"咳，真见……"

"别骂人，"索菲说，"对婴儿会有不好的影响。"

"可是她又是从哪里打听到的呢？你什么时候提到过拉什玛尔家一个字吗？"

"你知道，只有一次，是在伊古尔顿死后，在罗基茨对小伊古尔顿说的。"

"你的曾祖母的兄弟！她把你们家族的系谱全打听清楚了。比你的西德尼姨妈能干得多。她说我们守口如瓶是什么意思？"

索菲的眼睛亮了。"我把这也想明白了。我们到底也报复了一下这些英国人。你难道看不出来？他们认为，我们把我的母亲是拉什玛尔家的人这件事，看成是应该由英国人自己去发现的，而这又深深地打动了她。"她用洁白的手转动着杯子，幸福地叹了一口气，"'稍候片刻——稍候片刻'。这句铭言很不坏呀，乔治。这一切都太值得了。"

"但是我还是不太懂……"

"假如他们把我们来到此地，看作是我们为了靠近自己的祖先而布置下的周密计划的一部分，我是一点也不会感到惊奇的。他们会理解那种做法的。你瞧，他们是怎么样接受我们的，他们所有的人。"

"难道我们自己就那么让人讨厌吗？"乔治发牢骚道。

"公正一点吧，我的老爷。那个可怜的桑格列斯比我们的钱要多一倍。你见过科南特夫人拍他的脊背吗？休想！那可怜的畜生根本就不存在！"

"你认为原因就在那里吗？"他注视着炉旁的摇篮，那位小天神正在那里酣睡。

"我的身体一恢复，我就要找克洛克太太了解一下，每逢家里添了小拉什玛尔，拉什玛尔家是怎样给赏钱的（赏钱比小费好听些）。直到现在，我都是注意尽自己的责任的，不过今后我还得完成更多的义务。"

说到这里，克洛克太太来了，她满心倾慕地向摇篮俯下身去。他们把杯子拿给她瞧，她顿时容光焕发。"噢，既然是科南特夫人送来的，那么一切都完全合乎规矩了，是不是，太太？他当然应该叫'乔治'，不过，既然情况是这样的，我们都希望——您的家人全都希望——'拉什玛尔'也将是他的名字，这样，事情就圆满了。这是只非常漂亮的杯子……非常稀罕的杯子。'稍候片刻——稍候片刻'。我听说拉什玛尔家就是这样的。他们生儿育女、传宗接代，总是不慌不忙。很可能乔治少爷要到三十岁才会用上他的婴儿室呢。"

"可怜的宝贝！"索菲喊道，"不过你是怎么知道我家的人姓拉什玛尔的呢？"

克洛克太太严肃地思考了一会儿。"我也说不上，太太，不过我相信大概是你在罗基茨的时候，对小伊古尔顿透露了一点口风。于是我们心里就有了点儿底。后来，事情慢慢传了开来，大家也就知道了。我听说，住在维宁·霍勒的那些美国人很愿意提供消息呢，太太。"

“天哪！”乔治暗自叹道，“还说农民单纯呢！”

“是的，”克洛克太太接着说道，“今天下午，克洛克还在想——你的枕头滑下来了，亲爱的，你别那样躺——他只是随便说说，不知道你们现在是不是考虑把拉什玛尔的农庄都买回来，先生。这些农庄并不是紧挨着瓦尔特爵士的产业的。它们挨我们倒更近些。克洛克说，他很愿意把它们指给你看，什么时候都行。”

“可是瓦尔特爵士也许不打算卖呢？”

“我们可以向他的管家去打听，先生，不过，”她轻蔑地说，“我看那位专职护士已经吃完饭回来了，那么，我想，我只好请你，先生……喂，乔治少爷……哎……咿！醒醒，乖乖！”

几个月以后，他们一家三口来到了盖尔·安斯蒂树林里的小溪边，为了考虑重建被春天的洪水冲走的小桥。乔治·拉什玛尔想把大千世界上所有的风铃草都抓到嘴里吃掉，索菲则用鸽子咕咕叫般的柔声爱抚着他；因此，要办的事被搁在了一边。

“就是这里，”最后，做父亲的在一片水生的勿忘我草丛里说道，“见鬼，那些落叶松木料在哪里，克洛克？我告诉过你把它们事先运到这里来的。”

“只要你说了，我们就会运来的。”克洛克噘起下唇回答道，这种姿势他们都很熟悉。

“可是我的确说过了呀。你把运木材的拖船拉到这里来干什么呀？我们又不是要修建一座铁路桥。要是在美国，有六根二乘四的木头就足够了。”

"我没听说过，"克洛克说道，"我一点也不反对用落叶松——假如你只是修一座临时的桥。我并不是来对你指手画脚的，先生；反正你不能说我偷偷摸摸地探听你的事情，也不能说我想怂恿你干什么……"

要是在一年以前，乔治一定会按捺不住，跳了起来。然而他现在只是用小刀刮去旧长统靴上沾的一小块泥巴，等着他说下去。

"我只想说，你完全可以用落叶松盖一座临时的桥；等到少爷结婚的时候，这桥就得重盖了。你看，我已经砍下了两根六乘八的呱呱叫的橡木。你就拿它们修这座桥，从此一劳永逸，再也不用为它操心了。如果用松木搭桥——我不是说那样做不对，我只是说出心里的话——用松木搭桥，那么，还等不到少爷结婚，我们就得重新干一次。我的话你可以不听，可是这是事实，你躲也躲不开的。"

"对，"乔治踌躇片刻，说道，"我认识到这一点，已经有些日子了。就用橡木吧。我们反正躲也躲不开。"

战壕里的圣母

不论人的儿子在心里

　　对于天上的神明是怎样想的，

神明却一次又一次地

　　赐给了他奇妙的恩惠和无穷的爱。

啊，心爱的人儿，啊，我生命的欢乐，

　　亲爱的，虽说我俩两地相思，

音讯断绝，无缘相会，

　　但上天也无法阻拦我们在来世团圆。

　　　　　　　　　　——史文朋：*Les Noyades*（《溺水》）

　　大战①后的那几年里，大量精神受过刺激的复员士兵来到共济会"信仰与善行"第 5837 支部的教导分会。他们有时会突然在这里

---

① 指第一次世界大战。

遇见过去一块儿作战的老伙伴，痛苦的往事重新被勾起，所以，也常常惹出些麻烦来。其实，这类麻烦还不算多哩。而我们那位蓄着鱼雷形胡子的、胖胖的当地医生——基德兄弟，老会长——随时做好了准备，只要有人歇斯底里地发作，就由他来平息；每逢我接待素不相识或是没有足够证明的共济会会友，不知该怎么处理时，就统统打发他们去找医生。他在大战最后两年里，曾经担任过南伦敦营的医官；当然也就常常能在来访者当中遇见些老朋友和旧相识。

　　C. 斯特朗威克兄弟是个来自南伦敦共济会某分会的年轻的高个子新会友。他的证件和回答都无可指摘，但是他的眼睛红肿，眼光困惑，很可能有点神经质的毛病。于是我特地带他去见基德。基德一下子认出他是自己营部的传令兵，便祝贺他恢复了健康——他是因为害了什么病而获准退役的——而且马上和他谈起了在索姆的往事。

　　"我想我没有做错吧，基德。"当我们在分会门口披上会袍时，我说道。

　　"噢，做得完全对。他提起他 1918 年在桑姆普精神崩溃的时候，我是他的主治医生。他那时是个传令兵。"

　　"是脑震荡吗？"我问道。

　　"也可以说是的——不过不是他告诉我的那种病。不，他倒不是装病。他犯起病来就心惊肉跳，坐立不安，简直没法控制。不过他东拉西扯，不想叫我知道他犯病的真正原因。……唉，我们要是能制止病人说谎，当医生就会容易得多了。"

　　我注意到，分会活动结束后，基德让他坐在我们前面两排的位置上，好让他欣赏一场报告会，报告的题目是《所罗门王神殿的方向》。有位认真的会友认为，在分会活动和我们称之为"会宴"的茶点之间，插进这么一个小节目，一定会恰到好处。其实，这场报告会枯燥极了，就连给大家分发了些烟草，也没有提起他们的精神来。听到一半，在座位上扭来扭去、坐立不安地闹腾了好几分钟的斯特朗威克突然站了起来，把他的椅子向后推开，在细工镶嵌的地板上刮出刺耳的嘎吱声。他尖声喊了起来："噢，我的姨妈！我实在受不了了。"他的话引起了在场听众表示赞同的大笑。他就在笑声里擦过我们身边，跌跌撞撞地朝门口走去。

"我早知道会这样！"基德悄声对我说道，"来吧！"我们在走廊里追上了他。他正在歇斯底里地嗷嗷乱叫，两只手绞扭在一起。基德把他带进看门人的屋子，把门锁上。这是一间小小的办公室，堆放着会旗会徽之类的零星物品，还有些家具。

"我……我没事。"这个年轻小伙子可怜巴巴地说。

"你当然没事。"基德打开一个我常见他使用的小橱，把挥发盐和水倒进一只量杯里，让斯特朗威克喝，同时轻轻地把他按倒在一张旧沙发上。"好啦，"他接着说道，"这事不用写信告诉家里，我见过那时你比这还糟十倍的样子。我想大概是我们的谈话把事情勾了起来。"

他伸出一只脚，钩过来一张椅子放在自己背后，然后坐了下来，握住了病人的双手。椅子嘎吱响了一下。

"别响！"斯特朗威克尖叫起来，"我受不了！世上没有别的东西是像他们那样嘎吱响的！而且……而且到了化冻的时候，我们……我们就得用铁……铁锹把他们拍打回原来的地方！你还记得战壕上铺的踏板下面，那些法国兵的小靴子吗？……我该怎么办？我该怎么办呀？"

有人在敲门，询问出了什么事。

"噢，没事，谢谢！"基德回过头去说道，"不过这间屋子我还要用一会儿。请把帘子拉上。"

我们听见走廊上，隔开分会会堂和餐厅的帘子的扣环被人拉上了，接着，原来能听见的脚步声和谈话声都被隔断了。

斯特朗威克软弱无力地打着嗝，抱怨冻僵的死人在严寒里嘎巴嘎巴地响着。

"他还在装假，"基德低声说道，"那可不是他发病的真正原因——就跟上次一样。"

"不过，"我回答道，"人们往往会受到很大的刺激。你还记得在 10 月……"

"反正这家伙不是的。我真奇怪是什么使他成了这个样子。"基德转而向斯特朗威克专横地问道："你在想什么？"

"我在想'法国区'和'屠夫街'。"斯特朗威克喃喃地说道。

"是的，那儿是有几个死人。不过我看我们应该拿出勇气来，不要回回都甘愿认输。"基德转过脸对我使了个眼色，让我配合他行动。

"'法国区'是怎么回事呀？"我随便问了一句。

"那是离桑姆普不远的一块阵地，我们从法国人手里把它接了过来。法国人倒是挺勇敢的，但是你可没法说他们是个爱整洁的民族。他们把战壕两边都垫满死人，好挡住烂泥。那些战壕里，全都像化了冻的稀粥。我们自己在别的地方也是这么干的；不过，'法国区'的'屠夫街'可以说是……呃……供展览的样品。幸亏我们正好从德国鬼子手里夺过一块突出阵地，把那儿收拾了出来——所以在 11 月以后我们就不需要使用'屠夫街'了。你记得吗，斯特朗威克？"

"老天，当然记得！有时壕沟上铺的石板缺了几块，你就得踩在他们上面，他们就嘎吱嘎吱地响。"

"他们当然得响，就跟皮革一个样，"基德说道，"这事儿是有点儿刺激人的神经，不过……"

"什么神经？它是实实在在的！它是实实在在的！"斯特朗威克一下子哽住了。

"可是你还年轻，过一两年你就会把它全忘了。我再给你喝一口——止痛剂，我们就能安安静静地对付它了。是不是？"

基德再一次打开小橱，在量杯里小心地滴了几滴暗黑色的药液，那种药看起来不像是挥发盐。"喝下去，几分钟以后你就会舒服了，"他解释道，"安静地躺着，不想说话你就别开口。"

他转过脸来朝着我，抚摸着他的胡子。

"是……的，'屠夫街'是够让人恶心的，"他自动地讲了起来，"在这儿遇见斯特朗威克，又叫我把那些事全想起来了。事情真怪！二排有个副排长——那家伙姓什么呀？——是个上了年纪的家伙。他准是像个爱国者那样撒了好多谎，才在那么大的年纪被派到前线上来的；不过他倒是个第一流的军士，谁都认为他绝不会犯错误。好啦，在 1918 年 1 月里，他被批准休假两星期。你那时是在营指挥部吧，斯特朗威克，是吗？"

"是的，我是传令兵。那是 1 月 21 日的事。"斯特朗威克的话有点口齿不清，他的眼睛特别亮。看来他吃下的药，不论是什么，正在起作用。

"就是在那时候，"基德说道，"好吧，这位副排长并没有像平常那样离开战壕，在天黑以后参加营部汇报会，然后去赶那趟开往阿腊斯①的可笑的小火车。他大概想先暖和暖和身子。于是他钻进'屠夫街'的一个原来用作法国伤兵包扎所的战壕里，憋在两盆炭火中间！更巧的是，所有的战壕，只有这个是安了一扇朝内开的门——我想大概是法国兵防毒气的措施——据我们猜测，仿佛是他正在烤火的时候，门自动关上了。总而言之，他没有上火车。大家马上开始搜寻。我们可不愿意随便丢失副排长啊。到了早晨，我们找到了他。他正是中了毒气。是一个机枪手找到他的，是吗，斯特朗威克？"

"不，先生，是下士葛兰特——迫击炮连的。"

"哦，对了。是葛兰特——脖子上长了个小粉瘤的那个人。至少，你的记忆力没有出毛病。那个副排长姓什么？"

"戈德索——约翰·戈德索。"斯特朗威克回答道。

"是的，就是他。第二天早晨我不得不去瞧他——在两个火盆中间冻得僵硬——身上没有丝毫私人的信件和证明之类的东西。只

---

① 法国北部城市。

有那使我怀疑他的死亡不完全是——意外事件。"

斯特朗威克松弛的面部板了起来，他立刻恢复了传令兵的姿态。

"当时——我向您，先生——提供了我的证词。我通知他休假的事以后，他从支援部队那里过来，走过我身边——应该说是赶上了我。我以为他会像往常那样穿过'鹦鹉壕'；他一定是拐进了'法国区'，就是被炸坏的旧路障那里。"

"对。我记起来了。你是在他生前最后一个看见他的人。你说那是在 1 月 21 号？喂，迪尔拉夫和比林斯是什么时候把你送到我那里去的——你那时神经完全错乱了？"……基德摆出杂志上的侦探的架势，把手搭上斯特朗威克的肩膀。那年轻小伙子用困惑不解的惊奇目光看着他，喃喃说道："我是在 1 月 24 号傍晚被带到你那里去的。可是，你并不认为是我杀死了他吧，是吗？"

看着基德张口结舌的狼狈相，我没法不笑；不过他马上就镇定下来。"既然如此，你那天傍晚脑子里到底在想什么——就在我给你注射一针以前？"

"是……是'法国区'里的那些死尸。他们老是在我眼前出现。以前您也见过我犯病的，先生。"

"可是我知道那不是真话。你那时犯病并不是因为脑子里想着那些东西，跟现在一个样。你脑子里另外有些事，可是你又想把它隐瞒起来。"

"你怎么会知道的，医生？"斯特朗威克呜咽地说。

"你还记得那天傍晚，迪尔拉夫和比林斯按住你的时候，你对我说了些什么吗？"

"是'法国区'那些死尸吗？"

"不，不！你编了一套死尸嘎巴嘎巴响的话糊弄我，可是说到一半你就情不自禁地露了馅——你把那份电报塞给我了。再说，你当时问我，假如死者不再复活，那么你去和××××战斗又有什么益处。你问这话是什么用意？"

"我说过'××××'了吗？"

"你说过。这是葬礼仪式上的话。"

"我想那大概是我从哪里听来的。不错，我听过这话。"斯特朗威克猛烈地发起抖来。

"很可能。还有一件事——你一直在吼着那首颂诗，一直到我让你睡着为止。那是首讲什么恩惠和爱的诗。你还记得吗？"

"让我试试看。"小伙子听话地说。接着他尽量把这首诗的大意转述出来："不论人在心里是怎样对上帝说，是的，我对你说——上帝曾经一次又一次地赐给人奇妙的恩惠和……和什么什么的爱。"他眯紧眼睛，颤抖了一下。

"这首诗你又是从哪里听来的呢？"基德毫不放松地追问道。

"从戈德索那里……在1月21号那天……我怎么会料到他要干什么呢？"他脱口而出，语调高得不自然，"我那时候也不知道她已经死了。"

"谁已经死了？"基德说道。

"我的阿迈因姨妈。"

"就是那封打到桑姆普给你的电报里提到的那个姨妈吧，你不是要让我给你解释吗？刚才在走廊里，我抓住你的时候，你开口说的是'噢，姨妈'，马上又改口说，'噢，老天爷'，指的就是她吧？"

"就是她！我一点也瞒不过你，医生。我真不知道那些火盆有什么不对劲的地方。我哪会知道呢？我们一直是用火盆取暖的。说真的，我一上来只以为他要在赶火车去休假以前取个暖。我……我不知道约翰叔叔是想要……成家过日子。"他狂笑起来，接着流下了干涩的泪水。

基德一直等到泪水变成了呜咽和抽泣，才接着问下去："为什么？戈德索是你的叔父？"

"不，"斯特朗威克两手抱住脑袋说，"我们一出生就认识他。爸在我们出生前认识他。他就住在紧挨着我们的那条街上。他和爸妈还有……还有其余的人一直是朋友。所以我们就叫他叔叔——小孩们都是这样叫的。"

"他为人怎么样？"

"他是个好极了的人。他是个退休军士，继承了一小笔遗产——生活相当富裕——相当有文化修养。他家有间起居室里陈设的全是印度古玩，我和妹妹听话的时候，他和他的妻子常常让我们去那里看它们。"

"他参军是不是年龄老了些？"

"他才不管那些哩。他是以军士教官的资格第一批参军上前线的。后来南伦敦营成立了，他就设法调到这个营来。后来我上了前线——那是在 1917 年初——他又想法把我搞到他的排里。我想大概是因为妈希望这样。"

"我不知道你跟他那么熟。"基德议论道。

"哦，他倒不注意这个。他在排里从来不特别宠爱谁，不过他倒是把我的一切情况都写信告诉我妈。你要知道……"斯特朗威克在沙发上心神不安地动了动，"我们一向认识他……住在紧挨着的那条街上……而且他已经五十多岁了。哎呀！哎呀！事情真是一团糟，我又这么年轻！"他突然号哭起来。

但是基德又把他拉了回来。"他把你的情况写信告诉你妈？"

"是的。在空袭以后，妈的眼睛就不行了。她老是坐在地下室里，又老是生病，于是眼球后面的一根血管破裂了。她只好让阿迈因姨妈把信念给她听。我现在回想起来，只有这件事值得注意……"

"你收到的电报，是不是关于这个死了的姨妈的？"基德继续追问道。

"是的……阿迈因姨妈……妈的妹妹，不过她也快五十岁了。简直一团糟！要是有人问我，我可以发誓说，有关她的事情，没有一件不是大家都知道的，而且早就知道了的。她的一切都是公开的，就像商店橱窗，什么也藏不住。需要的时候，她就来照顾我和妹妹——什么百日咳啦，麻疹啦——就像妈一样。我们就像小兔似的在她家里跑出跑进。你瞧，阿迈因姨父是个做家具的木匠，还卖旧家具，我们最喜欢玩这些家具。她没有孩子，战争爆发以后她说她很高兴，幸亏自己没有孩子。可是她从来不爱讲自己的感情。她总是独来独往，你懂吗？"他极其认真地瞅着我们，好让我们更好地了解这一点。

"她的模样怎样？"基德问道。

"她是个高大的女人，曾经很漂亮。不过我们两个孩子看惯了她，所以也没有怎么注意——只有一件事我们注意了。妈总是叫她自个儿的名字。她的名字叫贝拉。可是妹妹和我一直叫她阿迈因姨妈。你明白吗？"

"干吗这么叫她？"

"我们觉得这名字更像她——就像什么东西穿着盔甲，在慢慢地移动。"

"哦！那么是她把你的信读给你母亲听，是吗？"

"只要信一到，她就从街对面跑过来读信。而且……而且我敢担保，从我记事以来，事情就是那样的。哪怕我明天就要上绞架，我也敢这么担保！他们干吗要把这副重担都压到我身上，这太不公平了，因为……因为……死人如果真能复活，那么我和我这辈子一直相信的一切又会怎么样呢？这才是我想知道的！我……我……"

可是基德不是那么好打发的。"军士在他的信里有没有把你的事情讲出去？"他不动声色地问道。

"我没有什么事情值得让他讲出去……我们忙极了……可是他写的那些关于我的信，对妈是极大的安慰。我最不会写信了。要写的都留着在休假的时候说了。我每六个月就有十四天假期，还能延长一天……所以，我比别的许多人运气更好。"

"你回家后是不是常常告诉他们关于军士的消息？"基德说道。

"我想我准是告诉了。不过那时我不太注意这些事。我尽是忙着我自己的事了，这也情有可原。每次休假时，约翰叔叔总要给我写一封信，告诉我该办些什么，还有回去以后，部队里又会有些什么变化。妈也喜欢让人把信读给她听。而且，我当然一定会跑到他的妻子那里，把消息告诉她。另外，还有那位年轻的小姐，我要是能活着回家，本来是打算和她结婚的。我们已经发展到了在商店橱窗外面计算东西的价钱的地步了。"

"后来，你到底还是没有和她结婚？"

小伙子又发起抖来。"没有！"他喊道，"还没等到那时，我就明白了真正的感情是什么样的！我……我做梦也没有想到会有这样强烈的感情！……她已经是快五十岁的人了，而且还是我的亲姨妈！……可是从头到尾，他们都没有什么表示，也没有漏出一句口风，我怎么会知道？你懂吗？ 1917 年，我回家过完圣诞节，去和她告别的时候，她只是对我说……阿迈因姨妈只是对我说：'你很快就要见到戈德索先生了吧？''我真不高兴这么快见到他呢。'我说。'好吧，替我转告他，'她说道，'下个月 21 号，我的那点小毛病大概该收尾了，我想见他想得要命，就在那个日期以后，越快越好。'"

"什么毛病？"基德马上摆出了医生派头。

"我想是她的胸部长了个小瘤子。可是关于她身上的事，她从来不对任何人讲。"

"我明白了，"基德说道，"她是怎么对你说的？"

斯特朗威克重复道："'告诉约翰叔叔，我的毛病到 21 号要结束。在那天之后，我想见他想得要命，越早越好。'说完，她又笑着说：'你的脑袋瓜子像一面筛子，什么也记不住。我还是把它写下来吧，等你见了他，就交给他。'于是她拿张纸把这些话写了下来，然后我吻别了她——你知道，我一直是她最宠爱的孩子——就回桑姆普去了。我的脑子里根本没想这件事。不过等我下次被派到前沿阵地去的时候——你知道，我是个传令兵——我们那个排正驻扎在'北湾'战壕，我到那儿去给负责迫击炮连的下士葛兰特送了封信。他收到信，就向排里借了两个人去帮忙干拖炮之类的事。我把阿迈因姨妈的信交给约翰叔叔，递给葛兰特一支烟，然后我们围着一个火盆烤了烤火。这时，葛兰特对我说：'看起来有点不对劲啊。'并且伸出大拇指，朝着正在凹地里读阿迈因姨妈的信的约翰叔叔指了指。噢，先生，你知道吗，你该跟葛兰特谈谈他给人算命的事——尤其是在兰金用轻步枪自杀以后。"

"我谈过，"基德对我解释说，"葛兰特有预见力——真该死！他搞得士兵们惶惶不安。我很高兴他后来挨了一枪。后来发生了什么，斯特朗威克？"

"葛兰特低声对我说：'瞧，你这该死的英国人，他已经完了。'约翰叔叔背靠在凹地的坡上，正在低声哼着我刚才想告诉你的那首颂歌。他的模样一下子变了——好像他刚刚刮过脸。对这类事情我一点也不懂，但是我警告葛兰特说话要小心，不然让长官听见可不是玩儿的，然后我就走了。我走过凹地里约翰叔叔身边的时候，他对我点点头，笑了笑，这是很少有的事。他把那张信纸放进口袋，说道：'这对我正合适。我正好也是在 21 号休假。'"

"他是这么对你说的吗？"基德说。

"是的，就像对我说'你好'一样。我当然也回答了几句，祝愿他能获准休假。后来我就回营指挥部去了。那是在 1 月 11 号——我休假回来的第三天。你还记得吗，先生，在 1 月份的前半个月里，桑姆普附近阵地上敌我双方都没有什么动静。德国鬼子正在准备发动 3 月攻势。只要他们不动，我们也不想去惊动他们。"

"我记得，"基德说道，"可是军士后来怎样了呢？"

"后来那些天里，我上上下下地奔走，一定也少不了见到他，不过我一点也没有放在心上。其实我也用不着放在心上。到了 1 月 21 号那天，我下去通知获准休假的人，他的名字也在休假名单上面。我当然注意到了。就在那天下午，德国鬼子开始试验一门新的迫击炮，我们的狙击手还没来得及炸坏它，它就往一块凹地里射了一发，炸死了五六个人。我到支援部队去的时候，他们正在把死者往下抬，就像往常一样，一下子就把'小鹦鹉'阵地堵塞住了。你记得吗，先生？"

"当然！而且，在'半幢房'那儿还埋伏着一架重机枪，等着你出来。"基德说道。

"我也记得那挺机枪，不过那时天刚刚暗下来，运河那边的雾也飘过来了，于是我跳出了'小鹦鹉'壕沟，穿过堆着四个被打死的沃里克①汉子的那块平地。可是雾气弄得我转了向，我发现自己已经翻过了'小鹦鹉'西边通向'法国区'的那条旧壕沟。我跳下壕沟——不偏不斜，几乎正好跳到机枪手的平台上，旁边就是那台熬糖的旧锅炉，还有两具朱阿夫②兵的骨架子。这就帮我认清了方向，于是我踩着缺了好多块板子的踏板，穿过'法国区'的壕沟，

---

① 英格兰中南部郡名。
② 由阿尔及利亚人组成的法国轻步兵。

进了'屠夫街'。那些法国丘八都被填在踏板下面，一边六个，塞得满满的。它们全冻结实了，不再往下滴水，开始嘎巴嘎巴地响了起来。"

"当时，那些尸体当真使你腻烦吗？"基德问道。

"不，"小伙子带着职业性的藐视回答道，"一个传令兵要是在乎起这些玩意儿来了，他就最好别干这行。我走到'屠夫街'中间，刚好在你提到的那个包扎所门口，先生，我突然觉得前面的踏板上有个什么东西，像极了阿迈因姨妈，就在包扎所门口徘徊，我心里想，要是她真会突然降临到我现在待的地方，那才叫可笑呢。转眼间我看出，那只不过是一条挂在一块木板上的防毒屏风的碎片，再加上天黑下来了，就使我产生了错觉。于是我继续去到支援部队，把休假的事通知了有关的人，包括约翰叔叔在内。然后我又到'耙子胡同'去通知第一线上的人。我并不急着去，因为我想等德国鬼子的炮火停息下来一点再去那里。这时又来了个换防的连级军官——这位军官看见侧翼露出了灯光，就臭骂了大伙儿一通，引起一场混乱，害得我东奔西跑，到处去找那些休假的人。这么一来，等我回到支援部队的时候，时间已经是八点半钟了。我又碰上了约翰叔叔，他正在刮去衣服上的污泥。他还刮了脸，简直像个花花公子似的。他问我到阿腊斯的火车什么时候开，我说，要是德国鬼子安静下来的话，大概是十点钟开。'很好！'他说，'我和你一块儿走吧。'于是我们就从那条废弃不用的旧壕沟那儿走回去。那条壕沟在支援部队的战壕后边，正好穿过哈尔纳克。你知道那个地方，先生。"

基德点了点头。

"接着约翰叔叔跟我说了些过几天就会见到妈和别的人之类的话，还问我要不要给他们带什么口信。天晓得我为什么要那么做，但是我让他告诉阿迈因姨妈，说我从没想到在我们这儿居然能看见她。我一面对他说，一面笑起来。那是我最后一次笑了。'噢……你看见她了，是吗？'他自自然然地说道。我便告诉他，是黑暗里那些沙袋和破布，害得我上了当。'很可能。'他说，一面掸着他绑腿上的泥。这时我们已经走到拐进'法国区'的那条旧路障的拐角上。那条旧路障现在已经给炸平了。他向右一拐，就爬上了旧路障。'我可不走这儿了，谢谢，'我说，'今天傍晚我已经走过一次了。'可是他并没有听我说话。他跳进了路障那边的垃圾堆和死人骨头中间。当他站起身来的时候，两手各拿着一个装得满满的火盆。

"'来呀，克莱姆。'他说道。他是很少用我的名字称呼我的。'你是不是害怕了？'他说道，'这条道近些，德国鬼子要是再开起火来，也不会在这儿浪费子弹。他们知道这儿已经没人了。''你瞧，究竟是谁害怕了？'我说。'是我，'他说道，'我可不愿意在最后一分钟把我的假期糟蹋了。'然后他转过身去，念了那段你说是葬礼仪式上的话。"

不知为什么，基德慢吞吞地把这段话整个地念了出来："我曾以世人的方式与以弗所①的野兽战斗，如果死者不能复活，我岂非徒劳无功？"

"就是这样说的，"斯特朗威克说道，"于是我们一块走进'法

————————

① 小亚细亚古都。

国区'……一切都冻上了，到处寂静无声，只有死尸在嘎巴嘎巴地响。记得我当时想……"他的眼睛开始闪光。

"别想了。讲讲发生了什么事。"基德命令道。

"啊！对不起！他嘴里哼唱着他的颂歌，端着他的火盆，往'屠夫街'走去。我们正好走到包扎所，他就站住了，把火盆放在地上，说道：'你刚才说她是在哪儿，克莱姆？我的眼睛不像从前那么好使了。'

"'她是在她家里的床上，'我说，'快走吧。天冷得要命，而且还没有轮到我休假呢。'

"'好吧，休假的是我，'他说道，'是我……'接着——我向你发誓，我简直认不出他的声音了——他伸长了脖子，这是他的一种独特姿态，然后他说道：'喂，贝拉！'他喊道：'喂，贝拉！'他又说了声'感谢上帝！'。就像那样！然后我看见——我告诉你，我看见——阿迈因姨妈本人，就站在我第一次认为我看见了她的那扇旧包扎所的门旁边。他望着她，她也望着他。我看见了这幅景象，心里乱成一团，因为……因为它把我相信的一切观念全都打消了。我抓不住任何可以依靠的东西了，你懂吗？他那么瞧着她，仿佛怎么也看不够，她呢，眼睛直直地瞅着他，跟他一样看不够。后来他说话了。'喂，贝拉，'他说道，'这么多年来，这还是我们第二次单独在一起吧。'我看见在那种刺骨的寒冷天气里，她那么热切地向他伸出胳臂。可是她已经是快五十岁的人了，还是我的亲姨妈！你可以说我是疯子，可是我的确看见了……我看见她回答他说的话！……他的手动了一下，想取下肩上的步枪。但是他又缩回了手，说道：'别引诱我了，贝拉。我们两人今后将会永远在一起，再等一两个小时有什么关系。'接着他拿起地上的火盆，走到战壕门口。他不再理睬我了。他朝火盆上面倒了些汽油，划根火柴点燃了，捧着熊熊燃烧的火盆走进了战壕。阿迈因姨妈一直伸着胳臂站在那里——脸上带着那样专注的深情！我从来没有见过，也不知道有这样强烈的感情！后来他走了出来，说道：'进来吧，亲爱的。'于是她弯下腰走进了战壕，脸上还是那样专注的深情——那样专注的深情！接着，他从里面关上了门，开始把门揳牢。我敢发誓，这些事情都是我亲眼看见，亲耳听见的啊！"

他连说了几遍"我敢发誓"。待了很久，基德问他，他还记不记得之后发生的事情。

"之后的事，对于我来说，全都糊里糊涂了。我仿佛还是照样干着我的事情……他们说我还是像平常那样……但是我……我觉得自己好像缩进了内心深处，就像那样……你要是有过那种感觉，就会明白了。我仿佛根本不在现场。第二天早上他们叫醒了我，因为他没有去赶那趟火车；有人看见我跟他在一起。他们一个接一个地盘问我，一直到吃晚饭的时候还没有问完。

"后来，我自愿代替脚趾发炎的迪尔拉夫往前线去送一趟信。我很愿意活动活动，你懂吗，因为我心里空得发慌。我到了前沿阵地，葛兰特对我谈了他是怎么找到约翰叔叔的，他告诉我，战壕的门被他揳死了，所有的缝隙都填塞着沙包。我当时没有等他干完。我受不了他把楔子钉进去的声音。就像钉上爸的棺材盖一样。"

"没有人告诉我说，那扇门被揳死了。"基德严厉地说。

"没有必要损坏死人的名誉，先生。"

"葛兰特怎么会到'屠夫街'去的？"

"因为他注意到，一个星期以来，约翰叔叔天天都要节约下一点木炭，把它们堆放在旧路障那里。所以一开始寻找的时候，他就笔直朝那里去了。他一看见门关得紧紧的，就知道了。他告诉我，他把缝隙里的沙包都拣出来，又把手塞进去，在别人赶到以前，把楔子都拔掉了。于是那里看起来都很正常了。你自己也说，先生，门一定是自动关上的。"

"那么葛兰特明白戈德索的打算啰？"基德不耐烦地问道。

"葛兰特知道戈德索已经打定了主意，不论什么都帮不了他，也拦不住他。这是他亲口对我说的。"

"那么你怎么办？"

"我想我大概还是会照常干下去的，一直到总部交给我那份妈打来的电报的时候——电报上说的是阿迈因姨妈去世的事。"

"你的姨妈是什么时候去世的？"

"是在 21 号早上。21 号早晨！这就一下子把事情打乱了，你懂吗？在我还能用脑子思考的时候，我不停地对自己说，这件事就跟你在阿腊斯对我们做祷告时讲的事一个样——那时我们驻扎在地下室里——什么蒙斯的天使哪，以及诸如此类的事。可是那封电报把一切都扰乱了。"

"噢！讲的是幻觉！我记起来了。那么那份电报把一切都打乱了？"

"是的！你瞧，"他从沙发上半坐起身来，"从此以后，再也没有什么东西能让我相信了。如果死者真的复活了——这是我亲眼看见的——那么……那么，什么样的事都能发生。难道你不懂吗？"

他站了起来，呆板地打着手势。

"我真的看见她了，"他重复道，"我看见了他和她——她那天早晨就已经死了，他正在当着我的面杀死自己，好永远和她在一起——她伸出胳臂，等着他！我要知道我到底在哪儿！喂，你们两个——干吗我们每时每刻要冒这样的危险？"

"天知道。"基德自言自语道。

"我们是不是打铃叫人来？"我建议道，"他马上又要控制不住自己了。"

"不要紧。他不会的。这是药力发作以前的最后一次爆发。我懂得这种药的性质。喂！"

斯特朗威克把两只手放在背后，眼睛直定定的，像个背书的小学生那样，用沙哑的嗓子使劲地念了起来。"但上天也无法阻拦我们在来世团圆。"他一遍又一遍地嚷嚷道。

"可是我连这辈子也不想糟蹋掉！"他突然像发了疯似的喊起来，"我才不管我跟她是不是一块儿计算过橱窗里的商品价钱……她要是不高兴就让她上法院告我去吧！她不知道真正的感情是什么样的。我知道……我有机会看见。……不，我对你说！我要找谁，得我真正愿意才行，要是她脸上没有那种充满感情的眼光……那样的眼光……我宁可谁也不要。那种真正的感情是生死攸关的。它是从死亡开始的，你懂吗？她是不懂的。……噢，去吧，滚到地狱里去吧，你和你的律师们。我受够了——受够了！"

他突然住了嘴，紧张的脸孔松弛了，恢复了原来优柔寡断的神情。基德拉住他的手，把他领到沙发旁边，他就像一块湿毛巾那样倒在沙发上。医生从一只衣橱里取出一件花里胡哨的长袍，利索地盖在他身上。

"嗯。终于说了真话，"基德说道，"他把一切都讲了出来，就睡得着觉了。哦，是谁把他带来的？"

"我去问问看吧？"我建议道。

"好的！你一定得把那人带到这里来。我们没有必要在这儿坚持一整夜。"

于是我到餐厅去了，那儿正热闹呢，一个从南伦敦分会来的一丝不苟的年长会友一把拉住了我，又是担心，又是道歉地跟着我回到小屋里。基德马上就使他安下了心。

"这孩子遇到过麻烦，"我们的客人解释道，"我非常抱歉，他又在这里犯起病来了。我还以为他把那些事全都忘了呢。"

"我想是因为他跟我谈起往事，才把那些事重新勾了起来，"基德说道，"这种情况有时是会发生的。"

"很可能！很可能！不过除此以外，克莱姆还遇到一些战后的麻烦。"

"他难道找不到工作？像他这么年轻，根本不用为此发愁。"基德愉快地说道。

"不是工作……他的生活是有保障的……不过……"他用枯瘦的手挡住嘴，干咳了一声，推心置腹地说，"说实话，您老，有人告他毁弃婚约，他目前正在打一场小小的官司。"

"啊！那就完全是另一回事了。"基德说道。

"是啊，那是他真正的麻烦事。您知道吗，他不肯说明原因。那位年轻的小姐在各方面都很合适，我个人认为，她肯定能成为他的好妻子。但是他说她不符合他的理想。现在的年轻人脑子里想些什么，我们真是猜不透，您说呢？"

"恐怕是这样的，"基德说道，"不过他现在已经没事了。他会睡一会儿的。你就坐在他身边吧，等他醒来以后，你就安安静静地把他送回家……噢，常常有人在我们这儿感到小小的不舒服。不用谢我们了，会友……会友……"

"阿迈因，"那位老先生说道，"他是我妻子的外甥。"

"什么都有了，只缺这个了！"基德说。

阿迈因会友露出疑惑不解的样子。基德赶忙解释说："我是说，他什么都有了，只缺安安静静地睡一觉。"

附　录

授奖词

瑞典学院常务秘书　　C.D.奥·威尔森

关于今年的诺贝尔文学奖的恰当人选，人们提了不少建议。许多被提名者确实足以当之无愧地获得这项受人尊重和众所瞩目的荣誉。

这次瑞典学院从这些候选人里，选出了一位英国作家。多少个世纪以来，英国文学曾经欣欣向荣，繁花似锦。当丁尼生不朽的七弦琴永远沉默以后，人们在大文豪辞世时常常会发出的惋惜声重新响了起来。后继乏人，光辉的诗歌时代随着丁尼生而消逝了。当泰格奈尔①逝世的时候，瑞典人也曾发出过同样的悲叹。但是，人们大可不必为美妙的诗歌女神悲叹。她不会死亡，也没有从她崇高的位置上被推翻下去；她只不过换上了新的衣装，以适合新时代不同的口味。

丁尼生的诗歌里浸透了理想主义的情调，它是以显而易见的直接形式表现出来的。不过，在那些风格和他截然不同的作家的概念

---

① 泰格奈尔（1782—1846），瑞典诗人，其爱国主义诗篇《斯维亚》曾获瑞典文学院大奖，其他著名诗作有《弗里蒂奥夫萨迦》等。

和才能里，也同样能发现理想主义的特征。虽说这些作家最关心的似乎是客观现实，而且他们正是由于用生动的语言描绘出了使我们饱受挫折和烦恼的当代艰苦而炽烈的生活，从而赢得了声誉。这种生活充满了谋求生存的痛苦斗争和随之而产生的焦虑和窘困。获得瑞典学院本年度授予的诺贝尔文学奖的罗德亚德·吉卜林就是这样一位作家。有位对英国文学素有研究的法国作家在六年多以前曾这样写道："吉卜林无疑是英国文坛近年来最值得注意的人物。"

　　吉卜林于1865年12月30日出生于孟买。六岁时寄养在英国一位退休的海军军官家里，十七岁回到印度。他起初在拉合尔出版的《军民报》编辑部工作，二十多岁时在阿拉哈巴德编辑《先锋报》。他曾作为新闻工作者，同时也出于个人需要，遍游了印度各地。因此他对印度观念和情感具有深邃的洞察力，并且对印度乡里群体的不同风俗和制度，以及驻印度的英国军人生活的特点有了深刻的了解。吉卜林对印度事物的真正内涵的坚实理解，在他的作品中得到了充分的反映。因此有人甚至认为，这些作品比开掘苏伊士运河更促进了印度和英国的亲密关系。在他的早期创作中，讽刺作品《机关打油诗》由于大胆的比喻和清新独特的语调而引起了人们的注意。他的早期作品还有著名短篇小说集《山里的故事》和《三个士兵》，它们满怀同情地刻画了穆尔凡尼、奥塞里斯和李洛埃这三个士兵的典型形象。同类作品还有《盖茨皮一家的故事》《黑与白》及《在喜马拉雅杉树下》，都是描写西姆拉的社交生活的。以《生命的阻力》命名的一系列短篇小说发表于1891年，其中有些篇什含有严肃的意图。同年还发表了长篇小说《消失的光芒》，这部小说的风格有些生硬严酷，但是其中一些段落充满了丰富的色彩，描绘得非常动人。

吉卜林在发表他的《营房歌谣》时，已经是个成熟的诗人。这些士兵歌谣气概不凡，格调刚劲雄健，以写实的手法描写汤米·阿特金斯①在"温莎的寡妇"②或者她的王位继承人的调遣下，勇往直前，赴汤蹈火，历尽艰难险阻的各个阶段的经历。吉卜林成了英国军队的行吟诗人，他以新颖独特、亦悲亦喜的方式抒写了军队生活的劳累与艰辛；他对军队生活和工作的描绘，说明他对士兵们的崇高品质有充分的认识，却又没有丝毫过分浮夸的粉饰。他在描写士兵和水手的诗篇里，极其出色地表达了他们的内心思想，而且往往是用他们自己的语言表达出来的。因此士兵们都十分喜欢他，据说他们在日常活动中一有闲暇便吟唱起他的诗歌。对于一个诗人来说，最大的光荣莫过于自己的作品获得下层人民的热爱了。

《七海》这组诗歌透露出吉卜林是一个帝国主义者，是一个版图包括全球的帝国的公民。在所有纯文学的作家里，为加强英国和它的殖民地之间的联系做出了最大贡献的，无疑要算吉卜林了。

吉卜林的《丛林之书》不论在瑞典还是在其他国家，都受到读者热烈的赞赏和喜爱。作者在一种原始的想象力鼓舞下，创造出了这些神话般的动物故事：动物有黑豹巴希拉，褐熊巴卢，狡黠而力大无穷的蟒蛇卡阿，白眼镜蛇奈格，以及那群叽叽喳喳乱叫的蠢猴

---

① 这是吉卜林对英国士兵的统称。
② 指英国维多利亚女王。由于她丧偶后独居温莎官，故名"温莎的寡妇"。

子。莫格里就在这些动物中间长大，越来越孔武有力。书中有些场景是蔚为壮观的，例如，莫格里坐在"活躺椅"卡阿身上，而这条经历过多少世代树木野兽兴衰枯荣的蟒蛇，正在缅怀往昔的时光；又例如，莫格里叫大象哈西"让丛林长驱直入"①，占据人们耕耘的田地。这些段落显示了作者描写绮丽的大自然的非凡的本能。吉卜林在描写这些充满原始壮丽气概的丛林故事时，要比写《日常的工作》中的《识途的船》更为得心应手，挥洒自如，虽说《识途的船》也是一篇把机器拟人化的有趣而古怪的故事。《丛林之书》使吉卜林成为许多国家的儿童喜爱的作家。成人也分享着孩子们的乐趣，他们在阅读这些亲切可爱、富于想象力的动物寓言时，仿佛又回到了童年时代。

在吉卜林的众多作品中，特别值得提出的是《基姆》，因为它描绘一位喇嘛沿着一条能够涤清罪孽的河去朝圣，其风格高雅，温柔美妙，和这位作家一贯的粗犷风格颇不相同。而喇嘛的弟子——小无赖基姆，则完全是个机灵可爱的淘气鬼的典型。

偶尔有人指责吉卜林的语言偏于粗俗，认为在他某些最粗鄙的诗歌和谣曲里，采用士兵的俚语，已迹近猥琐轻浮。虽说这些意见不无道理，但吉卜林雄浑直接的文体和饱满充沛的道德力量，已经足以补偿这种缺陷了。他不仅在盎格鲁－印度世界里是个受人爱戴的文学大师，而且他的声誉已远及庞大的不列颠帝国以外的辽阔地区。1899 年，他在美国身染重病。美国报纸曾逐日刊登他的病情公

---

① 《丛林之书》的一篇故事。

报。德国皇帝①也致电给他的妻子表示慰问。

　　吉卜林为什么能获得全世界如此的眷爱？或者不如说，吉卜林究竟在哪些方面足以承当如此盛誉？同时，既然一个作家获得诺贝尔奖的条件是，他必须在自己的观念和艺术中特别表现出理想主义，那么，为什么人们认为吉卜林理应获得诺贝尔奖？答案如下：

　　吉卜林之闻名于世，主要并非由于他思想深邃，见解睿智过人。但是，即使是最粗率的旁观者也能立刻注意到他具有无与伦比的观察力，能够把现实生活中最琐碎的细节以惊人的准确性再现出来。当然，仅仅有敏锐的观察力，能够栩栩如生地再现现实，还是不够的。他的诗才还表现于其他方面。他的惊人的想象力，使他不仅能模仿自然，而且能创造出自己内在意识的幻象。他所描绘的景物，能使人们获得内心的感受，就像形象突然出现在人们眼前一样。他在描绘人物的时候，往往只需要一开头的几句话，就点明了人物的脾气和秉性。创造性并不只是把事物的暂时状态摄影般地如实记录下来，而是力求深入它隐秘的核心和灵魂中去。这种创造性正是吉卜林写作活动的基础。正像吉卜林自己所说的那样："我是从上帝创造事物的角度去描绘事物的。"这句话语意深长，深刻地道出了诗人对于自己事业的责任感。

　　吉卜林的风格是雄伟刚劲的，有时显得放荡不羁。但他的笔触有时也温柔细腻，只不过这样的特点在他的作品里并不显得矫揉造作、引人注目。《玛哈默德·丁的故事》虽然简单，却充溢着真挚动

---

① 即威廉二世（1859—1941），他是德意志帝国皇帝和普鲁士国王（1888—1918）。

人的情感。此外，又有谁能忘得了《山里的故事》中的那篇《攻陷伦滕彭》里的少年鼓手们呢？

在这位不知疲倦地观察着生活和人性的作家内心深处，蕴藏着崇高的情操。他在《致真正的罗曼斯》里，倾吐出了具体而生动地隐藏在每个真正诗人胸中的，虽然苦苦追求却永远无法实现的理想。无论是感性世界里的景物还是印象，都无法把这种理想驱逐出去：

> 只要能在梦中与你相见，
>
> 能摸到你的衣边，我就心满意足：
>
> 你的双脚已经走到了上帝身边，
>
> 我无法追随你的脚步！

作家的人生观充满了《圣经·旧约》时代，或不如说，清教徒时代的那种特殊的虔诚感情，丝毫没有自命不凡和滔滔不绝的毛病。这是由于他相信"敬畏上帝，就是智慧的开端"，并且认为存在着一个：

> 我们祖辈早就知道的上帝，
>
> 我们在他严明的手下
>
> 行使着统治权……

如果说从审美观点来看，吉卜林具有诗人的直感，因而是个理想主义者，那么，从道德－宗教观点看，由于他的责任感，他也同样是个理想主义者，而这种责任感则产生于有坚定信念的信仰。他深信，即使是最强大的国家，如果不是建筑在公民恪守法律和有理性的自我克制之上，这个国家也是会灭亡的。对于吉卜林，上帝是居于首位的、最重要的、全能的主宰，他在《生命的阻力》中称之为"伟大的监督者"。英国人作为一国的国民，是很能赞赏这些观念的，因此吉卜林成为国家的诗人，不仅因为他写了大量深受赞赏的士兵歌谣，而且多半也由于在1897年维多利亚女王登基六十周年之际，他创作的那首颂歌《礼拜终场赞美诗》里几行短短的诗句。下面的诗句尤其突出地表达了真诚谦恭的宗教感情：

骚乱和叫嚣沉默了；

将领和君王们都已离去：

只有属于您的古老祭品还在那里，

一颗谦卑悔恨的心。

颂诗表达了民族自豪的精神，但它同时也对骄傲自大的危险发出了警告。

吉卜林在布尔战争①中很自然地站到了他自己的国家英国那一边。不过他对于布尔人的英勇精神仍进行了充分的赞扬，因为他的

① 亦称英布战争。是英国在1899年对南非布尔人发动的战争。布尔人战败，1902年媾和，德兰士瓦和奥兰治被英国吞并，1910年并入英国自治领南非联邦。

帝国主义思想并不属于那种毫不考虑别人感情的顽固类型。

在英国文坛上曾经流行过多种多样的文学运动，英国文学曾因其丰富的作品和高于所有其他作家的不朽文豪莎士比亚而卓然超群。吉卜林受到的斯威夫特和笛福的影响，可能超过了他所受到的斯宾塞、济慈、雪莱或者丁尼生的影响。然而在他身上，想象力和实际的洞察力却是同样充沛的。虽说他不具有史文朋那种绮丽精致的风格，可是另一方面，他也摆脱了异教徒般只知追求享乐的倾向。他的作品既在内容上避免了病态的感伤情绪，又在文体上避免了亚历山大诗体的重叠堆砌。

吉卜林喜欢的是逼真和洗练，在他的作品里从来看不到华而不实的空论和洋洋洒洒的冗长描写。他善于准确无误地找到透辟的警句和独具特色的形容词。人们有时把他比作哈特①，有时比作彼埃尔·洛蒂②，有时又比作狄更斯；但是他永远是与众不同的，他的创造力似乎是无穷无尽的。然而，正如前面说过的那样，这位想象力的鼓吹者同时又是个奉公守法和遵守纪律的旗手。丛林的法则也就是宇宙的法则；如果我们要问这些法则的主旨是什么，就会得到以下简洁的回答："奋斗、尽责和服从。"所以，吉卜林鼓吹的是勇气、自我牺牲和忠诚，他最恨的是缺乏丈夫气概和缺乏自我克制力；他还认识到，在世界秩序中有一种能够制服傲慢自大的惩罚力量。

虽然吉卜林是个独树一帜的作家，但那并不是说，他从未受益

---

① 哈特（1836—1902），美国作家。
② 洛蒂（1850—1923），法国小说家。

于其他作家，即使是最杰出的大师也从不耻于求贤问业。吉卜林也像布雷特·哈特一样欣赏充满意趣的流浪汉生活，他也像笛福一样追求细节描写的真实以及遣词用字的准确，他像狄更斯一样对社会底层的穷人充满深切的同情，同时也像狄更斯那样善于在琐细的特征和举止中发现幽默。但是，吉卜林的风格又显然是独特和有个性的，它的引人入胜的魅力，与其说是依靠描绘，不如说是靠引起读者的联想。吉卜林的作品并非字字珠玑，完美无缺，但它们却总是绘声绘色，多姿多彩，充满了情趣。《从海到海》这部特写集可说是一部生动描写的典范作品，不论描写的是大懒神统治下的象城，是棕榈岛，还是新加坡；也不论讲述的是否是日本的风俗习惯。吉卜林笔下充满了嘲讽——有时是极其尖锐的嘲讽——但他也同样富于同情心，他的同情大部分给予了在遥远的海外维护英国荣誉的士兵和水手们。他完全有权对他们说："我吃过你们的面包和盐，喝过你们的水和酒，我曾和你们同甘共苦，也曾守护在你们临终的床头。"

　　他在很年轻的时候便已蜚声文坛，但是他成名以后仍在继续不断地向前迈进。有位为他作传的作者说，在他的作品里有三种不同的"语气"。在《机关打油诗》、《山里的故事》、风趣地赞美单身汉乐趣的《盖茨皮一家的故事》以及颇有争议的《消失的光芒》里，用的是讽刺的语气；第二种是同情和善良的语气，在《玛哈默德·丁的故事》和真挚感人的杰作《没有教会豁免权的情侣》（载《生命的阻力》中）里最为显著；第三种是道德的语气，在《生命的阻力》里很明白地表现出来。姑且不论这种分类法有多少价值，而且用这种分类，对他的作品往往也不能一概而论，包括无遗，但是有一点是十分清楚的：吉卜林所抒写和歌颂的，是诚实的劳动，是恪尽职守，热爱祖国。对于吉卜林来说，热爱祖国不单指对于英格兰岛国的眷爱，而是对于整个不列颠帝国的热爱。诗人长期以来梦寐以求的是不列颠帝国各个成员之间更紧密的团结。这种愿望，从他以下这句话里可以清楚地看出："只知道英格兰的人，对英格兰又能知道些什么？"

吉卜林用他的生花妙笔鲜明地描绘了许多不同的国家。但是他最关心的并不是事物多姿多彩的表面；不论什么时候，不论什么地方，他始终怀抱着一个崇高的理想：要时刻"准备，准备响应职责的召唤"；然后，在注定的时刻到来时，"像个士兵一样去见上帝"。

瑞典学院今年在将诺贝尔文学奖授予罗德亚德·吉卜林的时候，谨向光辉灿烂的英国文学，和英国当代最伟大的小说家致敬。

　　附记：由于瑞典国王奥斯卡二世的逝世，取消了诺贝尔文学奖颁奖后的庆宴，故吉卜林的答词亦缺。

文美惠　译

吉卜林生平与创作年表

1865 年

12 月 30 日，约瑟夫·罗德亚德·吉卜林生于印度孟买。

父亲约翰·洛克伍德·吉卜林，是一名雕塑家。母亲艾丽丝·麦唐纳，有苏格兰血统。

其父母最初相识于斯塔福德郡的罗德亚德湖畔，故为儿子取名罗德亚德作为纪念。

1868 年

6 月 11 日，吉卜林之母生下女儿，取名艾丽丝，昵称"垂克丝"。

1871 年

4 月 15 日，吉卜林和妹妹被送回英国，寄养在索西镇退休海军军官霍洛韦夫妇家，住了五年多。吉卜林在附近上学，有时到姨妈伯恩－琼斯家去度假。

1877 年

3 月，吉卜林之母到达英国。吉卜林离开霍洛韦家，和母亲到一座农庄去度夏。

1878 年

1 月，吉卜林进入德文郡的联合服务学院学习。校长普赖斯是他父母的老友。

1879 年

暑期里，吉卜林和姨妈家的表兄弟合办了一份家庭杂志，并为之写稿。

1880 年

吉卜林爱上了与之同时寄养在霍洛韦家的少女弗洛伦斯·加勒德。两人私订婚约。

1881 年

吉卜林的母亲鼓励他写诗，并把他的诗收集起来，在拉合尔自费印刷成书，书名为《学童的抒情诗》。

1882 年

在联合服务学院出版的刊物《联合服务学院纪事》上刊登了吉卜林的一首长诗。

9 月 20 日，吉卜林乘船离开英国，回到印度。他父亲在拉合尔担任当地艺术学校校长并兼拉合尔博物馆馆长。

吉卜林担任了拉合尔地方报纸《军民报》的助理编辑。

1884 年

7 月，弗洛伦斯·加勒德来信和他断绝婚约。

9 月，妹妹垂克丝回到印度。

11 月，吉卜林在《军民报》上发表了他的第一篇短篇小说《百愁门》。

1885 年

年底，在和父母及妹妹合写的一部圣诞节文集里，发表短篇小说《莫鲁比·居科斯骑马奇遇记》和《人力车幻影》。

1886 年

从 2 月起在《军民报》上连载《机关打油诗》。后来汇集成册出版。

11 月起在《军民报》上连载《山里的故事》。

1887 年

改任《先锋报》编辑，并为该报编《每周新闻》周刊。

1888 年

《山里的故事》在加尔各答和伦敦出版。

《三个士兵》《盖茨皮一家的故事》《黑与白》《在喜马拉雅杉树

下》《人力车幻影》等六部短篇小说集在阿拉哈巴德作为"印度铁路丛书"出版。

1889 年

3 月 9 日从加尔各答启程，途经仰光、新加坡、香港、横滨、旧金山、纽约到达英国的利物浦。

1890 年

2 月在《苏格兰观察家》上刊载《营房歌谣》部分诗歌。

10 月，赴意大利。

11 月，小说《消失的光芒》在美国出版，该书于次年 3 月在英国出版。

1891 年

8 月，赴世界各地旅行。

短篇小说集《生命的阻力》在伦敦和纽约出版。

1892 年

1 月，回伦敦，和卡罗琳·贝利斯蒂尔结婚。婚后赴美国、加拿大、日本旅行。

7 月，定居于美国佛蒙特州的布拉特尔博罗，这是贝利斯蒂尔家的居地。吉卜林夫妇租下一座农舍，取名"欢乐山庄"。

11 月，和沃尔科特·贝利斯蒂尔合写的小说《大宝石》开始连载。

12 月 29 日，长女约瑟芬出生。

《营房歌谣》出版。

1893 年

吉卜林在布拉特尔博罗建成新居，取名"大宝石"。

吉卜林父亲到达。吉卜林和父亲促膝谈心，回忆印度生活，受到启发，开始写《丛林之书》。

短篇小说集《许多发明》出版。

1894 年

短篇小说集《丛林之书》出版。

吉卜林夫妇出游缅甸、英国。

1895 年

短篇小说集《丛林之书续篇》出版。

吉卜林夫妇出游英国。

1896 年

2 月，女儿埃尔西出生。

8 月，与内弟发生争吵，闹上了法庭，后吉卜林全家离美回英国。

诗集《七海》出版。

1897 年

6 月，定居于苏塞克斯郡海滨小村罗丁迪恩。

维多利亚女王登基六十周年。7 月 17 日，吉卜林在《泰晤士报》上发表《礼拜终场赞美诗》。

8 月，儿子约翰出生。

小说《勇敢的船长》出版。

1898 年

1 月，吉卜林夫妇抵达南非开普敦。短篇小说集《日常的工作》出版。

1899 年

1 月，吉卜林夫妇到达纽约。

2 月，吉卜林和女儿约瑟芬患肺炎。

吉卜林病情恶化，世界各地报纸每日用头版报道他的病情。

3 月，吉卜林病情好转。女儿约瑟芬病故。

6 月，吉卜林一家回到英国。吉卜林谢绝了英王封他为爵士的建议。

吉卜林接受加拿大麦吉尔大学授予的荣誉文学博士学位。

短篇小说集《斯托凯公司》出版。

随笔集《从海到海》出版。

布尔战争爆发。

1900 年

1 月，吉卜林夫妇赴开普敦慰问伤员。

4 月，回伦敦。

12 月，又赴南非。

1901 年

小说《基姆》出版。

12 月，赴南非。

1902 年

9 月，迁到苏塞克斯郡伯瓦希镇"贝特曼"别墅居住。

《供儿童阅读的平常故事》出版。

1903 年

再次谢绝英王封爵的建议。

诗集《五国》出版。

1904 年

短篇小说集《交通与发明》出版。

1906 年

历史故事集《普克山的帕克》出版。

1907 年

获诺贝尔文学奖。

获英国达勒姆大学、牛津大学荣誉博士学位。

获英国剑桥大学荣誉文学博士学位。

1908 年

《诗集》在美国纽约出版。

1909 年

短篇小说集《作用与反作用》出版。

1910 年

历史故事集《奖赏和仙女》出版。

11 月，吉卜林母亲病逝。

1911 年

1 月，吉卜林父亲病逝。

1913 年

吉卜林一家赴埃及。

1914 年

第一次世界大战爆发。

1915 年

8 月，吉卜林赴法国前线。

9 月，吉卜林参观皇家海军舰队。

10 月，吉卜林之子约翰——爱尔兰卫队陆军少尉，在欧洲前线作战中负伤失踪，从此失去下落。

1917 年

吉卜林担任战亡公墓委员会委员。

短篇小说集《各种各样的人》出版。

1920 年

获英国爱丁堡大学荣誉博士学位。

1921 年

获巴黎大学和斯特拉斯堡大学的荣誉博士学位。

谢绝政府授予的荣誉勋章。

1922 年

赴法国战场旅游。觐见英王乔治五世。

被选为圣安德鲁大学校长。

1923 年

《大战中的爱尔兰卫队》出版。

1924 年

女儿埃尔西结婚。

再次谢绝荣誉勋章。

获雅典大学荣誉哲学博士学位。

1926 年

出访南美。

短篇小说集《借方和贷方》出版。

获英国皇家文学会的金质勋章。在吉卜林之前只有司各特、梅瑞狄斯、哈代三人获得过这种荣誉。

1927 年

吉卜林学会成立。

1928 年

在托马斯·哈代的葬礼上担任执绋人。

1930 年

出访西印度群岛。

1932 年

短篇小说集《限期和展期》出版。

1933 年

受聘为法国道德政治科学院院士。

1935 年

庆祝七十寿辰，收到大量贺信。

1936 年

1 月 18 日因病在伦敦去世。

骨灰葬于西敏寺诗人角。

1937 年

回忆录《关于我自己》出版。

文美惠　编写

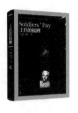

諾貝爾文學獎作家文集 ⊙ 加繆卷・泰戈爾卷

漓江的書，買了再說！

鼠疫
［法］阿尔贝·加缪 / 著
李玉民 / 译
定价：48.00元

局外人
［法］阿尔贝·加缪 / 著
李玉民 / 译
定价：45.00元

第一人
［法］阿尔贝·加缪 / 著
李玉民 / 译
定价：48.00元

卡利古拉
［法］阿尔贝·加缪 / 著
李玉民 / 译
定价：50.00元

西绪福斯神话——论荒诞
［法］阿尔贝·加缪 / 著
李玉民 / 译
定价：35.00元

戈拉
［印］泰戈尔 / 著
唐仁虎 / 译
定价：65.00元

纠缠
［印］泰戈尔 / 著
倪培耕 / 译
定价：48.00元

沉船
［印］泰戈尔 / 著
杉仁 / 译
定价：53.00元

泡影
——泰戈尔短篇小说选
［印］泰戈尔 / 著
倪培耕 / 译
定价：58.00元

枉然的柔情
［法］苏利·普吕多姆 / 著
胡小跃 / 译
定价：50.00元

邪恶之路
［意］格拉齐娅·黛莱达 / 著
黄文捷 / 译
定价：50.00元

常青藤
［意］格拉齐娅·黛莱达 / 著
沈萼梅 / 译
定价：56.00元

风中芦苇
［意］格拉齐娅·黛莱达 / 著
蔡蓉 / 译
定价：52.00元

柔情
［智］加布列拉·米斯特拉尔 / 著
赵振江 / 译
定价：50.00元

爱情书简
［智］加布列拉·米斯特拉尔 / 著
段若川 / 译
定价：30.00元

漓江的书，买了再说！

诺贝尔文学奖作家文集 ⊙ 普吕多姆卷·黛莱达卷·米斯特拉尔卷

背德者·窄门
［法］纪德 / 著
李玉民 / 译
定价：46.00元

伊恩·汉密尔顿行军记
［英］温斯顿·丘吉尔 / 著
刘勇军 / 译
定价：48.00元

河战
［英］温斯顿·丘吉尔 / 著
王冬冬 / 译
定价：60.00元

从伦敦，经比勒陀利亚，到莱迪史密斯
［英］温斯顿·丘吉尔 / 著
张明林 / 译
定价：50.00元

我的非洲之旅
［英］温斯顿·丘吉尔 / 著
张明林 / 译
定价：42.00元

特雷庇姑娘

[德] 保尔·海泽 / 著

杨武能 / 译

定价：55.00元

紫罗兰

[捷克] 雅罗斯拉夫·塞弗尔特 / 著

星灿 劳白 / 译

定价：59.80元

磨坊

[丹麦] 吉勒鲁普 / 著

吴裕康 / 译

定价：69.80元

明娜

[丹麦] 吉勒鲁普 / 著

吴裕康 / 译

定价：50.00元

漓江的书，买了再说！

诺贝尔文学奖作家文集·⊙·保尔·海泽卷·塞弗尔特卷·吉勒鲁普卷

第二次来临
——叶芝诗选编
［爱尔兰］W.B.叶芝／著
裘小龙／译
定价：68.00元

第三个女人
［波兰］亨利克·显克维奇／著
林洪亮／译
定价：88.00元

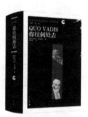

你往何处去
［波兰］亨利克·显克维奇／著
林洪亮／译
定价：88.00元

花的智慧
［比］莫里斯·梅特林克／著
周国强 谭立德／译
定价：46.00元

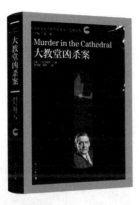

诺贝尔文学奖作家文集 ⊙ 海明威卷

漓江的书，买了再说！

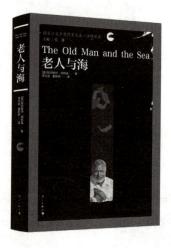

老人与海

[美] 欧内斯特·海明威 / 著

李文俊　董衡巽 / 译

定价：47.00元